01

02

01.“一滴文库”的茅茸农舍

02.《梦》的取景地长野县大王山葵农场的河流水车

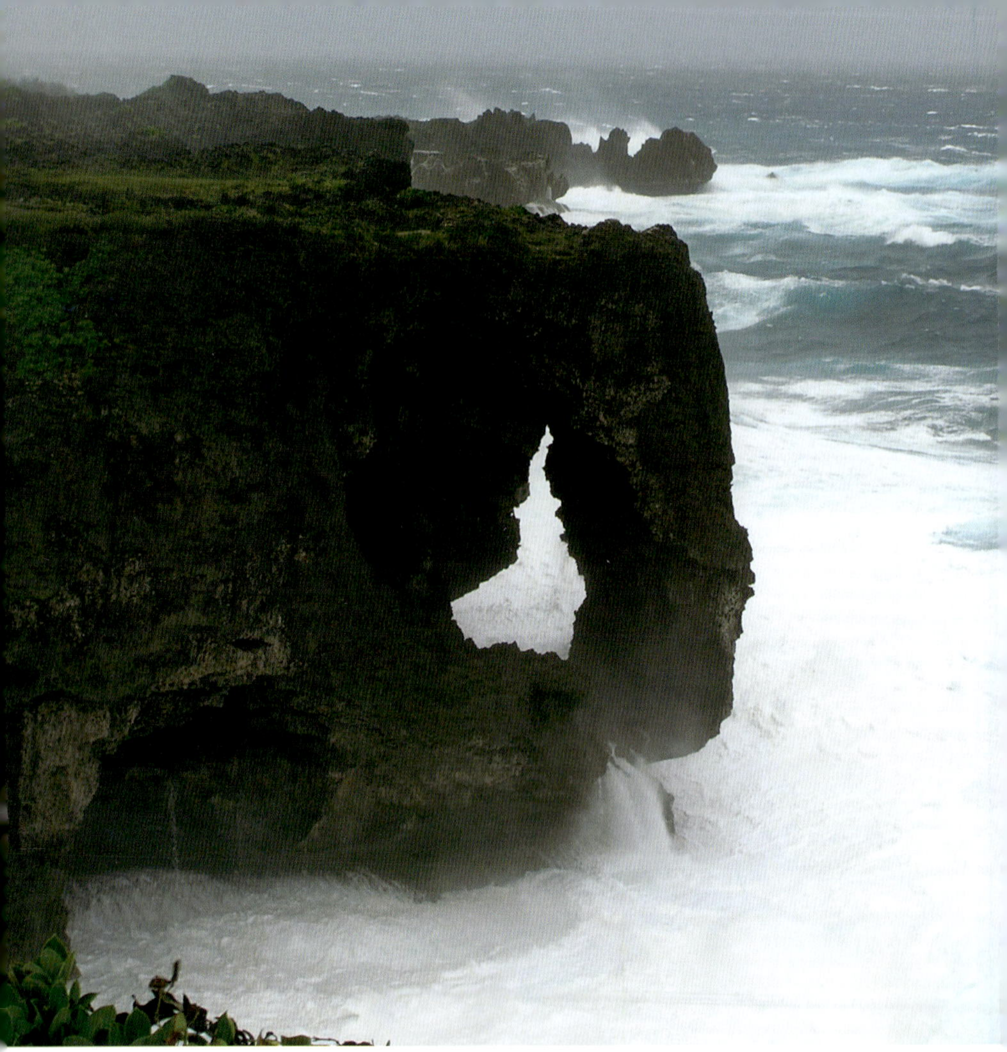

01.冲绳万座毛海岸

02.书店一角舒适的松暖座椅，可以边看书边眺望店主家的庭院

03.水上勉生前常来这所农舍读书写作，接待客人

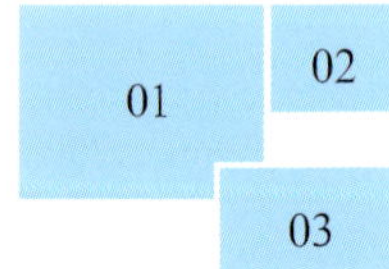

冲绳的扶桑花

石垣岛前往竹富岛的轮渡码头

美得令人窒息的海岸甘蔗林

01.清朝赐给琉球国的镀金驼纽银印

02.长野山区“狐狸迎亲”传统民俗

03.在日本民间传说中，河童乃溺水身亡的怨灵幻化而成

04.琉球使节笔下的《闽都纪行》

01

03

02

04

未知琉球距彼土果過於長崎乎否蓋洋中里
程太率無準繩各取意說之不可辯詰耳
五虎門以內有一大川廣三百間不用原文改失實也或百間兩
岸有田畴聚落逆流而上五里許抵閩安鎮貿船官
閩船使吉人陪來稍進到官盤壕水淺而膠枝船
搭載納諸琉館搭載畢維船于鴨毋洲吉人乃導
我輩到琉館
琉館所置曰大保境視諸鹿兒島所置館舍頗狹而製
造精麗屋背以瓦有樓以版為牀其下維土唯一廳
堂毅无營造之費咸出於彼護館者名把門官文
武各一人唯武官帶刀其屬皆五六人館設內外
二門文武官皆舍于門間晝許出遊而禁夜行
進貢使三月著岸福州舍於琉館居七八月至秋
冬之交正副二使及官員二十人詣北京其餘
不能從者舍館如故
貢使之北上發延平建寧衢州嚴州杭州嘉興蘇州
鎮江揚州濟南等府自建寧至衢皆陸行自嚴至
揚水行山東又陸行其歸也別路大抵皆水行途
中所山水奇絕不可名狀
閩于鎮楊有徑山寺其山峭拔奇特臺觀重複金
碧映帶豈其所謂湧出自地者是乎
風景西湖最美瓊樓丹閣隱見乎浮翠飛嵐際柱

01.今天日本最大的海鲜市场——筑地鱼市一景

02.琉球古画《首里城册封图》，描绘清朝册封使行列进入首里城册封琉球王的情景

03.首里城册封大典（模型）

日本，一种纸上的风景

周朝晖 著

RIBEN，
YI ZHONG ZHI SHANG
DE FENGJING

文化发展出版社
Cultural Development Press

图书在版编目（CIP）数据

日本，一种纸上的风景/周朝晖著．—北京：文化发展出版社，2020.11

ISBN 978-7-5142-3229-5

Ⅰ．①日…　Ⅱ．①周…　Ⅲ．①随笔－作品集－中国－当代　Ⅳ．①I267.1

中国版本图书馆CIP数据核字（2020）第203136号

日本，一种纸上的风景

周朝晖　著

出 版 人：武　赫
特约策划：脉　望
责任编辑：孙　烨　　肖贵平
责任校对：岳智勇
责任印制：杨　骏
责任设计：郭　阳
封面设计：瞬美文化
排版设计：辰征 · 文化

出版发行：文化发展出版社（北京市翠微路2号　邮编：100036）
网　　址：www.wenhuafazhan.com
经　　销：各地新华书店
印　　刷：天津嘉恒印务有限公司
开　　本：880mm×1230mm　1/32
字　　数：270千字
印　　张：11
版　　次：2021年4月第1版　2021年4月第1次印刷
定　　价：59.80元
I S B N：978-7-5142-3229-5

◆ 如发现任何质量问题请与我社发行部联系。发行部电话：010-88275710

前　言

我曾经一度旅居日本长达六七年，是迄今为止时间最长的一次远行。少年不识愁滋味，远游不思归。学习不同的语言文化，走过大大小小的山川和街道，品尝过不同滋味的饮食，结识交往各种异乡人，也在日复一日的颠簸漂流与试行错误中独自成长。只是，漂浪之中，也曾隐隐预期今后要对这一段生活进行清算和整理，因此我延续了学生时代就养成的写读书笔记和记日记的习惯，如实记录我的读书、起居、行走，还有各种各样的邂逅和感铭。这一刻，首先是为了整理、清点自己，以便在忙乱颠簸中寻找平衡点的疗愈需要；其次是出于表达的潜在诉求。不过，待到我将这些整理出来时，已是经年之后了。

本书收录的39篇习作，大多采自我近十年来发表在《书屋》《寻根》《书城》《澎湃新闻·私家历史》《藏书报》《厦门文艺》等报刊和新媒体上的文字。这些习作内容驳杂，写作跨越时间也不短，能将这些散乱的文字结集在一书的唯一理由或许就是文章的主题都与日本有关，大略从阅读、行走、史事钩沉和园艺趣味几个方面谈论日本的历史文化与当下。应该指出的是，无论是读书行走还是观察求索，不仅带有浓厚的“私家”性质，最终也都以文字的形式传达出来，所以展示在读者面前的，也许是一种纸上的日本风景。

第一辑《闲读的余墨》，是一组与日本“书事”有关的随笔文字。我喜欢阅读，无论是在漂流岁月还是归国至今，阅读已经深深嵌入我的日常。无论境遇如何，只要身边有本称心的读物，有一个能安心静读的角落，总能令人找回心如止水的感觉，眼前的一切也随之变得赏心悦目起来。说起在日本生活，阅读可以算得上成本最低的爱好。但这种读书生活在身上留下的印记之深，甚至与今天的趣味和表达依旧有着千丝万缕的关联。我记忆中日本的书事，无论是居处附近的掩映在古木森森中的大宫市立图书馆，还是社区书店里物美价廉又唾手可得的文库本，或是文京区神田神保町的旧书店一条街等这类令人流连的阅读环境，应该算得上客居中最令人心旷神怡的片段之一。收在本辑中的文字中，浮光掠影地写了日本的书事，个中既有当下日本读书实况的观察扫描并试图对背后某种因素进行推究，也有我邂逅某个文本或作家的体验和感受。与中国相比，在国土面积上，日本是不折不扣的小国，但在文化上，日本又是公认的读书大国和出版大国。这种现象并非一朝一夕之功，而是源于一种非常久远的传统和人文积淀，这或许可以用“书香社会”这一近年来频繁出现在我国社会文化领域中的名词来描述。“书香社会”最终指向的是“富而有礼”的理想社会，对于当今朝着实现中华民族伟大复兴迈进的中国人民来说具有深远的意义和价值。虽然目前依然任重道远，但仍然值得我们为之付出努力。“由大量爱读书的读者构成‘书香社会’的深厚土壤，读者—出版业—市场—作家等几个环节才能实现良性循环，也才能支撑起一个读书大国。这是个漫长的渐进过程，非几代人不间断的递进累积无法奏效。”一个书香郁馥的日本，也许能给予我们参考和借鉴。读，然后知不足。具体到个人的阅读，完全是一种“野狐禅”式的读法，非常驳杂，既谈不上系统，也没有明确的领域方向，所以在学问上至今没有什么长进。只是这个过程实在是非常自由舒畅，一切都由着喜好趣味来。有时，随便翻阅会被书里某个无关紧要的人或事引发求索兴味，凭着几缕线索求诸与之有关的文献资料或事迹，往往会意想不到牵扯出一连串的故事，就像晋太元中的武陵渔户一样，从一个小小的入口进去，看到一个别有洞天的世界。

第二辑《纸上的风景》，记录的是我在日本行走的一些游踪片段。只是，这些文字，我本意不想将它们归入纯粹游记或纪行类文字。我在日本居停时间不短，归国后因为工作的关联性，也曾频繁往来日本，拜大公司平台所赐，活动半径大大超过我曾在日本的范围，到过的地方确实有不少，但我很少写纯粹意义上的游记，主要是我觉得在影视纪实手段、网络资讯和图文传输技术高度发达的当今，游记文字在传达体验上已经很难获得优势，起码于我是这样。我所记录的风景，其实更多的是某种阅读的延续。我想以多年文本的阅读和在日本各地行走踏查的体验为基础，对游历过的日本风景做一番历史文化上的考察。在阅读某书的过程中，被故事的舞台或者留下过作家踪迹的地方所吸引，而前往踏查体验。有些纯属于个人的情感所系。这些文字，其实也是一种叠立在纸上的风景，因为交融着文本、作家的故事与情感，与纯然的地理风景在意义上已经关联不大了，而是一种心头山水。其实所谓的风景也是相对的，它固然是一种自然地理的客观存在，是以山水景物或自然界某些元素与人文社会的景观所构成的景象，因此成为人们欣赏与观照的对象。但，如何看待山水风光，也就是所谓风景观，则是人类独特的认识自然的结果，是人对自然景物进行体察、鉴别和感受的能力。因此，风景也不仅是一种客观存在还包含人们对它的诠释与运用，由此获得了一种文化上的意义，当今美国艺术学者W.J.T.米切尔对风景的定义是："风景不是一种艺术类型而是一种媒介，风景是以文化为媒介的自然景色。"这句话，也在暗示人们在观赏、诠释风景时所应有的心态。风景属于可见的事物，也属于不可见的事物。它既是地理的，自然的，是属于客观存在的物质层面；但同时也是记忆的，文化的，也和精神层面相交。自然存在和精神文化交集的地方，或许才是风景的核心并构成了风景的另一种现实。这个风景观，或许也可以作为观照日本的一种方式。

第三辑的《私家日本史》 是读史随笔札记，试图从一些零碎琐屑的边角料，去追寻、再现某段历史中的人和事，或阐发事件背后的文化意味。我喜欢读史，20世纪90年代东渡扶桑，赶上兴起于20世纪80年代的历史文化寻根潮流——“江户热”的余波。生动活泼的历史书写与展示，挽救了我因生硬呆板的教科书所败坏的历史阅读胃口。我第一次知道被斥为“日本封建社会最后阶段”的江户德川幕府时代这么生动有趣，十几年前在写作琉球历史文化的系列文字时，我有意试验一种历史现场与史料钩沉梳理相结合的历史随笔写作方式。承蒙《澎湃新闻》的《私家历史》栏目责编于淑娟老师的谬赏，邀请我为栏目撰稿。每篇四五千字，几年来在《澎湃新闻》上大概刊发了二三十篇。读了一些书，又有机会亲临某个历史现场，踏查观览之余，产生一些联想或感慨，或针对某一个问题，有了另一角度的发现，就随性写下来，东鳞西爪，不成体系，类似一些历史边角料或碎片。更由于纯属于个人兴之所至的随笔，又并非出身日本史研究领域，所以是不折不扣的“私家日本史”。

第四辑《草木皆文章》写我在日本观察的花草树木，旁及日本人的草木情结。我小时候就爱栽花种草，热衷于购读莳花种树之书，或许得自读农大的母亲的熏染。后来到了日本，见到了很多孩提时稔熟的花木，也能见识到很多日本特有的植物和相关知识，产生了浓厚的兴趣。日本属于温带海洋性气候影响下的岛国，四季分明，是以不同季节都有长得非常繁茂美丽的花草。因为湿气重，空气中迷蒙着氤氲水汽，所以花卉草木看起来有一种雾里看花的朦胧之美，这形成了日本人喜欢含蓄、暧昧、余情缭绕，不喜欢直露的审美倾向。在日本生活期间，一方面惊叹园艺花草在日本人日常生活中的普及，另一方面感受到植物花草在生活文化中的水乳交融。花草树木，原本是没有情感和社会学意义的，但它们一旦与社会历史以及文艺创造主体的人生经历相融合，就会被赋予情感色彩与时代变迁的含义，因而具有了审美的功能与意义。在这个意义上，草木也可以作为了解一种文化，一种民族性格的媒介。

苏轼诗云："横看成岭侧成峰，远近高低各不同。"了解一种事物，可以有不同的观照角度。了解日本也不例外，知晓的途径有无数种。我书中所写，只是从个人出发的"解读"，限于水平和视域，难免浮光掠影，甚至由于术业不精出现错谬，结集成书问世，求其友声的期待之外，更有求教于读者方家的用心。

饮水思源。这些杂乱的文字，能够结集出版，完全是拜《书屋》杂志刘文华老师的鼎力相助所赐。我和刘师原本素昧平生，七年前我开始给《书屋》投稿，对我这个自然投稿人的习作，编辑部主编胡长明兄和刘文华老师都给予极大的鼓励，并一路无私提携和悉心指导，给了我一个又一个提高和成长的机会，几年间在《书屋》刊发的习作已有30多篇。作为一个普通作者，得此厚待，已是梦寐难求，在玉成拙作的出版上更得到刘老师无私的援助，他不仅穿针引线助力推荐，更为此事专程来厦。2019年7月，刘老师和董曦阳老师冒着三伏炎暑来厦聚首，就是为了和我商讨几本书的出版事宜，其中就包含了这一本。“纸上得来终觉浅”，但这几本书的背后所凝聚的情谊和期望，十分厚重。此外，《书城》杂志的钱斌，《寻根》杂志郑强胜主编，《澎湃新闻》《私家历史》栏目的于淑娟，《厦门文艺》的曾纪鑫，《藏书报》的张维祥等师友，对于本人的写作，多有提掖和指教之恩，感铭难忘。

此书有幸得到北京文化发展出版社青睐，并由专业敬业的肖贵平老师、孙烨老师担任本书编辑，幸甚至哉！受限于作者学养识见，接手本书编辑，殊非易事。时近年底，两位老师于诸事繁冗之中，对书中的不足与纰漏，巨细给予指导。如果说，拙作最终能以稍微像样的面目出现在读者眼中，那么编辑老师的斧正之功不可或缺。文字真是一种不可思议的存在，借助它，可以和无数原本素昧平生的人建立连带感，获得他们的善意、智慧与能量。我能回馈他们的，就是不断勤勉精进，努力写出更多不负寄望的好文字。

书后附上《参考文献》书单。本书并非学术著作，开列书单于书后，一来主要是方便有机会阅读本书的读者拓展阅读的需要；二来对我来说，写作离不开文献阅读的启示与激发，受益之余，不敢掠美，恭录于书后，也有向滋养过我的书籍及作者致敬之意。

周朝晖

2020年大晦日于厦门七星西路

目　录

第一辑 闲读的余墨

“活字中毒者”与书香社会

日本国土只有中国的1/25，人口不到中国的1/10，却是个公认的读书大国。凡是到过日本的人，都会对那种浓郁的书香社会风情留下深刻印象。虽然互联网时代早已澎湃而至，电脑、手机、平板等电子媒介的阅读方式已经蔚为潮流，但传统的纸质阅读风气依旧很盛。中国人到日本旅游，无论在电车、新干线、机场候机厅或是公园、咖啡馆甚至居酒屋，经常可以看到聚精会神阅读书报的各色人等。早在十几年前，我国总理访日之际，这幅光景曾引发他无限感慨：希望今后中国也能像日本一样，地铁、公园里到处是埋头阅读的人！

日本人对自己的读书动态也非常重视，常有权威的文化传媒机构进行严谨的调查和咨询。不久前，三和银行曾以东京都首都圈和大阪、京都、神户四大城市的白领阶层为对象进行读书调查发现，上述四城的工薪族读书实态如下：

平均每天看书时间50分钟；每人每月平均看完三到四册书；每月看完七本书的人占总人数1/10，等等。

对常见阅读场所的调查结果也反映了具有日本国情特色的一面。喜欢看书的地方依次是：电车、地铁居首，占76%；其次是卧室，占53%；再次是书斋或客厅，占31%；常识中本来是公众阅读最集中的图书馆、资料文献中心等正儿八经的阅读场所反倒意外地少，或许与日本这个“多忙社会”的国情有关吧。说到国情，铁路阅读是日本一大文化特色。日本在一个世纪前就普及了铁路交通，尤其是大都市。上班族至今出行的工具仍以铁路为主，工作在城市中心，居住在郊外，每天通勤的时间很长，一天一个来回，三四个钟头花在电车上摇晃着上班下班是常事，人看人无聊，窗外景观早已腻味，不影响别人也不为他人影响，最佳消磨大块无聊时光的方式就是阅读。这个传统也源自20世纪初，城市化进程突飞猛进，伴随着城市工薪阶层的出现，便于携带的轻薄短小的文库本书籍便开始进入刚刚兴起的都市新式交通工具——电车和地铁中，通勤车上读书，既无奈又时尚，一代一代便因循下来，成为习惯积淀成传统。

据说世界上酷爱读书的是犹太人。网上一度盛传犹太人每人年均读书60多本基本上是传说，没有靠谱的数据来源。联合国教科文组织调查数据表明：年龄在14岁以上的犹太人平均每人每月读完一本书，这可能比较接近实况。如果把日本城乡统合起来计算，人均十本，或许可以算得上是与犹太人不分伯仲的爱读书民族了。

由大量爱读书的读者构成书香社会的深厚土壤，读者—出版业—市场—作家等各个环节才能实现良性循环，也才能支撑起一个读书大国。这是个漫长的渐进过程，非几代人不间断的递进累积无法奏效。

日本人凡事爱较真，唯独对爱书人和酒鬼最为宽容。很多作家都坦承少年时代曾在书店“万引”（窃书）的经历，好像是什么了不得的光荣历史；填写履历等各种个人资料，无论从事何业，兴趣爱好栏目大都写着“读书”；把爱读书买书藏书者叫“爱书家”或“读书家”。凡事超过常规或常识是为“怪人”乃至“狂人”，日本人观念中只有纸质阅读才称为读书，所以这类超量阅读者又有“活字中毒者”之称，略带揶揄却毫无贬义。在日本，五花八门的“活字中毒者”层出不穷，自娱自乐欢度生涯者有之，因纯粹喜欢读书遂成职业继而成名成家者也大有人在，不但养家糊口衣食无忧，而且悠游自在，进入了令爱书人羡慕的生态。

今年83岁高龄的书评家井家上隆幸是读写两不辍的“活字中毒者”。青年时代起就视读书为人生最大乐事，大学毕业如愿进了大出版社，干的是日日和书打交道的工作，30岁就当上了新创刊的《日刊现代》编辑局次长，可谓前程看好。但他厌烦长时间坐班耽误读书，毅然辞职成了自由读书人，自信能读书养家两不误。此后以天天坐家读书为业，还要写类似“读书心得体会”的文字给书评杂志，把精神产品变现养家，每读一书，即作一评，风雨无阻，数量惊人，后结集出版的书评集《量书狂读》收录从1988年到1991年四年里评读的1354本书，平均每年338本，几乎每日一书。此后又出《续量书狂读》一书，收录1992年到1996年四年内的书评，计1438册，在日本读书界有“书评书圣”之称。日评一书，意味着每日读书不止一册，他是如何做到的呢？井家上后来在《如何一年读600本书？》中披露个中独家秘诀：

“我读书，一旦开始必将最后读完。”这么庞大的读书量，居然不是挑读、选读、略读，而是一本本从头到尾读完。这就要靠非凡的阅读速度了。他说：“与其说读，不如说是哗啦哗啦一页一页翻看；速读，是丰富语句文章理解力，提高解读力之法门”“而且，必要时两本书并列摊开对读”。据说，他还有一个特殊功夫，除了平视阅读，还能侧读、斜读等另类的阅读方式不一而足，或许是长年读书练出的“长技”。

但，书海饕餮，自己吃进肚里还不算，还要将食品的美味和妙处写出来与人分享，发挥指南之类的作用，这就是书评家的看家本领了，“只是读出字面上的东西不行，还要读出字行后面的东西，这是至要”，当然这需要功夫和火候。无他，读多了写多了，功到自然成。

这么大的阅读量，而且品评的大多是名著新书，书的来源和渠道就是一个值得研究的问题。井家上的心得是：锁定几家老字号大型书店并关注他们的PR杂志，注意中等书店店头陈列的书籍，多读靠谱的书评家的文章，等等。

井家上隆幸式的“活字中毒者”还有目黑考二，更为出格。高中时代才开始课外阅读，此后一发不可收。大学毕业后成了上班族，才上三天班，感觉每天浪费那么多时间在上班，还如何读书？就把工作辞了。但读书终究无法维持生计，一年后又出来到某出版社求职，又是三天走人，理由就是上班妨碍读书，两年内频繁跳槽十家公司，无一例外就是无法解决读书与上班不能两立的困惑。1976年与仅有三天同事之谊的椎名诚一同创办书评《书之杂志》，从此才找到生命归属感一定终身，一直走到杂志主编的宝座。目黑每年读书量700余册，每月超过60册，平均一天二书。日本上班族忙碌一天，下班后找个酒馆晚酌轰饮撒欢是日常，但目黑为了读书，不惜戒了喜欢的酒，因为喝酒浪费时间耽误读书。甚至除了休息日，下了班夜不归宿，在公司挑灯读书，睡觉就在沙发上和衣而卧。家中藏书汗牛充栋超过两万册，有时写文章需要资料，宁可重买也不到书架翻找，因为如此更浪费时间。

三和银行主持的日本都市工薪读书实态调查中还显示：日本人读书的热情和数量随年龄增长而增长。阅读量最大的除了文化界人士，就是公司的老板和职业经理、主管，似乎验证了阅读与事业成就成正比的铁律。阅读时间和数量最少的反而是本该精进勤奋的年轻人，与前辈不同，这一代泡沫经济弹破前出生的“小团块世代”在过剩的物质和娱乐活动中成长，阅读不是单一的爱好选项，如今又值折腾玩闹最来劲的年龄，租房、约会、培养兴趣样样要花钱，却囊中羞涩，尽管如此，据说他们每月逛书店的次数也有近六次。

有关阅读的功能和价值林林总总不一而足，日本人基本分为“教养”和“实用”两大类。前者是指那些经得起时间考验的经典作品的阅读，对于丰富精神世界和培养高尚人格高雅品位有潜移默化之功；后者则指的是方法技能等实用性与功利性较强的读物。但读书问题研究专家发现，在日本的阅读者中，两者之间并非泾渭分明，高大上与日常生计完全可以互为促进，阅读不仅是精神怡悦和享受，也可以带来物质财富。财经作家丸田洁写了《能攒钱的人，不能攒钱的人》一书，十年间追踪采访数十位在理财方面成就斐然的家庭和个人。这些人都是一些年收入在200万—700万日元的普通工薪阶层，没有富裕的家产福荫，没有炒房炒股跑马买彩票，却积累了非常可观的财富，尽情享受悠游度日丰富多彩的人生。丸田洁在缜密的调查研究中发现：这帮令人羡慕的财富达人几乎个个都是酷爱读书、喜好文学艺术的人士！丸田洁深入研究发现，爱好阅读，长期接受经典熏陶的书香之家崇尚真善美，家庭和睦，勤俭上进，而且因为营造了乐在阅读的良好氛围，杜绝了上班族常见的连轴宴饮和声色犬马之类的低级娱乐，节省了大量无谓的耗费，很容易攒下钱财。

读书要占用大量时间，在高度发达的商业社会，以读书为职业并非易事。但日理万机腰缠万贯的商人中的“活字中毒者”也大有人在。以出版商业创意系列而成为畅销书作家的“杠杆效益顾问株式会社”会长本田直之也是以巨量阅读著称商界。本田目前经营一家上市公司，并参与十家日美企业的管理，可谓席不暇暖的“多忙”之人，但百忙而不废读书，据说每日必读1—4本新书，即使生意最繁忙时也必日读一书，一年读书量合计下来有四五百部。这么忙碌的人哪来读书时间呢？本田会长透露私家秘诀：清晨入浴闲读书。白天忙于商务，晚上要喝酒应酬很难有完整的读书时间，而睡前读书容易失眠，要读书就只有三更灯火五更鸡了。每天清晨四五点闹钟起床，边泡浴缸边看书，风雨无阻。据说清晨读书有两个好处，首先这个时间绝不会有电话、短信之类的干扰，阅读高度集中；其次读书行为配合入浴习惯（日本人每日必泡浴最少一次），使之成为一种惯性，早起早读就会像生物钟一样自然；此外，化零为整的随机阅读也是多忙之人的读书心得，练就在各种零碎的时间，在各种场合看书的功夫：星巴克露天咖啡座、泳池旁、海滩上、电车里、约会等人都可以随机阅读。日计不足，岁计有余，年间四五百本的读书量就是这样集腋成裘出来的。

身为大老板，何以“活字中毒”呢？在商言商，本田会长如是说：“书中自有商机在，我是商人，读书对我本质上是一种投资活动，比起任何高回报率的金融商品，读书是最划算的投资。”他掐着手指一五一十算道：商业书定价以1500日元（人民币约100元），从自身和周围有成就者的经验来看，在一本书上学到的东西活用在工作上，投资回报率就有十倍甚至百倍。按他的如意算盘，一年读书过400本，就有六七千万日元的潜在回报，足以昂首步入富人行列！当今日本实业界享有“最有活力最多奇思妙想的创业怪才”美誉的战略顾问家坂本桂一，年均阅读量500本，每月花在书刊上的投资在10万日元（人民币约6000元）以上。他坦陈，很多商业上的创意和灵感都来自不间断的巨量的阅读中。

智者乐水，仁者乐山，读书乃精神娱乐之一途，本无所谓雅俗，乐在其中，管他雅俗，总是美事。以纸质阅读为乐的“活字中毒者”多起来了，形成风气，一个温馨而优雅的书香社会就会水到渠成。

今昔物语，如是我闻

漫漫溽暑，读书消夏。这个暑假似乎在摩挲翻读《今昔物语集》中倏忽而过，上中下三大卷中的《本朝世俗编》部分还远没翻完，已是凉风拂面、蝉鸣转微的初秋了。此书是我常读之书，早年购有小说家福永武彦的现代日语译本（筑摩书房文库本，1991年10月），是个选译本。我还藏有人民文学出版社2008年出版的上下两卷本（人民文学出版社，2008年4月）。据介绍，此前新购的新星出版社译本是在2006年9月初版的基础上的再版，与人民文学出版社的版本同出一源，都是采用20世纪50年代经周作人校译而未能出版的译本。此外，万卷出版公司也就是原辽宁画报出版社也出过一个译本。一部日本千年前的古典，在中国大陆居然有两三个版本并在十年内重印，甚至连专攻比较文学的日本教授都称奇，至少说明它并非冷僻。

《今昔物语集》是日本古代最早的话语故事集之一，又名《宇治大纳言物语》。冠名物语，但与王朝时代的物语文学不同，一般归入说话（口传）文学领域。日本的说话文学发足较早，受中国唐朝《冥报记》[唐代纪实故事集，作于唐高宗永徽年间（650—655），此书乃唐临所撰]、《金刚般若经集验记》（唐代孟献忠撰）之类志怪灵验小说故事文学的启迪和示范，亦步亦趋模仿，到公元八、九世纪之交日本出现了第一部说话故事集《日本灵异记》（景戒著，又名《日本国现报善恶灵异记》），最大的特点就是按照“书写了此前不曾成为文学表达对象的民间故事的世界，而显出说话文学的特质”（《日本文学史》，[日]古桥信孝著，徐凤、付秀梅译，南京大学出版社，2015年1月）。其后又出现了《三宝绘》《本朝法华验记》等书。不排除《今昔物语集》的成书可能受了这类话本小说影响的可能性。

《今昔物语集》的成书年代和作者至今是个谜。据研究推测，此书出现在1120—1449年间，因为1449年其他文字资料中才出现了有关它的记载；而在此前，发生了诸如保元之乱（1156）、平治之乱（1159）等一系列惊天动地的历史大事件，如果是生活在12世纪中期前后的人，对这些重大事件不可能没有触及，但书中对此却付诸阙如。

虽冠名“物语”，但《今昔物语集》却不是一般意义上的民间故事或传说，而是有本有源，主要取材自中国、印度和日本的典籍文献资料。文学史家古桥信孝说：当初写这本书的人，就有收集全世界故事的意图和志向，因为在当时，印度、中国、日本几乎就是整个世界的概念。《今昔物语集》现存三十一卷，其中缺了第八、第十八和第二十一卷，合计收有1040余则故事，作者不详。其中第一卷至第五卷是天竺（印度）部分，主要叙述的是有关于释迦牟尼的一生及其生前死后的逸事传说；第六卷至第十卷是震旦（中国）部分，主要叙述关于中国的孔子、王昭君、杨贵妃等人的逸事传说。第十一卷至第三十一卷是本朝（日本）部分，主要叙述的是日本各个阶级、各种人群的事情以及神佛鬼怪等方面的逸事传闻故事，这部分可以说是古代日本说话故事的集大成之作。

在文体上，此书的最大特色是采用了汉字与假名混杂的文体，因而具备了口述文学的特点，而以往这类文章都是用汉字书写的。最能体现口述文学这一特色的就是几乎每段故事的开头都冠以“今昔”二字，这也是书名的由来。这里的“今昔”，是个偏正词语，并非指现今与过去，而是一种讲故事的惯用模式和套路，意为“如今说起来，已经是过去的事情了……”“话说很早很早以前……”，类似long long ago…或once upon a time…等西方说话文本常见的开头，读起来颇有一种地老天荒的沧桑感，也正如佛经文学里常见的“如是我闻，一时佛在舍卫国祇树给孤独园……”，转述的是过去就有的教训或传闻：“谓总显已闻，传佛教者言如是事，我昔曾闻如是。”（《佛地经论》）在内容构成上，中、印、日三个国家的故事组成三个部分；每部分又分“佛法”和“现世”二编。在讲述故事的时候，通常蹈袭这样的模式套路来展开：先论说一通因果报应的佛教训诫，然后围绕这一训诫讲故事加以例证，颇具原生态说话文学的质朴天真。

这部说话集诞生以来，仅以手抄本流传，鲜为人知。江户时代，随着活字印刷术的发展，古代经典的普及成为可能，《今昔物语集》方以活字印刷本面世，而此前只是半死不活的冷僻典籍。江户时代，朱子学被奉为幕府国家意识形态的官学，汉诗汉文是高端文化，大受推崇。到十八九世纪，好像要和“汉学热”对着干似的，日本兴起了研究本国固有文学传统的“国学热”，尤其是《今昔物语集》中的日本本土故事部分被当作研究、整理本邦原汁原味的文化传统才渐为人知。不过就其影响而言，它与《源氏物语》和《竹取物语》之类的物语文学根本无法同日而语，长久鲜有人问津。它就像《石头记》中的那块顽石，被埋没在青埂峰下路边的荒草中，痴痴等了800年，终于等来了空空道人将它带到凡尘世间亮相，尘净生光大放异彩。那空空道人就是芥川龙之介。

芥川龙之介活了35年，短短10年的创作生涯里留下的150余篇小说中，最广为人知的要算《罗生门》吧。其实对芥川而言，这篇小说只能算少作，1915年10月刊发于东京帝国大学校刊《帝国文学》时，芥川还只是英文系二年级学生，以此为敲门砖才入了漱石门下。但这篇小说似乎不大被漱石看好，翌年，芥川发表了《鼻子》，才获其激赏并被预言他在文学上的无量前程，由此登上文坛，因此文学史通常将《鼻子》作为芥川的出道之作。1955年导演黑泽明将《罗生门》与芥川的另一篇小说《竹林中》进行整合改编搬上银幕，获得国际大奖，芥川的小说才和电影一起走向世界。后来连一部尘封的日本平安时代话语故事集《今昔物语集》也跟着鸡犬升天，注家、研究家蜂起，俨然成为一门大学问。

芥川对《今昔物语集》情有独钟，或者说慧眼独具，发现了其中隐藏的文学宝贝。早期之作，无论是《罗生门》，还是受夏目漱石激赏的《鼻子》，素材都来自《今昔物语集》。此后为他奠定大正时代最优秀作家地位的诸多名篇，诸如《芋粥》《往生绘卷》《六宫公主》《青年与死》《运》《偷盗》等，占其历史小说题材的1/5。可以说，芥川靠这部原典出道，又靠它撑起了一片文学天空。

小说《罗生门》的素材分别取自卷二十九第十八篇的《罗城门登上层盗人语》和卷三十一第三十一篇的《在东宫侍卫班房门前卖鱼的老妪》一段。前者原文只有寥寥几百字的篇幅，讲一个被主君解雇的武士浪人为了生存沦为盗贼到京都行窃，登上都城平安京南面的罗城门（罗生门）上躲藏，准备等夜色降临后偷盗。突然发现有个老太婆在拔女尸的头发，刀锋逼问下，老太婆才道出要将死人头发做成假发卖钱的实情。浪人一不做二不休抢了老太婆的衣物和女尸的头发出城遁去。在小说中，芥川通过老太婆之口又侧面写了女人生前的劣迹：为了在严酷的世道中生存，女人生前也曾做过勾当，用蛇肉干充当鱼干坑钱——这部分的素材即取材于前面所说的《在东宫侍卫班房门前卖鱼的老妪》。这两段毫不相关的内容，原文也就短短几百字的故事，被芥川糅合、加工，衍生出一篇五六千字的小说，背景清晰，人物一下子丰满鲜活起来，两个活人连同一具死尸，在罗城门下演绎了一场极端个人主义者自私自利的丑剧。而《竹林中》的出典则在卷二十九第二13篇的《携妻同赴丹波国，丈夫在大江山被缚》桥段。大受漱石激赏的《鼻子》，来源于同书卷二十八第二十篇的《池尾禅珍供奉鼻长过人》，糅合《宇治拾遗物语》第二卷《长鼻僧人》及果戈理的小说《鼻》的启示创作而成的。因此，说《今昔物语集》是芥川的文学起家之本一点不为过，甚而这一旨趣也影响了他后半生的文学创作。文学来源于生活，芥川则来源于书斋，从故纸堆里寻找灵感和题材，不凡之处在于他赋予了旧典以生命并形成自己的文学特色，正如鲁迅称道的“经他改作之后，都注进新的生命去，便与现代人生出干系来了”，这点很像同样是学者型作家的博尔赫斯，博学、机智、深刻，自成文学格局。但这样的文学似乎不容易复制，所以芥川在文学领域的开拓和探索最终随着他的辞世戛然而止，似乎后继乏人。

有关和《今昔物语集》的不解之缘，芥川写有一篇读书随笔《关于〈今昔物语〉》，洋洋数千言，娓娓道出这部古典的艺术特色与文学价值，或可以视为理解芥川文学创作的解密暗码。

在芥川看来，《今昔物语集》三部分中，本朝（日本）部分最为有趣，本朝部分中又以“世俗”和“恶行”——类似新闻报纸中社会版内容，最令他感到兴味，认为它们“充满了美丽的鲜活气息”，是《今昔物语集》的艺术生命。这种“鲜活气息”使得该书中的本朝部分“绽放野蛮的光芒”，也就是“野性之美”，是一种“距离优美、纤细之美、最远的美”。极尽优雅、纤细之美的代表作或许可以举出被后世尊为王朝文学巅峰的《源氏物语》。在芥川看来，在表达“世间婆娑之苦”方面，《源氏物语》是优雅地描写了这种痛苦，而《今昔物语集》则野蛮甚至残酷地表现了这种痛苦而充满野趣生机之美，这是它的另一个艺术生命。比如，芥川津津乐道的《某人下关东途中与芜菁交合生子》一文，写一个从京都到关东的男子，旅路上性欲涌起，疯狂想女人不可遏止，经过某村芜菁菜地时，挑了一棵最肥白水润的大圆萝卜，中间挖一个洞，“对着那个洞完成淫事”。后来菜园主人带奴婢前来采摘，一个十四五岁的女孩吃了那个男人发泄后留下的圆萝卜，居然十月怀胎，产下一个漂亮女婴。这样无厘头的“黄段子”要在当今世道，被官方主管文教部门科以“有伤风化罪”是板上钉钉的事，但芥川愣说他从中发现了另类的“野趣之美”！

“闪耀着这种美的世界，也绝非只在宫廷之中。出没这个世界的人物，上至一天万乘之君，下至土民、强盗、乞丐……甚至也涉及了观世音菩萨、天狗、妖魔鬼怪，等等”。在芥川看来，不只是俗世中的人，神、鬼也都有痛苦和精神斗争，《今昔物语集》正是“出色地表现了这种精神斗争”。他写道：“每当我翻开《今昔物语》的时候，都感到当时人们阵阵飞扬的哭声和笑声，而且感到他们的轻蔑、他们的憎恶（如贵族对武士的憎恶）也夹杂在那声音之中。”据此，芥川将这部古典称为“王朝时代的《人间喜剧》”。此外，他对其中的“佛法”部分也感兴趣，因为从中可以得知“当时的人们是怎样切实地感受到那种来自天竺的、超自然的东西——佛、菩萨以及天狗等超自然物的存在。那时的人们活生生地看到，或者至少在幻觉中目击了这种超自然的存在，从而对超自然的存在产生了恐惧及尊敬之念”。

因此，这部满载“鲜活气息和野性之美”的故事集，具有一种超越时空的永恒魅力。这种魅力的秘密被芥川挖掘到了，他说“我们有时候会向遥远的过去去寻找我们的梦。可是，据《今昔物语集》所讲，就连那王朝时代的京都也并不是比东京以及大阪少了娑婆苦的地方。诚然，牛车熙熙攘攘的朱雀大街想必是繁华的。可是，一旦走入那里的小巷，也有群群野狗争食路旁尸体之肉的现象，而且到了夜晚更加可怕。一旦超自然的存在——巨大的土地菩萨，变为女孩的狐狸精，等等，都曾行走于京都春天的星光之下。修罗、恶鬼、地狱、畜生等的世界，并没有总是在现世之外……”

光阴似箭，忽忽千年。人心不古，今世看来依然是婆娑之世，俗世的“精神斗争”何尝有一刻消停过？天性敏感的芥川从这部古典中捕捉到的，或许正是根植在人性深处那么一种超越时空的“永恒不变的弱点”吧。

从《尺牍》看周作人与青木正儿的交往

青木正儿是日本著名中国文学研究学者，字君雅，自号迷阳道人。1887年生于日本本州西南部山口县一个书香气息浓郁的医生之家，自幼在家庭的熏陶下迷上中国古典文化。1908年，考入京都帝国大学中国哲学文学科，师从汉学家狩野直喜攻读近世中国戏曲文学。1911年大学毕业后辗转在同志社大学、东北大学和京都大学任教，积极从事中国戏曲文学研究。在日本，青木属于顶级的汉学家，是汉学重镇“京都学派”领军人物之一，不仅在传统的中国近世戏剧研究方面取得卓越成就，而且在风俗文学、现代文学以及名物学研究领域也是硕果累累。青木还是个与时俱进的学者，20世纪20年代初期，他在致力于研究中国传统文化的同时，对“五四”时期中国兴起的现代新文学革命给予高度关注，由此与不少中国文化名人如胡适、周氏兄弟建立起相得益彰的友谊与学术交流。其中，周作人与青木正儿的书简交流值得一书。

有关周氏与青木之间的交往，因相关文字资料的匮乏，在“周作人与日本作家”这一叙述语境中鲜有触及。1964年青木辞世，遗族将他部分藏书、书信等资料捐赠给名古屋大学辟为“青木文库”，其中收藏的“现代中国文化名人尺牍”是一大亮色。曾在日本从事文学教研的张小钢教授经过努力，拍摄、整理了胡适、鲁迅、周作人等近代文化名人的书简，题为《青木正儿家藏中国近代名人尺牍》一书出版。七十六通尺牍中，周氏有八通，有两封第一次面世。书简时间跨度从1920年12月到1962年8月，前后40多年。数量虽然不多，但这些长短不一的书信好像一些零碎的镜片，从某一侧面折射出两人交往的种种，对理解周氏的生涯和治学或可提供参照补充。

两人间的文字交往始于20世纪20年代初，原本素昧平生，促成两人文字之缘的是胡适之。

青木正儿从京都帝国大学中国哲学文学科毕业后，到仙台的东北大学执教，进行有关中国古典戏剧文学的研究，与此同时，对远在大洋彼岸的中国新文学发展抱以极大关注。创刊于1915年的《新青年》成了青木正儿了解中国文学现状的窗口，他时常阅读，对《新青年》几个主将，如胡适、周氏兄弟颇为熟悉。青木大学毕业后，与几个校友组建了研究中国学的“丽泽社”，1919年9月创刊《支那学》杂志。在创刊号上，青木发表《以胡适为中心的中国文学革命》（连载论文，从9月至11月分三期登完），向日本介绍中国新近发生的文学状况，对以鲁迅为代表的新文学成绩给予很高评价。青木将杂志寄赠胡适并开始文字上的交往，与此同时，胡适也将《支那学》给《新青年》同人传阅，正是通过胡适这一中介，周氏兄弟与青木正儿之间开始文字往来。

1920年11月20日青木致信胡适，并寄赠《支那学》一到三期转给周作人。周因病入院，到12月15日才回信，这是他第一次给青木写信。从原件照片看，书信用的是极为纯熟地道的日语，感谢寄赠杂志，称赞“在中国学方面，贵国的学者比中国的学者做出更学术性的研究，还发表出版了很多有价值的论文和书籍”，对于青木热心研究中国文学，“不仅是局限于过去的文化”，而且对“现在中国人虽然微弱的，但是朝向光明的潜在的努力”的一面给予积极的肯定并介绍到日本，表示由衷感谢。文通之初，周对青木颇有一种“文学知己”的亲近与好感。

第二封信写于1924年1月16日，周作人已经获悉青木正儿将于4月份来京，欣悦不已。并期待北京之行对于喜欢“中国趣味”的青木来说，“会发现一些特别趣味和美”，顺便告知胡适之与沈尹默的近况。青木正儿收藏的周作人来函中，早期的书简也就以上两封。不知是中断还是信件失落，再开通信，中间隔了近20年。

与以往公开刊出的周作人《致青木正儿信》相比，张小钢编的《尺牍》一书中收了1941年4月间周作人致青木正儿的两封短简，这是在以往任何周作人作品集中所未见的。这两封信写于周作人一生中“有失大节”的附逆时期，涉及他生涯中最为不堪的经历和最复杂的心路历程，窃以为这两通私人尺牍对研究周作人附逆时期的对外交游活动提供了某种补充，具有一定的文史价值。

1937年夏天爆发的“七七事变”，成了中华民族全面抗战的起点，北平的各大院校和著名文化团体纷纷南迁，投奔抗日洪流。但周氏不为所动，以各种理由继续留在北平。以他的特殊身份和在中日文化界的影响力，为日伪政权所利用是迟早的事，面对子弹和聘书的抉择，最终接下汪伪政权的任命书。1941年4月间，在就任伪华北教育总署督办不久，周受命率东亚文化协会成员赴日，经京都往东京参加“东亚文化协会文学部会议”。在京都，周作人与青木等日本文化名流会面，久别重逢，两人相谈甚欢。此后周氏前往东京参会，月底回国。旅日期间，从入境一直到离开日本整个过程都得到了青木无微不至的斡旋照拂，令他心生感激，回国后一连给青木写了两封信。其一云：“关垂感激之余，莫可言喻，敝同人奉命离别之后，先后首途一路托庇，安抵故都诸事如恒，差别堪告慰。”另一封写道：“款待洽谈之多般，凭尺鳞而寄意，专渺驰谢静候。”这次访问，看来取得了令日方满意的效果，半年后，周作人就任东亚文化协会会长一职就是明证。因此，这次访日对周作人的人生履历和历史对他的审判来说，无论如何都是一件“不可看过”之事。

据我粗浅的了解，这两封信，在以往公开的周作人书信中还是首次。周作人写给青木正儿的信，最早由梁国豪翻译整理，题为《周作人给青木正儿的信》于1976年5月在香港《明报月刊》刊登，合计六封，上述两封不在其内。其后大陆刊行的各种周作人书信文字中，包括《周作人散文全集》这样几乎将周氏所有面世文字一网打尽的皇皇巨卷，也只收梁国豪整理的六通尺牍。

青木藏周作人尺牍第五封写于1958年2月14日。从信中得知，青木托王古鲁给周作人寄赠了著作和近照。王古鲁是日本文学研究专家，翻译过青木正儿的《中国近世戏剧史》等著作，与周和青木都相当熟稔，《尺牍》中以王古鲁最多，有三十六通。信中还追忆了1941年4月在京都的欢会，“京都一见，倏忽十余年，人事变幻，如何可言。”语气中似有诸多欲说还休的今昔之叹。自京都别后至今，周作人经历了人生最为跌宕起伏的戏剧性变化：抗战结束后，周作人在北平以汉奸罪被蒋介石国民政府逮捕起诉，最终被判处十年有期徒刑监禁于南京老虎桥监狱。1949年释放后返回解放军管制下的北平家中。中华人民共和国成立后，迁回到八道湾自宅定居，虽然被剥夺了政治权利，但在文化部门的默许和照拂下，让他发挥所长专心从事翻译和著述，进入了自出狱以来最为稳定的翻译稳产、高产期。在信中，周还告知青木近期从事译著方面的工作情况，古典希腊悲剧集《欧里庇得斯》已经翻译完毕（全书18篇，周翻译13篇，余下五篇出自罗念生译笔）云云，语气又颇有宽慰之意。

1961年11月26日，周作人给青木写信，感谢青木赠送《元人杂剧》，告知王古鲁已经于两年前亡故，以及人民文学出版社委托翻译的古希腊悲喜剧和日本古典文学作品《古事记》《枕之草子》《增订狂言选》《浮世床》的翻译虽已竣工，因纸张缺乏，未能付印。信中还交流了读青木《中华名物考》（1947年版）一书的感想，说“专阐心为名物学之研究，仆略有同好，阅之至为欣快”，并表示青木出版于1958年的《华国风味》一书，因书售罄不能拜读而引为遗憾。这是第六封信。

从青木正儿存留的周作人来信看，最后的七八两封均写于1962年。4月20日，信中告知近日友人从旧书店为他搜得《华国风味》一书，并就其中的《花雕酒》一文读后心得进行交流；第八封也就是最后一封，写于同年的8月8日，谈他近读青木写于1962年的《酒中趣》一文的感受，并寄赠绍兴文人平蝶园所著的关于绍兴酒的酒话（手抄本）。两信都很简短，用的古雅的尺牍体，写在一色的私家定制的信笺上，别具雅趣。

这两封信的交流对周作人而言都有相应的写作成果作为呼应。需要略加说明的是，周作人对青木的研究趣味和文风是颇为心仪的。《华国风味》这样的文章尤其合他口味，展读不已。1963年，周作人全文翻译了其中的《中华腌菜谱》；同一年又从《华国风味》中节译《酒中趣》一文，题为《日本人谈中华酒肴》。周作人兴味津津地翻译了青木正儿谈论中华腌渍文化和酒文化的文章，这在他的日本文学翻译著作中显得颇为“另类”，但并不唐突，其中款曲值得一书。

周氏翻译的日本文学在其写作生涯中是一个巨大存在，所占翻译数量比重据说超过3/5，更是晚年一大“文笔业”。在译介日本文化方面，内容不超出近现代日本文学和日本古典文学两大类。与他的读书写作等治学活动一样，周作人从事翻译也有自己的一套取舍标准：与其说追求一种高大上的事功诉求，不如说更多的是出于一种趣味或兴味，一种兴之所至的“游于艺”心态。由此，或许可以理解周作人为何对青木的学术会有颇多的会心与共鸣了。

在日本学者中，青木为人为学也是一个“异数”，他自称“性孤峭而幽独”，个性放达。这样的个性反映在治学上，就是生动活泼，不拘一格，排斥正儿八经学术路数。作为对京都学派倡导的实证主义治学方法的践行，他曾三次游历中国，陶醉于中华风物之美，他意趣通达，喜欢美酒、美食、民间风情，以搜寻散落在历代典籍和民间市井聚落的一饮一馔来构筑自己的“名物学”，走出一条独特的学术之路。读其学术文章，丝毫不见迂腐的学究气，生动有趣有情怀又接地气，更接近个性张扬的散文随笔，在神韵上与周作人小品颇有近似之处。例如，在《华国风味》序言中青木这样写道：“近年饮食生活的单调穷乏，这方面的神经更加敏感，就是读书也容易注意那些吃的东西，正业的文学却被抛到脑后。”不难想见，这样的人生态度，这样的治学态度与门径，与推崇“知识、趣味、情怀”为学问旨趣的周作人十分“对味”，于心有戚戚焉，感叹“仆略有同好，阅之至为欣快”，欣快之余，郑重其事翻译出来。

周作人与青木正儿基本上属于同龄人。周出生于1885年，比青木正儿大两岁，1964年青木病故，周作人也于两年后去世。他们结缘于风华正茂的青壮年时代，由于志趣个性相类，惺惺相惜，交谊交流一直持续到人生暮年，40多年不曾中断，其间的经纬与深层原因，研究下来或许是个“好题目”。

恶魔主义文学家的食单

“食色，性也，人之大欲存焉”，吃喝乃人生一大事，因而在探讨某种文化与社会生活时，饮食无疑是一个好题目，比如作家作品与吃喝。文人好吃，自古已然，文学家餐桌上的饮馔，在满足口腹之欲这一基本生理需求意义上与普通人并没有什么不同，不同的是作家感受食物的方式。在个性鲜明的作家那里，形而下的一食一饮却往往超出口腹之欲的范围，成为他们感受身外世界的另一种触觉和媒介，从而具有形而上的意味。因此他们对食物的特殊嗜好，对吃的态度和方式，就不可能不在作品里留有某种微妙的连带感。从这个角度看，作家的日常餐桌上的食单里也许就隐藏着文学与人生的秘密。这方面，谷崎润一郎或许是个极端典型。

三岛由纪夫曾论及谷崎润一郎的小说艺术：

> 比起任何方面，首先是美味。就像在精心烹饪的中国菜或法式大餐里浇上不惜工本与时间熬制的酱汁，不仅让人一尝普通餐桌上无法领略的美味和丰富的营养，还诱人深入陶醉于恍惚的涅槃之境，给人喜悦与忧郁、活力与颓废。

无论作品还是日常人生，谷崎润一郎与美食之间充斥着太多的话题，他的文学旨趣与他的饮食嗜好之间存在着如此之多不解之缘，不能不给阅读者留下强烈的印象。

一

谷崎润一郎是“江户子”，也就是土生土长的东京人。1603年，在战国乱世征战中胜出的德川家康从京都天皇朝廷那里获得“征夷大将军”称号，在江户开设幕府，这个原属武藏国的小渔村成为统治日本的行政中枢而迅速发展繁荣起来。江户时代（1603—1867）和平稳定两个半世纪，工商业发达，市民文化空前繁荣，也孕育出洗练、雅致的饮馔文化，今天日本饮食生活的诸多形态都可以从那里找到根源。

谷崎润一郎生于1886年，比他的中国文章知己周作人小一岁，家在东京日本桥蛎壳町。那里在江户时代是将军居城脚下最繁荣的城下町商业区，又靠近海鲜批发市场“鱼河岸”，饮食业极为发达，至今仍有许多创自幕府时代的百年老字号。谷崎润一郎出身商家，祖上世代经营清酒批发和活字印刷作坊，原属富裕的町人之家。到父亲一代因不善经营家道中落，谷崎出生时已经非常贫困，被迫搬离了祖传的大宅子，到平民街区赁屋而居。靠着亲戚的资助和兼做家教，谷崎才勉强上中学读书。令人称奇的却是谷崎自幼口福不浅，和高档饮馔颇有渊源。

谷崎小学有个学友叫笹沼源之助，家里经营着东京首屈一指的中餐馆“偕乐园”，谷崎经常去他家玩耍、吃饭，从滋味浓厚、甘美芳醇的中国菜中接受了最初的味觉启蒙；中学时代勤工俭学，因学业优异被推荐到顶级法式大餐“精养轩”老板家当家教，得以见识西餐的精髓。他对中餐情有独钟，说“跟西餐比起来，中国料理才是真正的美味佳肴”。大正时期（1912—1926）兴起的中国旅游热中，自幼受过中餐美味与汉诗汉文熏陶训练的谷崎自然欣然前往，成了寻访中国乌托邦，即所谓“支那趣味”最积极的捷足先登者之一。在中国江南，源远流长的中华饮食文化也成了他中国寻梦的重要部分。谷崎乐不思蜀，写下大量与中国饮食有关的作品，题材涉及小说、随笔、游记、文化论等，成了中年时期创作的一大源泉，脉脉而出，不可遏止。据说，中国菜在大正时期的风行一时、中餐馆大为普及就与他那生花妙笔的蛊惑和鼓吹有关。中华饮食还成为他理解中国民族与文化的一个独特视角，说“要想了解中国人的国民性，不吃中国菜是不成的”，与清淡、自然、形色优雅的日本料理相比，中国菜尤其是浓油赤酱的江南菜肴在口味上偏于厚重甜腻，但谷崎敏锐感受到中餐与中国文化这两者之间在精神实质上的关联，比如他喜欢肥腻浓香的红烧肉，一名“东坡肉”，联想到这是宋代大文豪苏东坡发明的美味佳肴便禁不住心驰神往继而大快朵颐，因为苏轼无论在诗文成就上，还是飘逸旷达的人生态度上，都是自古以来深受日本文人墨客崇仰的文化偶像，吃着红烧肉他不由得想道：“读着崇尚神韵缥缈的汉诗，再吃那些味道厚重的菜，似乎觉得互相矛盾，但我觉得将这两种极端合二为一才是中国人的伟大之处。能做出这么复杂的菜然后大快朵颐的民族总之是伟大的国民。”

谷崎润一郎的挚友、著名表演艺术家上山草人说：“（谷崎）属于那种典型的江户时代老吃货，精于饮食之道而且健啖，食欲旺盛、食量大，食速快，而且永远乐此不疲。”谷崎对美食有一种超越常规的执着，有时到了近乎狂热的地步，好像好吃喝才是活着的最大目的，就像他小说中的美食家一样，为了吃一碗正宗的茶泡饭，不惜从东京搭乘夜行火车到京都；春江水暖河豚当季时，又昼夜兼行南下本州西端的山口县，在与九州隔着海峡相望的下关河豚料理老铺大快朵颐。传统东京人洒脱、达观，精于游乐，有道是“江户子不留隔夜钱”，谷崎身上遗留浓重的“江户意气”（气质），自年轻时代起就在吃喝之道上不自量力地花钱。成为职业小说家后因为无节制造屋买地，追求奢侈游乐和饮馔，经常债台高筑，弄得卖屋甚至典当衣服，只好老实一段时间，写稿还债。即使如此，只要来了稿费甚至稿件刚寄出就催促支付或预支稿费，迫不及待流连于各种豪华料亭餐馆，透支了再日日伏案写随笔还钱。居家饮食也不马虎，夫人谷崎松子在回忆录《倚松庵之梦》中写道：

> 日常饮食相当讲究，家里的餐桌可谓奢华丰饶远在一般日本家庭之上。晚年喜好关西料理，寒冬常吃鳖，二月吃小银鱼、春笋和鲷，初夏鲇鱼和甘鲷，入秋吃加茂茄子、松茸，不只是肉类和海产，对蔬菜同样很考究，萝卜、菠菜、青葱、茗荷都要选用京都出产的，酒类，豆酱、水果之类也一定要用最高级的，只要是上等的食物，无所不欢。

活脱脱一个典型的“食通”，完全可以和他视为人生楷模的清代文人袁子才相伯仲了。

即便在非常时期，谷崎润一郎也从不亏待口舌。“二战”期间，日本军部为了动员一切资源投入对外侵略战争，对食物的流通实行严格管制，高级食材被当作奢侈品禁止出售，到战争后期，甚至连一般性日常食品都贵得离谱，谷崎让家人将存款全部取出保证日常饮食质量。1945年太平洋战争进入后期，3月起美军对东京等大城市实施无差别大轰炸，获取物质变得更加困难。8月上旬，居无定所奔波在逃难路上的永井荷风接受谷崎的邀请前往远在关西兵库县的冈山家中做客，谷崎以版权和手稿为抵押从银行借款，不惜高价从黑市上弄到当时罕见的食材款待恩师。远离战火的冈山山清水秀，安详静谧，晚餐食桌上有佃煮（甜味高级海鲜）、小鱼、豆腐、牛肉等罹灾时期梦幻般的食物，荷风犹如梦游世外桃源般亦幻亦真。欢住三日，荷风返回东京，途中打开夫人赠送的便当盒，“白米饭、昆布甜煮海鲜，外加牛肉”，患难之中见真情，故人一饮一食中饱含的情谊，令人“欣喜不知所措，感动不能言”，荷风在火车上吃着美味的便当，自大空袭迄今第一次怡然自得欣赏车窗外的美景，一路晃回东京，当晚迎来了日本终战投降。

《倚松庵之梦》一书中，还记下已经功成名就的大文豪辞世前一周的餐桌风景，活灵活现：儿孙都来欢聚，谷崎兴高采烈用香槟和家人一一干杯，这时菜肴端上桌面了，他像孩子一样“好吃！好吃”欢叫着，“好像来不及品味一样飞速地吃着他最喜欢的紫苏梅酱海鳗鱼”。美餐当前，昏昏欲睡的他立马来了精神，胃口好得像棒小伙似的，何曾见一丝衰朽之态！

二

饮食道乐如此深刻渗入谷崎润一郎的日常人生，就不可能不在他的文学中留下投影。实际上，他的文学旨趣与嗜好的食物之间同样存在诸多不解之缘。川端康成盛赞谷崎文学是“王朝时代以来最妖艳的一朵牡丹花”，那妖娆绚丽的恶魔主义文学之花就盛开在谷崎家的餐桌的食单上。反过来，要理解研究谷崎文学，从他家的餐桌或食单上一窥其妙，或许也是一种捷径。

在文学上，谷崎算是顺风顺水，没有经过太多挫折，在他还是一个尚未出道的文青时，才情就被永井荷风发现了。1910年，因拖欠学费，刚被东京帝国大学国文学科退学不久的谷崎润一郎在和小山内熏、岛崎藤村创办的文学杂志《新思潮》上接连发表了《刺青》《麒麟》等不无标新立异的短篇小说，却获得刚归国的新潮作家永井荷风的激赏。荷风从他的作品中发现了“源自肉体恐怖的神秘幽玄”“写都市事情”和“近乎完美的文体”等几个特质，高度赞赏他“为日本明治以来的文坛开拓了一个未曾有人涉足之领域”，肯定其创作才情，并预言他将来在文学上不可限量的前程，一举将他推上文坛。所谓“肉体恐怖的神秘幽玄”，用今天浅显的话来说或许就是追求变态的“自虐的快感”和“官能的享受”，这是成就谷崎作为恶魔主义文学家的一大特色。这一特色，或隐或现几乎贯穿他一生的文学生涯。

在谷崎看来，日常生活与艺术梦想是统一的，日常生活的元素，无一不是他构筑文学艺术天地的部件，包括饮食男女这类“生之大欲”成了他最偏好也最拿手的题材，只是他对美食佳肴的态度已经超过用舌头品尝的范围，而是把身体所有器官都当作触手来感受美味的极致。

以饮食作为主题来宣示某种艺术理念或人生哲学，长篇小说《美食俱乐部》最具代表性。这部作品是谷崎第一次游历中国的收获，以料理为道具谷崎将他的感官享乐主义文学理念表现得淋漓尽致。小说写一个G伯爵，对清淡单调的日本菜肴感到乏味而外出探索美食的故事。通过特殊渠道，他得以进入中国人秘密俱乐部“浙江会馆”体验了一场难忘的美食盛宴。后来回到自己开设的美食俱乐部依法炮制，并邀请远近同好前来体验。魔法般的料理依序登场，俱乐部的吃货们如梦似幻如痴如醉：芳香的鸡汁鱼翅，“如同葡萄酒般的甘甜弥漫整个口腔”；火腿白菜，“涌现丰厚的汤汁，白菜纤纤绕于齿际舌际”，幻觉中如啃美人玉指；还有高丽女肉，“裹在她身上的绫罗衣裳，乍看之下是白色绸缎，实际上全是天妇罗的酥皮”。这篇充满恶魔主义文学趣味的小说中，稀奇古怪的美味佳肴是谷崎体验异国神秘魅力的元素，也是他心目中感官享乐极致的一个部分，古老、神秘、绚丽的中国文化，对他而言就是一个魔幻般的梦境，是一种类似天堂美妙音乐奏响的艺术极致——以人性本能意识的快感和美感作为艺术的源泉，这正是谷崎唯美主义文学的鬼斧神工之处。

1923年9月2日，谷崎一家在箱根旅游途中，突然遭遇关东大地震，整个东京和周边的横滨等地顷刻之间在一片山摇地动中几成废墟。他自幼对地震怀有恐惧症，又生性喜新厌旧似的搬家换住处，索性就此下车携带家眷一路向西直奔关西。关西是优雅风流的千年古都所在地，比起近代以来欧风美雨横扫冲刷的东京，关西带有王朝时代的流风余韵的诸多风物，给予谷崎新的灵感与启示，成了影响他文学创作与人生的一大契机。

早年谷崎崇尚西方现代主义文学，接触希腊、印度和德国的唯心主义、悲观主义哲学，形成虚无的享乐人生观。开始写小说后，文学观念上受到波德莱尔、爱伦·坡和王尔德等19世纪欧美唯美主义文学家的熏染。移居古风犹存的关西后，受到蕴藉典雅的王朝文化和美学传统的启迪，兴趣转向对东洋固有审美的探索，文风陡然一变，上了另一个幽邃典雅的境界。他一面创作《痴人之爱》《卍》《食蓼虫》《盲目物语》《武州公秘话》《春琴抄》等香艳典雅的历史小说，另一方面深入探索日本文化传统，构成他文学创作中最为丰饶的时期。京都的传统饮食成了他领悟日本古典美学妙谛的媒介。比如在随笔《阴翳礼赞》中，洋洋洒洒超过万字的篇幅，从日常居家琐事捕捉日本文化的美学原点。又比如他这样从光线晦暗的和式房间里的一碗味噌酱汤里去领略东洋之美的意趣："汤碗置于面前，汤碗发出咝咝喑响，沁入耳里，我倾听着这遥远的虫鸣一般的声音，暗想着我即将享用的食物的味道，每当这时，我便感到堕入了三昧之境。"他赞赏京都茶点心羊羹美形美色美味，感悟到东西方美学旨趣上的根本差异："（羊羹）这么一种颜色不也是冥想之色吗？冰清玉洁的表层，深深汲取着阳光，梦一般明净，含在嘴里，那感觉，那深沉而复杂的色相，绝非西式点心所能有的。"

关西成了谷崎文学和生活的转折点。"二战"期间，他不问世事，"在王朝古典的优雅中寻得慰藉"，这一时期完稿的《细雪》和现代语翻译版《源氏物语》则标志着这位唯美主义文学家在经历早年的西洋崇拜、中年的中国趣味之后，进入了回归日本传统与古典所达到的一个新的境界和维度。

三

日本唯美主义文学家都有一个特质，就是信奉艺术生活并行不悖原则，崇尚感官享乐，精通各种声色饮馔之道，如永井荷风、谷崎润一郎、佐藤春夫等人。而将食色壁垒打通的则是谷崎润一郎。在他看来，食色一体，发挥到极致，都可以造就艺术。他甚至断言：“所谓艺术，就是对色欲的发现。”

历史上，虽然来自中国大陆的儒家文化深刻影响过日本，但那毕竟是一种外来文化，并没有在本民族的观念和行为模式深处扎下根，进而从本质上将其同化。比如在对“食”与“色”的态度上，日本人与传统中国人建立在儒家道德伦理基础上的禁欲主义有着迥然有别的价值取向。基于本土悠久的风尚伦理的传统和西方文明的影响，近代以来的日本文学大都肯定、讴歌食色之欲在人生中的必要性和正当性。但将“食”“色”浑然一体，合而成就一种文学奇观的，大概非谷崎润一郎莫属。“食”“色”绝对是谷崎文学中占最大比重的两大内容，而将两者天衣无缝连接起来的是他对“美”的极致追求，对他而言，“食”“色”“美”三者之间本质是相通的，顶级美味佳肴和美到绚烂妖艳的女色，既是满足感官的享乐，又是通向艺术极乐世界的魔法天堂圣域。

谷崎对“色”有着拜物教般的崇拜，终其一生色心不衰孜孜以求近乎入了魔境。年轻时那些七颠八倒伤风败俗的情场八卦不提，即便到了七老八十依然不改其志，曾经担任过谷崎晚年作品责编的日本中央公论社的岚山光三郎对此印象极为深刻。1964年中央公论社举办文化演讲会，谷崎被邀做嘉宾。那是他辞世前一年，78岁高龄的老人在随行护理的搀扶下哆嗦颤巍来到会场，那是随时都有可能颓然倒下的衰朽之躯，与会者都捏了一把汗。但当他接过当红影星、大美人淡路惠子献上的花束时，突然两眼放光，目光凝视着眼前的美女，攥住她的手久久不放。如此“色心不衰”的邪恶感令刚入社的岚山光三郎心里一颤，感觉好像见到老妖怪，有百闻不如一见之叹。说到女性美，对所谓的美人，谷崎润一郎也有自己的一套标准，尤其最中意古风熏陶出的关西美人；皮肤要好，尤其手足要美白洁净云云——与结发妻子离异后，在征婚启事上他就这么大言不惭地写着心仪女性的条件。对女性手足的迷恋，从早年《美食俱乐部》里美食俱乐部成员像咬女人洁白的手指一样的火腿烧白菜，到《疯癫老人日记》里的爷爷，千方百计要用儿媳的美脚模型做成佛足石，以便死后埋骨其下的丧心病狂，都是倒错性爱观在文学创作上的投影。草蛇灰线伏脉千里，这个主题，其实还是在他早年开拓的“恶魔主义文学”的延长线上。

晚年谷崎牙口不好，喜欢黏糊糊软绵绵的食物，豆腐和鳗鱼是最合他口味的食品。江户时代的食谱《豆腐百珍》，袁枚《随园食单》里的豆腐料理他都照着食谱实践了一遍，关西风味料理的“京鳢鱼”则是他的最爱。鳢鱼即海鳗，去骨后鱼身切段，刀花横纵交切至皮，下热水一焯，雪白的鳢鱼肉瓣外翻，形成怒放的白花瓣状，有如白菊，再放入冰桶冰镇，吃的时候沾紫苏梅子酸酱，别有鲜美风味，是晚年谷崎的最爱。晚年的食谱嗜好，在《疯癫老人日记》中化身为“性倒错”的“爷爷”餐桌上的最爱，这个成天饱受变态的色欲折磨的老人，在饱餐梅子酱海鳗之后，觍着老脸，用缺牙豁口的瘪嘴给儿媳飒子舔“鲽鱼一样柔美的脚丫”，获得一种变态的满足。晚年的谷崎润一郎长期患有高血压等疾病，1965年因并发肾病不治而逝。据说，这与他长年过于放纵旺盛的食色之欲不无关系。

四

折腾搬家是谷崎一大癖好，一生迁居40多次，基本上在不断盖房造屋又不断换住处中度过，这大概也是为什么在同代作家中他的旧居最多，而且由于大都是重金打造的精品，保存也最为完好，最有名的有神户市东滩区的“倚松庵”，还有芦屋市旧居“潺湲亭”改造的“谷崎润一郎纪念馆”。这些都是作家生前精心构筑的屋舍，也是他贯彻艺术与人生的梦中天地。

我曾看过几处谷崎的故居，印象最深的是“潺湲亭”故居。那是让文学与日常与梦想的职能完美统一的诗意雅居，家具和居家生活场景基本按作家生前拍照的样式摆放，书房里的中式高级檀木书桌上，整整齐齐放着小楷、行书的手稿和翻开的字典，好像主人出门散步或宴饮后即将回座似的。我还特地去谷崎家的厨房窥探，并没有想象中的豪华，都是一些电器普及之前的日本家庭常用的炊具，简朴，但异常敞亮整洁，且功能性很强，谷崎家每天餐桌上不断变换花样的美食美馔，生产基地就在这里。不由得感慨：谷崎这个人，真是把日常人生与文学艺术结合到极致了。也许是过于生动的生活细节，也许是主观臆想，我觉得在谷崎家的厨房里，我非常直观地理解了谷崎的人生与文学。

谷崎非常推崇随园主人袁子才及时行乐诗酒风流的人生模式，一生以追求美的享乐为最高目的，构筑精舍，莳花弄草，读书挥毫写文章，过着传统文人逍遥自在的日子。孙女渡边香男里回忆：外祖父看中一块有泉眼的地皮，不惜重金买下构筑新居“潺湲亭”，为艺术人生梦想找一最理想的落脚点。新筑落成后，着人在泉眼处挖一水池，专门用来种植山葵（芥末）和茗荷，放养着鲇鱼；院子里还专门辟出一个菜园，种植他喜欢的笋、茄子、松茸、豌豆、青葱等蔬菜，家里的食桌一年四季都丰盛多彩。

观览谷崎故居，他那种近乎魔性的执着隐隐让人感动。美食美色，人之大欲存焉，谷崎就像对文学对艺术一样如醉如痴地求索了一生。撇开伦理道德不谈，在“将艺术美与生活美进行到底”方面，谷崎称得上是一个知行合一的典范。

河童怪谈及其他

在日本民俗信仰中，有不少异类生物，它们纯属架空，却活灵活现，让人信以为真。它们各呈异形，或飞奔于人们想象极限的边缘，或隐现于黑暗世界的一角，往来于异界与人界之间，出没无凭，行止无踪，成为千百年民俗系统中神秘而暧昧的存在。其中，天上腾云驾雾的天狗与生栖在江河湖泊的河童或许最具代表性。尤其是河童，自古是日本怪谈中被津津乐道的主角，甚至成为一大创意题材活跃在现代文学、工艺、动漫等领域中，呈现出一种历久弥新的活力。

一

传说河童为水中妖怪，是河妖的一种。名字听起来很美，感觉就像生活在河里戏耍的顽童，水灵、顽健、漂亮。但不知为何日本人都把它画得丑陋无比，与想象中的水之精灵的反差巨大：体格近似人类，只是个头要小得多，弓背屈身，似乎更接近猿猴；全身皮肤粗糙，呈绿色或红褐色；身后背着龟甲状的壳，上覆鳞片；嘴尖而长如鸟喙，手足细长，指间有蹼相连，便于在水中游泳；屁股长着三个肛门；最令人匪夷所思的是脑袋的形状，头顶光秃凹陷成小圆盆或咖喱碟子，四周一圈支棱芜杂的乱发。

传说和信仰总是与民间日常人生息息相关的。关于河童长着凹盆状脑袋问题，民俗学家折口信夫曾在随笔《话说河童》中以民俗文化视角做了别开生面的解释：在世俗观念中，碟盘之类的日常器皿主要功用在于盛装食物，可引申为获得生命能量的象征。河童栖息在河川湖泊，水就是它们一日不可或缺的生命源泉。据此，凹盆状脑袋获得象征意义：盆是能量容器，水满了，河童便充满能量，盆里干涸则代表生命能量的枯竭。河童即便离开水里，也必须随时让凹盆脑袋保持湿润，脑盆一旦干燥或漏水，就会功力尽失——那凹下去的盆状部位是河童的命穴。日本民俗传说中，顽淘的河童最喜欢的游戏就是在河岸和村童玩摔跤，脑顶盛满水的河童力大无比，无人可以扳倒它。而聪明的孩子以智取胜，只要想方设法让河童脑袋上的水洒落漏光，就能反败为胜，轻易将它制服!

民俗文化系统中的信仰和禁忌，无不打上生活环境的烙印。日本远离东亚大陆，孤悬于汪洋之中，自古号称“八百万众神之地”，信仰万物有灵。国土多高山深谷，水系发达，水资源充沛，列岛终年云缭雾绕，栖息在深山水边的妖怪都罩上一层灵异神秘的光晕而显得姿态万千。即便是外来事物，传入列岛后并非原封不动被保存下来，而是随地赋形，在经过一番变形、改造之后，呈现出另一种与原型迥然其趣的风貌，反令本家相见不相识。

二

日本河童的本家在中国。有关河童的传说和信仰遍布列岛各个角落，它们各具面目和神通，可谓姿态万千。粗略来看，日本河童的起源，大致可以分为东日本（关东、东北地区）与西日本（九州、关西近畿地区）两大系统，源头直接或间接都可以追溯到中国远古时代的神怪传说。《山海经》中那个瘦身、长嘴，脑顶平平的水兽“蛮蛮”，据说就是日本河童的原型之一。在日本民间传说中，河童和天狗一样都是大唐的舶来品，后来神通广大的安倍晴明将它们本土化了。

历史上，安倍晴明确有其人，生年不详，卒于1005年，是活跃在平安时代（794—1192）中期的阴阳师，据说是大名鼎鼎的遣唐学问僧阿倍仲麻吕之孙（日语中安倍、阿倍同音同源），但他自己从未到过中国。安倍因精通家传绝学为宫廷服务，受到皇室重用，是世袭掌管阴阳寮的土御门家族始祖。这一机构从镰仓时代到明治时期，一直在日本天皇朝廷里负责占卜、天文、时刻、历法等事务。

在科技文明尚未开智的古代，安倍晴明由于掌握了处于时代最前沿的技能，如观测天象，擅长咒术等，被奉为精通阴阳两道的神人，日本自古流传的很多神秘事物都与他有关，河童便是其一。据说河童的出现，是因为他在美浓国（今岐阜县、长野县一带）的飞弹高山做法事，忙得不可开交，遂施法术将供奉的偶人变成童仆使唤。法事结束安倍晴明云游四处，童仆们无处可去就地遁入木曾川栖息繁衍，渐渐传遍列岛……至今，在长野县的木曾川上还有一座河童桥，猩红色的栏杆与河岸的绿树和远处的雪山相映成趣。日本人天性嗜好神秘事物，有关安倍晴明的种种，千百年来被津津乐道，并成为能剧、话本、现代小说和游戏、动漫的题材，被演绎得活灵活现，有如三国神机妙算的诸葛孔明，连中国小朋友都耳熟能详。

如从民俗文化传播路径看，日本河童信仰与远古时期中原的“河伯”信仰颇有渊源。“河童”与“河伯”在日语里都读“かっぱ”（读若“卡帕”），在古日语中，训读、音读分别用以称呼本土固有与外来的事物。“卡帕”对应“河童”一词的训读，却是“河伯”的音读。不妨推测，日本人先是接受了“河伯”这一事物的观念和读音，再拿来标注后来经过自己变形、创造的“河童”这一事物。顺便提及，“河童”一词是日制汉语，最早现于室町时代（1336—1573）中期编撰的辞书《节用集》里，指的是河川里的凶怪，显然是综合“河伯”与“虫童”“水童”而成的造语。这一名称的演变，似乎隐隐提示了河伯信仰在日本的演化路径，可以说，日本河童信仰也被打上了古代中国南北方水神信仰的烙印。

河伯信仰在我国中原地区源远流长。在上古时期的神话传说中，河伯原是华阴潼乡公子，名冯夷，渴望成仙却不幸溺水身亡，天帝慰其怨灵，任命他为黄河司水之神。河伯神通，庄子《秋水》记之甚详；至战国时期，河伯不再局限于黄河流域，而成了各水系的河神的统称，这从司马迁记录西门豹的生平事迹中可知一二。魏国西门豹受命前往邺城治水。邺县的漳河在秦汉前属于黄河中下游水系，经常发大水，当地巫女蛊惑人心，假托河伯娶妻坑蒙百姓，西门豹识破伎俩，把她扔到河里“请”河伯；再后来，河神河怪观念也被移用到南方江河流域中。南朝刘义庆编撰的志怪笔记小说《幽明录》中记载着一种水怪，称为“水虫”“虫童”或“水精”，或许是河伯的变形；北魏郦道元写《水经注》，记录着在千里云梦泽的楚地沔水流域中生活着一种叫“水虎”的河怪，“如三四岁小儿，鳞甲如鲮鱼，射之不可入”云云，外形上与日本河童的形象较为接近。我猜想，日本人心目中的河童，从形象到名称，或许是在古中原河伯信仰的基础上，再参考风土较为接近的南方水怪，变形脱胎而来。早在江户时代初期的博物学家就已经认识到：当时在日本各地拥有不同称呼的“河童”“水虎”，其实就是同一种水怪。

三

神话怪谈是真正属于民间文化的一部分，在这个意义上，所谓妖怪文化可以当作观察一个民族民间创造力和想象力的视角。

日本的河童非常活跃，不拘不羁，它们大多生栖在河流、湖泊中，但流播所至，入乡随俗带上本地生活色彩。比如内陆山区，河童演化成栖息出没于深山幽谷的山童；而在沿海地区则成了海童，善游泳而好酒。而且，人们对于河童的印象，从形象和好恶上也不断发生变化。在日本人的另一种传说中，河童乃不慎溺水而死的怨灵幻化而成，为了重生千方百计找替身，经常潜伏河里，等候有人过河，将其拖入水中溺死，而防护能力不足的儿童成了最佳袭击对象。自古以来，很多临河的山乡村庄都建有河童寺庙让人们供奉，祈祷孩子们的安全。古时，日本男孩们到了夏季——这也是儿童溺水的高危季节——会将头顶剃光，留周边一圈头发，叫“河童头”，夏季到河里游泳时，河童误以为同类，就不会抓他们去当投胎替身了！柳田国男有一篇学术随笔《河童之话》，回忆自己小时候就曾留着河童头，男孩脑袋顶上一圈被剃光，周围余发披散，像极了传说中的河童脑袋，一直到成人之后才开始留发，束而为髻，这一习俗或许就来自古代生活在水边人们对河童的敬畏。

至今，在日本一些边远地区的山村里仍然延续着这样一种古俗：每年七月盂兰盆节前后，也就是暑假开始时，家长们就会带着孩子到水边举行“河童祭”，向河里投掷河童最喜欢的食物——黄瓜，祈求孩子夏季平安无恙。祈求饱啖美食的河童不再为恶，孩子夏季平安无恙。日本寿司店里有一种最受小朋友喜爱的“河童卷”，就是来源于古代山村河童信仰的祭祀食品。把黄瓜切条包在寿司醋饭里，不放芥末，用海苔卷成细卷，切成六段，切面看起来，外面一圈黑色紫菜，里面是白饭，中心圆圆的青瓜，恰似河童青白的头皮。河童寿司卷成本最低，寿司店学徒入门之初学做寿司，都要从河童卷起步练手艺，上手后才允许接触金枪鱼肚腩、海胆等高档食材。

到了江户时代（1603—1867）中期，有关河童的信仰和知识进一步普及，而且观念也发生很大变化，一改凶恶的妖怪形象，更多带上了世俗的亲近与滑稽的娱乐味道。河童开始频繁进入日常生活，它们时不常在人居之处隐现，搞点无伤大雅的恶作剧，但似乎绝少行凶作乱，比如说找小朋友摔跤取乐，赢了沾沾自喜，输了就生气；有时躲在茅厕暗处，趁女人如厕时惊吓她一下，或偷摸人家屁股，一旦被抓住了，又会很诚恳道歉并立下字据保证改过自新。为了表示悔过诚意，还会献上自创的秘药云云。这时期，河童在民间传说语境中总是带着憨痴顽淘的印象，好像谈论邻村的某个熊孩子，语气揶揄诙谐并不惊恐厌恶。究其缘由，江户日本，在锁国的格局下，天下太平，商品经济繁荣，以商人、手工业者和下级武士为创造主体的市民文化发达，全民娱乐的宽松氛围中，妖怪也多了几分人间烟火气。

在日本民俗中，河童虽是河妖的一种，不过和很多传统的山妖鬼怪有很大不同。在我看来，河童最大的特点，在于它的日常性和与人类的密切、关联性，像是妖怪与人类的结合体。这从至今活用的诸多与河童关联的谚语俗语可见一斑。比如，“河童也有被大水冲走的时候”。河童以水为家，固善游也，居然也有被水冲走，那就是智者千虑马失前蹄，或者对应日语另一句谚语“猴子也会从树上掉下来”或“弘法大师也会有笔误”了，马有失蹄。还有诸如“河童爬树”，那是说不要勉为其难，干不适合自己的活，事倍功半，云云。

我自己关于河童的知识，最早来自柳田国男的民俗学发端之作《远野物语》。这本被周作人赞为“指示我民俗学里丰富的趣味的启蒙教科书”，写的是岩手县、宫城县等日本东北区域的“家神、山人、狼、狐、猿、猴之怪”的民间民俗，古朴浑厚，有一种天真未泯的野趣。日本东北多高山峻岭，河川众多，森林茂密，是远古大和民族绳纹文化发祥地。因为文明进程比较缓慢，民风淳朴，万物有灵的原始宗教观念十分浓厚，自古以来，人们与周遭自然界各种动植物睦邻相处，水妖山鬼就是他们日常生活的一个自然部分，因此那里世代流传的鬼神怪谈一点都不恐怖，就像自家或邻居遭遇的经历一样寻常，和河童有关的传说更是妖娆多姿。在柳田国男根据同乡佐佐木喜善君口述的这119则异闻传说中，与岩手县远野乡本地的河童有关的就有五则以上，故事生猛鲜活，以纯白描的文笔书写，时不时字里行间出其不意出现画龙点睛的细节描绘令人惊艳，就像生长在深山幽谷的野花横斜怒放，有一种天然野趣，洋溢着神秘而芳醇的乡土文学气息。这就难怪，当三岛由纪夫受托为读者推荐心仪的文学杰作时，就选择了《远野物语》，盛赞它“既是民俗学材料，又是文学”经典——这与周作人称道的兼具“学术价值”与“文章之美”的评价不谋而合。长期以来，柳田国男的文集就曾被收入各种文学大系里。

由于地处偏野，自古封闭，与外界较少往来，日本东北远野乡一带民俗更带有原汁原味的日本本土色彩。比如，在当地信仰中，河童是溺水身亡的男子化身，为了重生或延续后代，他们千方百计诱惑过河的漂亮女子，直到女子为其产下后代。在远野，这类传说不少。比如，上乡某村里就有一妙龄女子，经不住诱惑失身于河童，十月怀胎之后产下一个怪胎，样子挺吓人：全身通红，嘴巴开裂到耳根，显然是河童婴孩。女子极恐，悄悄将婴孩带出村外，丢弃在荒无人迹处任其生灭。但毕竟是身上掉下的肉，难于割舍，转而一想：不如一举两得卖给走江湖的杂耍班马戏团。女人的心机被幼婴勘破，在她转身寻找时早已不见影踪……在东北地区的远古传说中，就曾有过人、神、妖、怪和谐共处的情形，河童往往与村民共处一个时空，也演绎出很多民间怪谈，历代口口相传，几经加工补充，渐渐成为村民共同的集体记忆，随着时势的变迁，又被成功转换成一种独特的文化资源，促进了地方文化的振兴。

早在昭和时期，岩手县远野就因为《远野物语》而声名远扬，并在战后开通铁路升级为市。20世纪80年代，连接东京到青森的东北新干线从这里通过。1983年，著名导演村野铁太郎编导的影片《远野物语》在意大利萨勒诺国际电影节上获奖，引发欧罗巴的日本旅游热，甚至促成意大利的萨勒诺与远野乡结为姐妹城市。如今远野已经成了一个旅游胜地，其中与河童有关的传说和遗迹更是一大卖点。火车站里有一尊河童大理石雕像；站前有“河童广场”，三个铁铸的河童，人身鸟喙，神态各异，或振臂演讲滔滔雄辩，或察言观色，或目不斜视高深莫测注视远方……在幽静闲雅的市街散策，也随处可见河童造型的物件标志，如邮筒、咖啡馆、书店等令人目不暇接，疑是无意中来到河童世界。

值得一书的还有距离远野站五六千米的“河童渊”，多年前一度造访，一直念念不忘。所谓渊，其实是一条小水渠，源自远山一路脉脉而来，横贯田畴村庄，水流非常清澈，在流经“河童渊”的地方水面变宽（也就五六米吧），沟渠变深，水草丰茂，周边古木森森，苔痕苍翠，很有点太古蛮荒的味道，据说这里就是古远野乡一带河童生息出没之地，至今留有与河童信仰有关的遗存。沟渠岸边有一座河童祠，小得像山路边的土地公神龛或街道的电话亭，具体而言是护佑女性生育的丰乳河童神，据说最大灵验是能给祈愿的产妇带来丰盛的乳汁，为方圆远近村社的妇女所信仰供奉。据介绍，当地女人生育，都要前来河童祠祈祷供奉，祈愿时要供上用红绸布包扎成的一个个仿真乳房，取悦好色的河童神，才能显灵为产妇带来丰沛的乳汁。这个古俗延续至今，某年月日我前往观瞻时，还真看到河童坐像前的盘子里，错落有致供着几个大小不一的乳房，用粉红色丝绸布包扎而成，饱满丰裕，栩栩如生，令人忍俊不禁。这一地区自古相传的河童信仰根深蒂固由此可见一斑，实在古朴天真得可爱。别看不起眼，这座小小的河童祠，每年都有几十名国内外民俗学家和文学爱好者到访。

四

夏天是亲水季节。在日本，每到盛夏，与河童相关的传统祭祀活动也很多。对日本文学界，炎夏三伏中的7月24日也要弄出不大不小的动静，那是文学粉丝追悼芥川龙之介的“河童祭”。1927年的这一天，不久前刚完成小说《河童》的芥川龙之介在家饮毒自尽。文坛为纪念他，将他的忌日命名为“河童祭”。

在《河童》中，芥川借一位精神病患者之口，讲述了“我”在河童王国里所见所闻，从另一个场域审视人的世界，折射出对社会人生和死亡等各种深刻命题的思考，展示出作家脑中某些难以和盘托出的观念等，或许可以将这篇小说称为登峰造极的“河童文学”。

自诩嗜好鬼神怪谈的芥川对河童是很熟悉的，在小说里，他对河童的外貌、生活习性和精神世界的刻画到了呼之欲出的地步。在芥川笔下，它们已经不再是骇人的水鬼河妖，而是和人类一样有着七情六欲，也有美德与恶行的一面，河童主宰的国度也是样样俱全的社会——与人类一样，河童国里有各种群体：唯利是图的资本家，他们以财富为杠杆操纵国家，通过与水獭国的战争大发其财；留着长头发的诗人，放浪形骸；闭门思考的哲学家，高高在上，写一些格言警句，悲天悯人，却对残酷的现实束手无策。

河童也有属于自己的法律。在人看来，河童国的某些法律条文是匪夷所思的，比如“职工屠宰法”。那些被解雇的职工不必担忧挨饿受穷，更不会奋起反抗，因为有国家安排出路：集体屠宰出售。一宣布解雇六万多名河童员工，市场上肉价应声而降。那人表示讶异和愤慨时，河童诘问道：“但在你们国家，第四阶级（工人阶级）的姑娘不也去当妓女吗？你听说吃职工的肉就愤慨，这是感伤主义呀。”资本主义社会弱肉强食的发展史，证明河童国的世道绝不是寓言。

河童国里也有类似人类的家庭结构、婚娶制度与生育机制。河童诗人就是一位自由恋爱的倡导者，因此不愿结婚，在他看来，河童国里的婚姻是虚伪可笑的，一盘炒鸡蛋也比恋爱更有利健康。在生育上，河童有一种特殊的禀赋，即可以自己决定要不要降生。河童在母亲肚里时，父亲就会像打电话一样，隔着妻子的阴部问肚里的婴孩：“想不想降生到这个世界上，好好考虑一下再回答。”河童婴孩顾虑重重应道：“我不想生下来，首先父亲的精神病遗传下来就很可怕。”这时，医院助产士就会让肚里的河童消失。

在河童国里，所有的现象和观念都似乎在暗示人类社会的荒谬可笑。最可怕的是，人一旦进入河童国，就再也回不到原来的世界了，因为无法适应，因为对人类社会产生深深的失望、厌恶和恐惧。“我”就在经历过河童国奇遇又重返“人间”之后，因为不适应而一败涂地。最后一项事业的失败成了他小说主人公逃离人类社会重返河童国的契机，因为他觉得那里才是他的“故乡”，就在他悄然离家坐上列车准备出走时被警察逮住，送进了精神病院。

这篇小说，在芥川所有作品中，以晦涩诡异著称，作家借助怪谈这一古老的文学体裁，隐晦表达自己精神世界深处某些混沌模糊尚未成形的思考。在我读来，这篇小说还与芥川的决然谢世有着某种微妙关联——从小说脱稿到自绝于人世不到半年时间，芥川的精神深处一定经历了某种类似漫游河童国的变化，一旦前往领略过某种极致，就再也无法返回原来的生活，一旦勘破某种生命玄机，就无法在尘世中安生。其结局，要么癫狂——这里有他生母的先例，对他而言那是生不如死的恐怖记忆；要么只有与这个世界诀别，获得永久解脱。芥川在辞世之夕非常冷静，在给妻子、孩子、挚友等写完的七封诀别信中不见任何思想波纹，连欠谁的什么书未还，砚台、字典送给谁之类琐事都交代得一丝不苟，做完这一切才从容服药仰卧。而事关生死的原因却语焉不详，一句“对未来茫然的不安”轻轻带过，引得后世闲人猜想不绝，身心疲惫说，创作枯竭说，精神原乡丧失说等，林林总总莫衷一是。其实，芥川的真正死因，谜底或许就在《河童》中，那是他拼尽心力写给世间的遗书。

五

所谓妖怪，是人类对于未知世界的一种想象，客观现实中未必存在。但在一个善于释放创造力和想象力的民族那里，一切都有可能。就像河童一样，人们都相信，怪谈中的那些妖怪就曾存在过，不仅存在于农耕时代里的山林水边一隅，同样存在于工业社会的都市之中，存在自己生活的周边，并以与自己的生活发生干系来联系。正是这种源远流长的信仰传统，使得妖怪不再荒诞不经，而是作为想象力、创造力的结晶，不仅成为经久不衰的艺术题材，也成为一种最富软实力的文化财富。

战后，怪谈文化不但没有随着农耕时代的远去而沉寂，反而随着现代大众传媒的发达而兴盛，社会上一拨又一拨的妖怪热衷者，河童那独特的意象和内涵也不断给当代漫画家以灵感，成为日本现代漫画动漫喜闻乐见的题材。前年以92岁高龄去世的“妖怪博士”水木茂，就对河童别具兴味，将他笔下经常出现的水妖作为创作的主角。水木茂的代表作《河童三平》是怪谈漫画中的经典作品，讲述了一个外貌酷似河童的男孩偶然中邂逅了真河童，由此成为好友的童真故事，后来这部漫画还被改编成了电影。同样被水木茂改编的还有《远野物语》原著。这部影片别出心裁以河童作为主角，通过它的视角，别具匠心，将柳田国男笔下一个个妖谈怪谈串联起来，观后不禁令人觉得自古依附在山川草木与都市暗角的妖灵鬼怪，丝毫没有远离日本人的生活。

网络时代，世界是平的。受益于数据传播、图像和声音的处理技术的创新，作为日本传统文化资源的怪谈，由于暗合了全球化时代人们对更高层次的想象力、创造力的潜在期待，一跃而为世人所瞩目的热点文化，并以一种新型的萌文化消费形式席卷东亚，辐射世界文化市场。

六

妖怪文化起源于科学尚未发达的远古时期，人们对未知世界的一种想象和超越。在东亚，中国可以说是怪谈文化的先驱和集大成者，今天，我们读《列子》，读《山海经》，读《搜神记》，惊叹于我们的祖先何以拥有如此足以傲视百代的灵异之思，在神界、魔界与人界之间高蹈飘举、自由翱翔，创造了一个又一个妖娆绚丽、森罗万象的幻想世界！像河童一样，几乎所有日本的妖怪，都可以在中国找到源头。不过，一涉及这一语境，一个有意思的话题出现了：中国的神怪幻想文学，有没有像日本妖怪文化那样与时俱进，孕育出一种新的文化格局呢？

当然，这样一个问题，不是我这样的门外汉能置喙的。横看成岭侧成峰，在见仁见智的多角度解读中，芥川龙之介的意见值得参考，此人偏激犀利，但绝不迂腐。他在对比日中怪谈文学传统时指出，日本平安时代以前的本土鬼神妖谈，较为生动鲜活，具有一种原始野性美。中国本来也有很好的怪谈传统，但是后来这类故事沾染了太多的伦理道德说教和因果报应观念，丧失了固有的活泼与趣味，云云。将中国怪谈文化衰微，归咎于儒学被定位一尊与佛教文化的普及。虽是芥川的一家之言，但目光如炬其中的识见力自有令人折服之处。不是吗？“子不语怪力乱神”，儒家崇尚入世济世，讲人伦、礼仪、秩序、温良恭俭让，讲究文以载道，思无邪，久而久之，子虚乌有的鬼神妖怪无处藏身，不断受到主流文化的挤压被驱赶到犄角旮旯，唐宋之后淡出了人们的想象力之外，或者变味，像明清后常见的志怪文学套路，将人世的伦理或逻辑强加给妖怪，再以讽世劝善做结，虽然不乏“写狐写鬼”的妙笔，但过多拘泥于“刺贪刺虐”的现实照拂，虽不脱“文以载道”的正统，但格局内缩，情怀上终究与“本格”的怪谈趣味有了隔阂。

不过，芥川的见解虽然独到，却难免失之片面。中华文化是一棵生生不息的参天大树，她那绵绵不绝的生机远超芥川龙之介的想象。“礼失求诸野”，在中国广袤的土地上，在远离主流文化的某个角落，怪谈的文化风土尚未泯灭，在那里一定还存留着充满野趣的天真烂漫的怪谈故事，埋藏着怪谈文学的全部秘密。比如，有着丰厚的怪谈文化底蕴的齐鲁胶东半岛，古有《齐谐记》传世，余脉不绝，至清代有《聊斋志异》，当今又滋养了莫言文学创作中最富想象张力的部分，不能不令人感到一种历久弥新的文学传统。近日，重读了莫言的一些散文随笔文字，特别注意到其中有关山东怪谈文学传统与他创作的师承渊源，印证了我的某些臆想，又触发另一个很有趣味的话题，内心有点高兴。

曾在阿城的随笔《闲话闲说》里读到莫言家乡水里的“小红孩儿”，非常欢喜，很有中国气息。阿城记录的故事是这样的：

有一次，回家乡山东高密，晚上靠近村子，村前有个芦苇荡，于是卷起裤腿涉水过去。不料一搅动水，水中立起无数的小红孩儿，连说“吵死了！吵死了”！莫言只好退回岸上，水里复归平静。但这水总是要过的，否则如何回家？家就近在眼前。于是再蹚到水里，小红孩儿们则又从水中立起，连说“吵死了！吵死了”！反复了几次之后，莫言只好在岸上蹲了一夜，天亮了才涉水回家。

阿城听莫言说这故事，心有所触，感叹他讲鬼神的方式的独特，是唐宋以前的情怀：

> 这是我自小以来听到的最好的一个鬼故事，因此高兴了好久，好像将童年的恐怖洗尽，重为天真。

这也是我读过的最美的中国版“河童怪谈”。

日本日记文学的最高峰

——读永井荷风《断肠亭日乘》札记

一

日本人喜欢记日记。昔年在日本，周围几乎人手一本漂亮的皮质“手账”，随身携带，随走随记，图书馆、咖啡店时常可以看到煞有介事往本上书写的男女老少，心里暗自佩服这种好习惯。如今网络时代，则升格为开博写日记普及更广，据日本电信部门统计，至今已有600多万人日记开博，阅览则超8000万，这在人口不到中国1/10的日本可谓全民性的嗜好了。

日记是虽老弥新的文体。从公元七世纪开始日本全面输入大唐风物，日记为舶来品之一，最早作为记录宫廷起居规制随海归带回。仿佛找对了风土，这一文体在扶桑一枝独秀，千年来出落得嫣红姹紫，连本家都惊艳。日记文学的发达成了日本文学的一大特色，也滋养了后世大行其道的“私小说”。

日记最大的魅力在于日常性和真实性，能为解读人性、社会和历史提供一个独特视角，是正统的历史和文学之外的一个宝藏。我亦多年乐读不倦，在我购读的日记文本中，最喜永井荷风的《断肠亭日乘》，十几年了，至今仍是坐卧行旅的常读书籍。

《断肠亭日乘》从1917年9月16日起笔，荷风时年38岁，一直到80岁辞世当日“不输给风不输给雨”一日不辍记了42年。岩波书店出版的三十卷本荷风全集中青砖般厚重的日记就占了七大卷。后有摘录版问世，从3000页日记中荟萃成800页上下两卷文库本，大利阅读携带。我曾买过四回，或替换旧物或送同好，这在买书历程中也是绝无仅有之事。

荷风生前对这部日记异常用心，外出时铅笔打草稿，回家再用毛笔一笔不苟地誊写在宣纸上，一年一本托书画匠线装成函。1945年3月，美军大规模空袭东京，荷风栖身多年的偏奇馆和万卷藏书化为灰烬，仓皇逃命中竟舍不得几函日记，冒死从火堆里救出，颠沛中不离左右。生前就文名鼎盛，但荷风不以为意，甘以“戏作者末流”自居，对日记却颇自许，说能传世的或许只有它。

《日乘》甫出即受高度礼赞，被视为日本现代文学的奇书，作家远藤周作评道：“日本文学可以没有《濹东绮谭》等名著而不缺憾，少了《断肠亭日乘》则是一大损失。”盛赞它是“日本日记文学的最高峰”。

二

1917年9月16日，夜雨潇潇，荷风在永井宅邸的书房写日记，从这天起一直到1959年4月29日孤独离世当天，不曾中断过。这就是文学史上赫赫有名的《断肠亭日乘》。

“断肠亭”是荷风书斋名。因酷爱别名断肠花的秋海棠而遍植庭中，又兼患有肠胃痼疾，阴雨天即引发腹痛，以“断肠亭主人”自况而得名。除了日记，冠名传世的还有《断肠亭杂稿》（随笔）、《断肠亭吟草》（诗集）等著作。

“日乘”即日记的别称，语出南宋诗人陆游《老学庵笔记》：“黄鲁直有日记谓家乘，至宜州犹不辍书。”据说这是中国最早见诸记载的私人日记。荷风在“文青时代”就开始写日记，彼时沉迷汉文学，对幕末学者成岛柳北汉文笔体写成的《航西日乘》倾慕不已，精心抄录并借鉴模仿。

永井荷风，明治十三年（1879）生于东京帝都的名门望族，家学渊源深厚，外祖父是幕末名儒鹫津毅堂，父久一郎是明治高官，以汉诗名重一时。但身为官二代却天生反骨，藐视仕途功名，热衷与上流社会常识背道而驰的跌宕人生：年少即沉溺江户曲艺文学和花柳世界，学业荒废到学籍被除，大学也落榜。功名无望，家里私费送他出洋学实业。去国离家，如鱼得水，正好自我放养，在狂读法兰西文学和体验放荡三昧中修炼文学才情，乐不思蜀直到严父以断其粮草胁迫才“不得已饮恨归朝”。明治时代，渡洋留学是精英必由之路，却都是肩负国家重托的公派生，如前辈夏目漱石、森鸥外，专为当文学家而自费留洋者唯他一人。收在文本中的《西游日记抄》是其浪迹欧美的实录，如泣如诉，也是“我以青春赌文学”的作家养成另类教科书。

随着《美国物语》《新归朝者日记》等一系列开一代文学风气之先的作品发表，归国未久的荷风一跃而成文坛宠儿。受到西方正统文化洗礼的荷风以“新归朝者”的姿态，看到当时的日本与其西洋社会理想相背离，从政府到民间，充满伪善与浮躁，从城建到文化，处处是对西方文化的浅薄模仿，对旧有文物滥加破坏，愤激之余，大加冷嘲热讽。

1910年，幸德秋水等12名社会主义者和无政府主义者被明治政府以阴谋行刺天皇的罪名处以极刑。荷风深受刺激，感叹“现在虽云时代变革，不过只是外观罢了。若以合理的眼光看破其外皮，则武断政治精神与百年前毫无所异”。从此选择保全性命于乱世的韬晦哲学，耽于官能式享乐，木屐曳杖，游走在先哲墓地和青楼北里之间，从濒临湮灭的江户古迹和艺术中寻觅“无常悲哀的寂寞诗趣”。

三

此日移居麻布。母亲偕下女前来帮忙。麻布新筑之家外墙遍涂油漆，乍看有如办公楼，遂命为偏奇馆矣。

1919年，荷风卖却永井家大宅邸，连同父亲留下的家什与汉典籍、古董字画，另筑新宅。一年后迁入位于东京麻布上流社区的新居，一座独门独院的漂亮小洋楼，四墙刷蓝漆，外观有点奇，荷风从英语油漆（penki）谐音命为“偏奇馆”，不无孤高奇崛的夫子自道。

偏奇馆是荷风贯彻“独身主义、孤立主义、艺术第一”人生价值观的实践基地和文学舞台，在此栖居26年，诸多名作如《雨潇潇》《濹东绮谭》及《断肠亭日乘》多在此写成，已然进入日本文学史。原址在今东京港区麻布六本木一丁目，寸土寸金之地，我在留学时代一度前往观瞻，惜乎影迹全无，四周见缝插针呆立着平板方正的写字楼，空遗一块“偏奇馆跡”碑，算是对文学朝圣者的告慰。

卜宅麻溪七值秋，霜余老树拥西楼。
笑吾十日间中课，扫叶曝书还晒裘。

荷风自笔的诗配画《卜居偏奇馆图》描写独居的日常，洋溢十足隐逸气息：从时代的险恶激流中抽身隐遁都市一隅，读书扫叶、莳花种草，静观瞬息万变的时代风云，洞察世道人心之机微，举凡天候、家事、来客、外出、交友、女性纠葛，街巷传闻，世相风俗、读书写作、时局批判等一一记在日记里。

孤绝一人，无妻无子，与亲类不相往来，少有朋友，刻意远离主流社会，宁做晚风斜照里的失群孤雁，在乱世中寻求安身立命之道，尤推崇清人石庞的人生旨趣，视“读书、好色、饮酒为生涯三大乐事，此外皆无足道”。

冬日暖暖照窗。终日凭几，致哑哑子函。晚餐后偕清元秀梅（艺伎）漫步银座。

贪眠至正午。往山形酒店午餐。归宅炉边重读纪德的《王尔德》。日暮忽见寒月皎皎。晚餐尽葡萄酒数盏。晚风寒彻，月明中醉步至葵桥，搭电车访松筵子府邸，则门生聚集，酒宴方酣。过十一时，搭筵子、荒次郎轿车归宅。

秋晴天气好无边。野菊、胡枝子、秋海棠及他类草花悉数竞相开放。午前执笔，午后读书。入夜见半轮月光澄澈。搭东武线电车至堀切一带散策，过玉井归宅。

作为私人记录，日记所载诸多如家事纠纷、交谊恩怨、收支明细乃至风月履历等个人隐秘，既是研究作家生涯的好材料，更是开启荷风文学暗室的密码。在这个意义上，比诸作家传记、年谱，日记文本还原了一个更真实更具个性风貌的荷风。

女性交游是荷风生涯与文学的关键词。作为现代日本文坛的“色道”始祖，荷风将花街柳巷视为人生与文学的修道场，日日出入浅草、银座、深川的游廊酒场，勤勉有过严谨的上班族；散步出行是日课，沿途景致，遗迹考证，甚至迷宫般的路径都绘图插入日记，庙宇、水路、店铺、树木都标记得一丝不苟以做写作素材，却精确得俨然参谋本部绘制的巷战图，今日东京导游手册还拿它当指南。

作为隐秘写作文本，无所忌惮的“女性遍历”实录，构成日记一大特色。某日一气追记40个浸染弥深的女性中，有艺伎、舞女、歌手、女优、百货员、豪门遗孀、人妻熟女等不一而足，来龙去脉乃至闺中密戏，委细道来完全是“私小说”的笔法。与谷崎润一郎彻头彻尾的“庶物崇拜”女性观不同，荷风的“色道”更多带有欣赏乃至游戏的官能主义成分。他厌恶唯利是图见利忘义的世道人心，欣赏女性天真纯粹、保存诸多未泯的美好天性，因其能唤起他对往昔时代的乡愁。他甚至希望死后在埋葬娼妓遗骸的闲净寺入土是最好的归宿。但不愿为情所累，奉缪斯为终身厮守偶像。自知薄幸，与女性交游却颇见绅士之风：订交即请律师做公证，离缘则照协定支付女方大笔分手费保障其生计。生前饱受诟病乃至攻击，但死后一个个女人争着出来说他好话，追念他，反令非议者无趣。后世不乏追慕者，但属于荷风的“流仪”不是说学就学得来的。

荷风“色道”与爱情无关，与文学却水乳交融。以沦落花街游廊的女性为素材，从烂泥塘中寻找纯美的人性之花是荷风文学的一大主题。对照阅读小说杰作如《雨潇潇》《隅田川》《濹东绮潭》等，会发现在日记里都不乏鲜活的原型。

四

日记横跨大正、昭和两代，其间发生了诸多影响日本、东亚乃至世界的大事件，是日本历史上最为激荡的“暗黑时代”。从关东大震灾、满洲事变、侵华战争到战败投降，荷风日记里除了对时代鲜活的写实，更有鲜明的态度和剖析，让人看到了一个隐藏在颓废、浪荡外表下的偏奇馆主人的另一侧面：一个正义、理性、是非分明的文学家，洞悉历史和时代的智者。

在法西斯军国主义战争体制下，不必说狂躁冲动的所谓“大多数”民众是如何同心同德为这场非正义战争推波助澜的，就连作家这一代表民族良心与良知的知识精英层，竟也“集体性迷走，大规模堕落”令人触目惊心：战时文坛总动员，绝大多数作家群起响应自愿自觉甚而争先恐后为侵略战争效力。“七七事变”后，前有尾崎士郎、林房雄、林芙美子、佐藤春夫等著名文人直接奔赴中国战线呐喊助战的“笔部队”；太平洋战争爆发之后有菊池宽、德富苏峰等文坛大佬组织的“文学报国会”；极权高压下连无产阶级文学阵营作家也纷纷变节、转向，公然支持侵略战争；极个别像谷崎润一郎、川端康成等所谓超然于时势的作家，即便战时沉溺王朝经典文学的风雅世界或抒写与时代主旋律迥然其趣的“物哀文学”，也不排除鸵鸟式的性情因素使然，对时局的态度从思想到行动差强“大节不亏”，遑论离某些学人冠予“反战作家”的评价遥乎其远，比之荷风亦相形见绌。

荷风的可贵之处在于，他虽非那种虽千万人吾往矣的反体制派，但始终保持操守，拒绝同流合污，并以明确的方式抵制极权的萝卜大棒：战时他中断了小说创作，甚至一度以“焚笔断文”来回绝体制的纠缠，而对军国主义笼络下的主流传媒、文艺团体和同行则更是避之如蛇蝎，即便对佐藤春夫这样私谊甚洽的挚友，因战时积极为“国策文学”鼓噪作伥，也不惜断然绝交，毫无“日本式的暧昧”。虽这种“反抗”和“抵制”不无消极，但在举国上下浊流横行的时代背景下，他在大是大非上的态度言行和思考深度，与包括文化精英阶层在内的所谓“绝大多数”有着本质区别。囿于“专制体制下言论管制甚于秦始皇”，荷风用日记这一独特方式来记录时代，发表对时局的看法，抨击时政，读那些是非分明、文笔刀锋般的文字，非但击中时弊，而且深抵国民精神肯綮，唯见耿介之士的棱棱风骨，何曾有丝毫隐者的闲逸之气？

日本军国主义者发动侵华战争，尽管打着“膺惩暴支”“从鬼畜英美魔爪解放大东亚”的圣战旗号，但荷风还是一语道破了所谓“圣战”就是侵略战争，是“长期苦于战争后突然巧立名目才将其称为圣战”。冷眼静观被圣战神话煽动起来的社会各阶层狂醉般的丑态，他恨恨写道：

> 看到这种丑态，我就不高兴这个民族向海外发展。
>
> 今秋国民征兵令以来，军人专制政治的流毒已经波及社会

各方面……不论胜败，唯愿早日结束战争。然窃而思之，待到战争胜负见分晓，如我日本获胜，则横征暴敛之政治尤甚今日也。今日之军国所为，大类秦始皇统治……日本不亡才怪。

日本偷袭珍珠港后太平洋战争爆发，荷风就预言了穷兵黩武的日本必败的结局，甚至祈愿被击败以获重生：

美国啊，给这个迅速崛起，变得凶暴的民族一个弃恶从善的机会吧。

中途岛战役后日军节节败退，美军开始大规模轰炸日本本土，68岁高龄的荷风居无定所和广大灾民一起颠沛流离受尽磨难。他在《罹灾日录》中描摹逃难历程，也对“国难”根源深刻反思寻找症结：所谓“国难”实为人的疯狂行为所招致的人祸，是“先为施害者再成受害者”的“自作自受”，也是“天罚”的结果：

但观近年世间普遍存在的骄奢傲慢，贪欲无厌之风气，此次灾祸实是天罚的结果，不亦悲夫！民失其家，国帑耗空，矫饰外观，不为百年计，致国家末路如斯。所谓自作自受觌面天罚是也。

站在大空袭后的东京废墟上，他回想起23年前的关东大地震惨象，两场灾难性质不同，但荷风却看出彼此间的深刻联系：

我日本必亡之兆候，早在大正十二年东京大地震后在社会各方面开始显露出来。

如荷风所揭示的，关东大震灾对现代日本走向影响深远，短暂的“大正梦幻”随震灾烟尘消散，历史露出狰狞一面：灾后日本右翼势力抬头，军人集团绑架政府，政治上打击民主力量和社会主义运动；为转嫁危机，制定一系列军国主义侵略策略，在穷兵黩武的不归路上暴走，最终招致惨败灭亡的结局。荷风史观具有超越时代的洞见力，足为后世日本提供殷鉴。

1945年8月15日，昭和天皇“玉音放送”宣告战败投降，举国如丧考妣，而刚从冈山谷崎润一郎家出游归来的荷风闻后却是欣喜若狂：

> 当晚托染布店老媪购来鸡肉红酒，大张停战庆宴，皆醉而不寐矣。

极权体制下言论管控严厉，文网无所不在，像他这样大胆抨击时弊是需要极大勇气的。一度忌惮日记招致文祸而惶惶不安，半夜起来删减过激文字，外出还要藏进木屐箱。后来感到了惭愧，决心毫不畏惧秉笔直书“为后世提供史料”。

五

作为一部日记文学杰作，《断肠亭日乘》最吸引我的还是作为文学意义上的审美价值。荷风文章之妙，在于打通和、汉、洋的审美边界，独创一种熔东、西于一炉，从古韵觅新声的美文格局。文学评论家小林秀雄称“永井荷风是现代日本最优秀的文章家”，日记多侧面呈现其文章特色，“他的教养、趣味和才情得到浑然一体的表现。”

知堂论荷风文章，谓随笔胜小说，其最出色的小说也是随笔气息浓郁的篇章居多，云云，实是高杆之见。由我个人阅读体验观之，论文章品位则日记似又在随笔之上。日记这一收放自如个性鲜明的文体，在他笔下更是随心所欲得到炉火纯青的发挥。日记始于写作已趋成熟的盛年，尤其有别于心存问世意在流布的创作，私密书写的特性令其行文有一种天然率性之美，少有刻意为文的痕迹，这也是知堂所向往的“真实而具天然之美”的文章境界吧。试译某两片段管窥其妙：

此日阴寒。九时顷方醒，床上啜饮热朱古力食山月形面包，续读昨夜所读之《疑雨集》。归国十余年，每以面包咖啡代早餐。回想去岁出售家宅，暂居旅馆没有咖啡，着人从银座三浦屋送来法国朱古力褥中啜饮，那种风味令我回想起旅法时的光景……读书至午后，樱木（高级料亭）二女澡堂归来过门外时招呼："忙乎啥呀！"扬长而去……日暮大雨如注，南风劲吹，麻布森下医师来宅针灸。入夜闷热。八时顷往樱木晚酌。艺伎多有疲色，瞌睡连连，八重福（荷风相好）抵膝而眠。邻楼弹奏新春曲音频频入耳，似为梅吉小调。今夜愁思难禁，低唱王次回"排愁剩有听歌处，到得听歌又泪零"诗。三更归宅，风雨已过，星斗森然。

正午送阿富（艺伎）归。自虎门往三菱银行。二时顷一人回宅。清扫书斋后入浴，忽见天色暮然。老媪送来晚餐。饭后灯下删订旧稿。此日寒气凛冽，自来水管冻塞直至午后，四邻寂然无声，夜色沉沉似旧年。炉上水沸之声有如雨音，灯火莹然，明亮甚于平日。花瓶里前日所购蔷薇全开，熏香满书斋。搁笔饮咖啡，无意瞥见室内一隅书匣里往日戏墨的王次回七律诗《独居》，中有"花影一瓶香一榻，不妨清绝是孤眠"之句，余今夜孤坐之情怀悉如诗句所道……

平凡琐屑的日常在笔下摇曳生姿，一行一止，一食一饮，风日声色轻描淡写中具见情怀境界，细节历历清晰如北斋笔下游女衣袖的褶皱，涉笔间清清流淌着淡雅感伤的"汉诗文脉"，近似明清末世的小品文，国人读来亦无"违和感"。但那种色彩与音响，却是《恶之花》等19世纪法国唯美主义颓废诗风的余韵。如此文章造诣在同样深受汉诗文浸染的作家漱石、鸥外那里似也罕见，荷风之后遂成绝响，盖因后世中汉文学功底深厚如斯无有可比肩者，诚如吉川幸次郎所言“夏目漱石之后，文士中荷风堪称第一”。

江户时代，以儒学为中心的汉诗文教养是上流阶层必修课，明治维新后崇尚汉学余绪犹存。荷风自幼深受汉学家风熏染并一度入汉诗人岩川裳溪门下学诗，尤醉心晚明诗人王次回，终身耽读涵泳，日记里频频引用足见感怀之深。汉文学对荷风文学的影响是东、西方比较文学领域一个意味深长的案例：作为现代日本作家，荷风理解、受容作为异质文化的西洋文学，凭借的却是自幼习得的汉诗素养，他从中国明清近世文学的某一特质中领悟了日本传统与西洋文学的相通之处，将江户艺术的洗练优雅之美与法国唯美主义文学精神融会贯通，形成自己的文学血肉。对汉诗的启蒙点化之功，有创作谈《初砚》为证：

> 我不谙汉诗，漫读欣赏而已。时下我邦文坛崇尚西洋文艺，言及支那诗歌艺术，以为不过充斥清寂枯淡的情趣或对豪壮磊落气概的宣泄而已，缺乏揭示人性的秘密和弱点。此论初闻颇觉在理，然一度翻读王次回《疑雨集》之后，才发现诗集四卷中几乎全是痴情、悔恨、追忆、憔悴、忧伤的文字。《疑雨集》中那端丽的形式、幽婉的辞句、病态的感情常令我想起波特莱尔的诗。支那的诗集中我不知还有像《疑雨集》那样着重描摹感觉、感官的作品。比之波特莱尔，那横溢在《恶之花》中倦怠纤弱的美感，无非《疑雨集》的直接翻版移植尔。（译自《永井荷风全集14》，岩波书店，1963）

六

荷风辞世过半世纪，墓木已拱，但《断肠亭日乘》还在被广泛阅读，至今是书店常销书。他是属于那种“人死了但还活着”的经典作家，其生活方式、人生态度和文章魅力似都有超时代的存在，生前身后不曾寂寞过。前年以百岁高龄仙逝的名导新藤兼人也是荷风粉丝，写有《读〈断肠亭日乘〉》一书，精辟得连研究专家都佩服，还将日记搬上银幕，其执导的新版《濹东绮谭》即是“向荷风日记脱帽之作”，以日记为骨架，将荷风几个毫不相关的中短篇故事联结一起演绎一个孤高另类的作家实像，更让爱妻上镜出演鸨母，抱回了几个大奖!

人生暮年，阅尽诸行无常后或许更能领会荷风日记的妙处。小说家三浦朱门说荷风之作是“心志衰颓时的最佳读物”；远藤周作也坦言“卧病时节读荷风日记最有味”。此论不虚，进入高龄化社会，原属文学研究领域的荷风日记，如今竟成为日本老年群体的热门读物和话题，连同《永井荷风的活法》（松本哉著）、《永井荷风的生活革命》（持田叙子著）这类书也跟着热销，卖点在于为老龄社会指点迷津，从当下社会困境的视点来探讨荷风人生模式的意义：如何从荷风日记学习人生智慧，度过自足自在、丰裕充实的老后生涯——荷风是“真正意义上的人生达人，爱读书、爱写作、爱散步、爱美人，有恒产，善理财，风花雪月，悠游自足，文章不朽，人生至此精彩何极”？

饱暖思文化，日本方兴未艾的“江户热”中，荷风文学也被当成怀旧的媒介，盖因东京残留的古街老巷，荷风屐痕处处且有不朽文字立证。前年过东京书店看到一种新创刊时尚杂志刊名居然叫《荷风》！摆在店头醒目得很：以荷风随笔日记为据按图索骥，介绍东京老城区余韵犹存的景观和风情，融吃、喝、游、乐、艺为一体，受众涵盖老、中、青、少，从发行销量来看，火得出奇!

且向花间留晚照，为君持酒话斜阳

——青木正儿笔下的故都北京

青木正儿（1887—1964）是现代日本一流的汉学家，也是日本汉学界“京都学派”的顶梁柱之一。青木出生于本州西南端山口县下关一个悬壶世家，父亲是饱读汉籍的医生，曾师从幕末中津藩儒者白石照山学习朱子学和汉诗，颇具汉学修养，行医之余以读汉籍吟汉诗为乐。受这一家风熏陶，青木正儿自幼培养了对中国文化的兴趣和憧憬，中学时代开始亲近中国古典文学，成年后选择中国文学作为专业乃至终身学问追求旨趣。

1908年，青木正儿考入京都帝国大学中国哲学文学科，师从当时首屈一指的汉学家狩野直喜攻读中国古代戏剧文学。在乃师悉心培养下，青木学业勇猛精进，1911年，以高质量论文《元曲研究》从京都大学毕业，先后在东北大学、京都大学和山口大学从事中国古代戏曲文学的教研活动，学术硕果累累。作为中国古代戏曲文学的研究者，青木对历史文化风俗十分关注。从大学毕业后步入教坛开始，为了更深层次理解中国文化，他曾两度游历中国。1922年，他利用来中国游学畅游了江南，对中国风物醉心不已，意犹未尽，又于1926年间再次赴华游学，这一次他的行脚主要在以北京为中心的华北地区。

北京这一有着800年历史的古都，深厚的历史积淀与人文底蕴，在他心版上刻下深深烙印，对他认知中国与学术研究路径产生影响。因为时间更为充裕，不像前一次行色匆匆的游历，他在北京市井老胡同赁房而居，与当地市民一起俯仰天地呼吸晨昏，由此更深入地契入古都的日常生活。他笔下的北京，呈现出一种特别的音响、色调与滋味，是一座不但可观、可闻，而且可以品尝可以玩味的历史文化名都。

"北京是充溢着色彩的城市"

青木一生孜孜向学，著述甚丰，留下非常多的学术精品。个中，由他策划编撰的《北京风俗图谱》是一种特殊的文本，最大的特色就是采用彩绘和文字说明相结合的形式，描绘了清末民初北京的市井风俗和四时节序，呈现一部色彩斑斓的老北京生动画卷。

这本书的编纂来自成书于17世纪初期的《清俗纪闻》的启发。江户幕府时代日本实行锁国政策，不和外国建交，也不允许日本人出国，指定长崎作为和清国与荷兰的通商口岸。长崎奉中（奉行是江户时代的官职，直属幕府，管辖除江户以外的幕府直辖地之官制）川忠英之命调查当时居住在日本的闽、浙、粤一带清国商人的生活习俗，雇用日本画师绘制成画，加上文字说明介绍清国的风俗，如房屋构造、室内陈设、家具服饰等。这本书成了锁国时代日本人了解中国的重要资料来源，历来为从事中国学问研究的汉学家所重。青木正儿来到北京，面对五光十色的古都风俗，油然而生一种把北京的一切都绘制成图册的想法。该书由青木正儿执笔作序，序言乃是用纯熟的汉文写成，时在1926年（丙寅）阴历三月，有云：

> 乙丑、丙寅间，余留学燕京，暇日往往游衢观风，乐旧俗之未废，意欲倩人图之，请学而许可。乃自编目录，付之画师。

事始就绪，而余南游。返国仍乃托友董理三易画工，阅两年而成焉，题曰《北京风俗图谱》，凡八门，曰岁时、曰礼俗、曰居处、曰服饰、曰器用、曰市井、曰游乐、曰伎艺，共一百一十七图，装为八帙，藏诸吾学图书馆。教授青木正儿识于东北帝国大学支那学研究室。

这部图谱凝聚了青木很多心血，除收集资料之外，他还要拟定内容项目，又要雇用技术过硬，熟悉北京生活的画工，所有开支全部自费，其间为了力求尽善尽美前后换了三个画师，等等，足见他本人对这部书情有独钟。除了供学术研究之用的价值外，这部书也是他的某种心灵寄托，其中所载古都风物，颇能唤起他内心隐隐的怀古幽思："我发觉北京还保留着古老的风俗，但是它也在被洋化而逐渐失去。今天不把它记录下来，不久就会湮灭，其中一个办法就是想编成一本图谱。"据说，这部图谱完工后，本想一一为这100多幅图撰写相关介绍说明文字，再筹备出版，但因忙于学术研究一直未能实现，画稿原封不动藏于东北大学图书馆里30多年。后来执教于东北大学文学部的内田道夫教授见后赞赏不已，亲自为图谱写文字，交给平凡社于1964年7月出版，同年年底，青木辞世，虽然隔了近40年，但总算在他有生之年看到它的问世，对青木先生而言，应该是莫大慰藉吧？

《北京风俗图谱》是一部色彩艳丽的故都风俗画卷，虽出自民间风俗画师（刘延）之手，但极其精妙生动，如用放大镜观看会发现，图谱中无论是山水景观、楼台屋舍、器物日用、市井商铺、楹联幌子，还是人物的衣装、神态等不但笔触工细，而且层次清晰，这与盛行于江户时代反映市民日常生活的浮世绘有异曲同工之妙。比如在第一部《岁时记》中，从《新年寒暄》开始到《岁末购物》，描绘了一年之中以最具代表性的十八个北京传统节序，色彩明艳，画风写实，格调在杨柳青年画与日本民间版画之间，人物造型简明生动。翻开《岁时记》，第一幅图“新年寒暄”，描摹新年北京人在四合院家门外邻里新年道贺的情景：大门贴了门神，色彩极艳丽，门两侧深红色的春联非常醒目，门前计有七人，年龄身份各异。出门送客的主人三；躬身站立的短衣家仆一；向长者打躬作揖的稚童一；告辞退出，且行且回身还礼来客一。图中人物衣着颜色层次分明，神态逼真生动，呼之欲出。为方便日本人理解，图谱下面都有简明扼要的文字，写着：

> 门扉贴着门神，两侧贴着春联（迎春贺喜的对句），拜年时互道“恭喜！恭喜！”

这本书出版后大受好评，20年间已经重印90多次，成了日本人研究清末民初北京世俗风情的重要参考，甚至连邓云乡先生这样的资深北京风俗文化研究大家都称道不已。这本书在1984年由平凡社再版，由初版的黑白缩印本改为大型彩印本，在1986年出了第三版，著名中国史学专家寺田隆信在该版的《解说》中写道：

> 北京是一个充溢着色彩的城市，古今依然，假如从景山之顶眺望整个北京城，西面的北海倒映着白塔的玉光，南面紫禁城的琉璃瓦与日光交相辉映——宫殿楼阁与市井民居建筑一样充溢着赤、绿、蓝各种色彩……

“北京为音乐之都”

一个城市有一个城市特有的音响。北京老胡同市井人家，充满生动活泼的生活情趣和民俗气息的音响给青木正儿留下深刻的记忆，多年后依旧清晰回响在耳边。青木对古都风情追忆描摹的文字，大都收在学术随笔集《竹头木屑》一书中，此书是1926年游学北京的一大收获。在

《燕京故事》一文中，青木对故都老城区的市井音响，有绘声绘色的描摹，十分生动：

> 北京为音乐之都。睡懒觉的早晨，枕上便听见卖水的推车的轧轹声，比邻居浪荡公子的小提琴声还悦耳；剃头挑子与磨刀担子互相唱和，比对面时髦女郎的钢琴声还动听；裁缝摇着拨浪鼓，哗朗哗朗恍如《雨打芭蕉》之曲；卖炭的堂鼓，扑通扑通赛过击鼓骂曹；算命的横笛使人错当成按摩；收旧货的小鼓就像唱滑稽小调的。种种叫卖之声，有如老生，有如净角；有快板，有慢板，收废纸的一声“换洋取灯儿”，有如老旦的哀切，深夜叫卖饽饽的长腔使馋鬼们几欲断肠。鲜果店里坐着汉子，拿着两个小铜盘，互相敲击，像敲梨花大鼓一样，疾徐有致，招徕顾客。山人兴起，却不解何物，《燕京杂记》曰：“京师旧卖冰者，以二铜盏叠之作响，以为号，故谓之冰盏。今卖果实者亦用冰盏，失其旨。”又《松风阁诗钞》卷五卖冰词“铜盘磕磕玉有声，寒食街前始卖冰”，可知原为卖冰的声响。

在历史长河中，北京曾长期作为帝都而存在，也是一大文化中心，各种吹拉弹唱的曲艺极为发达。那些各具特色的古都音乐，无疑给域外过客留下新鲜刺激的感受。有道是，外行看热闹，内行看门道，对于精通中国曲艺之道的青木正儿来说，每每于观摩之外，又多了一副挑剔的批评眼光。

中国古典戏剧艺术研究曾是青木正儿早期的学术专攻。他到中国留学很大程度上就是为了深入考察中国通俗曲艺。来华前后曾多次向王国维、罗振玉求教过元代戏剧。后来游学京沪，深入研究皮黄、梆子、昆腔等曲艺，写成《自昆腔至皮黄调之推移》《南北曲源流考》两文。并在此基础上，写成传世之作《中国近世戏曲史》。所以，在论及一些曲种时，往往有自己独到的见解与发现，虽然有些只能是一家之言，比如对京剧。原先对京剧的认识，限于欣赏趣味，与京都大学“中国学”研究中国戏剧的师友如狩野直喜、铃木虎雄等对京剧评价不高，他坦言“中国戏剧的锣鼓铙钹对日本人来说是难以忍受的”，“是西皮还是二黄，我都听不太懂”，认为京剧“鄙俗”。1919年，梅兰芳率领北京京剧诸家首次访日，在大阪首演，盛况空前，京都大学特意组织了专家学者“听戏团”，从京都赶往大阪观摩。首演大获成功给日本各界带来了极大的震撼，也成了青木重新认识京剧的契机。后来“京都学派”在集体观看梅剧后出版《品梅记》，书中收有青木的《梅郎与昆曲》一文，不但纠正了对京剧的偏见，而且对京剧呈现出的东方文化神韵大加赞赏。

1925年青木第二次游学中国期间，在北京居停大约一年时间，终于有机会像当地戏迷一样走进戏院亲近京剧艺术。名古屋大学附属图书馆“青木文库”所藏青木正儿生前收藏的图书、唱片、戏单和版画等有关京剧的资料颇为丰富。文库还收藏戏单共29张，其中除了一张在日本观看之外其余都是在京沪看的。在遗留下来的22张京剧唱片中，有谭鑫培、余叔岩、程砚秋、尚小云等京剧名家的唱片。其中谭鑫培最多，有7张14面，可见偏爱之深。青木在《中国近世戏曲史》中也认为，“皮黄调中老生戏之杰作甚富”，又认为昆曲以青春男女风情剧居多，如以老生戏之佳者数之，昆曲“输皮黄调一筹”。

颇具东方曲艺修养的青木对声音的感受力十分敏锐。通过比较地域唱腔的差异，他注意到在嗓子发声上南北方迥然有别：北方人的声音比南方人的调子高得多。在北京观看京剧时，对当时乾旦的领班人物陈德麟的细尖嗓音称奇不已：60余岁的老头儿尚能发出十五六岁姑娘般清澈透亮的嗓音，可称得上是北京“七大奇”之一。不过，由于审美趣味有别，青木正儿对京剧名角的唱腔也是有所偏好的，甚至臧否之间，难免带有偏颇之见。比如，他不喜欢梅兰芳，揶揄他的嗓音像童笛玩具般“噼——噼”作响；嘲讽梅兰芳妹夫徐碧云的嗓子像“蚯蚓之声”，而北京观众竟然如此痴迷，令他大惑不解。相比之下，他相当看好当时初露光芒却尚未成大器的程砚秋，赞赏他“恰到好处的做工，饱含哀愁的嗓子是那么圆润，将来必成大器”。如果从程砚秋后来不同凡响的艺术成就来看，不得不说，青木正儿对京剧的鉴赏力还是很独到的。

华国风味：“五味神在北京”

北京历史十分悠久，远的不说，如从1272年元朝忽必烈汗兴建元大都算起，也有七八百年历史。而且这种既绵长又发展连贯的历史与文化，在世界城市史上极为罕见。以深厚的历史为背景，通过延绵不绝的融合与进化，不断吸收各种外来文化的养分，最终形成丰富多彩和博大精深的古都风俗文化。

在饮食习俗方面，北京可圈可点。历史上，北京长期作为封建王朝的政治中心，皇亲国戚，高官巨贾，豪绅望族，还有为京城提供各种服务的百工百业者云集首都，使北京成为一个五方杂处的大都会，来自全国各地，周边各民族的人聚居于此，也将各地的饮食风俗带到北京，经过长期的发酵、演变，最终形成了别具特色的北京饮食风貌，精于饮馔之道的作家汪曾祺在一篇随笔里说道：北京什么都好吃，就因为“五味神在北京”！

青木有关北京饮食的篇章大都收录在《竹头木屑》里。在谈及对北京的整体印象时，青木的“北京像个糖葫芦，看起来很土气，味道其实清爽，酷爱甜食的人也许会感到美中不足。糖葫芦口味老少咸宜，制法简单，种类繁多”一句就非常奇崛，但掩卷一想，不得不佩服他感觉的敏锐。他笔下的北京市井的饮食风俗写得着实传神：糖葫芦之外，韭菜、蒜、馄饨，街巷里的卖冰的铜盏，悬挂的幌子，等等，一一道来，历历在目；还有市井里种种营生的叫唤之声：有如老生有如净，有快板，有慢板，如收废纸的一声“换洋取灯儿”，有如老旦的哀切；而深夜叫卖饽饽的长腔使馋鬼们几欲断肠；鲜果店卖冰饮的小铜锣敲击发出悦耳的声响……声声响在耳边。

留在他记忆中的更有北京繁华商业大街的各种小吃。岁末的东四牌楼，一片熙熙攘攘的热腾景象：饭铺蒸笼里正蒸着年糕，冒着白茫茫的蒸汽；菱饼似的面糕上点缀着干枣、核桃、瓜仁、杏仁、青丝等各种配料，正中染上红印，陈列在店铺前；点心铺店头，圆圆的月饼堆积得像百万塔；小吃摊的锅里正翻滚着正月十五的元宵；走街串巷的货郎担子上摆着青皮萝卜、红皮萝卜，当地风俗正月中妇人女子为辟邪气吃萝卜，俗称“咬春”……这类文字花团锦簇活色生香，读了令人油然遥想起老北京曾有过的饮食风华，真是神往不已。

很多寻常百姓家的食品在他笔下也焕发温情与个性来。比如收在《中华名物考》中的《炒面》，乍看题目我以为是“焼きそば”（日式炒面条）之类，读后才知道是我小时候熟稔的闽南话叫“面茶”的甜点。面茶就是将面粉在热锅上温火炒熟，加葱油、芝麻、碾碎的花生仁或爆米花，冷却后加入白糖，收在密封罐里。吃的时候注入沸水，调匀成糊状啜饮，可以当零食或点心，类似今天的麦片粥、阿华田之类。后来我到北京，从老胡同街坊里接触了老北京的日常习俗生活，才知道炒面茶是源于北方的古已有之的食品。据说明初朱棣迁都北京，冬至日祭天祈愿，以稷子面粉做供物，后来民间仿效至今沿袭。京津一带称为茶汤，至今在津门南街和北京大栅栏一带都有茶汤老字号，格局也大同小异，当街摆开的茶摊子，木头柜子里放着各种原料，有糜子、高粱、麦粉、藕粉、油茶、杏仁霜、黑芝麻等各种五谷磨成的粉末，还有各种调味的干果脯。引人注目的是柜子上的大铜壶金光锃亮，壶身铸有游龙，壶嘴金龙吐水造型。大铜壶肚膛内点煤炭，沿着肚膛盛水，滚开的水直接冲泡出面茶，香气满街。青木从北京的茶汤回忆曾在上海吃过宁波风味的类似点心，联想到日本也有名叫“麦香煎”或“炒面粉”的同类吃法，隐隐勾勒出一条饮食文化海陆传播的路径。

北京市井代表性风味——馄饨，也引起他兴味津津地品尝。由寻常的馄饨，引述宋程大昌《演繁录》的相关记载，考据出它是始于辽代定都北京时的流行食品，系“虏中浑氏、屯氏为之”，因与吃食有关，所以拿人名命名食物，“馄饨”一词就是这么来的。一碗馄饨与王朝迁都的宏大历史叙述相佐证，有一种举重若轻的余裕。行文到此收笔回锋，又落到一碗美味馄饨的礼赞：“沉浮于高汤中的白色馄饨，呈蝴蝶形状，自有一种风情。韭菜、冬菜、紫菜、干海米、胡椒末，还有种种不知名的香辛料，洋溢着北方风情！”就完全是抒情散文的笔法了。能放能收，这种在大历史与日常小吃中出入自如的文笔，一派大家风范。

最能体现他那浓浓的陋巷趣味的是长篇饮馔随笔《中华腌菜谱》，收于学术名著《华国风味》中，此文专写他旅居中国期间见识过的八种南北咸菜，个中对历史悠久的中国腌渍文化独具趣味与情怀，有故事、有典故，有学术考证，带点淡淡的推理味道，时不时穿插自己的口味感受经历，颇有逸兴遄飞的风致，是一篇熔风俗见闻、历史考证与个性情趣于一炉的好文字。

在北京，对各种“饱含历史的精练的”古都咸菜如数家珍，并且以何者最适合下酒送饭为格调高低的标准。他常到大栅栏外渍物老铺“六必居”买咸菜，外出旅行，总要带回各种当地咸菜到北京公寓品尝下酒，比如四川的榨菜和大头菜渍物。中国腌渍品中，他对南北常见的皮蛋也倍感兴味：“皮蛋一名松花蛋，在日本的中华饭馆也时常有，蛋白照例是茶褐色，有如果冻，蛋黄则暗绿色，好像煮熟的鲍鱼的肉似的。”皮蛋大概在大正年间（1912—1926）才传入日本，却意外受日本人喜爱，至今是中华料理店必备菜肴。

青木正儿对中国咸菜的研究，曾引发周作人共鸣激赏，称赞它“是一部相当有趣味的著作”，并翻译成中文在香港报刊发表，这是周氏翻译生涯中最后的学术译著。

“古代文化现在还活在民间”

早在狩野门下攻读中国古典通俗戏曲时，青木就感到“为了加深对所专攻的中国文学的理解，有必要知道中国风俗”。了解中国的风俗与生活，除了文献书面上的考证和求索，还要实地考察和体验，因为“古文化现在还活在民间”。

离开熟稔的生活环境在外漂泊的客子，对异乡风物尤其敏感。青木旅居北京超一年，时间较为充裕，因而得以行走于人烟繁盛的市街之间。在庙会闲步，逛逛小摊，信步老街陋巷，看到各种器物、饮食、风俗等都禁不住驻足流连，思绪飘到遥远的古昔，油然而生怀旧之情。他在老城区杂货摊上看到弹弓，又惊又喜，不禁联想到《世说新语》中潘岳持弹出游的逸事。据说潘岳是晋代文坛大美男，他乘车持弹弓出洛阳城到郊外游玩，满楼红袖招，纷纷将水果扔进他的车里，傍晚回城时，鲜果满车。青木想到在北京居然还能见到潘岳时代流传下来的古典弹弓，叹为幸事。他买了一副弹弓，像孩子一样玩得兴高采烈，进而突发奇想“寒山拾得拿着的那个没有花纹的怪异的竹扫帚，现在仍然在打扫着北京平常百姓家的院子”！寒山、拾得是唐代著名诗僧，相传是文殊菩萨与普贤菩萨的化身，在日本也广为人知，持卷寒山与持帚拾得是历代文人画常见题材。从弹弓、扫帚这类日常平凡小道具，青木看到了背后隐藏的深沉厚重的历史文化，由此深信“古代文化中那些仍然在民间留存着的事物，留心观察也许会有意想不到的发现”。

民国时期的老北京，还保留着不少古代商业风俗，也引发青木正儿的考古兴趣。比如大小商铺的各种“幌子”，常令他驻足观望浮想联翩。幌子，又称“望子”，是中国商业史上一种由来已久的习俗。“幌”原指窗帘、帷幔，古时商铺、酒馆一般用布旗招徕顾客，酒旗也称“幌子”。这种标识，一般都高悬在酒家店前门首，非常醒目，类似今天的店门招牌。望子一般用棉布做成，上面大书店名或商号。后来加以引申，凡商店招徕顾客门面上展示的标志，统称“幌子”。幌子习俗何时传到日本不得而知，这一习俗在我国基本消失，但在日本却扎了根似的千年不易，如今到京都、奈良甚至北陆、越前、奥陆这样的边缘地带旅游的国人，看到“平桥浅水通村笠，草市斜阳飐酒旗”的古风还存在日本日常经营活动中，大概会感慨系之吧。早年游学日本，我曾在埼玉大宫市一家百年老字号寿司店勤工俭学，就感受到日本商家暖帘所传达出来的古老文化气息：每天开门迎客前，都要在门口洒水撒盐，由店长将写有“东鮨”字号和商徽的青色暖帘张挂在店门上，只有打烊或休假才能卸下，暖帘有专人负责保管定期送专门洗涤店干洗，那情形郑重其事犹如对待国旗一样。暖帘在日本扎根，也衍生很多与之有关的词汇，如“暖簾汚す”意为砸了商家口碑；“暖簾分け”，就是自立门户等引申义。青木正儿从北京街头的幌子，考察起江南江北幌子习俗的不同差异，由此进一步推及至江户时代的切面铺、烟草铺模仿中国的幌子的做法，推断出当时由于进口中国商品，捎带也引进了这种招徕顾客的方式，云云，他为自己从老北京找到日本“暖帘”的源头而欣喜，兴味浓厚写进文章里。

现代以来，西方事物也在改变着北京，经过观察，青木发现寄寓的东四牌楼一带的旧式商店，幌子还像以前一样五花八门地吊在屋檐下，而大前门外闹市鳞次栉比的新式商店，几乎看不到旧式的幌子，心里若有所失。就像在日本看到店招酒帘引起中国游客怀旧之思一样，青木正儿在记录北京风情时，就预感到这一切或许会随着时势变迁而消失，他怅然写道：

再过几年，这东四牌楼一带一定也会像前门外一样，再也找不到幌子的影子了！

人世几回伤往事，世事沧桑带走的何止是酒帘、望子？熟悉古往今来历史兴废的青木似乎预见了身后北京古都风貌将要面临的巨变。1964年年初，青木正儿为即将出版的《北京风俗图谱》写序，其中有的文字好像是对今天的国人说的：

旧的东西正在一天天改变，对于人民共和国的今天，这图谱存在的意义不是越来越大吗？

“且向花间留晚照，为君持酒话斜阳”，图文可以证史。作为一个精通中国传统文化又曾来华留学的日本汉学家，青木正儿对老北京情有独钟，他的观察与研究扎实精密，视角独特又兼具情怀幽思，字里行间流淌着脉脉温情，为近一个世纪前的古都北京留住了最美的“花间晚照”，读来令人感觉满纸乡愁。

“下流社会”作家

一

一叶知秋，文学是社会生活的风向标。近年来，日本文坛中“下流”作家次第乃至成群出现，构成令人瞩目的一大异色。这一作家“下流化”现象的背后似乎昭示了某种世道人心变迁的几微，所引发的反响不仅仅局限在文学领域，更引起学者以及社会舆论的强烈关注。

由于社会文化背景的差异，所谓日本作家的“下流化”，在此需要稍做说明，否则望文生义，很容易误读为描写不伦、色情的“官能文学家”。“官能作家”在日本代有传人，如团鬼六、川上宗薰、富岛健夫、宇能鸿一郎、千草忠夫等，都是当今极负盛名的此道高手，虽不登主流文坛的大雅之堂，但自有市场。不过，本文题中所涉的“下流”作家，却与该领域无关，也无关作家人品道德，而特指某种社会身份。日语中的“下流”一词原是地质学术语，近乎死语，按照日文辞书《广辞苑》的解释，指的是江河下游的末端。后来，明治大学教授三浦展将这一词汇应用在社会学研究领域，以“下流”指代从中流社会分化或坠落的下层群体。由于《下流社会：新阶层群体的出现》道出了当今日本社会某种现实和变化趋势，“下流社会”一词也随之引起巨大反响，甚至一度成为被提交到国会讨论的热门话题。

三浦展的书告诉世人：虽然长期以来日本曾以“一亿总中流”的社会而自诩，但今非昔比，一个新兴的贫困阶层已经悄然出现并聚合成形。而这个阶层，恰恰是在日本形成中产社会后诞生的一代！这一极具颠覆性的论断，之所以会引发强烈关注，乃至此书出版后一版再版，创下社科类著作高居百万畅销书王座的奇迹，还要结合日本半个多世纪以来的独特发展进程才能有较清晰的理解。

二

“中流化社会”的概念，出现于20世纪50年代中期。在此之前，像其他资本主义国家一样，日本也曾存在过贫富差距悬殊的等级化社会构造，即由极少数掌握社会财富构成的上流社会、少数的中产阶级以及贫困者占绝大多数的下层社会所组成的等级化社会。经过战后复兴重建，又因缘际会遇上东西方两大阵营的冷战所带来的“特需景气”，日本经济实现持续高速增长。与此同时，日本政府又通过大力推动消费开拓了大众消费市场，于是在国内出现了一个不断扩大的“中流社会”。这一社会阶层主要由都市受薪族构成，虽未必十分富裕，但经济状况稳定：企业终生雇佣，年功序列制度保障薪酬随年龄逐年递增，国民年金制度也承诺了退休后稳定的生活，更有健康保险、雇佣保险等制度性保障。社会的“中流化”使得国家经济发展的成果不再局限于固有的上流社会，而是相对均分，让普通国民都可以尝到国家富裕的甜头。于是，举国上下意气风发一同昂然奋进，人人相信自己是中流，相信自己未来的生活会越来越好，这种想法在受薪族中上升为坚如磐石的普遍共识——这种时代氛围，曾经弥漫在整整一代人头上。

对于这种氛围，我也不陌生。20世纪末，曾随波逐流东渡扶桑，初来乍到就耳闻目睹了日本这一亚洲最发达资本主义国家的繁荣与富足，彼时新鲜而刺激的观感如刀刻般历久不忘。当时虽然已是泡沫经济破绽初现端倪的“平成不况”，但持续近30年的高速成长的惯性犹在，整个社会到处莺歌燕舞一片风光旖旎，俨然太平盛世。尤其令我大为惊诧的，是整个社会结构的均质化，起码表面看来大多如此。我亲眼所见，摩托车配件加工小作坊的厂长、寿司店老板的生活水准与知名企业的社长董事长，甚至与市政府里应卯如仪的勤勉官吏相比也不相伯仲，在同一社区，住大致相似的独门独院，隔门相望，彼此相安；公司社长的月薪与刚入职的新人顶多相差四五倍；同时毕业同等学力进同一家企业的大学生，不论名门与否，才干功绩如何，到头来待遇福利几乎差不多。但世事难料，曾几何时，持续20年不景气堆积的恶果开始逐渐显现，那个所谓“无阶级差别”的滚圆橄榄一样的中间阶层开始分化，受益于改革的一小部分人开始上升，而大多数日本人顺流而下，80%已经处于中流下甚至更下，“橄榄”形的社会结构变成两头鼓囊、中间凹瘪的“M”形构造。而在中产“下流化”过程中，又因为年轻一代源源不断地加入，而且有日益蔓延的态势，使得“下流化”成为某种社会阶层的流动趋势。

对于“下流社会”，另一个容易出现的误读，是将其与小林多喜二、叶山嘉树和德永直等战前日本无产阶级文学家笔下挣扎在温饱生存底线的底层劳苦民众相对照。但三浦展所探讨的“下流”特指“中流而下”，也就是中产阶级中的下层或底层。概言之，就是虽无饥寒交迫之虞，但与真正的中流阶层相比又有很多方面的差别。比如三浦开具的自我检测项目标准：年收入不到年龄10倍（按照日本货币计算标准，年收入以“万日元计”）；不考虑将来的事情，快快活活过好每一天；觉得人应该活出自己的色彩；事事嫌麻烦，不修边幅、生活不规整；喜欢独处；经常吃零食或快餐；待在家中一整天玩电脑游戏或上网而不会厌倦；未婚；等等。总计12项标准中，实际情况与其中一半以上项目是符合的，那么就属于“下流”阶层一员了。三浦展通过数以万计的实际问卷调查，发现了一条清晰得触目惊心的曲线：日本社会从原先“一亿总中流”的状态正日益趋向“下流化”演进。

这条曲线的存在，也在官方公开的数据中得到证实。据日本厚生劳动省2015年7月2日公布的上年度“国民生活基础调查概况”显示，2014年日本家庭平均收入为529万日元，这一数据较1994年日本经济高峰值少了整整150万日元，其中超过六成家庭处于平均收入以下，感觉生活困难，同样创下了历史纪录。2014年，享受“生活保护”（类似我国的低保）的日本家庭共1628900户，相比1995年的88万户超出近一倍，为史上最高纪录。而在就业方面，当年正式雇佣与非正式雇佣人群的平均收入分别为473万日元和168万日元，两者相差300万日元之巨。在年收入为300万日元才能维持最基本生活的日本，中流阶层的普遍贫困化是不言而喻的。这种状况连日本有良知的知识精英都看不下去，致力于非正式雇佣劳动合法权益保护的小说家浅尾大辅说：“如此状况，将对日式资本主义产生三重破坏，即生存、自豪感和对日本未来信心的破坏。”

三

经济基础决定上层建筑，文学得风气之先，在某种程度上成了社会生活的晴雨表。伴随不景气思想而来的还有世道人心的嬗变，社会上出现前所未有的“格差”（贫富悬殊）和“下流化”趋势，使得世风日下，呈现出光怪陆离的底色，这一切也在不断触动刺激作家敏感的心灵，文坛上集中涌现的来自“下流社会”的作家群，可以说是社会生活变迁在文学上的某种呈现罢了。

在上述背景下，前几年第144届、第146届芥川文学奖获得者的来历格外引人瞩目，两位作家均来自“下流社会”。以《苦役列车》获得第144届芥川奖的西村贤太是单亲家庭出身，学历只有初中毕业，没有正式工作，靠打零工为生，而且还因为打架斗殴误伤过警官进过牢门。凭中篇小说《相食》获得第146届芥川奖的田中慎弥，则中专毕业后未曾上过一天班，宅在家里写作，心安理得地当“啃老族”。按照三浦展的“检测标准”，两人无疑归于“下流”之列。芥川奖是日本现代文坛纯文学奖项的桂冠，被两个来自所谓“下流社会”的年轻作家摘取，似乎为此前舆论喧嚣一时的有关“下流社会”的讨论做了某种意味深长的注脚。

两个不折不扣来自“下流社会”的新晋作家，一经亮相，便引发持久瞩目。出生于1967年的西村贤太没有正经上过多少学，小学三年级时偶然之中得知生父以强奸犯嫌疑入狱，内心几乎遭到毁灭性打击，甚至开始怀疑人生，由此开始一系列叛逆。私小说意味极浓的《苦役列车》，写的就是西村过早涉世的种种“青春残酷物语”：当过码头搬运工、酒馆服务生、公司保安，甚至一度在血腥淋漓的屠宰场上班。从社会常识的价值标准看，他是一个不折不扣的下流阶层的“渣男”：怠工、赖账、斗殴，甚至还一度受过刑事处罚。生活一团糟，没有亲戚、朋友、同学，也没几个钱，与亲人很少往来。每个月到工地打工，只要求赚到能维持简单生存，也就是只要赚够饭钱、酒钱和风月钱即可，其余的时间则赖在宿舍里睡觉、发呆、看书，没有目标，没有奔头，颓废至极。

与草根的西村贤太相比，1972年出生的田中慎弥则代表“下流社会”的另一种类型——“御宅族”。被列入下流阶层的群体，不仅仅表现在出身低、学历低、收入低，没有工作与保障等生存状况，也表现在工作态度、学习意愿和消费欲望上的萎靡不振，具体表现就是总觉得再怎么努力也无法出人头地，不想结婚，喜欢独处，甚至当“家里蹲”“啃老族”。因此，以货真价实的“宅男”身份走上文坛的田中慎弥也是不折不扣的“下流”。田中慎弥出生在山口县下关市。四岁时父亡，由母亲抚育成长。大学入学考试落第，进技工学校就读，毕业后不想找工作，甚至连一天正经的零工都不曾做过，宅在家里，靠在超市做收银的母亲养活，闲暇都用来看书。也没有朋友，熟悉的地方仅限于家门口的便利店，作品虽多涉及情爱但多为架空想象，生活中熟悉的异性止于母亲和便利店上班的女店员。

在探讨下流社会现状时，还应该注意到这样一种类型，就是在从中流坠入下流的群体中，存在着“自甘下流”这样一类人。也就是说，个人的下流化并非社会淘汰或被生活激流冲刷的结果，而恰恰是基于自身自愿自甘下流的选择——“就因为想活出另一个自我”！这个群体中，以“飞特族”最具代表性。所谓“飞特”（Freeter），是20世纪80年代后半期出现的日式造语，根据英语“free”加后缀“ter”组合而成，意思大致为“自由职业者”。伴随泡沫经济破绽发生后，一些企业为了大幅度压缩用工成本，开始控制聘用正式雇佣劳动者，大量使用非正式雇佣劳动形态，因此零工、短工、计时工等“飞特族”应时而生，成为一大日常词汇，1991年被收入《广辞苑》（第四版）。“飞特族”一词的不胫而走，源于专门学校（专科学校）出身的青山七惠获得第136届芥川文学奖的小说《一个人的好天气》。小说讲述了一名打零工的女“飞特族”如何与家中长辈相处，同时寻找自我与独立的叙事，故事内容与情感心理都具有某种典型性，被誉为“一代飞特族的青春告白”。

四

冰冻三尺非一日之寒，日本社会的下流化现象固然来自三浦展的调研发现。但它的产生却更为久远，可以追溯到20年前泡沫经济开始破绽之时。

2001年，有一个名叫松井计的作家，将此前自己沦为无家可归流浪汉的经历以私小说《流浪作家》出版，或可算得上21世纪日本“下流社会”文学的先声，只不过早了半拍，在当时的氛围中，还没有人将“下流社会”与文学表现联系起来，因而没有引起足够的关注。如果说，青山七惠、西村贤太和田中慎弥等芥川奖作家代表了出身“下流社会”的作家类型，那么松井计则属于虽非下流阶层，但在某种不可抗力因素作用下，从“中流”滑向“下流”的群体，他们的文学也属于“下流社会”的叙事因而都各具典型意义。

1958年出生的松井计是四国的爱媛县人，一个典型的中产家庭子弟。父亲是世界五百强企业日本电信电话（NTT）公司的职员，该公司在改制前一度是日本最大的国有企业；母亲则是优秀的公立小学教师；本人则是亚细亚大学经营学部毕业，爱读书，当过英语教师和自由撰稿人。这样的出身背景，即便不能算是社会精英，在日本人的常识里无论如何不会和“下流”扯上关联。但造化弄人，由于不可抗力的因素他也一度被甩出中流，沦为下流一员。他的叙事，从文学上对那种坠入过程做了最为生动的还原与注解。

上大学后不久母亲亡故，中途退学又复学，以至大学读了六年。毕业后找不到合适的工作回到故乡。志在文学，但知道那玩意儿不能当饭吃，要维生又不耽误看书，就在老家开了一家旧书店。父母先后去世后，卖掉祖宅，感到乡下闭塞，又到东京寻找工作。东京居之不易，好在有一手好文笔，受聘到某“文笔俱乐部”当撰稿人。当时网络泡沫方兴，他以写虚拟战争游戏挣取收入，笔头快再加上勤奋，约稿不断，最好的年景也有500万版税，抵得上企业中坚白领的收入，日子滋润起来。这期间松井娶妻生子，渐入佳境，总计出版一二十本书。但他毕竟对文学还心存敬畏，知道靠卖文谋生只是权宜之计，所以发表出版一律用“松井永人”笔名。

但好景不长，1998年亚洲金融危机来袭，也深刻影响了持续多年徘徊在不景气中的日本。松井的生活好像受到某种外力的冲击渐次陷于狂乱：先是稿件需求大量减少，又因为住宅方面的纠纷不得不两次搬家，生活突然变故使得患有先天性精神损伤的妻子旧病复发，不能担负家庭主妇职责正常养育孩子，松井一人又要写稿赚钱，又要照顾幼儿病妻，每天严重睡眠不足，稿约屡屡违约，很多文笔俱乐部不再向他约稿，收入骤减，养家难以为继。2000年1月寒冬，因连连拖欠房租被起诉。屋漏偏逢连夜雨，本想再熬三两天，他的一部新小说已经送交出版社，按约定到时可预支部分版税。可那家出版社偏巧这时也关门大吉，用版税支付账单的计划落空。最终，松井一家被房东扫地出门，他带着病妻幼女投靠千叶县的亲戚家，也被亲戚回绝。因为没有积蓄，也没有相应的社会保障，松井身上仅有的钱很快就花光了，一家三口只好向新宿市政福利机构求助。日本的慈善机构只接受女性和孩子，在安顿好妻女后，松井一人走向寒夜茫茫无边的街头，成了无家可归者（Homeless）。

五

此后整整半年，松井计彻底沉入底层，与日本都市随处可见的无家可归者为伍，挣扎在饥寒交迫边缘。这段经历体验后来成了私小说《流浪作家》的一大叙事来源，栩栩如生地展现了赤裸裸的下流人生。

从下流坠入底层后，不得不直面一系列严峻的基本问题。首先是如何解决吃？在物质繁荣富足的当今日本，即便是对于无家可归的流浪汉，吃不是问题。但对于他这种曾经中流的文笔业者来说，不要说乞讨，就是捡便利店过期食品或餐饮店的厨余也是不屑的，如何体面地吃，则大有学问，也是书中颇为有趣的“秘辛”：毕竟是出过几本书的作家，利用身份的便利，可以获得很多好吃好喝的机会，想方设法从各种渠道打探业界活动消息，如新书发布庆祝会、新产品发布会、获奖酒会、同人聚会等，然后大大咧咧前往参加，蹭吃蹭喝，但时间长了难免露馅，支支吾吾一走了之；要解决长期的吃，还得有收入渠道，凭着经营旧书店的经验，他频繁往来东京各个古旧书店低买高卖，赚个微薄差价，因为有的是上班族没有的自由时间，一日数百日元的收益也非难事，除去吃饭，偶尔还能买一罐廉价的清酒喝。此外超市里还有各种试吃食品，这里尝尝，那一个试一口，数量一多，肚子基本安顿好了。

其次是如何解决住？印象中，所谓的无家可归，就是处处为家，居所不外乎车站、桥洞、街心公园长椅、泡沫板纸皮搭起的空间甚至墓地。但松井计对住还是有讲究的，有条件的情况下，努力给自己提供基本的居住条件，比如：

倒腾旧书如果能多卖几个钱，在扣除必要餐费后他就慰劳一下自己，到一晚两三百日元的胶囊旅馆过夜；只要买得起一杯随便什么的饮料，就去可以消磨到天亮的深夜漫画咖啡馆里打盹。当然没有分文收入时，松井计就只能在一家又一家便利店驻足流连，转累了就只有到夜间开放的街心公园或都市墓地歇息。但东京寒夜冷冻入骨，停久了全身会慢慢僵硬失去知觉冻死，只能不停来回踱步，维持体热熬到天明图书馆开门再偷溜进去，找个僻静角落坐着打盹补觉。后者的日子也许更多。

生存状况决定精神状况，无家可归者如何维护安全与尊严？被甩出社会正常轨道的人，安全是得不到保障的，在繁华都市人们看不见的暗角，在逸出社会常识的地方，处处充满不可预知的危险，为了活下去，必须学会自我保护。无论何时何地，松本计严守着三大规则：不睡马路，避免被夜行汽车碾轧；不捡剩饭，避免食物引起的事故；不加入流浪者帮派，避免成为斗殴牺牲品。日本人注重外表，上班族个个衣冠楚楚，源于武士时代“衣冠邋遢是内心崩坏的开始”的古训。一般来说，在坠入流浪者行列的人中，上至破产的企业老板、退休的公务员，下至熟年离婚的男性，还有各行各业因为各种因素流落街头的人们，一旦沦为无家可归者，就没人把什么体面尊严当回事了。但松本计就如同那些饿着肚子，却拿牙签剔牙的“武士”，即便再怎么窘困，仍心存一份自尊，对个人卫生和衣装整洁的讲究甚至和正常人无二，比如他会定期到钱汤（公共澡堂）洗浴，省下钱到自动洗衣店洗烫衣服。不仅因为出身中流阶层的虚荣或作家教养，这里还有“松井流”的生存哲学。他说，人世间都是以外表取人的，处境再不堪，外表过得去，就不会被打入另类，正常社会里的各种便利你才能堂而皇之均沾分享，比如超市各种试吃食品，比如天寒地冻你进入便利店、书店避寒，别人就会把你当作顾客而不会特别关注你。

不过说到自尊，这是存于内心的，是文学教养带来的底线，他时时不忘提醒自己：“我只是暂无居处的小说家，不是无家可归者！”这也是他身心免于崩坏的最后尊严和动力。

回忆这段生活，他说：无家可归的日子没什么大不了的，比起流浪的种种艰辛，最难对付的其实是恐惧感，那种源自内心深处的，像海底暗黑处里水草一样牵连不断的恐惧感。日本虽是高度发达的物质社会，可一旦被甩出常轨，就犹如被抛到茫茫深海一样。他说：“当然也有饿死冻死的恐惧，但最大恐惧是那种一眼看不到边界的遥遥无期的虚空。如果有个预期，那么多长时间总有个盼头吧。不知何处是终点的生活，只要想想恐怖就迎面袭来。”此外还有自己无力将病妻幼女从困境中解救出来的愧疚、自责和担忧。好几次都感觉挺不下去了，连死的心都有，最后文学成了他自救的稻草：“自己究竟为了什么来到这世上的呢？迄今已经出过20本书了，但何曾想过写写心底深处的东西与迎面袭来的人生呢？这样想来，我就觉得应该把自己彻底清洗后留下的东西写出来再去死。”

松井计从特惠商品店铺买来原稿纸，开始写作。以写遗书的心境检点自己的人生，写后再死。白天要“谋生”，写作只能天黑以后，在深夜的漫画吃茶店写，用廉价的钢笔写在原稿纸上，半年后这部命名《流浪作家》的长篇小说在茶馆里脱稿。此时，妻子怀上的孩子也正好在慈善救济院里降生。苍天有眼，果真文学救了他：这部遗书被慧眼识珠的出版社看中并很快进入出版程序，短时间内就增刷重印，一下子为他带来1000万日元到1500万日元的版税，一举脱贫，一家四口终于回到正常社会。

以这段经历写成的还有近年出版的《不配做流浪者》和《连带保证人》，自话自说不脱传统私小说的痕迹，粗粝的笔触与残酷的人生交织在一起，有点泥沙俱下的芜杂感，但内容很接地气，令人回想起黑暗时代普罗作家的“底层”叙事，像他的知名公众号“干杯后再忏悔”一样如泣如诉，自有击中人心的冲击力，在“下流社会”中不乏心有戚戚的读者受众。

六

社会生活是文学的主体。

一种超稳定被打破之后，中流阶层分崩离析，原来整齐划一的社会便呈现五光十色的风貌。善于命名的日本社会炮制了五花八门的新名词来指代不同的划分，诸如“尼特族”（NEET，Not currently engaged in，Employment，Education or Training，即无学历、无职业、无接受培训“三无”人员）、“穷忙族”（Working Poor，即无论如何奔忙也摆脱不了贫困的群体）、“飞特族”（Freeter）、“御宅族”（Otakuzoku）……这些层出不穷的新名词背后，所代表的新出现的社会群体，他们的挣扎与奋斗、挫败与昂扬，上升意志和下降感觉等，他们的叙事无疑将会成为日本文学中的一大表现内容，从而给长久以来近乎死水的文坛带来波澜。

面对社会阶层的异变和固化，“下流社会”如何实现咸鱼翻身？

作为严肃的社会学家，三浦展、大前研一等都开出了各自的药方，见仁见智，总归是社会学著作中三段论范式的题中应有之义，仅就个人阅读兴趣而言，更关注的还是其中所呈现的文学现象，这也是我写这篇读书札记的出发点与动力。

作为一名普通读者，我注意到，在探讨日本社会的“下流化”及其出路的时候，在具体到文学领域“下流作家”这一语境时，不难发现他们几乎毫无例外，都凭借各自的文学叙事近乎完美地实现了突围和逆袭，这让我联想到日本文学史，似乎从中也可以看到一种历久弥新的文学传承。

杜少陵诗云：“文章憎命达。”对于一个真正的作家来说，没有什么不幸的经历是多余的。这曾是个古老的命题，却在当今日本下流作家身上，体现得更加鲜明生动。日本很多在文学史上大放异彩的作家，他们大抵在成名前都经历过一段呕心沥血的奋斗历程，如藤斋绿雨、萩原朔太郎、藤泽清造、林芙美子、水上勉、松本清张、森敦、胜目梓，等等，不胜枚举。我在读到西村、田中和松井等“下流作家”的文字时，书页之间不时晃动着这长长的一串名字和他们的身影。不由感叹：无论时势人心如何变迁，文学的本质是不会变的。

这些被强大的外力甩出常轨的作家都各有一部百味杂陈的生活史与心灵史，但在从文学书写中获得救赎这一点上是殊途同归。西村贤太的《苦役列车》是私小说笔法写的青春自传，小说的结尾写道：贯多因为在工地上打架而被开除，因滞纳房租，他再次被迫搬迁。后来从母亲那里弄来一些钱，重新租房后找了份新的工作，从那时起他开始读藤泽清造的小说。这个结尾意味深长，既将自身处境与大正时代穷愁潦倒的小说家的遭遇建立关联，也暗示了堕入人生“苦役”的卑微者得到文学之神的救济，借用他本人的话来说：“我只对私小说感兴趣，因为我自身得到了私小说的救助。”西村以藤泽清造隔代私塾弟子自居，后来文学获得成功后慨然出重资为藤泽出版全集。田中慎弥早年失怙，亡父遗产唯有满架的文学名著，母亲鼓励他继承父志，更为其购置《大文学全集》。田中自中学时代起就亲近父亲藏书，从司马辽太郎一直读到松本清张，尤喜川端康成、谷崎润一郎和三岛由纪夫，从20岁开始尝试写小说，励志以笔谋生。青山七惠从专门学校毕业后当导游，兴趣却全在写作上。松井计原来就喜欢读书，为了谋生当过网络写手，在颠沛流离中顿悟到什么才是真正的文学，正如他说的："对我而言，写作和生存都是一回事，所以不拼命努力不行。"支撑松井坚持下来的，除了早日和家人一起恢复正常生活的企盼，最大的动力是文学在暗无天日的残酷处境中给了他生存下去的能量。

不入地狱，何来涅槃？对一个胸怀文学梦想的写作者来说，不管生活如何变迁，"造次必于是，颠沛必于是"——或许，行到水穷处，文学之花就绚烂开放了。

某小仓的松本清张

在中日实现和平邦交三十五周年（2007）之际，我随喜与市旅游局主管部门前往日本九州友好访问。归国前一日，我等从长崎乘坐前往福冈的空港，途中经停北九州休整。利用团员们自由活动的两个半小时，我去了车站不远处的小仓古城。不为登高怀古，而是去看看坐落在北边的“松本清张纪念馆”。

1992年8月，我刚到日本那一年，赶上松本清张辞世。巨人离席，极尽隆典，日本各大电视台、新闻出版传媒连日滚动式报道，俨然社会大新闻事件，一时也成了民间的热门话题，那阵势，比政要去世还吸引各阶层民众的关注。彼时我课余在一家餐馆打工，员工在食堂用餐的时间正好是国内要闻播报的黄金时段，因此常常一边吃饭一边看电视，议论横生。那段时间，看到了东京都杉并区万人空巷的松本清张葬礼，第一次深刻感受到所谓名作家在日本这个国家中的尊严和分量。虽然当时对于松本清张的认知，也不过止于中学时代看过的根据他原著改编的电影《砂器》（野村芳太郎执导）而已。

纪念馆坐落在小仓城北的一隅。这是作家生长的故土，从幼年时代起一直到40多岁大器晚成，松本清张一直生活在这座北九州小城。1998年，在松本清张的遗族和社会各方的鼎力协作下，“松本清张纪念馆”在这里落成。

纪念馆是一座造型十分简朴的日式建筑，长方形状，起伏平缓的人字屋顶，灰瓦粉墙，外看像九州农村平房或大仓储间，进入馆内才看出里面居然是三层楼架构。初见给人一种强烈的印象就是整个纪念馆的阔大气派，占地面积一万多平方米，主体建筑面积3500平方米，在我游览过日本全国各地形形色色的文学馆或作家纪念馆中，这样的规模可谓前所未有。主要原因，我想首先是松本清张的巨大文学影响力，从20世纪50年代到整个80年代，松本清张可以称得上日本推理小说领域的霸主。他在写作领域创造的神话，无论从时间跨度、作品数量质量、读者受众或者是创造的惊人财富，都在几代人心中留下深刻记忆。在他的故乡设立文学馆，无疑为当地打造出一张最富感召力的地域文化名片；再一个原因就是雄厚的财力支援。清张是作家中的“亿万长者”，超级富豪，纪念馆的筹建，从作品原稿到生前用过物品，乃至巨额建设资金，都得到了遗族直接而有力的支持。

纪念馆对我来说也是久仰之地，但之前只在媒体上见识过。每年八月四日是松本清张忌日，无论电视节目，还是新闻出版媒介，都会推出特辑、活动专门纪念。巨人离席，但身后不曾寂寞。

建筑物据说是在松本清张故居的基础上大规模翻修的，在保持原来北九州农家屋舍风格的基础上，部分模仿松本清张在东京杉并区高井户的私人宅邸样式，相当于将作家的前半生和后半生汇集在这座纪念馆。馆内的很多设施，如第二层的“作家生活”展示部分，高仿真再现了清张生前日常写作生活场景，里面的写作间、藏书楼还有会客厅，甚至是专门供上门取稿的编辑休息喝茶的应接间，都是从东京故居原封不动迁移过来再原样组合的。穿过玄关通道，右侧是会客室，旁边还有一间另外为编辑准备的茶室。松本清张生前文名鼎盛，一稿难求，能否得到清张的稿件，一度成为日本文艺类报刊出版社能否大畅其销的标志。这也许不是夸大其词。曾担任过清张作品责任编辑的藤井康荣、堤伸辅还有如今在中国读者中热度很高的推理作家宫部美雪，对此都有生动的描述。客厅的前方是书房，书房靠墙的位置摆放一张特制的宽阔书桌和转椅，堆放着一大摞资料文献，还有各种图册、词典、百科全书、参考图片和摊开的地图。地毯上残留着抽烟时不慎烫出的破洞。工作室给人的感觉是作家并没有离去，而是刚离座一会儿就要回来似的。书房的对面是一面大墙，文艺春秋出版的松本清张全集皇皇巨卷占了一面墙，还有生前出版的各种单行本700多部著作。另一面墙是作家生前收藏阅读的书籍，有三万多卷。整面墙迎面叠立，很有一种厚重的重压之感。

松本清张的文学人生，以小仓为分水岭，划分前后两个不同的境况。

1909年12月，松本清张出生在北九州小仓市。小仓是北九州的一座历史名城，自古以来就是九州前往本州，对外通往朝鲜和中国的门户。1602年，战国时期的著名武将细川忠兴在北九州修筑小仓城，小仓作为城下町繁荣起来。明治十年（1877）二月至九月间，著名倒幕派领袖萨摩藩武士西乡隆盛在九州发动反对维新政府的叛乱。叛军的司令部一度设置在小仓城里。这段乡土的历史成为松本清张最初从事小说创作的一大素材来源，可以说故乡小仓是松本清张的文学出发点。

松本清张家里是一个小商贩。虽是独子，生活中不缺乏亲情之爱，但家境贫寒卑微，从小饱受艰辛，在战前的日本社会中是十足的“被侮辱与被损害者”。家里为了营生，用板车搭了一个露天流动饮食摊，四处吆喝兜售。1924年，为了帮助家里生计，松本清张小学毕业就辍学，到北川电气公司上班。因年纪小，只能干一些诸如端茶送水、扫除、跑腿、送货之类的杂务，月薪11日元。悲酸生活中唯一的乐趣和慰藉就是读书。没有余钱购书，就到古旧书店租来读，这样几年间读完了春阳堂、新潮社出版的文艺书。下班后到书店站着读，节假日到小仓图书馆终日耽读，从夏目漱石、森鸥外、田山花袋一直读到泉镜花，又到芥川龙之介、菊池宽。有一次，松本清张在图书馆读到《新青年》杂志上登载的江户川乱步的推理小说，脑洞大开，想道：“没想到小说也可以这么写！”但他后来说，那时从没有想要当作家，不是不想，是文学梦想与他的生存状况相差太远了。18岁那年，电器厂倒闭，清张失业，一边回家帮忙生计，一边到九州地方报纸《镇西报》求职，但非大学不得用的门槛最终将他拒之门外。帮助家里把流动饼屋开到小仓兵营附近。其后，到小仓的高崎印刷厂当石板印刷工，实习工资10日元。20岁那年，松本清张因为印刷所的伙伴购读被取缔的无产阶级文学杂志《战旗》而受到牵连，被特高课逮到小仓刑务所严刑拷打拘留十来天，释放后，胆小怕事的父亲惊恐之余一把火将他的藏书付之一炬。偷读文学作品，反复研读木村毅的《小说研究十六讲》，颇有心得，当作座右铭。但现实残酷，除养家糊口之外，穷得连纸笔都买不起，何曾有文学梦想。

后来印刷所倒闭，清张又回到原来的高崎印刷厂，因为在行业中浸染多年，已经成为一个熟练的图案设计工，工作稍微稳定，一家生活有所起色，这期间他娶妻生女。1943年他成为朝日新闻广告部创意科的职员，但因所从事的是没有什么门槛的工种，而且在严格的等级制度下，松本清张卑微落寞，在人精成堆的报社内饱受冷遇。他在《半生记》中对这一时期“概而言之，就是无聊与空虚”。

1950年是松本清张命运的分水岭，这一年他43岁。其时《朝日周刊》举办百万人小说悬赏，头赏金额30万日元，这在当时近乎巨款，原本对命运的安排已经惯于逆来顺受的松本清张闻之也不禁怦然心动，因为那高额赏金，对于肩负八口之家生存压力的他来说诱惑力实在太大了，以至此前从未动笔写过小说的他也贸然萌发投稿的念头。写什么题材呢？突然想到此前在百科事典上读过的一则与乡土历史有关的词条。那是段关于“西乡纸钞”来龙去脉的解说。利用工余，他边查阅报社资料室文献，边用铅笔在废纸上一笔一画写了起来，这就是后来成为他出道之作的《西乡纸币》。这篇小说为他赢得10万日元赏金，这笔钱，对当时起早贪黑每天晚上不到11点不到家，每月仅有几千日元收入的他来说无疑是久旱甘霖，关键是，无论是他自身还是周围，由此看出了潜藏在平庸卑微身上的另一种希望之光。接下来的写作终于为他打开一扇命运之门。松本清张在文学回忆录《半生记》中这样写道：

> 我在开始写《某小仓日记传》的时候，正值夏天。我们全家住在前兵工厂的宿舍，里面只有三间小房间。妻子和四个孩子一起睡在蚊帐里，睡在隔壁房间的父母正发出均匀的鼾声。我则一边扇着茶色团扇赶蚊子，一边写稿，偶尔起身到阴暗的厨房喝水。

那是1952年，虽然在此之前他获得了朝日新闻的征文小说奖，但原本低空飞行状态并未因此获得丝毫改变。真正的改变，始于那个炎夏夜晚在狭隘的蜗居里写的《某小仓日记传》。这篇小说被推理小说家木木高太郎推荐到《三田文学》发表，翌年入选直木奖的候补作品提名。更令人称奇的是后来这篇小说阴差阳错辗转到纯文学的芥川奖选考委员会，获评委之一的无赖派作家坂口安吾激赏，一举夺得第28届芥川文学奖。以此为契机，松本清张进入了大器晚成后迎来的辉煌与荣耀。一年后他从朝日新闻被调到东京总社，从边缘进入核心。后来听从井上靖的建议，辞掉报社工作，成为专业作家。几年后，随着《点与线》《零的焦点》等一系列优秀作品的推出，他成了战后日本“社会派”推理小说的巨匠。

前半生贫困交加，中年发迹，所以对命运的垂青异常珍惜，他的勤奋在日本同代作家里罕见其匹。据说每天凌晨四点钟起床写作，将几支德国万宝龙钢笔灌满墨水，像加满油的机器一样，一直写到晚上才休笔歇息。除了外出考察或开会，年中无休。自1961年起连续13年稳坐日本作家纳税大户排行榜头把交椅，作品总销量超出6000万册，是作家中顶级富豪。但清张对声色犬马宴饮应酬一概不感兴趣，最大的兴趣就是工作。他常说："我有很多东西想写，但我出道得很晚，时间太少，没有闲工夫玩乐。"清张生前亲笔写的原稿纸超过10万张。殁后文艺春秋社为他出全集，洋洋66大卷。小仓松本清张纪念馆里，一面墙专门用来摆放他生前出版的各种单行本计700多册。

越南战争期间，松本清张奔赴北越取材，飞往河内的航班接连因空中管制取消，滞留老挝的万象达20天之久，日程全被打乱。清张困守酒店，将客房里抽屉备有的信纸画上格子，当原稿纸，奋笔疾书的情景给同行的年轻编辑森本哲郎留下了深刻印象。他问清张：您认为当作家的条件是什么？答案一定是才能吧，森本想。但松本清张的回答出乎他意料："不，是忍耐力。在放着原稿纸的书桌前能够坐多长时间的忍耐力。"

松本清张忘我的写作劲头也给接触过他的中国作家留下了深刻印象。20世纪80年代清张曾来中国访问，据接待过他的作协外事办人员回忆，即使在北京这样一个充满历史与文化魅力的古城，松本清张除了拜访他心仪的历史学家和参加中日文学家联谊活动外，几乎足不出户，关在酒店房间写作，然后源源不断地用国际传真将稿件传到日本各大连载的报刊。据说，在最鼎盛时期，松本清张每天为五六家报刊连载小说。每天一大早就有编辑来他家，坐在纪念馆里展出的沙发上取稿或等稿，清张让他们在客厅吃点心或喝酒，等他完稿。遇到他写作不顺畅也会遭遇他的发飙。和东野圭吾同获乱步奖的推理小说家森理裕，出道前在出版社打工，有一次到清张家送资料，忙得不可开交的作家以为又是编辑上门索稿，二话不说抄起古董武士刀硬生生将他赶出门外!

松本清张早年受家庭拖累，很早就失学，半生颠沛没有受过像样的教育。但他一生勤读不倦不断自我提高，终于成为一个非常博学的人。

随着小说创作的成功，生活日益安定，满怀热情投入求知问道的自学活动中。松本清张以推理小说名世，但他对于历史学的研究也取得了不凡的造诣。他在日本古代史，尤其在对邪马台起到奈良时代以前的日本古代史和现代昭和史领域的研究上均有不同凡响的发现。纪念馆作品展示墙面上，分别以“古代史”和“现代史”两个大墙面，介绍他在历史研究上的成果，比如《古史疑史》和《游史疑史》这样颇受学界推崇的史学著作。1977年，全日本“邪马台国学术研讨会”在九州博多全日空酒店举办，全国该领域有600名专家来参会，在这盛况空前的学会上，非科班出身的清张担当主持，显示了他的实力。为了阅读域外文史资料，在紧张的写作之余，他还请外国人来家中教他学英语，每日不辍，仅有小学毕业文凭的松本清张成为大众文学作家中英语最好的人。

1992年8月，日本现代文学巨人松本清张辞世。据说他留下的遗言中有这么一句：

“我是为了努力才来到世上的。”

以爱之名，泅渡深河

——远藤周作的宗教情怀与文学

一

我很晚才开始接触远藤周作的作品。因为接触方式很特别，在私人阅读史上可以说是一段难以磨灭的记忆。

20世纪90年代初，我随波逐流自费东渡日本开始漫长的游学生涯。初来乍到，我在埼玉县大宫市（现为大宫区）落脚，半工半读，勤工俭学。余寒冷峭的春假里，为了积攒学费，我到住所社区一个小型摩托车安全帽工厂打工。一个阴雨绵绵的午后，茶歇时段，我在车间休息室里随便翻翻当日的《读卖新闻》时，无意中看到文化版上刊出远藤周作回忆录连载《留学法兰西》（题目大约如此）。当时对我来说，远藤是一个既陌生又熟悉的作家。说陌生，是因为我从来没有读过他的作品，甚至名字也是到了日本才知道的；说熟悉，是每天晚上必见。20世纪90年代初东芝推出一款文字处理机“哇普罗”（word processing machine），由知名作家轮流当代言人，其中就有远藤周作。有一段时间，每天晚上黄金时段NHK新闻播报之后，远藤如期而至。瘦高个，大额头，黑框眼镜，脸色苍白，在键盘上“噼里啪啦”

码字如有神助，动作神态极尽夸张搞笑。而且，普通日本人似乎对他也不陌生，我记得“狐狸庵先生”这个与他有关的雅号，也是一个姓仙波的老员工告诉我的。

不过，这个广告并没有激发我去读他的作品的兴趣，只缘无暇顾及。但在工场里就不一样了，因为工作乏味单调，看报纸，尤其是带有故事性的回忆录文字，不但可以消磨时间，还能愉悦心情。顺手拿起报纸浏览，本来纯粹为了打发无所事事的歇息时间，但目光落在远藤的连载上，就停住了，因为开头的段落把我吸引住了，遥远青春时代的留学生活在作家笔下趣味盎然，跃然纸上：艳阳下南欧普罗旺斯的田园风光、善良淳厚的房东夫妇、美味芳醇的葡萄美酒、恶作剧不断的寄宿生活……这些带着光彩和色泽的文字令我心驰神往，浑然忘了身边骨感的现实。彼时我刚到日本，作为一个无依无靠的自费生，学习、打工没有一样省心，压力如影相随。几个月来，忙碌而艰辛的工读生活使我身心疲惫不堪，简陋的家庭手工业作坊和单调的活计使我感觉麻木。远藤的文章像清风吹入深谷，重新唤起我对美好事物、美好人生的憧憬和向往，顿时眼前一片光明和温馨。

这样在工场的休息室里连续读了两三篇后，意犹未尽，开工后我悄悄将连载《留学法兰西》的版面单独抽出，按排版折叠成小方块，放在机器旁，一边机械地打孔钻眼，一边瞄一眼那美妙的文字，欣赏暗诵，乐在其中，直到有一次被工场长巡视发现后怒喝制止，因为违反劳动安全纪律。甚至差点因此丢了工作。我为了能随心所欲读远藤的文章，索性自订《读卖新闻》。每天早上天刚破晓，听到屋外送报人开启信箱投送早报时的声音立即披衣而起，沐浴漱洗后就在书案前盘腿而坐，利用出门上学前的一个小时时间，边吃简单的早餐，边兴致勃勃一段一段诵读远藤的连载回忆录。这段晨读一直持续了近两个月，日式公寓窗外的樱树，从光溜溜的枝条，到出现花蕾，又到含苞欲放，再经过繁花如云似锦，最后到残红消退枝叶青青时，连载才结束，这么用心读一个作家的文章，在我的阅读史上前所未有，后再难继。

这些文章成了进一步阅读远藤作品的垫脚石，我开始有意识涉猎远藤的作品，借助《广辞苑》之类的工具书，磕磕绊绊开始读远藤的书。远藤是大作家，又非常高产，他的作品很多以廉价而又畅销的文库本出版，社区的小书店都能买到，我从自传《狐狸庵闲话》、随笔《读了也没用的随笔》，对他个人的生活与情趣进一步了解后，再接着读他的小说代表作，从《白人》《沉默》《海水与毒药》《哀歌》到《最后的殉道者》……在不太长的时间内，我读了不少远藤的书。

阅读，在我眼前打开了另一个天地，我才知道在我原先自以为熟悉的日本文学中还存在一个被称为基督教信仰文学的领域，而远藤周作作为这个系谱上最卓越的作家，他的成长道路和文学生涯非常独特，堪称“另类”。

二

远藤周作与基督教有不解之缘，源自早年生活经历的深刻影响。

远藤是东京土著，1923年3月生于首都圈内一个高级白领之家。父亲远藤常久是东京帝国大学法学专业出身的俊彦之才，在安田银行（今富士银行前身）当高管。母亲是上野音乐学校学生，专攻小提琴专业，这样的家庭在当时日本可以步入中流精英行列了。远藤周作三岁那年，父亲调往中国大连的分行任职，举家随其迁往，远藤的童年时代是在中国东北度过的。小时的远藤周作天真活泼，喜欢画画和小动物，但是学习乏善可陈，与他那品学兼优的哥哥正好形成鲜明对比，经常受到父亲的呵斥，以致幼小的心灵蒙上了挫败感和自卑感。而给予他巨大影响的是母亲。在远藤看来，母亲身上有一种近乎神性的东西，是爱的化身和使者。母亲天性善良仁慈，对当地的保姆也很宽厚亲切。与父亲的苛刻轻视相对，母亲对孩子极有耐心和爱心，每当远藤周作因成绩不好受到父亲教训打击时，母亲总是鼓励他“不要灰心，你是大器晚成啊”。小学四年级时，远藤周作的一篇作文《泥鳅》被大连日系报纸《大连新闻》采用，母亲大为赞赏，预言他长大当作家。她温柔优雅的外表下有一种钢铁般的坚强意志。对艺术有着求道一般的执着与献身精神。大连的深冬滴水成冰，母亲披着棉袍，立在严寒中，每日雷打不动连续数小时拉琴，指尖流血不止仍不停息，令周作内心受到震动。母亲不但是远藤周作艺术上最早的启蒙老师，文学才华的伯乐，最重要的是是他宗教信仰的引路人。这要从早年一场家庭变故说起。

10岁的时候，父亲外遇，家庭气氛急转直下，1933年，父母离异。父亲再婚，母亲带哥哥和他回到日本，投奔在神户的姨妈家。为了生活，母亲在当地一所女子学院做音乐教师，周作转入神户市的六甲小学读书。神户是异国色彩浓郁的城市，作为近代日本最早的贸易商港之一，西方教会的影响根深蒂固，姨妈一家都是天主教徒。婚姻受到挫折的母亲受姨妈的影响，在参加当地教会的宗教活动中找到了心灵归宿，皈依天主教会。1934年的复活节，12岁的远藤周作和哥哥一起皈依天主教，洗礼名保罗（Paul）。不过幼年入教，对远藤而言还说不上是触及灵魂的事件。他后来称这段经历是“母亲给自己穿上的不合身的西装”。长大了觉得不合身，穿在身上别扭，几次想脱掉。他早年的天主教信仰，不是与上帝的契约，而是与母亲的合约，个中包含了悲天悯人的“理解之同情”或“同情之理解”。

上了中学的远藤周作，对学习不感兴趣，痴迷于读课外书，看电影，嬉笑搞怪恶作剧，不仅中学以接近垫底的成绩毕业，还因为连续三年三次考不上大学，沦为回炉补习的浪人。在此期间，虽然考上上智大学德语系，但因离父母的期待差得太远，只好中途退学，再次准备高考。此前，父亲已经从大连调回东京，在世田谷经堂定居。为了减轻母亲的负担，远藤兄弟和父亲协商让他到东京和父亲一起居住，一边准备再考。父亲开出的条件要求必须考入旧制帝国大学或大学医学部。远藤周作按照父亲的要求一一投考，结果全部落第，最后只剩一个庆应大学的选项。他估摸以自己的成绩绝对上不了条件苛刻的医学部，就偷偷报了文学专业，居然候补合格。1945年春天，进入庆应大学法国文学科学习。不久父亲得知真相，尤其是看他学了最不中用的专业，勃然大怒，将他驱逐出门后永远断绝父子关系。失去了依托的远藤周作只能靠自己解决生计，一边上学一边当家教，在学友利光松男（后任日本航空总经理）家寄宿，困窘不堪。上学期间，远藤周作结识了当时著名的评论家、思想家吉满义彦和松井庆训，在他们的熏陶下，耽读法国天主教思想家马利坦（Jacques Maritain）和里尔克的著作，并结识了作家龟井胜一郎和堀辰雄。与堀辰雄的交游，是周作人生的转机，按照他的说法，从此告别了“超低空飞行时代”，在文学的天空中展翅翱翔。

在身边一流哲学家和作家的影响下，远藤周作一边如饥似渴地阅读法国作家莫里亚克、贝尔纳诺斯等作家的作品，一边勤奋写作。1947年12月，他写的第一篇评论《神与诸神》脱稿，受到著名作家神西清的激赏，并刊发在自己主持的《四季》期刊第五号中；不久《天主教作家的问题》一文也被恩师佐藤朔推荐发表在《三田文学》；其后《堀辰雄论》又分三期在《高原》连载。这几家杂志在当时都是深孚众望的文学期刊，短时间如此密集发表文章，对于还是在校学生来说实属罕见，远藤周作作为新晋文学评论家的形象呼之欲出。母亲在他幼年时代的“大器晚成”“长大当作家”预言，成为现实。

1950年6月，远藤周作以战后第一批留学生的身份，搭乘客轮赴法国巴黎里昂大学读博研究现代天主教文学。在里昂大学，他师从著名宗教文学研究学者巴蒂，一边大量阅读法兰西基督教文学的经典论著和小说，一边为日本国内的刊物撰稿，留学生活充实而浪漫。不过，两年后远藤的身体出了问题，被确诊为肺结核，只能中断博士学习生活回国治病。两年半的留学生活虽然短暂，但对远藤周作的文学生涯来说却意义非凡。其一，他由此确立了从评论家向小说家转型的志向；其二，在法兰西的学习阅历和体验，坚定了他对天主教的信仰。可以说，留学法兰西，奠定了远藤后来成为日本基督教文学先驱的基础。

三

回国后，远藤周作出任教会杂志《天主教文摘》主编，除了负责杂志的一些日常事务，业余时间为杂志撰稿，并开始尝试由评论家向小说家的转型。此前，现代日本文学在战后的废墟上重新出发，呈现出一系列新的特点，远藤周作因缘际会，以一系列创作实绩，确立了战后文学“第三代新人”代表的地位，实现了在前评论家基础上“重新出发”的华丽转身。

以第二次世界大战爆发为起点，日本现代文坛出现了新的变化。先后出现了以野间宏、椎名麟三和梅崎春生为代表的第一战后派作家群；以武田泰淳、安部公房、大冈升平和三岛由纪夫为代表的第二战后派。“第三代新人作家”紧跟其后登上战后文坛，他们是安冈章太郎、吉行淳之介、三浦朱门、小岛信夫、近藤启太郎等在20世纪50年代朝鲜战争期间登上文坛的青年作家。同属战后崛起的作家群，却被主流评论界称为“新人”，说明这一代与前两代战后派作家具有本质上的区别。最大的不同是将笔墨从战争的记忆的描述转向当下生活的场景和内心感受，回避政治国家社会重大题材，转入私小说叙事。他在回国后的文学转型，首先从私人写实起步。1953年7月，远藤追忆法兰西留学生活的《留法日记》和《在阿尔卑斯山艳阳下》等作品先后发表，其后结集《法兰西的大学生》一书由早川书房出版，这些作品，只是文学转向的铺垫之作，却获得文坛瞩目。

而作为青年小说家，远藤周作出手不凡，一出道即被视为“第三代新人”的代表。1954年11月，在《三田文学》发表《到亚丁去》，遵循的是日本明治文学的私小说笔法，带有浓郁的自传色彩。而翌年发表的小说《白种人》，一举斩获第33届芥川奖，成了步入第三代新人作家的祭旗之作。继《白种人》之后，远藤周作的文学生涯顺风顺水，渐入佳境，此后几乎每隔一两年，就会推出一部重量级长篇，作为积蓄能量和休整，佐以随笔幽默小品和历史小说写作，超级高产，成了拿遍日本国内各种文学奖的专业户，且不止一次被提名诺贝尔文学奖，作品被译成30几种语言在世界各国畅销。可以说，在战后灿若星辰的日本作家群体中，远藤周作以一系列作品，跻身于当代最优秀作家行列。

远藤周作文学的最大特色，即是以基督教为主题以及蕴含在作品中的人生哲理宗教情怀。基督宗教信仰是远藤文学的内核与灵魂，离开宗教信仰，远藤的文学价值就无从谈起。换言之，远藤的文学，兼具神学与文学的双重价值——关于神性与人性的文学表现与思考。可以说，远藤周作的作品，特别是最主要的代表作，都是围绕这一主题来展开的。其中，《沉默》与《深河》无疑是表现这个伟大主题的杰作。这两本书远藤生前十分看重，临终前一再嘱咐家人，死后将这两部书放入棺椁，伴随长眠。

长篇历史小说《沉默》是远藤周作的基督信仰文学的代表作，远藤由此奠定了“20世纪基督教文学最重要的作家”的地位。几年前美国著名导演马丁·斯科塞斯将原作搬上银幕，并在梵蒂冈首映。罗马教皇方济各（Pope Francis）亲临小教堂观看放映，一举成为世界影坛和基督教领域一大佳话。作品是以17世纪初期日本江户幕府实行锁国禁教的历史背景展开的。葡萄牙耶稣教会派到日本的教士克里斯多夫·费雷拉神父，在历尽千辛万苦传教20年后，最终屈服于幕府的残酷刑罚而叛教。青年神父罗德里奥受耶稣教会委派远涉重洋来日本调查此事。他在澳门下船后偷渡日本，潜伏在长崎郊外秘密调查叛教事件。后来因叛徒出卖，被幕府缉拿。为拯救更多无辜的信徒，罗德里奥被迫用脚踩踏刻有耶稣圣像的铜板。当他的脚踩上踏绘时，感到一阵剧痛。这时，铜板上已经被踩踏得影像模糊的耶稣对他说：

> 踏吧！我知道你脚痛，正因为知道这种痛，我才降生世间，背负十字架的。

这个故事并非虚构架空，而是取材于真实的史实，经过作家直抵肺腑的追索拷问，读来惊心动魄。在东京都文京区茗荷谷，我曾参观幕府时代关押“弁天连”（西方基督教传教士和信众）的牢狱“切支丹屋敷”。1643年，遭遇海难漂流到日本九州的意大利传教士朱塞佩・齐亚拉（Giuseppe Chiara），被长崎当局捕获后就关押在这里。后来受不了残酷的身心摧残，齐亚拉被迫放弃信仰，改名冈本三右卫门在日本娶妻生子，了度残生。此人就是远藤《沉默》中克里斯多夫・费雷拉的原型；我也去过位于长崎市当年荷兰传教士集体殉道的遗址，那里矗立着江户时代被杀害的26个传教士浮雕，其中有一块《沉默》之碑，用以纪念这部巨作的问世。这部小说于1966年问世，但是准备和酝酿却经历了多年时间。远藤自幼多病，战争期间因体弱侥幸躲过兵役，但因肺结核动过几次大手术，几度与死神擦肩而过，以此为契机，“开始认真考虑上帝的事了”。1959年周游欧罗巴列国，归来肺结核复发，差点送命，住院两年多，1961年肺部再次出问题并做手术。斗病期间，偶然从朋友带来的报纸上读到关于长崎“踏绘”的历史考据文字，触发了无尽浮想。

1963年，远藤病愈出院，多次去长崎实地踏查取材，搜集历史资料，在此基础上，创作了《沉默》。

四

比起《沉默》，和很多远藤文学粉一样，我更喜欢的是他的另一部长篇小说《深河》。一生很少对自己的创作说长道短的远藤对这部书颇为自诩，说它是“迄今为止的自己文学的总决算之作”，“是一生集大成之作……这期间，我把自己想写的东西全部写完了……就像自己的遗书一样”。值得一提的是，这本书出版于我到日本的第二年，当时我已经读了不少远藤的文库本原著，我有幸目睹远藤生前最具影响力的巨作《深河》的出版及发行盛况。我还清晰地记得经常光顾的新宿纪伊国屋书店里原本光顾者不多的纯文学专柜排起长龙争购《深河》的情景。

与《沉默》的背景不同，《深河》的背景是南亚大陆的文明古国印度。但这部充满异国情调的小说讲述的却是日本人的故事，而表现的主题却一以贯之在《沉默》展示的“人性的救赎”这一主题的延长线上。

20世纪七八十年代，经济腾飞以后的日本人满天飞，没有不去的地方。小说《深河》写的是几个到印度的日本旅行者，所谓深河就是印度教的圣河——恒河，以此作为小说的舞台。但这些人并不是寻常意义上的旅行者，是一群“背负着生命中的各种辛酸和伤痕”的日本人在深河畔祈祷的情景。

小说以矶边的故事开篇。矶边是中年公司职员，长期刻板规矩的上班族生活形成了拘谨冷漠的个性。此前妻子患癌症去世，才痛感妻子走后留下的巨大虚空。妻子临终前神启般相信死后会转世，留下遗言：“我一定会转世，在世界某处，我们约好，一定要找到我！”尽管矶边不是宗教信徒，不过，抱着对妻子的愧疚和忏悔他决定试试，报名参加印度旅游团，满心期待能在世界某个角落找到转世的妻子。出乎意料的是，与他一同参团的，还有一个曾经在妻子卧病期间负责看护的义工成濑美津子。

美津子是一个另类的女人——美丽、浪漫，但又任性，性格冷酷，缺乏爱心，行为乖张，身上某种令人难以捉摸的东西，潜意识里又似乎潜藏着某种不可思议的愿景。她在医院当义工照顾病人无私奉献，这一切并非源自爱心与慈善，而是出于对爱的某种模拟演习。年轻时，她玩弄过一个名叫大津的男人的真情，挑战过大津的宗教信仰。她参团来印度，是冥冥中受到某种启示，来寻找那个曾经被她无情抛弃而又一刻也无法忘怀的大津。不可思议的是，在瓦拉纳西城，果然与在这里从事神圣工作的大津不期而遇……

大津并非参团人员，但他却是书中的重要存在。大学时代就是一个虔诚的基督教徒，成濑美津子企图想将他从神身边拉走，最终又将他抛弃。信仰崩塌的大津开始放浪修行，辗转到法国里昂神学院，试图寻找适合日本人心灵的基督教。他秉持日本人的泛神论，认为“神有几种不同的脸，隐藏在各种宗教里”；神不是“在人以外让人瞻仰的东西，而是在人之中，而且包容人、包容树，也包容花草的大的生命”。这种多元的、泛神论宗教观使他在欧洲一神教的教会中难以容身，晋升神甫也终成泡影。为了践行自己的神学理论和信仰，他毅然来到印度传教，在瓦拉纳西城，奔走于陋巷与河畔之间，将临终的教徒背到河边沐浴或火葬。后来因为替一个犯禁的客人顶罪，受到暴怒信者攻击，惨死于河边……

还有几个人物：经营运输业的退伍老兵木口，他要到印度祭奠亡灵，他的战友在“二战”的缅甸战场上，在极端困境中吃了蜥蜴肉（人肉）而幸存下来。战争结束后，因陷于暗无天日的罪恶意识无法自拔，最终自尽求解脱；喜爱动物并以此为题材的童话家沼田坚信：是一只鹩鸽鸟代替了本该病死的自己，他要前往鹩鸽的故乡印度放生鹩鸽……总之，旅行团的每个人都以不同方式去接触、感悟生与死，信仰与永恒。对他们来说，此行与其说是观光之旅，不如说是灵命之旅。书中的深河，成了测度生命、命运的河流，平稳的河面下，隐藏着一个个深不可测的生命之谜：生与死，神与人，信仰与人生……沉重得令人透不过气，读罢之后，令人掩卷长叹。

令人击节的是，在《深河》中，远藤在旅途故事的叙述框架下，为人物外在遭遇与心路历程别出心裁安排了一个底蕴极为丰富的舞台。首先，以印度这个充满宗教文化色彩的古老国度为背景，极富象征意义。印度是世界古代文明发源地之一，是历史上多种宗教，如印度教、佛教、锡克教的源头。世界各种主要宗教如伊斯兰教、基督教、犹太教与印度之间也有千丝万缕的关联。印度可以说是多种宗教与一神教和谐共存的国家。自古以来在这种宽松多元的宗教观影响下，这个古老的国家散发着浓烈的宗教气息，各种宗教在这里碰撞，又彼此和睦共处。

其次，书名所谓“深河”指的就是故事的背景印度恒河，众所周知，恒河是印度文明的起源圣地，也是印度人的母亲河与生命之河。在小说里，每个背负不同命运、悲酸与罪孽的人在恒河交会，恒河就是测度生命深度之河。

再次，故事的舞台选在恒河之滨的瓦拉纳西城（Varanasi City），也是意味深长的。瓦拉纳西城坐落于恒河中游左岸，是每个印度教徒一生要朝拜一次的圣地，很多教徒不畏千辛万苦长途跋涉到这里，据说每天聚集于此的印度教徒达上万人，或在寺庙诵经布施，或在恒河里沐浴祈祷；很多信徒都希望死在河里，让尸身漂浮河面，将骨灰撒入河流里，无论贫贱富贵，一经河流洗礼，一切过错罪孽，都会得到净化；所有恩怨仇恨都会被消解，所有喜怒哀乐都会被包容在河里，所有信者都会被带向永恒……

远藤周作的宗教文学中，既写了基督的爱与慈悲，写了罪孽与背叛，又写了不同宗教的对立与对话，写了宗教多元主义。从写作时间跨度上看，《深河》与《沉默》相隔近20年；从作品反映的时代背景看，《沉默》反映的现实，是17世纪开始延绵近300年的幕府锁国时期；《深河》中人物活动的时间则发生在战后经济实现极度繁荣，国家社会发展高歌猛进的20世纪80年代末。写作时间和故事的背景尽管差异很大，但两部作品的主题惊人一致，那就是关于爱，关于信仰和救赎——这或许可以称得上作为基督教文学求道者的远藤周作在作品中一以贯之的主题吧。

五

此情此景，让人不由得将书页翻回书的开始，那是故事的出发点，书名封面之后，在首页上摘录了一首歌：

深深的河流，神啊！
我也想渡过河去，
到集结之地。

远藤将这首《黑人灵歌》置于卷首，可以视之为它就是全书的提纲挈领。是，据说，在写作过程中，远藤偶然听了这首黑人灵歌后，受到触发，才决定为小说定名《深河》。在书名旁，他特地标注与英语“Deepriver”相对应的日语片假名读音“デープリーバー”，就是为了提醒读者，书名应该置于西方宗教文明这一大背景下去加以理解和阅读，因为“Deepriver”一语具有远较日语的“深い河”更为深广的文化内涵。

在西方文学语境中，“Deepriver”一词有着特定的宗教内容，指的是摩西率领的以色列人在经过荒野广漠40年筚路蓝缕的磨砺试炼之后才横渡过的约旦河。从这一宗教历史出发，河的对岸就是约定之地，集合之地，也就是《旧约·创世纪》中以色列人祖先亚伯拉罕所得到上帝

“拥有流淌着牛奶与蜂蜜”的“应许之地”，是富足和平幸福与安宁的天堂。这个意象被远藤移植到《深河》里，并作为贯穿全书的红线，隐隐暗示着：深深恒河，就是另一种意义上的圣河，是爱与救赎的生命之河，灵修之河，它以宽广的胸怀和悲天悯人的大爱，接纳身在此岸，处于水深火热的现实与灵魂的煎熬中无法自拔的人们，无分别无功利地度往彼岸圣地。在人心礼崩乐坏，宗教纷争冲突此起彼伏的当今，只有爱与慈悲，才能摒弃一切仇恨和对立，超越不同宗教和文化之间的巨大鸿沟，渡过灭顶之灾的洪水滔天……

灾难、阻隔、生、老、病、死、爱、别离，等等，一切不幸，自远古以来与人类如影相随，也是古今东西方文学中歌咏不尽的母题。《诗经》有云：“谁谓河广，一苇杭之。”在远藤周作的《深河》里，表述的是一种对阻隔实现超越的宗教文学情怀，颇见异曲同工：

以爱之名，泅渡深河。

长崎今日又下雨

——追忆古贺嘉之先生

一

《长崎今日又下雨》是一首在日本家喻户晓的经典老歌，也是我最早学会的日语歌曲。这首歌格调浪漫曲调忧伤，以充满异国情调的长崎为背景，诉说旅途中的邂逅与慕情，扣人心弦。只是，歌声唤起我无尽思念的对象，不是美丽多情的长崎女子，而是一位老先生。这位名叫古贺嘉之的长崎老者教会我这首歌，他也是我学日语的启蒙老师。虽然先生早已作古，但其音容笑貌已融于旋律之中，歌声响起，往事历历在目……

二

与古贺先生结识于1991年夏天，已是28年前的往事了。他从日本长崎某高校退休后受聘来华当外教，先后在复旦大学、厦门大学从事日本语言文学教学工作。我与先生原本素昧平生，因自费赴日留学掌握日语迫在眉睫，却苦于求学无门，自学又不得要领，还好家在厦大近水楼台，通过先生高徒余有志君的引荐，得以登门求教并结下情谊。

第一次见面的情景至今记忆犹新。那时他住在厦大凌峰楼专家公寓，一座带花园的房子，与我家曾经住过的凌峰一号隔了几个台阶坡道。先生年过花甲，身材瘦高，相貌清癯儒雅，饱满的额头上几条抬头纹，眼窝略凹，长脸高鼻，见面就抿嘴微笑点头，和蔼可亲的老派绅士形象打消了初见时的拘束。那晚天气蒸热，似乎在酝酿一场夏雨，花园里虫声如雨，屋里没空调，先生一身雪白的日式便服，上身斜襟短袖，在左腰间端端正正打了个八字结，下身宽舒的七分裤，手摇一柄小折扇，让我想起日剧《姿三四郎》中的矢野先生。

但初次登门拜见，我差点被拒之门外。先生个性爽朗随和，但凡事又自有法度。对我上门求学日语之托，他慨然应允，且无须任何费用或条件，但他要求来者须具备相当基础，对按部就班从零开始者，既没精力也没兴趣。这门槛不高，因为我曾自学过三个月日语，能把《标准日本语》初级上册倒背如流，余君特地为我测试，也说没问题。谁知我太不争气，那晚不知是紧张还是哪根脑筋没理顺，先生几番询问，我张口结舌愣是吐不出一句话，总是余君从旁救急、解围。最终，失去耐心的先生回过头冲着余君苦笑，脸上带着一丝失望和狐疑，似乎在揶揄他的轻率，余君红着脸像是在解释，两人就此聊开。被晾一边的我此时真是羞恨交加如坐针毡，就此作罢又于心不甘却又不知所措。

窗外虫声慢慢低沉下去，转眼两小时过去，俩人似在做结束聊天的寒暄，先生频频挥扇边嘟囔着，我捕捉到似有抱怨天气和居住条件的只言片语，如“拇西啊次矣”（蒸し暑い。真闷热），“爱啊空纳西矣”（エアコンなし。没空调啊）之类，猛然醒悟这是最后的机会了！于是面朝先生，滔滔不绝朗声“说”起了我平日背熟的日语，尽是与天气有关的内容，只顾“表现”全然顾不上是否应景切题。先生没想到我会来这一出，愣了一下，好像见到聋哑人突然开口一样，随即“哈哈哈”朗声大笑，冲余君竖起大拇指：

“周君，矢巴拉细矣！矢巴拉细矣！”（すばらしい！周君真棒！真棒！）

这样，我幸运地成为先生在厦门唯一的“入室弟子”。

三

世人都说学习难，学外语更难，而学日语尤其难。对中国人来说，日语初看简单，因为作为文字的平假名、片假名分别取自汉字草书和偏旁部首，行文又夹杂汉字，即便门外汉连蒙带猜也能略知其意。但深入后完全不是那回事，这种“世界上最暧昧最细腻的语言”令很多学习者半途而废，乃至有“笑着进哭着出”一说。我则相反——先是难耐的苦味，而后清甜回甘如嚼青橄榄，回想都是甘美记忆！

求教之初举步维艰，窘迫可笑之事一言难尽，单是如何打电话就大费周章。那年，先生带毕业班，授课兼指导论文，忙得很。但再忙每周他都会为我腾出一个晚上，只因没有规律，必须现约。如前所叙，我闭门造车学的是跛脚日语，会文法，会写，会背，就是无法交流，就连打电话约见也是障碍，也不能再依赖翻译。只能土法上马，请余君将电话约见的几种场景分写几张卡片，背熟，打电话时见机行事。这样的沟通方式很狗血，每次预约都战战兢兢，摸着石头过河似的心虚，也闹了不少误会，却也逼使我退无可退，脚踏实地下功夫学口语。

先生的教法别具一格，他对于从教科书学外语很不以为然。上课是面对面交流，教科书是课后我自己的事。一张书桌两人折角而坐，桌上两支圆珠笔，一叠“厦门大学”抬头便笺纸，首页上写着课题，比如“天气”“旅游”“饮食”“爱好”等，下面备忘似的罗列了几条纲目，看得出他是事先认真准备的。上课围绕某一话题侃侃而谈。一开始我如坠迷雾，一边全神贯注谛听，一边捕捉他的表情，同时大海捞针似的在大脑里搜寻、揣摩，非常吃力。先生中途不时停下，边听我的回应边在纸上写写画画，是一些我不会的词汇短语或句子，一笔一画非常规整，有时解释也不明白就画简图。所学密度很大，一个晚上往往用去20来张便笺纸。结束前他逐页浏览一遍，用红笔勾画重点再装订好给我：“今天的讲义全在这儿，回去再好好消化！”老师这么用心，我自然不敢怠慢。回到家，趁着印象还在，赶紧将晚上笔谈的内容逐条抄录到本子上，查找字典、语法例句，经常忙到凌晨一两点。我临出国时，这样的上课讲义已积了一摞，有一尺厚。

这种完全异于常规的学习法一开始有点手足无措，但咬牙坚持下来，就慢慢尝到甜头。随着我渐渐习惯了他的发音特点，进入我耳里的话音，从一开始的杂乱无章中慢慢显现出意义来；又随着经常性面对面开口对话，在熟练掌握了一些惯常范式后，原先掌握的零七八碎的词语词句找到了套路，说出来就变成了逻辑清楚意义明确的句子，与先生的交流越来越应付裕如。将这一过程回放，有点类似穿越沙漠的旅行：刚开始进退维谷，感觉随时会被淹没在那漫天卷地的黄沙里，渐渐地看到远方的一抹绿色，再走现出方寸绿洲，开始是一小块一小块错错落落，再往前走越多越大最终连成片，变成鸡犬相闻的人烟城郭……突破口语交流，日语学习一日千里，我趁热打铁，几个月所学几乎超过日本语言学校一个学年的内容。

四

先生出生于日本九州长崎，历史上就是往来东亚大陆的门户，与中国渊源很深。特别在长达两个多世纪的锁国时代中，长崎是唯一与荷兰和清朝贸易往来的港口，也是日本人了解外部世界的窗口。在历史人文熏陶之下，长崎人于开放进取之外，骨子里多了一分浪漫与洒脱，不似严谨拘束的本州日本人。

先生性格豪爽，爱学问，爱饮酒，也爱娱乐。喝酒，是那种小酌慢饮陶然于酒中趣味的喝法，小饮则醺，饮后高歌，情趣盎然。有时上课告一段落，他就起身到屋里踅摸出清酒和我小酌。酒具和清酒是从日本带来的，酒盅小而浅如闽南茶盏，酒壶细脖圆肚像仰天的仙鹤，清酒注入酒壶在微波炉里加热后斟饮。先生喝酒不在意菜肴，鱼皮花生、鱿鱼丝、榨菜都是酒菜，这种颇具古风的喝法我到日本也常领教。谈兴才是最好的酒肴，几杯入喉先生兴致勃发，脸色泛红，话题五彩缤纷，聊日本、长崎，聊家人祖先，聊他的青春……这样的交流很受益，我获得很多从教科书中无法领略的东西，就像长崎之于锁国时代的日本，先生成了我了解感受日本文化的最初窗口。

学日语歌也成了我学习的一个内容，先生爱唱歌。他的嗓音低沉很有磁性，声情并茂令人难忘。上课中讲日语时，语法或词语用法，他顺手拈来直接取自日本流行歌曲的句子。歌词是最凝练的日常口语，用最简洁的语句，表达最婉转微妙的感情，歌词具有诗的特质——我后来研究冲绳民谣时，才领悟到这种“寓教于乐”的妙处。我和先生学会的日语歌不下十来首，像《长崎今日又下雨》《长崎女人》等就是他一句一句教会我的；也有他为我翻录的磁带，这些歌声的旋律后面，都晃动着先生的面影。

先生交游颇广，当时常有日本亲友来访。他鼓励我多参加这类聚会，认为接触不同口音和讲话特点的日本人，有利于自然融入语言环境。有时他脱不开身，便托我代尽地主之谊，充当本地向导。这种学习机会对我来说本是求之不得的事，但先生仁厚，知道我是学生，有时间没收入，每次除支给接待预算之外，还另外给我不菲的“服务费”，攒起来大概有1000元，在当时相当厦大教授两个月的薪水。我后来去上海签证用了这笔钱，除去来回火车票、购买出国用品，还有盈余。

五

和先生的交游一直保持到在日读书期间，时有书信往来和见面，但这一切终因他的过早离世而戛然而止。如今，又隔了近30年的时间，对先生的追忆难免失之琐碎。但往事并不如烟，沐浴师恩的种种如春风化雨，点滴渗入心田，化作无尽追思，何曾一日淡忘？！

悲乎！先生回国后不久因病急逝，未及古稀。我去过长崎，他的墓地在佐世保九十九岛对面的山麓。

酷暑将尽，台风频发，连接厦门与九州的东亚海域都在台风天气笼罩之下，到处一片云情雨意。看亚洲气象报道，长崎今日也在下雨，此时，雨点正落在先生的墓碑上吧？

雨夜心情寂寥，容易陷入思忆。“思君令人老，岁月忽已晚”，点开收藏在手机里的西田佐知子版《长崎今日又下雨》，一遍一遍听，潸然泪下。

追思先生，我也在凭吊青春，那些一去不复返、和先生度过的好时光。

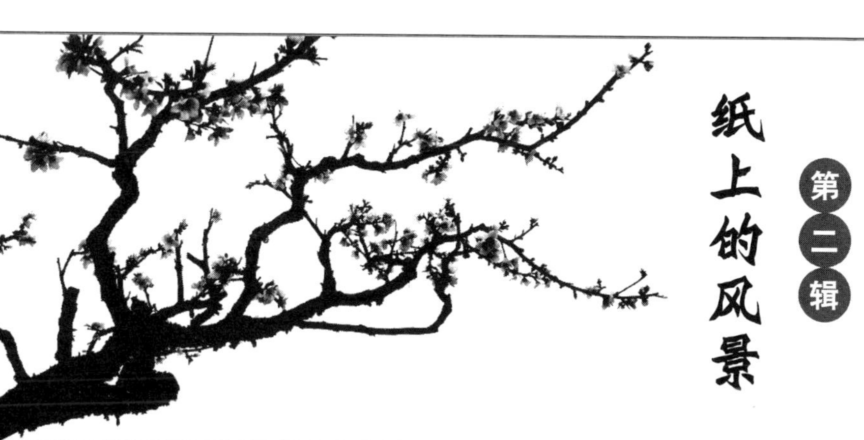

第二辑 纸上的风景

大宫文脉寻踪

一度旅居日本埼玉县大宫市（现为埼玉市大宫区），一住就是数年，也不妨称为“第二故乡”，可亲可近之处多多。如今赴日差旅过东京，只要时间许可，也总要前往故地重游一番。

大宫在东京西北方向约30千米外，是人口仅有40来万的小城。小说家永井荷风在东京上流住宅区麻布高地购置私宅“偏奇馆”，晚餐时分朝西北方向张望，就能看见暝色中大宫冰川神社里大片墨绿的森林，说明大宫离东京近。不过那是大正年间，水泥森林的摩天大楼还没在大宫落地生根的时代。现在，要见到类似的景观则要登上66层的池袋Sunshine大厦或屹立于台东区的“天空树”才能一见吧。

大宫是座历史古城，也是文学气息浓郁的街市。

名为大宫，乃“大神宫”之意，地名源自境内神道圣地“武藏国一宫冰川神社”。史载，冰川神社建于公元前四世纪的第五代孝昭天皇时期，算来几乎与孔夫子同期，但彼时日本无人记史，一切混沌未开，后世史家姑且称为“神代”（神话传说时代），想来也是传说成分居多。不过，冰川神社，乍听起来就给人一种地老天荒的感觉，作为一个神道名所倒是很相配。埼玉古属武藏国，国内分布着280多座大大小小的冰川神社，大宫是“总本山”（大本营）。近世以前，大宫在日本历史中的影像还很模糊，进入江户时代才渐渐清晰起来。1603年，德川家康从京都朝廷获得“征夷大将军”称号，在江户（今东京）设立幕府作为统治日本的政权中枢，政治经济中心从关西移到关东。久经战乱的幕府将军，为了监督藩国大名（诸侯），防其造反作乱，制定“参勤交代”制度，让200多藩国大名定期轮流到江户执勤、居住，变相当人质。为了方便往来交通，幕府在一个半世纪内陆续建成了堪称世纪工程的五大交通干道：东海街道（1624）、中山街道（又称木曾街道，1628）、奥州街道（1646）、日光街道（1636）、甲州街道（1722），条条辐辏江户城前的日本桥。大宫就位于中山街道（木曾街道）上接近日本桥的前站。

中山道起于江户日本桥，终点在京都的三条大桥，路程按日本旧时算法合计135里24町8间，约530千米，行程约需15天。街道每隔一日里（约4千米）设一路标，叫“一里塚”，每隔一定距离则设有幕府指定的民营旅宿，叫“次”，也就是旅次、驿站，提供马匹更换和人员住宿。比如，从京都到江户，若取道中山道（木曾街道），途经69个旅次。旅次按接待规格分“本阵”“肋本阵”“旅笼”三档，“本阵”是最高规格的旅馆，专门接待大名及家属，因涉及政府要员安全及服务要求，所以都由具有幕藩官僚背景的地方豪强经营。像明治小说家岛崎藤村家，世代沿袭“庄屋”也就是村长之职，其家就是中山道上长野木曾马笼宿经营“本阵”，直到幕府灭亡才改行；“肋本阵”供大名的高级家臣入住；“旅笼”则是招待一般随从武士的普通住宿。“大宫宿”是京都前往江户中山街道的第四个驿站。

在江户时代，“大宫宿”有旅宿300多家，其中本阵1个，肋本阵9所，旅笼近300家，在全国五大街道中旅宿的规模首屈一指。江户幕府时代，包括中山道在内的五大街道上一年到头来来往往着藩国诸侯及其随行人员，小的几十，大的成百上千的“大名行列”，熙熙攘攘，络绎不绝，就像大大小小的旅行团，大宫由此获得滋养，成为江户边上最繁荣的“宿场町”（旅馆城镇）。

随着服务行业发展起来的还有江户文学艺术，涵盖话本小说、俳谐、演剧、浮世绘等，除了大名和幕府要员的行列，五大街道上奔途往来的还有文士、俳人、画师、云游僧和艺人的身影，交通畅达为他们出行访幽探胜，深入民间提供了便利，江户时代兴起的纪行文学，俳句、短歌、言情小说、浮世绘、歌舞伎都是以驿路为舞台展开。俳圣芭蕉大半生都在旅途上，以“旅人”自诩。1684年，已过不惑之年的芭蕉从江户出发，沿东海街道往西行旅，抵伊贺国，访京都，游历奈良、名古屋、尾张国，年底返回故乡伊贺，再经大津往桑名、鸣海，是为文学史上著名的《野曝纪行》之旅；晚年则取道日光街道，往东北与北陆，历时半年，行程近5000里，写成《奥之小道》。日本绘画史上著名的《东海道五十三次》系列浮世绘风景画，则是歌川广重画师的旅途写生，后来传到欧洲，启发了凡·高和法国印象派的画作。

明治维新后，日本不遗余力殖产兴业，大力发展铁路交通，1883年，日本第一条铁路开通第10年，连接东京至宇都宫的东北线和连接关东地区的高崎线也投入运营，而且都在大宫通过。列车时代的到来把大宫推上了近代化进程，以大宫站为中心的城市化建设快速整备起来。

明治初期，神社、寺庙收归国有，明治政府发布命令，要求各郡县所有神社、寺庙领地均须开辟公园，让人民休闲。由地方热心人士捐资捐地，1885年在冰川神社后山兴建冰川公园，与神社连为一体。冰川公园占地76公顷，开辟有武藏野风情的草原和杂木林，与伊豆、热海并称三大“东京后花园”。大宫有许多可以发思古幽情的古迹，有大片森林，有神灵栖息的千年神社，有怀旧气息浓郁的街道，有可口美味的饮食，加上交通便利，很快受到不堪现代城市文明之扰的都市文人画家的青睐，纷纷前来大宫，足迹所至，或留下传说，或留下佳作，或留下遗迹。大宫进入文学史，成了东京近郊的文学散步名所。

初来乍到，我曾一度住在大宫市崛之内町二丁目的曼陀铃庄公寓，一座典型的日式住宅，因离车站稍远租金便宜，但却是优雅娴静的住宅区，周围有很多古朴自然的田园景观。离住处不远的见沼川沿岸“并木散策道”上就立有田山花袋文学碑，见沼这一代曾以乡野风光闻名，以《棉被》开创日本私小说先河的明治时代田山花袋曾来此观赏过夏夜流萤。往大宫驿站的方向走，穿过中东中学就是长长的林荫匝地的冰川参道，向北一直走就是冰川神社和大宫公园，很多现代文豪都曾驻足流连过。后来我搬到南部的吉敷町二丁目枫树庄寄寓，那一带，也是历史文化气息浓郁的地方，公寓边上就是古木曾街道向江户延伸的中山道的一段，虽然经过现代化改造，但街道还有不少历史风貌的遗留。比如江户画师溪斋英泉的浮世绘《木曾街道大宫宿》里，至今留有的遗迹有东光寺、庚申塔、安藤桥遗址、泪桥故地、盐地藏尊菩萨，还有专门用以接待江户时代纪州藩大名食宿的“北泽家本阵”……这些地名背后不但都有来历，有故事，更有浓郁的风俗文学趣味。初来乍到东瀛时节，没有余钱，更乏朋辈故人，工读之外，对付孤寂的最好办法就是出门漫无目的地闲逛，日久成习，对大宫的每一条长街岔道胡同陋巷，旮旯犄角谙熟得如同掌纹，无意中就像用脚步踏查日本文学史的别册。

1891年，与夏目漱石同年出生兼同窗好友的明治时代诗人正冈子规来到大宫，住在大宫公园内的旅馆“万松楼”读书，写俳句。而此时，好友夏目漱石正在松山的一所中学教英文。子规盛赞大宫是好地方，特地把夏目叫来同住，他们之间的唱和收在1898年出版的俳句集《寒山落木》里。与漱石比肩的大文豪森鸥外对大宫也很熟悉，甚至将大宫的景观写入小说。我在大宫冰川神社公园一带闲步，脑中就浮现森鸥外小说《青年》的一些片段：主人公小泉纯一与挚友出了大宫东站，左拐直走，进入冰川神社前林荫道，一路侃侃而谈，最后抵达神社后山的大宫公园。小说还有对散点在公园内的各种料理店散淡而传神的描写，与时隔近百年后我所见到的景象好像没有什么隔阂。百年之间，大宫既无兵火之灾，也没有经受文化浩劫，即便是在高歌猛进的城市化进程中，人们对自然景观，对文物、历史遗迹的态度虔诚而理智，很多地方，对照百年前老照片甚至对照江户时代浮世绘画家的写生画，依然清晰可辨，给后人留下了扎实可靠的追怀依据，这常常令我羡慕和感慨。

永井荷风也在大宫留下文学散步的踪迹。把散步这种日常行为上升到文学层面，永井荷风可算是文学散步元祖。荷风是土生土长的“江户子”，也就是地道东京人，终身独栖，散步是每天的功课，恰似勤勉的上班族一样风雨不辍，他的散步范围也就是以东京为中心旁及周边千叶、埼玉的下町的街巷、寺庙神社和水路田园。大宫离东京不远，交通方便，比起城市改造建设突飞猛进的都会，彼时仍保留不少江户时代的流风余绪和田园风光，受到荷风的青睐。《断肠亭日乘》里多次出现“今日赴大宫”的记录，小说《欢乐》里也写到大宫。曾看到一帧荷风在冰川神社参道散步的自拍照，照片上的晚年荷风西服礼帽，手中挎着波士顿手提包，走在古木森森的冰川神社参道上，侧着半边脸，神情悠闲而散淡，颇为陶醉。

据大宫市图书馆编著的《埼玉文学散步》记载，曾在大宫留下足迹的文人还有樋口一叶、正宗白鸟、岛崎藤村等人，都是日本近代文学史上熠熠发光的名字。说到大宫文学散步，最值得一提的是太宰治，至今仍活在太宰迷的话题里。近几年日本读书界又出现了“太宰热”，一则2009年迎来太宰治100周年诞辰纪念，一则太宰殁后60周年，早已过了版权所有期限，出版社印他的书不必再考虑版权成本，于是多家出版社争着纪念他，大印其书。我手头有一本《和太宰治的文学散步》（木村绫子著，角川书店，2012年2月），里面详细描写了60多年前太宰治与大宫生死契阔的因缘，读起来颇为有趣。

1948年4月29日，39岁的太宰治携一年前在居酒屋邂逅的情人山崎富荣一同来到大宫，借居朋友介绍的小野泽宅执笔创作，5月12日离去。太宰治在这里完成了《人间失格》中的《第三手记》部分和《后记》部分，《人间失格》得以完篇付梓。整整一个月后的6月12日黄昏，太宰治一人再访大宫，寻友不遇后讪讪返回东京。翌日深夜与山崎富荣一同投水自尽，曾两度殉情未遂的小说家最后一次对这个厌倦了的世间决绝地说“goodbye”。太宰治与大宫的渊源，前后不过半个月的时间，但其间所发生的一切，无论是对作家本人也好或者对大宫也好，意味都非同寻常。

初访大宫，是筑摩书房老板古田晁一手安排协调，从伊豆的热海辗转而来的。本来，古田安排太宰在热海的度假别墅起云阁执笔《人间失格》。古田是厚道人，当时太宰的书多在其出版社刊行，又是畅销作家，悉心呵护是情理中之事。热海乃度假胜地，进出东京方便。而且，太宰与另一个情人太田静子——《斜阳》中“姐姐”的原型，及两人所生的幼女就住在热海附近，方便见面。

谁料这一切没有逃过侍在太宰身边的山崎富荣之眼。暴跳如雷，鸡犬不宁，太宰的写作一再受挫。

经过慎重考虑，古田想到了自己熟悉的大宫，决定在那儿为太宰另找一个专心从事创作的地方。

古田是长野信州人，夫人是大宫宇治医院院长太太之妹。为了专心经营出版社，古田把妻、子都遣送回长野老家居住，自己借住妻妹家，因此对大宫一带相当熟稔，认为大宫这样的地方很适宜太宰治写作。而且，太宰治患有肺结核，亲戚在大宫行医，便于照料。经过斡旋，从长野同乡小野泽清澄（经营天妇罗店老板）处租借家宅二楼空置一个套间供太宰和山崎富荣用。

4月29日晚，古田把太宰及山崎带到大宫的小野泽宅里。小野泽宅院位于大门町，也在冰川神社参道边上，是一座二层楼独门独院木造住宅。说来也巧，小野泽家旧址就在我走读的语言学校边上小巷里。大宫林木葳蕤空气清新，风俗淳厚，一派古城的娴雅宜居之趣，小野泽夫妇对他的饮食起居也照拂周至。时值战后第三年，物资贫乏，古田社长回老家长野搜寻食物，房主小野泽甚至四处出动为他踅摸当时很稀罕的清酒和威士忌。太宰很快进入了最佳状态，生活很有规律：上午九点多起床，早餐，十一点左右开始执笔《人间失格》，每天400格稿纸五六张，大大超出在热海时的进度，下午三四点收笔，外出，散步，到附近的“松之汤”澡堂沐浴或去宇治医院检查。晚上则和主人饮酒闲聊，日子过得张弛有节。

5月12日，《人间失格》杀青，太宰收拾行李回东京三鹰市家。临行，颇为眷恋地叮嘱小野泽：“屋子别借出去，留着等我再来写*Good bye*。”

一个月后的6月12日黄昏，太宰独自一人前来大宫找古田。得知古田回长野老家明天才能回来时幽幽说了句：“*Good bye*写不下去，很烦啊。”当即默默走了。两天后古田扛着大包食物从长野返回大宫才得知太宰来访不遇，接下来读到当天新闻号外：“昨夜（6月13日），太宰治在玉川上水投水自尽。”当下如遭雷击，久久才迸出一句：要是早点回大宫，或许太宰就不会死了。语中有无尽的自责。七年后，古田执掌的筑摩书房首次为太宰治出齐全集。每年6月19日太宰忌日“樱桃忌”（太宰治遗体被发现的日期）都有不少虔诚的太宰文学信徒兴致勃勃前来大宫寻觅太宰治文学散步的足迹。

查阅大宫文化史，有点令人失望：这么好的地方没有出过一个像样的文人墨客不能不说是个遗憾。好在还有那么多文豪，好在还有光芒四射的太宰治在此留下足迹，供后人缅怀徜徉，多少填补了这一缺憾吧。

从飞驒高山到木曾街道

五月黄金周，和友人结伴前往日本本州中部深度游。从关西落地，乘坐预约租赁的小客车，自名古屋进入岐阜、长野两县交界的飞驒高山，登临积雪犹存的志贺高原之后，再一路翻山越岭前往东京，完全是超越常规的旅程。关山难越，一路历尽车尘之劳，但胜景总在险远处，其间更因导航故障，我等误入群山环绕的长野腹地，领略了几处行程所没有的良辰美景，给此行平添几多超值福利，不可不记。

岐阜县和长野县位于本州中部的高山地带，是日本为数不多的内陆区域。从王朝时代起，美浓国就是连接西日本和东日本的路中交通枢纽，其地势高险易守难攻，自古就是兵家必争之地。至今地域划分所称的关东、关西，就是以岐阜县高山地带的不破关为界。这两个县域地处中部高山区，四周峰峦叠嶂，河流纵贯，沃野连绵，水上交通十分发达，是个山国宝地，古来就是豪强领主盘踞之地，是日本本州中部一大政治经济中心。江户时代，国内安定，政通人和，这里更发展成一个商业繁荣、工艺发达的高山名城，与金泽县的加贺、山口县的萩城并称为江户时代三大“小京都”。明治维新之后，日本与西方接轨，九州、本州等面向太平洋的沿岸地区，接受欧风美雨的洗礼成为繁荣的表面，地处内陆的两地成为被人遗忘的内里田舍。不过因祸得福，因为地处内陆交通不便，躲过了大拆大建工厂林立的大建设带来的文物毁坏和环境破坏，很多自然和历史人文景观原貌得以保存，成了后来兴起的江户热潮中怀旧的桃源乡。

飞驒高山

五月黄金周是日本一年中最长的公众假期，假日效应之下，交通拥堵与国内没有什么两样。一大早出门，从名古屋路段开始，车速明显降了下来，取道京名高速进入岐阜县，地图上手指头般短短一截竟然走了四个小时。过了国道和高速分流口，我们折入岐阜山地，郁郁苍苍的山林树荫迎面撞来，车速提上来了，路却越走越窄，越来越崎岖，气温骤然变冷，穿越葱茏数百旋，下午日斜时分，车进入了岐阜北部的飞驒（音若“驼”）高山。

高山市位于群山拥立的飞驒山地，不可思议的是，这座古代山城居然是日本最大的市，据说面积比东京都或大阪府还要大。古代城市聚落的兴衰自有其逻辑原理。在王朝律令制国家时期，岐阜县南部与长野县的木曾郡合称美浓国。美浓是典型的山国，古称飞驒高山，地形由平均3000米以上的群山叠嶂环绕而成，被称为“日本屋脊”。山路险峻，坐落于群山环抱之中，两岸都是高耸陡峭的山崖，山崖上随处可见人工开凿的山路，仅容单人匹马，“驒”是“驼”字的同音异体，指的是驼负货物的单匹马，“飞驒”一名即来源于此。我从司马辽太郎的《街道之行》系列历史随笔中读到，在古代王朝律令时代，为了将产于北方新潟能登半岛的鰤鱼和金目鲷这两种极品海味供应京都天厨御膳，动用国库和民间力量开凿，却成了古代北陆（富山、新潟）、信州（岐阜、长野）连接京都的交通枢纽，在沟通东西日本物流、人流方面曾发挥了意想不到的作用。这些羊肠小道有的至今还有人迹，有的早已埋没在荒草中。有道是“得美浓者治天下”，平安时代末期，王纲解纽，天下群雄纷争，美浓国的军事价值凸显，在13世纪的源平争霸中，美浓国成为双方浴血争夺的军事要塞。室町、镰仓两代武家幕府政权的崛起，无不以占据美浓国为前提。司马辽太郎著名历史小说《盗国物语》，写的就是战国时期美浓国枭雄斋藤道三和女婿织田信长的兴衰传奇。

先有美浓国，后有岐阜。据载，岐阜乃织田信长所命名，分别是陕西的岐山与山东曲阜两个地名的合称。岐山为周朝发祥地；曲阜是孔圣故乡，织田信长的抱负和志向可见一斑。岐阜就是在信长时代作为布武天下的后方基地而发展起来的。高山筑城，利用沟通东西日本水路交汇枢纽的有利条件，在城下町开设自由贸易市场“乐市”和“乐座”，以极为优惠的待遇招徕工商业者，高山城下町很快繁荣起来。战国后期，岐阜高山成了日本中部一大商业中心，财源与情报源源汇聚于此，织田信长得以跨出制霸天下的一步。当时来日本传道的西方传教士路易斯·弗洛伊斯在写给罗马教皇的信中，盛赞高山城是可以与巴比伦媲美的富裕山城。进入江户时代后，美浓国领主金森氏的末代后裔去世后没有子嗣，领地被幕府没收纳入“天领”（德川幕府将军直辖地）。幕府垮台后，日本要与欧美接轨，沿海繁荣，广大内陆山地渐被遗忘。

如今的高山市是个虽旧如新的高原城市，一条宫川把市中心一分为二，东岸旧而西岸新。西岸市政厅、密集的多层住宅、超市、餐馆、银行、邮局等于名古屋这类现代大城市的缩小版；东岸边则是古韵十足的城下町老街市，街面狭隘弯曲整洁宁静，规模不大的寺庙或神社夹杂其间，两旁是低矮的江户时代流行的商住两用住宅，有“飞骅小京都”之美誉。在20世纪后期文化寻根热中，高山城因完好保留着战国、江户时期的城下町风情景观，人气大增，这也是我当年在日本不曾到访之地。山城商店街保持着古代商住两用的“藏屋”特色，全是木造结构，原木色已经被岁月风雨侵蚀成深褐色，与周围的山川古木融为一体。岐阜山地的工艺闻名日本，战国时期这里出产的陶器在大阪京都的茶人之间备受珍视。我在一家小陶瓷铺买了一个古意盎然的红泥茶壶和插花陶瓶，不到2000日元；有一个摄影朋友，大呼超值，拎了两个酒瓮般大小的陶瓷壶，一路拎着，拍照时先得找地方把两个大炸弹似的酒瓮安置妥当，大家都笑他不嫌累。但后来这个造型拙朴色彩华丽的瓷壶却成了他书房茶室里最出彩的部件，见者赞叹不已。

古城里的“高山阵屋”是游人必到之处。阵屋就是古代地方办公衙门。17世纪初期，幕府将美浓国收入囊中后，派遣“代官”前来管辖，衙门就设在这里。阵屋对游人开放，两层楼的木造建筑，从二楼回廊向窗外眺望，可以看到群山环拥的城下町，登临俯仰之间，一下子和历史接上气脉。

飞弹高山，也是一个洋溢着文学熏香的地名。“天下名山僧占多”，美浓国遍布高山幽谷，寺庙古刹尤多，弘法大师空海和尚、阴阳师安倍晴明和诗僧西行法师都在这里留下印记。飞弹高山也是一条佛教巡礼之路，东日本的僧人或信众大都经由飞弹的羊肠小路前往关西的佛教名山古寺朝拜。江户时代在幕藩体制下，为了维稳对内实行严格的人身控制，禁止人员随意离开领地流动。对民间唯一不在此禁的是宗教巡礼。元禄时代的俳圣芭蕉据说也是打着参诣佛教圣地的幌子做文学的漫游，名垂文学史的奥州小道之旅，终点就落在岐阜的大垣。群山环抱水汽缭绕四处是浓密得透不过气的原始森林，这样的环境无疑是滋生各种怪谈的沃土，如姨舍姥、狐仙、山神、水怪可谓妖娆丰富，成为日本怪谈一大来源，这个传统直到近代依然余韵缭绕，并进入小说文本，比如泉镜花的《高野圣》就是取材于飞弹高山灵修路上的灵异故事。

灵修途上试炼多。一个云游僧从北越敦贺前往关西高野山朝拜。在途经山路险峻密林蓊郁的古飞弹高山时，一路惊险频频，经受一个又一个生与死，求道与堕落的考验。他闯过遍布蛇阵和水蛭雨的丛林，终于在深山发现一座茅草修葺的客栈，当家是个美貌的女人，这里还有她白痴的丈夫和一个老仆人。女人热情接待云游僧吃住，并带他到屋后的瀑布下共浴。云游僧凭借高深的道行和坚如磐石的信仰，最终抵制了各种诱惑，心里却对女当家产生了微妙的感情，临别之夕，彻夜难眠。甚至想半途而废，放弃艰苦的修行，和女当家在与世隔绝的深山里了却一生，终究放不下。次日依依不舍上路。途中大雨，与从高山城下町买鱼归来的老仆不期而遇，见到云游僧他大惊失色，以为见了鬼！原来，美貌的女当家拥有特异魔力，无数来投宿的旅人，假如经不起她美色诱惑，或对她动了邪念，都会被她施法力，变成各种禽兽：癞蛤蟆、蝙蝠、猴、马、兔和蛇，然后让它们日夜厮守着美女……老仆手中拎着的大鱼，就是前不久路过此地的富山药商，落入美女圈套后变成马，再让仆人拉去城里卖掉给女人买的下酒菜，因为瓢泼大雨，那条鲤鱼一直活着抵达小屋……

“木曾街道尽在山中”

“街道”在日语中有特别的含义，指的是古代官营驿道。江户时代，为加强国内人流、物流的通达，幕府集全国之力修筑了五条从各地往来江户的干道，称为街道。从京都前往江户日本桥有两条，一条是从关西向东环太平洋沿岸的东海道；另一条则是向北迂回，从京都三条大桥往滋贺、岐阜、长野、群马、埼玉从北面进入江户城。这一条就是“木曾街道”，因系穿越日本中部地区，又名“中山道”。旅居日本时，我住在埼玉县大宫南部的吉敷町，住宅后门曾是旧中山街道的一部，也是木曾街道向江户延伸的要道。大宫是这个路段上的一个驿站，经浦和、蕨和板桥三个旅次后抵达终点日本桥。

话扯远了。以往对木曾街道，只能从书本或飞驰而过的信越新干线上领略。从高山古城出来驱车向东，有一条长长的路段，就与古木曾街道平行。

木曾街道尽在山中，有的在峭壁山崖畔，有的在深临木曾川的岸上，有的环绕山底部的下谷入口。独有一条窄窄的古街道，贯穿幽深的密林地带。

我的脑海浮想起藤村长篇小说《黎明前》开篇的名句。岛崎藤村以私小说驰名日本现代文学史，作品都带有强烈的自传色彩。《黎明前》就是以他的家乡长野西筑摩郡马笼村为舞台，主人公青山半藏即他父亲岛崎正树的原型，表现新旧时代转型青年的苦恼、理想、憧憬和迷茫。小说劈头就出现的木曾街道，就是藤村的故乡。“马笼”即驿站客栈，代称。岛崎家世代任马笼村村长，同时经营着木曾街道驿站上的“本阵”，本阵就是豪华旅宿，幕府时代为参勤交代过往的大名专用的旅馆，家臣、随从则按级别高低分别入住“旅笼”或“马笼”。

1603年，德川家康在关东平原临海的江户城开设幕府，号令天下。为了实现稳定，幕府高参林罗山奉命起草《武家诸法度》，明确规定各地大名轮流到江户城执勤的所谓“参勤交代”的制度。

为了方便各地诸侯往来江户城，幕府在150多年内陆续建成了五大交通干道，即东海街道（1624）、中山街道（又称木曾道，1628）、奥州街道（1646）、日光街道（1636）和甲州街道（1722），木曾街道是连接东西的一条内陆官道中山道的一段。

以私小说确立不朽文名的作家岛崎藤村，出生在木曾街道上的马笼村“庄屋”世家，马笼村是宿场，也就是一大驿站旅宿，岛崎家世代经营“本阵”，到父亲岛崎春树时赶上幕府灭亡，不得已才改行。岛崎藤村的《黎明前》，写的就是本阵经营者在时代大变革中的命运。

参勤街道的开设，使中央和地方连为一体，无论对强化幕府政权的稳固和促进地方经济，都发挥了重大作用。各地大名定期前往江户城居住，辅助国政的同时接受监督，是维护地方稳定的一大举措。同时，参勤交代制度还带来了一个意想不到的效果，就是促进地方经济的繁荣。

巨额的旅途花费，无形中促进了边远地区的经济活力。据史料记载，1642年食俸20万石的秋田藩主前往江户城参勤，家臣130人，武士护卫850人，足轻（下级武士）49人，随从70人，步兵180人，医生5人，搬运夫28人，这样由1350人组成的庞大队伍叫大名行列，一路吃喝住宿，都要花钱。各处街道上的大名行列，也是展示地方贫富优劣的一大形象工程，彼此暗中较劲互相攀比，想省也省不了。而且，将钱花费在日本列岛各处，客观上也促进了地方的繁荣。参勤街道所经之处，形成了宿场町，也就是以旅宿为中心的城镇，在明治维新后成了现代都市商业城镇的雏形，比如中山道上的埼玉县大宫市、东海道上的品川，就是历史上靠为往来江户城的大名行列提供旅宿服务而逐步发展起来的城市。

啊！野麦岭

提起信州、美浓国等这类日本古代历史地名，或是岐阜县、长野县这两个日本中部地区的行政区域，大多数读者可能没有什么印象，但对四五十岁以上的人来说，“野麦岭”可以说得上是散发着强烈怀旧气息的日本地名，绝不是一个陌生的地理名词。在从高山街道与木曾街道交汇处，折北前往长野县松本市途中，当我看到“野麦岭”路标时，不禁感慨万千。20世纪中后期，国门初启，大量日本优秀影片被译介到中国，构成难忘的20世纪80年代中的一抹亮色。《追捕》《远山的呼唤》《生死恋》《日本沉没》，乃至《钓鱼迷日记》《寅次郎故事》等系列名作如飞花散锦般上映，中国人民正是从这些影片中发现了与既定印象迥然有别的“小日本”的另一个侧面，并能产生理解和共鸣，如今想来真是恍如隔世。当时我还是少年，曾在厦大建南大礼堂看过的日本影片中，就有悲情泪奔的《啊！野麦岭》，这是一部讲述在资本主义血淋淋的压榨之下，关于“被侮辱被损害”阶层的悲惨故事，至今记忆犹新。

蚕丝生产是日本传统手工业，到19世纪，缫丝已经成了广大山村地区的重要副业。在日本开国后的海外贸易中，生丝成为日本出口的最大宗商品，对日本近代工业化建设发挥了重大作用。长野县山区诹访因作为历史传统悠久的蚕丝生产地域，在海外贸易利好和政府扶持的双重刺激之下，成了国内主要缫丝生产基地，大量现代化的工厂林立，吸引着周边农村女性前来打工寻梦……

善良而单纯的岐阜乡下姑娘峰子怀着对未来满怀梦想，和村里的伙伴们一起，翻越飞驒高山的野麦岭到长野山区内的诹访生丝厂就业。高强度的劳动，加上恶劣的生活条件和待遇，还有惨无人道的欺凌，峰子终因积劳成疾，不幸染上肺结核。老板怕传染扩散殃及工厂员工，遂将病得奄奄一息的峰子驱赶出门。峰子的哥哥接到噩耗，赶来将妹妹背回家，他背着妹妹，在羊肠小路上艰难攀越跋涉，朝着故乡飞驒一步步迈进。晚秋时节，野麦岭峰峦叠秀，趴在哥哥背上的峰子，眼里闪着泪花喊道："哥哥，我看到飞驒了！"此时，悲怆的《魂断了也要回家》的激越歌声在画面空白处响起，在建南礼堂空阔的上方轰鸣，我正惊异于周围一片压抑的抽搭啜泣之声，没发觉自己入戏太深早已泪流满面……

野麦岭不产麦子，所谓野麦，是日语中一种叫"熊笹"的灌木竹类植物，类似孟宗竹，光长叶子不长茎，叶子又宽又长，日本农村用来包裹食物，岐阜县就有一种有名的"熊笹寿司"。这种灌木每隔十年开花结果，果实很像麦粒，研磨粉碎后可取出淀粉。历史上，每到荒年时节，饥寒交迫的农民就用这种竹子的果实研磨成粉制成各种米团子充饥。长野盛产蚕桑，生丝制造非常有名，明治维新后，大量欧美产品倾销到日本，与此相反，日本现代工业肇始之初拿不出什么像样的外贸产品，外贸严重入超，为了弥补贸易赤字，政府大力扶持有竞争优势的本国产品，生丝是其一。为了与传统生丝出口大国中国竞争外贸市场，大力扶持丝织企业，明治天皇夫妇甚至在皇居宫苑里的红叶山种植桑树养蚕，示范全国。为了最大获取利润，丝织厂资本家无所不用其极，西方资本主义发家史的血腥历程在日本重演。据《啊！野麦岭》原著者山本茂实的研究，明治初年的生丝以及与此相关的大宗出口物品中，生丝占了60%，为久旱甘霖的明治国家创造了大量外汇和新生的明治政权，用外汇购买西方先进的武器和机械，支付外国专家的工资，20年间迅速崛起。但繁荣的背后浸透着劳苦大众的血泪和悲酸。车过野麦岭，感叹世道轮回，人心不古，令人想起马克思那句放诸四海皆准的关于资本血腥性的著名论断。

从长野回到东京，途经神奈川时，在一家二手小书店里淘到一本山本茂实的《啊！野麦岭——某制丝厂女工哀史》，才知道影片正是从这部非虚构文学杰作改编的，这也算是对幼年时代记忆的一个补充吧。

世易时移，长野县的诹访，原本日本资本主义原始积累的一大人间血泪炼狱，如今成了日本“无印良品”的最大生产基地，产品远销中国。

在有水车的村庄，邂逅黑泽明的梦乡

进入东京前一天，我们还没绕出群山环拥的长野山区。不知是信号弱的原因，还是导航仪一时反应失灵，在山里行路时，迷失了目的地航向。无意中歪打正着，闯入群山环绕的安昙野“大王山葵农场”，与黑泽明的“梦境”不期而遇，成了此行一大超值福利。

安昙野市位于长野县中部，四周环拥着南阿尔卑斯山余脉，草木丰茂，水净无尘，人民安居乐业等种种情状可谓扶桑版《桃花源记》。农场开办于一个世纪前，是日本最大的山葵供应产地。山葵也就是芥末根，有去腥杀菌之功效，是日餐不可或缺的美妙佐料。《礼记》说：

“鱼脍用芥酱，春用葱，秋用芥。”但这里的芥并非今天大行其道的青芥末，而是用芥菜籽晒干研磨而成，气息和辛辣度更近于柔和的洋芥末。芥末日语叫山葵（wasabi），原产于日本，与西洋芥末气息相近，但辛辣刺鼻得多，具有强大的杀菌消毒之效，最早在日本是作为药用，被供奉在皇家宫苑里。在日本最古草药事典《本草和名》中，也是作为药用草本，写作“山葵”，至今通用。山葵有洁癖，对空气、水和土壤都有很高要求，人工培植相当困难，被当作贵重草药。17世纪初期，武士出身的望月六郎右卫门在静冈安倍川上游人工栽培山葵获得成功，山葵由贵重药成为吃刺身的佐料。长野山高、空气好、水质清净，最适宜人工芥末栽培。芥末农场的负责人告诉我们，芥末对空气、水质有极为苛刻的要求。换言之，适合芥末生长的地方就是最符合健康标准的地方。他还说，能种植芥末的河床，掬的水可以直接进肚！安昙野自古是培植山葵的优山美地，据说流经山葵河床之水就可直接饮用。

20世纪中期，随着经济的腾飞，日本都市人居环境恶化，与自然和谐共生的山葵农场成了都市人体验农耕生活、追怀心灵原乡的乌托邦，也吸引文艺家前来采风取材。

这个农场实际上是个观光农场。除了观赏，芥末被做成各种产品，芥末抹茶蛋糕，芥末冰淇淋，还有芥末制成的酒肴，远近闻名，尤其是芥末海鲜河鲜腌制品，风味非常独特。长野是山国，不产海鲜，但用本地溪流培育出来的河鱼产的卵与芥末的叶茎一同腌渍，无论下饭佐酒都很相宜。

虽说是现代化农场，但非常可贵地保存了诸多传统乡村的景观风貌。源自长野中部高山的一脉清流穿过深山幽谷，经旷野平川远道而来，又缓缓横贯农场的田畴林野。河床宽阔处遍植山葵，支流为沟为渠，毛细血管一样流向四处，水中藻荇交横，游鱼历历可数。引人注目的是河岸边柳树下，一架架悠悠转动的水车，久经日晒雨淋，锈满暗绿的苔藓，与农舍田野一同融入周遭景物之中……不过，虽是初来乍到，但身临其境总有一种似曾相识的亦幻亦真浮上心头，好像曾来过似的。直到在农场餐馆，墙上张贴的巨幅电影海报映入眼帘才幡然醒悟：原来，这里曾是黑泽明拍摄《梦》的舞台！确切地说，影片最后部分《有水车的村庄》，全部取材于此地的山川人文。

黑泽明的《梦》是一部令我心仪有加的怀旧老片，剧情画面熟悉得如刻心版。这部黑泽明的晚年杰作，于20世纪90年代初上映。其时我刚到日本不久，一度在学校的多功能音像室看过。影片别具一格地讲述故事的方式以及深邃的思想内涵，给人以新奇的审美冲击，长久萦绕于心，购置的一张限量版发行影碟后来也随我归国和家人朋友分享。最让我意外的是，这部风格怪异的域外文艺片，不知为何居然也深得小女青睐，自幼起不知餍足地一遍遍观看，每次还得大人陪伴并参与她的观感。《梦》像一根无形的纽带，维系着一个个丰饶多姿的梦：黑泽明的人生终极之梦，我的青春漂流之梦，女儿的五彩童年梦幻……只是，何曾想到，多年后我竟然在无意中接近这一梦境的核心！

《梦》被誉为黑泽明的“白鸟之歌”，通过巧妙截取个人生活或思想深处的几个片段，来阐发人与世界的某种哲思与寓言，某种意义上可以看作黑泽明留给世界的遗书。在表达上，用讲述梦境的方式连缀起情节毫无关联的八个片段，正是黑泽明的鬼斧神工之处：狐狸娶亲、桃精显灵、雪女咒语、战争怨灵、凡·高的麦田、核爆中的血富士、荒原中变种怪物以及水车村庄这八个梦境串起黑泽明的一生，也联结了人类生活的所有主题，诸如战争与和平、科学与道德、生死与艺术、自然与永恒……而作为压卷之作，《有水车的村庄》最美也最为意味深长——那是黑泽明安顿灵魂的彼岸和归宿：在经历一系列恐怖揪心的现实炼狱之后，旅途中“我”来到一个有水车的村庄。仿佛来到另一个时空，这里山明水净，村民智慧通达返璞归真，以最自然的传统生活方式和达观乐天的心境安居乐业。在河畔的农舍前，听一个精神矍铄的百岁老农娓娓道来，他正准备欢天喜地去参加初恋的葬礼。“我”获得了心如止水的安详与宁静……

明白了，那个时空是黑泽明《梦》的核心，他念兹在兹的不是别的，而是非常普通却无可替代的东西：干净的空气和水源，还有洁净无垢的人心。

20多年弹指一挥间，世事人间都在变，旅途中邂逅黑泽明的梦乡，我对它的内涵又多了一层理解的况味。

一家百年老字号书店和一个大时代

网络时代颠覆了传统的读写方式，纸质读物和钢笔渐渐成为过去式。实体书店越做越小越来越少，钢笔则更早淡出文具店，稍具规模的，或许还能设一个专柜，但少人问津几乎等同象征性摆设。这或许是网络触媒时代下我国书店和文具店大同小异的现状。但这种情况，在同样受到冲击的日本却很少见。

几年前，日本老字号书店丸善书店创业140周年纪念之际，推出限定版店庆纪念文具，一件套盒，内含文库本梶井基次郎小说集《柠檬》和原稿纸翻印本，一支定制的柠檬色钢笔，这一套件不含税，开价50000日元，一个月之内销售一空，销售收入7500万日元，几乎可以在东京最好地段再造一个颇具规模的大书店。

丸善的创始人叫早矢仕有的，1837年出生在美浓国（今岐阜县）的藩医家，父亲早亡，18岁继承家职。美浓是山国，非常封闭，在村长高折善六的资助下，他前往江户寻找机会。在江户他和兰医生坪井信道学习西方医术，后来在商业繁华街日本桥橘町开业行医，因为医术高明，被在江户城参勤交代的美浓国岩村藩主聘为公馆侍医。这期间，因缘际会结识了福泽谕吉，成了他一生事业的转折点。

1867年，幕府灭亡那一年，早矢仕入了福泽谕吉创办的庆应义塾里求学，福泽只比早矢仕大两岁，却已是当时首屈一指的精通西方学问的风云人物。在福泽的学塾里他并不满足于学习西医，还学英语和经济学，福泽看出他潜藏的商能，鼓励他投身实业。

新旧时代交替之初的日本百废待兴。在“通晓西洋事情”的福泽门下耳提面命的日子里，他已经预见到，在国家实现转型之后，日本将会出现对西方物质文化的强劲需求。明治二年（1869）早矢仕有的在外国驻日政府机构和商社云集的横滨创办了“丸屋商社”，其后在正式注册商号时改成“丸善”，据说是饮水不忘挖井人，为了纪念曾资助他走出乡关的恩人高折善六。

横滨是日本在面临西方坚船利炮威胁下被迫开国的第一个对外开放港口，也是最早接受欧风美雨洗礼的近代都市，从列岛各处慕名前来游览、经商或考察的各式人等络绎不绝，丸善开业不久生意就非常红火。刚开始专营进口书籍、药品和医疗器械，后来领域开展到定做西装、西洋家具等最受当时上流社会青睐的舶来品。随着在明治维新后成长起来的新型知识阶层的大量出现，丸善经营的商品转向以西洋文化为中心的领域，如外文书籍、钢笔、打字机、进口食品、调味料、洋酒等。也许与福泽谕吉的指点有关，早矢仕创业伊始起点就很高，他一改日本家族企业世袭的传统，引入西方所有权和经营权分开的模式，是日本第一家现代意义上的商业公司。由于在国家转型期号准了时代脉搏，引领时尚潮流，丸善财源广进，短短十几年积累了巨额财富，甚至资金充裕得足以旁及银行等金融领域的经营。

丸善从19世纪末就是西洋教育和文化的代表性存在。明治时代私小说巨匠田山花袋回忆录《东京三十年》里有一篇《丸善书店的二楼》，写道：“透过丸善的二楼，19世纪欧洲大陆澎湃的思潮也在不间断地轻微拍打着这个远东的孤岛。”丸善书店自从开业后，就成了日本知识精英汲取西方文化的一大窗口。明治时代，各个领域的精英经常从这里吸收知识营养，曾经主导日清甲午战争后签订《马关条约》的伊藤博文就是丸善的一大常客。久米正雄的《伊藤博文传》写了这个明治枭雄鲜为人知的一面，据说，他在运筹帷幄之余也是手不释卷的“活字中毒者”，退勤后只要没有应酬，他都会雇一辆洋车到日本桥的丸善书店，让车夫在楼下等，他一人在二楼的洋书专柜前尽情浏览，然后载一大堆洋书回府邸。首相年薪1000日元，在当时近乎巨款，但经常手头拮据，除了喝酒泡艺妓之外，购读丸善洋书是一大支出。1910年在哈尔滨被朝鲜义士安重根刺杀身亡，家里为他操办葬礼，发现除了山积的西洋书籍外几乎没有存款和值钱的东西，后来还是明治天皇赠送10万日元抚恤金才把葬礼办妥。

丸善实际上是个综合商社，除了经营书店出版，还经营各类文具用品、文化设施的建筑装修、图书馆业务，是日本第一家具有现代公司形态的株式会社。在当时条件下，能够到丸善买书的当然都是高大上阶层，丸善的物品，代表品位和时尚，是知识精英的一大圣地。除了图文书籍，丸善还兼营高档文具奢侈品。明治四年（1907），丸善成为英国文具商迪弗尔在日本的总代理，英国制造的顶级名笔ONOTO钢笔在书店出售。这种品牌的钢笔书写流畅、出水无碍、外观精美优雅，明治时代以来一直深受富裕的文人喜爱。夏目漱石小说《心》里就有在丸善书店二楼看书的场景。他还有一篇《我与钢笔》的随笔，当时夏目的门生内田鲁庵在丸善上班，赠送恩师一支优质的ONOTO钢笔。当时丸善店里一支进口品牌钢笔，最便宜的65日元，相当于小学教师年薪；顶级则300日元，当时的物价，1000日元就可在东京都内买地造屋，算得上奢侈品。而一般国产的普通水笔只要三钱，国产品牌和舶来品的巨大落差令夏目漱石感慨不已。不过感叹归感叹，夏目还是很喜欢这支名牌钢笔的，一直用到去世。如今到夏目文学纪念馆还能看到。宫泽贤治到东京奋斗，买不起钢笔，只能买丸善书店印制的原稿纸，童话《银河铁道之夜》就是工工整整誊抄在丸善稿纸上的。

也许受夏目漱石的熏陶，门下很多弟子都和丸善书店有着不解之缘。像芥川龙之介在东大专攻英语文学，能读英文原著，经常上丸善买原版英美文学，小说《齿轮》里就有在丸善书店买书的细节描绘；漱石女弟子野上弥生子说“去几次都不厌的地方啊，实际上我去东京唯一的乐趣就是去丸善书店”；寺田寅彦是日本物理学家，随笔也写得极为出色，高中时期邂逅夏目漱石后爱上文学成了文青，科学、文学双管齐下，一生著作等身。他回忆在远离帝都东京的地方小城市，书店规模小，几乎看不到外文书籍，但只要有需要的书目，通过街上某家小书店的掌柜就可以直接从东京的丸善书店邮购到，因此亲近丸善书店成了他负笈东京上学的一大动力源泉。

丸善书店的常客还有明治时期当红流行小说作家尾崎红叶。有一天，店员来报红叶到书店买书了。内田鲁庵当时在为书店编辑《学灯》杂志，闻讯大吃一惊，赶紧从办公室出来接待。之所以吃惊是因为此前报上登载了尾崎红叶身患当时属于不治之症的肺结核已到晚期。出来见过红叶，果然已经骨瘦如柴了。红叶淡然说道：“医生告知了还有两个月活头。”他是去医院治疗回来的途中前来书店的，想购一部《大不列颠百科全书》，不巧断货了，红叶就要了一套《新世纪百科事典》。一个濒临死亡的人花费几百日元的巨额资金购买一部大型百科全书，鲁庵觉得太不可思议了。红叶说：“还有两个月的时间，多少还可以读一些吧，读不完也是带往冥土（黄泉）的最好礼物啊。”果然两个多月后，红叶不治病逝。

丸善书店也和中国现代新文学有着莫逆关联。熟悉五四时期文学的中国读者对丸善书店也许不会陌生，因为鲁迅、周作人、郁达夫、郭沫若等早期留日文学家都曾与它结下不解之缘。

鲁迅晚年曾对增田涉说：如果再去日本，最想去的地方，第一是丸善书店，第二是仙台。丸善书店是周氏兄弟文学生涯的起点。在东京留学时，他们的大多数洋书，都是在丸善书店购得，比如早期合译的《域外小说集》，其中材料大部分为丸善购书所得，鲁迅回国后或托日本友人或邮购，常从丸善书店购书，日记里这些记事比比皆是。而周作人与丸善书店的渊源就更深了，他在《东京的书店》中将逛夜店淘书比成初恋，对丸善几乎保留终生不渝的书缘。

1906年，周作人赴日，与乃兄住在东京都本乡町，那一带是首善之区的文教中心，大学、出版社、书店猬集辐辏之地。生活上有兄长照料着，周作人悠游自在，上学以外的时间用在看书学日语上，刚到日本就开始频繁出入东京各种新旧书店，其中最心仪的是丸善书店，服务好，对顾客友善宽容，尤其是书籍种类齐全，能买到当时日本很难得的洋书。初来乍到之际，周作人日语还不灵光，所以英文读物是他的首选，借助江南水师学堂习得的英语读写造诣，得以接触当时最前沿的社科名著。他在丸善最早购读的洋书是圣兹伯利（G.Saintbury）的《英文学小史》和泰纳的四册英译本小说。后来与鲁迅合译的处女作《域外小说集》则来自这些英文洋书。值得一提的是，丸善也是他治学途上的指路明灯，他在丸善邂逅了终身引以为师的思想巨人霭理士，购读的七册《性心理之研究》是他的启蒙之书，读后使他“眼上的鳞片倏忽落下，对人生社会成立了一种见解”。周作人对霭理士的推崇热爱终生不渝，书房苦雨斋中霭理士的原著藏书达20几部，无一例外都先后从丸善书店购得。

尽管网络触媒时代汹涌而至，日本的实体书店一样面临举步维艰的考验，但丸善书店却逆潮流而动，在日本各大城市中心地段或机场候机楼遍地开花，大规模的店面超过50家，显示了百年文化老字号老当益壮的实力。丸善书店的总部在寸地寸金的东京银座之内，气派阔大十分豪华，气势不亚于大型商贸大厦，而且纯粹只卖书，不见其他附加周边伴手礼商品。这里为爱书家提供购书体验，四楼“松丸本铺”是专题书籍汇集区域，相关主题的书汇聚在一起，让读者感受到世界的广度，让读者体验到网上购物所没有的“与书邂逅”的强烈乐趣。丸善率先与网上书店Amazon合作，在网上销售洋书。传统书店的日益不景气之势席卷全球之际，丸善株式会社于2019年8月成立了丸善书店株式会社，专营国内外书籍、文具、衣料百货等，靠多样化经营来保持自己在书本贩卖业的老大地位。

10年前，丸善书店创业130周年之际，丸善推出纪念套件“柠檬”，也就是小说集《柠檬》和一支柠檬色的钢笔，发行1000套，这个创意是基于大正时期的短命作家梶井基次郎发表于1925年的短篇小说《柠檬》，短时间内即被买断货。这篇著名的小说几乎就是以丸善书店京都分店为舞台展开的：“我”被生活中的“不知何物的不吉之块”所压抑，终日潦倒、浪荡。厌恶居住的城市，常常回忆幼时的生活，怀念之前常去的那家专售西洋图书等的丸善书店。某日百无聊赖中上街闲逛，无意中在水果摊上看到了柠檬，兴奋不已，买下后带着柠檬走进了丸善，将它放置在西洋美术书的书架上，幻想它变成炸弹，将丸善店炸得粉碎……丸善是作者曾经崇拜过的西洋文物的外现符号，是世间高大上价值观的象征。因此，把柠檬假想为一颗炸弹，粉碎丸善，也就是粉碎世间的价值观，寄托了梶井基次郎的一种扭曲的愤世嫉俗心境。

从丸善创业140周年纪念开始，丸善书店形成一个传统：在书店的每个书架上都放置一个巨口玻璃瓶，给前去购书的读者投放柠檬。据说，每投放一颗柠檬，就可以沾染几许这家文化老字号百年积淀下来的文脉灵气，书店当膜拜的殿堂了。

流淌汉诗文脉的隅田川

东京是靠水滋养壮大起来的城市，大大小小的河流是东京的血脉。明治时代文学家幸田露伴把东京称为“水上之都”，他在随笔《水之东京》写道：“东京地势循河枕海，潮起汐落，行船所到之处何止一二，简直有成百上千条河流。”不过，幸田露伴所说的是20世纪初的东京了，100年来，东京人口用地规模呈几何级膨胀，不断向大海河流要地。挟现代土建机械之威力，日本人近乎蛮横地弘扬精卫填海精神，也让很多河流改变了模样，成为地下河甚至被夷为路面。如今在首都圈内据说尚存上百条大小河川水路，不必看地图，无论搭乘电车或自驾，沿途次第而来、大小短长的桥梁会提醒你：东京真是名副其实的水上城市。

有道是：言东京之美，必言东京之水，说到东京的水，必先从隅田川说起。幸田露伴说：“隅田川对于水都东京而言，一如网上的纲，衣上的领。”

隅田川是东京的百川之王，被誉为东京的母亲河。虽然全长只有23千米，但蜿蜒曲折流贯东京北区、足利、荒川、台东、墨田、江东、中央七大区域，占了老东京的七分江山。几乎所有流经东京的河流，如新河岸川、神田川等河也都与隅田川汇流后再注入东京湾，不经过隅田川直接流入大海的，只有赤羽川和汐留崛等极少数河流。隅田川的源头是来自埼玉县秩父山盆地的荒川，江户时代曾经作为下总国与武藏国的天然分界线。明治末期到昭和初，为了防洪，从东京都北区的岩渊水门到河口段营造荒川放水路，是为人工河，1965年根据政府的规划，将放水路人工河称为荒川，从分水口岩渊水门开始的下游部分，到千住大桥附近开始称为隅田川。幕府时代，为了解决城内的物流运输，开凿了不少人工运河将城内与隅田川连为一体，这些支流便成了滋养江户城的毛细血管。

永井荷风喜欢老东京，他那贯穿一生的所谓陋巷趣味或浓郁的故都情结，念兹在兹、抚今追昔的对象很大程度上就是隅田川缓缓流经的旧市区一带，位置相当于今天的江东区和墨田区。在被称为文学散步经典的《晴日木屐》里，他通过踏查发现了“东京市街和水的审美关系”：流经东京的水系“自江户时代持续到今天，一直是保护东京景观的最重要的因素。在缺少陆路交通之便的江户时代，天然河流隅田川以及与之相通的几条运河，不消说是江户时代商业的生命线；同时对城市居民，给予春秋四季之娱乐，不时使他们创造出具有不朽价值的诗歌绘画”。

江户时代以前，隅田川不大见经传，黯淡无光。自江户时代中期起文人辈出，借助汉诗文的附丽，溢彩流光，才成为东京一大人文风景。

江户城（今东京都）原是武藏国一个小渔村。1603年，从京都朝廷那里受封“征夷大将军”的德川家康，将幕府设于江户，作为统治天下的行政中枢。从此列岛物流、人流辐辏于此，不过百年间便迅速成长为一个人口超百万的大城市。为了解决城市用水和水运交通以及防洪防涝，江户时代初期起便开始花大力气整治隅田川水系。1620年，幕府摊派全国最富有的80个大名，出钱出劳力修护隅田川堤岸，仅仅用了两个月，便修起一条高3米宽8米从浅草寺高地一直向西北延伸到日暮里的防波大堤。1657年明历大火，灾后重建，市区重新规划，人口逐渐向隅田川东岸空地迁移，道路、水路、河流重新整治，使江户成为宜居城市，为日后200年的繁荣打下基础。

随着两岸人流物流的繁忙，幕府在隅田川上修建第一条跨河大桥，连接古代武藏国和下总国两大区域，命为两国桥，由此相当于现在的江东区和墨田区被划入江户范围内。伴随着经济的发展、商业的繁荣，文化之花开始绽放。江户幕府统治时代，朱子学被奉为官方意识形态，以儒学为中心的汉诗汉文长期成为社会的主流文化，大受推崇追捧。到18世纪初开始文运东渐，从关西转到关东，江户文人辈出，汉诗人云集灿如星空，隅田川作为江户城边一大景观，频频进入文人墨客的歌咏，成了一条流淌着汉诗文脉的文学之河。

据永井荷风考证，第一个在隅田川留名的是18世纪初期的汉诗人服部南郭。南郭是古文辞派大师荻生徂徕门下的高徒，尤善汉诗，以追摹唐诗风韵为能事，影响日本汉诗几百年。受乃师影响，南郭崇尚中华文物近乎执拗，他模仿徂徕改唐名“物茂卿”故事，也给自己取名“服南郭”。享保某年某夜，南郭泛舟隅田川，写下七言绝句《夜下墨水》：“金龙山畔江月浮，江摇月涌金龙流。扁舟不住天如水，两岸秋风下二州。”金龙山乃是位于隅田川左岸高地的浅草观音寺庙号，是座千年古寺，江户时代观音信仰深入民心，造就了这一带街市的繁华，夜色中万家灯火倒映江上，恍如万点金龙鳞片的气象，颇有中唐雍容富丽的诗风，成为江户文人在隅田川吟咏风月之滥觞。永井荷风还考据到，将隅田川雅训为“墨水”也是南郭的创意。仰慕中华风物一度在日本江户泛滥成风，连本土地名也被汉化，如将富士山叫“芙蓉峰”，富士山脚下的相模湾叫“湘南”，上野不忍池叫“西湖”，向岛叫“梦香洲”，隅田川被叫作“墨水”“墨江”或“澄江”，盖因日语中“墨”“澄”都与“隅”同音，也令泥土腥的河流多了翰墨气息，才好入汉诗。听来近乎玩闹，但或许也不无日本人骨子里学啥务求像啥的较真劲儿。比如，幕末学者林鹤梁的《泛墨水》写道：“鹭所鸥边撑小舟，篷窗细酌忆曾游。当时绿鬓今成雪，不到墨江三十秋。”如果不加以说明，这首诗套用在中国南方某河流上，应该不会有违和感，刻意淡化日本味，极力追摹“唐风”，正是江户汉诗人孤心苦诣之处。林鹤梁也是顶级的汉文高手，虽出身于下级武士之家，从小却受到严格纯正的汉诗文训练，博学多才，后来被伯乐看中成了幕府儒官。文比诗好，有《鹤梁文抄》传世，安葬赤穗四十六义士的泉岳寺不为人注意的角落有一块汉文体碑《烈士喜剑碑》出自他笔下，写武士侠肝义胆，短短700字，全由短句一气呵成，铿锵慷慨，荡气回肠，颇有先秦散文古朴爽利遗风，曾一度被编入中学国语课本。

18世纪初期，天灾频发，隅田川多次泛滥灌入东京。享保年间（1716—1735），幕府重新整治隅田川水系，将两岸堤坝加高加固约束江流，文人把它叫作“墨堤”，因靠近葛饰村，又名“葛坡”。为了加固堤岸，幕府在墨堤种上樱花树150株，开辟赏花场所，吸引城里人到那里游乐消费，以带动周边经济。一到春天，墨堤樱花盛开，江户市民拖家带口前来赏花游乐，日本人“集团赏花”传统即始于这时，幕末浪人作家寺门静轩（1796—1868）的汉文随笔《江户繁昌记》描绘了隅田川堤岸赏花盛况：“凡墨堤十里，两岸皆樱。淡红浓白，随步媚人。”春日融融，堤岸上，樱花树下自然少不了踏青赏花的男女老少，或席地而坐飙歌弄曲推杯举盏的雅士。大沼枕山的《墨堤遣兴》让人感觉到，如今列岛各地的赏樱风情，不过是数百年前江户岁时记的延续而已：

春如少女正芳芬，江路留人看夕曛。临水柳姿装翠雨，腾空化气化红云。

中年有感歌偏激，三月多风酒不醺。窃喜锦城依旧好，万家丝管正纷纷。

枕山是幕末汉诗坛巨擘，与永井荷风的外祖父鹫津毅堂是发小同窗，情谊笃深。荷风很罕见写过一本史传体《下谷丛话》，追忆大沼枕山和他那个时代的诗文风流，抒发今夕何夕之叹。

隅田川也留下了近代中日文人墨客之间诗酒风流酬唱联欢的印迹。近代以前中日之间没有建交，中国人到日本领略山河草木之美则是到了晚清，随着《日清修好条约》的签署，赴日商旅才成为可能。1877年11月黄遵宪作为首任驻日公使何如璋的参赞赴日，兴致勃勃将扶桑的山川草木风土人情写进《日本杂事诗》里。据白幡洋三郎《赏花和樱》一书介绍，何如璋、黄遵宪两人到日本一过完年，就急不可待盼着樱花开，一再交代在使馆里服务的日本人，樱花几时开放，一定不要忘记告知云云。春来樱花初放，何、黄一行接连不断被邀往隅田川岸的向岛和堤岸赏花饮酒。黄遵宪如痴如醉意兴阑珊，赋诗："长堤十里看樱桃，裙屐风流此一遭。莫说少年行乐事，登楼老子兴更高。"黄遵宪登的是中村楼，是创业于19世纪初期的高级料亭，位于两国桥下的隅田川畔，登楼眺望，眼前就是微波荡漾缓缓南流的隅田川。江户时代中期起，隅田川岸边放烟火是仲夏夜一大消闲活动，发射烟火的地点就在两国桥岸边的中村楼前。此楼后来遭逢地震和火灾，几经兴替，如今成了某财团旗下的美术馆。

黄遵宪与隅田川有着不解之缘，经常涉足前往观赏流连，多次应邀前往隅田川畔的华族大河内辉声（源桂阁）家诗宴雅集。明历大火中，江户城里很多大名武士的豪邸被烧毁，灾后重建，很多上流之家到隅田川两岸的高地构居。据考证，大河内私邸位于隅田川左岸的浅草今户，遗址横跨今天的十三、十四番地两个街区，是庭园宽广的豪邸，宅邸面临隅田川，临河而建，登楼眺望，两岸风光尽收眼底。对此，两年后应邀来访的沪上闻人王韬在《扶桑日记》中有生动描绘，时在光绪五年（1979）四月二十四日："沈梅史、陈访仲、漆园偕日人源桂阁来。桂阁名辉声，即昔时执政源氏之后人，大河内华族也。家在墨川，屋宇幽敞，楼临江水，可以远眺……"王韬来时，已是残红消退，嫩叶青葱的初夏，错过了两岸樱花盛开如云的胜景，一个多月后的盛夏，有幸得以在大河内宅邸观赏一年一度的夏夜焰火晚会：“午后，应大河内源桂阁之招，往观烟火。高楼数椽，俱临河滨，凭栏一望，墨河如带，而环河数百家，无不历历在目。”

作为深受中国诗文洗礼的前朝遗老，大河内等一批衣冠士族，对来自中国的文化人抱有崇敬和好感，常在自己府邸招待远道而来的中国客人，切磋诗文艺术，把酒联欢，留下种种温馨记忆，或是中日交恶之前最后的一抹亮丽的玫瑰色。大河内辉声是高崎藩（今群马县高崎市）末代大名，幕府垮台后，无意到新政府高就，赋闲在家，以读书赋诗安度余生。他与黄遵宪非常投契，交谈甚欢，用的是汉文笔谈，了无障碍。如今广东梅县黄遵宪故居横匾“人境庐”，即出自其手笔。大河内很珍视与黄遵宪的交谊，对其诗艺更是佩服至极，他曾在隅田川府邸庭院里为黄遵宪立诗塚。大河内故去后遗族迁往新宿，故居被辟为隅田川公园，诗碑被迁往埼玉县新座市的平林寺保存，至今完好。1943年，中日战争如火如荼之际，汉学家实藤惠秀刊行《日本杂事诗》日译本，拜访大河内之子辉耕，两人述旧后一同前往平林寺参观黄遵宪诗塚碑，无意中从寺里存留的遗物中发现了60年前先父与黄遵宪的汉文笔谈记录，按时间顺序精心装订计有数十册之巨，两人面面相觑激动不能言。历史无情，翻云覆雨，但作为文化渊源最深的两个东亚邻居，中日之间的种种，又岂是“恩怨”二字能说得清呢？

19世纪末中日甲午战争使得两国地位发生大逆转，千年来日本人看中国，看中国文化的视角由仰视变为俯视乃至蔑视，汉诗汉文更趋急剧式微。伴随着国力的崛起，日本人看风景的眼光也跟着变，对自己原有的景观又充满了底气和自豪，汉化地名从此淡出诗文。汉诗不再流行，得风气之先的文艺青年开始尝试用崭新的形式来表现日本原乡风景的美。1900年，风华正茂的音乐家泷廉太郎从德国留学归来，与宫廷诗人武岛羽衣完璧合作，创作“歌谣曲”《花》，给日本乐坛吹来新风，歌词是汉字与假名连缀的，基本可做如下直译：

阳春丽日隅田川，来来往往打鱼船。船桨水珠共花落，良辰美景道不完。

君不闻，曙光里，花浴露，樱花在絮语；君不见，夕暮下，招手呼，株株青柳树！

锦绣如织长堤上，日落月升朦胧间。春日一刻值千金，良辰美景道不完！

这首标志日本现代音乐初试啼声的《花》，描绘隅田川两岸堤坝春来樱如海、人如织的佳胜，脍炙人口，被编入文部省《寻常小学唱歌》中，至今无人不晓，也是我到日本后最初学会的日文歌曲之一。当时在大宫一家百年寿司老字号勤工俭学，入门之初奉命在暖帘后打荷磨刀切萝卜丝，忙里偷闲，一个名叫稻叶深雪的辍学女孩一句一句教我学会的。游学欧陆的海归音乐家泷廉太郎谱的曲，旋律华丽、浪漫而抒情，堪称新时代之声。不和谐的是武岛羽衣的歌词，有一种不脱汉诗趣味的整饬和拘谨，好似着汉家衣裳跳华尔兹，尽管用自由体散句，但从描景状物的遣词造句，到“春日一刻值千金”的感兴，扑面而来的还是汉诗文脉的气息，乃至后来有人诟病歌词太拗口，不适宜日本孩子吟唱，给文部省施压修改歌词。但百年传唱深渗几代人记忆，哪能说改就改，东京墨田区根本不理会什么政客文痞的鼓噪，民意投票评它为“区民爱唱之歌”呢。

明治末大正初年开始兴起的城市建设改造进程中，浅薄的西化热潮把好端端的东京搞得面目全非、庸俗丑陋，很多江户时代的景观文物被毁，隅田川遭受污染和破坏。人口暴增，两岸居民将生活垃圾屎尿统统倒入河流，搞得污臭不堪。但作为一条承载东京人文历史之河，隅田川泛起的涟漪如风吹过琴弦依旧拨动着多情善感的作家心灵。永井荷风留洋回来，正赶上东京城如火如荼的大拆大建，很多江户时代优雅蕴藉的人文景观被大肆破坏，令他失望心疼愤懑不已，大加冷嘲热讽。1911年，幸德秋水等12名社会主义者和无政府主义者以阴谋行刺天皇的罪名被处以极刑的所谓大逆事件使他深受刺激，感叹“现在虽云时代变革，不过只是外观罢了。若以合理的眼光看破其外皮，则武断政治精神与百年前毫无所异”。从此选择保全性命于乱世的韬晦哲学，耽于官能式享乐，木屐曳杖，游走在隅田川东岸那一带尚未被破坏的老城区，从濒临湮灭的江户艺术和艺妓的低吟浅酌中寻觅“无常悲哀的寂寞诗趣”。

永井荷风对中国文化情有独钟，出身书香门第的官二代，属于受过汉诗文脉熏陶过的最后一代日本人。他曾事师幕末汉诗人岩川棠溪，也写得来汉诗，如《墨上春游》：“黄昏转觉薄寒加，载酒又过江上家。十里珠帘二分月，一湾春水满堤花。”但汉诗不是他的擅长，连他的后进谷崎润一郎也说他诗不如小说。他要逆隅田川时间之流而上去追怀江户时代的风花雪月，只能借助不同以往的文艺形式来表情达意。以东岸老城区为舞台，永井荷风通过《隅田川》《深川之歌》《濹东绮谭》《晴日木屐》等大量小说和随笔，将隅田川从江户汉诗带入现代文学史。使他忧伤感怀的，还有日本人在漫长岁月里接受汉诗文熏陶而孕育出来的优雅超然传统的失落，感叹：“我年年诵读大沼枕山写的诗赋，遥想往昔江户诗人每逢佳节，如何把赏玩风月当作人生乐事，就不能悲叹大正的今天，昔日这种习俗早已荒废无由再兴了。”

无由再兴的深层原因是时势的变迁。近代以来，日本以欧美时尚为楷模，举国热衷西化的浪潮中，曾经滋养过日本的中国文化的式微成为必然。隅田川的流水不再飘荡着汉诗气脉，欧风美雨横扫之下，现代都市文明突飞猛进，河流开始泛滥淤塞或变味。荷风说：“我想说的是，隅田川的水流已经等同于沟渎污水了。尽管如此，由于有旧时代的艺术，至今依然能使一部分人产生几分兴味。我国旧时代的文艺没有不模仿中国的，这和大正昭和文化全盘西化似乎没有什么两样。我国文化，无论今昔都不外乎对他国文化的假借。唯仔细加以研究，今昔之间稍有差异的是，关于假借的方法和模仿的精神，一是极为真率，一是极为轻浮。一是对他国文化认真咀嚼玩味，使之成为自己的囊中之物；一是相反，一味迎合新奇，而全然无遑顾盼自己。所以然者何？是今人之智劣于古人，还是为时势所累呢？江户旧文化的模仿中国与当代文化模仿西洋，谁说这没有优劣之别的呢？”（《晴日木屐·向岛》，陈德文译，花城出版社，2010年3月）

1964年，实现经济腾飞后的日本举办奥运会，为了展示一个战败后迅速崛起的新日本，政府下决心治理东京的生态环境，隅田川水系关涉千万居民饮水与都市形象景观，着力最多。功夫不负有心人，20年后，成果显现，隅田川又水清沙白，很多业已消失的淡水鱼类如鲤鱼、银鲫、鲈鱼等又洄游到河里，河洲水岸又出现了鸥鹭，河堤上樱树成林，隅田川沿岸河堤成了东京市民节假日一大去处。20世纪80年代，兴起“江户热”，德川幕府时代兴起的“隅田川仲夏夜焰火晚会”得到恢复，迄今办了40多年，是炎夏东京都市民一大盛事，前来观赏者如潮如海，女孩都穿着宽舒的浴衣，踩着木屐，手执纸扇，俨然“江户趣味”。

20世纪末，随波赴日时隅田川已经开通水上游览巴士。有一次学校组织游览隅田川，从南浦和码头上船，沿着流经埼玉县全境的荒川，而后在千叶折入隅田川，顺流而下，一江秋雨，两岸平芜，无景可看，进入隅田川流经东京段，雨幕中沿途尽是高楼大厦林立，平板枯燥的摩登都市，看得人昏昏欲睡。看景无聊看广告，船舱上方张贴《文艺春秋》最新期刊的宣传海报，披露部分精彩选段。我记得有一段小说连载，写青春时代的邂逅和离别，结尾这样写道：“隅田川上流泪的面容，永远难忘记。”

不知怎的，只要提起隅田川，心里犹然会浮起这一句不无感伤情调的尾声。

筑地鱼市览胜

时隔多年，我又重访筑地鱼市。15年前离开日本之夕，恋恋不舍的地名就有筑地。后来借到东京辞别师友之际，最后去了一趟筑地，在饱啖一顿生鲜寿司之后，买了一把柳叶寿司刀和磨刀石回国做纪念。此后经年，不曾再到。这次来东京重访筑地，也有目送最后一眼的意思，因为据说为了给2020年东京奥运会会场腾地儿，筑地鱼市不久将迁往丰洲。到2016年11月，这个与东京市民的胃袋相伴几百年的海鲜批发市场将被抹去。

筑地在东京都内，与万街之王的银座隔了几个街区，是日本、亚洲乃至全球最大的海鲜批发市场。这个批发市场有40个足球场大，每日各种海鲜交易量超过2000吨，每年66万吨的量，占到全球海鲜市场1/5。如今中国人赴日游蔚为时尚，网络时代资讯发达，拍照传图，不但可观，还可在那里大快朵颐，很快声名在外，很多游客组团前往东京，都要去看看那充满日本风情的鱼市。

当年在日本游学，课余在老字号店勤工俭学，店里从业员中有几个和我年纪相仿的“小僧”，朝夕相处，店休日里和他们去见学。曾经亲历从开市到拍卖发货到收盘的全过程，记忆犹新。铃声响起，祝初荷的旗子挥舞中，一排排金枪鱼被摆放到空旷的水泥地上，这些远洋捕捞而来的金枪鱼，被切掉尾巴和鱼鳍，黝黑发亮，全身冒着幽光，好像兵工厂整装待发的巨型炮弹。拍卖过程也极富气势，叫卖一方以各种肢体语言，变换着各种手势，内行人才知道那是鱼市场自古沿袭的买卖规矩。行业叫暗语。但不要小看这些古里古怪的行业习俗，一天下来，用这种古老方式竞卖的金枪鱼交易量就有近20亿日元。而且从标价到讨价还价到落标成交，一招一式滴水不漏没有差错，不由得令人叹为观止。

交易进行大半天，市场的高潮也差不多回落。鱼市场里有太多毫不相关的看热闹的人，游客，照相机咔嚓咔嚓令从业员不慎厌烦，毫不客气下驱逐令。

环日本海，海洋和海里的生物自古对日本人而言，具有非同寻常的意义。北至鄂霍次克海、千岛群岛，南达冲绳群岛南部的八重山，海与日本人的生活自古以来密切相关。在他们看来，海就是陆地田野向海洋的延伸部分，是另一种意义上的田野。海包容万物，孕育万物，是上天赐予的另一种天然粮仓。海里的鱼，就像地里的稻米，是上天赐给人们的最佳礼物，人们从鱼身上获得营养能量，才安全，也由此孕育了海洋民族的风俗与文化。

东京农业大学的小泉武夫教授写有多种海洋文化学著作，从日本的食鱼根性探讨民族性格，颇有见地。他说：

> 日本人身上流着鱼的血。日本海岸线漫长，有黑潮和亲潮流经列岛，春夏秋冬各种鱼类。横贯日本本州中部的山脉，一下雨富含养料的雨水流入河川，又经由河川流入大海，海鱼汇集。日本人开发了最适于吃鱼的米饭酱油和味噌。无论从地理看从生活环境看，日本人是不折不扣的食鱼民族。

一种文化的成熟与发达，首先表现在名称上的丰富细腻与精确。张承志在读书随笔《看那匹苍白的马》中曾提及阿尔泰游牧民族在对牲畜色彩表达的词汇上，有着农耕文化的语言所望尘莫及的丰富性与细腻性。在我看来，欧陆在畜牧肉食上的精确细微，也是农耕民族无法望其项背的。看南欧意大利、法国烹饪书中肉类料理烹割法，庖丁解牛，那细致精密的部位划分，看起来如中医针灸穴位图，让人叹为观止。日本远古时期从东亚大陆拿来稻作文化，但起源于绳纹时代渔猎的海洋渔猎技术并没有退化，甚而是与时俱进，堂皇做大。单以海鱼论之，日本常用的鱼类有2000多种，其中200多种不但有名，还有对应的汉字。汉字当然取自汉语。我国战国时期的第一步辞书《尔雅》，收入鱼字旁的汉字40多个；后来随着帝国疆域不断扩大，海岸线拉长，鱼类日渐增多，显示吃鱼习俗的不断普及，辞书收录的字也反映这种趋势，到清代《康熙字典》，已经有600多带鱼字偏旁部首的汉字。不过，也许国土广袤，沿海与内陆习俗差异太大难以均一化的缘故，相对来说，比起吃鱼文化，最终更发达的是文字，因为600多个鱼字，不常用甚至认不出的占了绝大多数。倒是为日本人命名鱼类提供了便利，200多种鱼就是从汉字里拿来的。不过并非一成不变，有的只是转借，如“鲔”，很多国人读不出，汉籍里指的是鲟鱼，而在日本变成了吞拿、金枪鱼，无人不识；又如“鲑”，东汉学者王允《论衡》里说吃了鲑鱼的肝会中毒身亡，那鲑相当于河豚；而在日语里，则与北欧的三文鱼，东北亚海域的大马哈鱼虽然有细微差别，但基本都差不多。我曾在寿司店打过工，对日本人在吃鱼上的细腻精致深有领略。比如被称为“鲔”（まぐろ）的金枪鱼，就说身体部分，距离肚腩核心的地方，由外向内，分别叫作“血合”（ちあい）、“赤身”（あかみ）、“套牢”（とろ）、“中套牢”（中とろ）、“大套牢”（大とろ）。又如鲈鱼，日本鲈鱼多产于近海，春夏之交逆流而上，此时捕获最为肥美，口味清鲜淡泊，最适于做成刺身。但鲈鱼在生长的不同时期，各有不同的名称，其幼鱼时期叫“せいご”，稍大一些大致相当于人类的少年，叫“ふっこ”，而到完全发育成熟的青春时代，才叫“鲈”（すずき）。掌握这些知识大费周章。在厨师中是一种基本技能，在食客中则是一种品位和教养。所以，只有真正的老饕才敢在寿司台前从容落座，无须菜单，直接向“板前桑”口头点单，长期以来被认为一种流仪和品位的象征。志贺直哉有一篇名为《小僧的神明》的小说，写一个穷人家出身的孩子到店铺当学徒，受尽主人和顾客的蔑视冷漠。有一次，一个体面的绅士请他吃梦寐以求的寿司，他非常感动，立下了人生最初的目标。末尾写道：“他希望将来能有掀开寿司店暖帘的资格。”所以说，不了解日本人与鱼的不解情结，就无法更深入地理解日本文化。

岛国的风土，就这样孕育了日本人对海鱼的特殊感情。造就了迥异于大陆民族的饮食生活文化。日本与中国一衣带水，自古深受中国文明的影响。文化史家一般将日本归入稻作文化圈。但我觉得，稻作农耕文化固然深刻影响日本民族精神，但是海洋文化才是深入血脉的深层基因。写有《日本人》的蒋百里就曾将食鱼习俗作为造成日本人民族性格的案例来研究。

在吃鱼上，日本也经历一个漫长发展的过程。日本的食脍起源于何时已不可考，从列岛四处都有绳纹时代留下的鱼骨贝类残骸推想，列岛沿海的鱼贝无疑也曾长期是大和民族的家常便饭，惜乎历史久远，有关记载付诸阙如。倒是近邻一个文化发达的中国，好多事都替他们记着。当然，他们也毫不客气从大陆拿来他们需要的东西。在遥远的古代，中国王朝大多定都于黄河流域中下游的中原，哪里是王都，哪里就是中心，远离中心的海边只能是边鄙，是化外蛮荒，因此在鱼类上，河鱼为贵，海鱼为贱。黄河鲤鱼是鱼中之王。这一观念也影响到日本。长期以来，作为刺身原料的鱼类就是鲤鱼。平安时代，京都曾长期作为日本首都，离大海较远，附近滋贺县琵琶湖盛产一种源五郎鲋鱼（鲫鱼），肥大鲜美，长期供应王宫和贵胄家，切脍或做成鲊，分别是今天日本刺身和寿司的前身。

日本人大吃海鱼，也就从400年前才开始，历史可以追溯到江户城前的鱼河岸。江户城濒临江户湾，有房总半岛和三浦半岛环绕，整个关东地区合计有六七十条河流流入江户湾，河流带来很多养分，给海湾的各种鱼类提供丰富的养料，海鲜渔获量巨大。毕竟是海洋民族，远古祖先留下了靠海吃海的智慧基因。很早开始，江户人就善于制作各种钓鱼器具，捕获各种鱼类。1603年，德川家康在江户城开设幕府时，就从关西大阪带来一批渔户，负责为将军御膳提供海鲜食材。说起来有趣，据载，织田信长在本能寺之变中遇难，德川家康闻讯赶去攻击明智光秀，挥师进入大阪时，遇上连日暴雨，神崎川洪水滔天挡住了他们的去路。后来摄津国佃村的渔民鼎力相助，用渔船将大军安全渡河。而在后来的大阪夏之阵和冬之阵这两场德川称霸天下的关键性战役中，田村的渔夫在运输兵粮和军备上尽了大力。家康政权东迁江户，感念他们在战争中的无私奉献，将江户城前最富饶的渔岛连同从事渔业的特权赐给他们，无名河洲此后有了佃岛的名字，这些渔户成了将军膳房御用水产商。佃岛的地方就是鱼河岸的雏形。

与京都不同，江户人崇尚新鲜口味，讲究“旬物”即当季食材，随着江户成为百万人口大都市，幕府和民间的海鲜需求量剧增，佃岛的鱼市满足不了日益增长的消费需求。18世纪，幕府在江户城建造海鲜集散市场鱼河岸，地址就在现今皇居前的日本桥沿河岸一带。江户是个建在水上的城市，条条河流通往江户湾，来自纪州湾、伊势湾、濑户内海的新鲜鱼介都在这里集散，鱼河岸迎来了极度繁荣，1999年，德国柏林东方美术馆发现一帧创作于江户时代的浮世绘长卷《熙代览胜》，描绘19世纪初年日本桥鱼河市的繁荣景象，证明江户时代流传的“鱼河岸朝千两”并非传说。在江户时代中期，鱼河岸与吉原花街和芝居小屋（室内戏剧街区）成为江户城三大公众场所，被称为“江户的胃袋”。

江户湾盛产各种海鲜，有房总的鲽鱼、佃岛的银鱼、深川的蛤蜊，虾姑、鲈鱼、康吉鳗、对虾都非常新鲜美味，而且价格非常低廉，在此基础上，各种江户前的料理，如握寿司、烤鳗鱼、炸天妇罗应运而生，奠定了今天东京饮食基本形态。此外，由于海上交通运输的发达，列岛各地的海味也源源输入江户城市民的餐桌上。比如原产土佐藩的鲣鱼运到江户就大受上层社会青睐。鲣鱼原本是无人问津的深海鱼，因为表皮有寄生虫，食用不当容易中毒，很多地方禁止食用。但因为江户城是个武士占主流的社会，“鲣”的读音类同“胜男武士”，大吉大利，大受追捧。鲣鱼汛期未到，就有按捺不住的武士立在岸边数着银子痴痴地等，甚至有人典当宅邸去大快朵颐。今天刺身食材不可或缺的金枪鱼，也是江户时代才开始进入切脍案板的。18世纪后日本深海捕鱼技术大进，鲸鱼、金枪鱼大丰收，开始进入江户城市民餐桌。

从17世纪就开始繁荣的东京鱼河岸，进入大正时代，因为急剧扩张的城市化进程，交易量进一步扩大，从业者大量涌入，场地严重不足与安全和卫生状况不断恶化。1923年9月1日，关东大震灾中，鱼河岸连片的店铺和设备、设施被夷为平地，损失惨重。灾后政府重新规划，迁到中央区填海造地的部分。

10年前有一部以筑地鱼市场为舞台的电影《筑地鱼河岸三代目》，在日本相当卖座。讲述的是一个大公司的受薪族，到恋人家所在的筑地鱼河市当帮手，爱屋及乌，爱上了腥臭的鱼肆生活，成了第三代鱼店老板，也找到了自己的人生意义。影片的结尾意味深长，他的恋人鱼店老板女儿不理解他的选择与他分手了。

据说，不久之后，筑地鱼市场将移往隅田川东岸的丰洲区。我想，以后再到东京，不会再去和我记忆无关的新鱼市场了。

川越古城半日行

我于20世纪90年代随波东渡扶桑，当时很多学子憧憬着一衣带水邻国日本资本主义国家的高度发达，是龙是鱼，估计每个人的“留学志望”一栏几乎无一例外都信誓旦旦地写着要学其先进科学文化技术。但到日本，却发现整个社会都像在怀旧，也就是赶上了至今热度不减的“江户热”，也像今天中国似的，名家讲坛开讲，动辄几十集的大河连续剧，水户黄门、新撰组打打杀杀很热闹。

我所居住的大宫市位于埼玉县，距东京都三四十分钟的车程。埼玉县位于东京西北部的关东冲积平原上，虽有悠久的历史，但风光好像都被近在咫尺的首都夺去，显得平平淡淡的。住东京的同学老乡来访，除了冰川神社和北大宫的四季盆栽町，没有什么能“案内”的名胜，直到后来发现有小“江户”之称的川越市。至今我到东京差旅之际，到大宫勾留怀旧，剩余超过半天的时间，就往川越闲散半日，那是多年锤炼的便捷又舒适的轻捷之旅。

川越可以说是离大宫最近的历史名城。我在大宫勤工俭学的寿司店里有个叫关根政治的“板前桑”（资深大厨），年过半百，脾气好得不能再好的和善小老头，假日除了赌马，最大乐趣就是关在屋里看时代剧（江户时代的武士传奇），在“社寮”（公司宿舍）比邻而居，经常能听到他房间传出电视里播放的砍砍杀杀时代剧和他哈哈哈的傻笑声。

他老家就在川越，经常听他说起，也曾接受关根桑的美意前往做客半日。旅日期间甚至归国后，我也去过不知几次川越。

川越在大宫的西北部，从大宫搭乘埼京线四个站就可抵达，行程也就20分钟。从东京新宿搭乘东武线也就45分钟，是个得半日之闲则可从容悠游的小城。

川越虽然偏居东京西北郊，但历史远较东京久远，乃至于有“先有川越后有江户”一说。在王朝律令时代，武藏国的豪族河越氏在这里建造“河越馆”，此后改称川越（“川”与“河”在日语中训读同音），历来是武藏国的中枢所在。历代领主或守护大名都把政厅设在川越。到了战国时代，关东豪强上杉持朝命家臣太田道真、太田道灌父子建筑居城，奠定了今天川越城的基础，后来也正是太田道灌草创了江户城。1600年，德川家康在关原之战中胜出，得到关东大片领地，谱代大名（德川家臣）酒井重忠因为战功以一万石俸禄受封川越城，此为川越立藩之始。

川越城是关东和东北地区往来的陆上要道，是江户城的“北门之管”。进入江户时代，德川幕府将军把亲藩、谱代大名封在这里，拱卫江户的北边外围。元禄时代，第五代将军德川纲吉的侧用人（近臣）柳泽吉保受封川越藩主，受柳泽重用的儒学者荻生徂徕仿照北宋王安石实行一系列改革，如振兴农业，开垦新田，兴修水利，茶叶和甘薯的种植大大推广，蔬菜改良丰产；奖励工商、生丝纺织等手工业得到发展，同时兴办文教，奖励学术，使川越成为“学问之乡”与“美工之城”。在18世纪初，川越作为一大藩国城下町繁荣起来，有“小江户”之美称，其影响力在关东仅次于常陆国的水户藩（今茨城县）。境域之内，古城、神社、寺院、街道等历史悠久的建筑非常丰富。“二战”期间美军对东京实施无差别大轰炸，老东京的很多古迹文物大多毁于炮火，而偏离东京三四十千米的川越得以幸免。保护之完整，在关东是仅次镰仓、栃木县日光山的东照宫。20世纪90年代以来，日本兴起“江户热”，东京都的“老城区热”过后，与东京一个小时电车车程的川越成了另一个怀古探幽的胜地。2018年，瑞典国王访日，今上平成天皇夫妇特地陪同前来川越观览，川越在欧美不胫而走，海外游客急剧增多。2019年，《纽约时报》的旅游就刊出“日本川越特辑”。说到旅游，今年最大的亮点是，由于中国游客大量涌入，日本深度游勃兴，川越老街道上又多了中国人的身影。

到川越古城，“一番街”是必游之地。这条商业街道完整保存江户时代商业格局的传统街区，与福岛县的喜多方街道、山口县的仓敷街道并称日本三大藏式街道。每户商家都是典型的“藏造”式建筑，褐色圆瓦，白色粉墙，木质构造，每座两层，楼下商铺，二楼居家。江户时代，人口密集，住居鳞次栉比且都是木房子，火灾是江户城的家常便饭，“小江户”川越也不例外，为了防火，墙面都抹上泥灰涂上白粉，家家之间用耐火砖间隔。点心铺、咸菜店、清酒店、和服店，还有干货铺、古董店一排排延伸，非常整洁明净。江户时代鼎盛期据说有200多家店铺，1893年，史上最大的一场无名大火，将川越2/3的店铺化为灰烬，如今仅剩几十栋藏造建筑，沿街一溜长排，首尾贯穿，在艳阳蓝天下，古艳照人。这样完整的江户商街据说列岛也没几条，物以稀为贵，养护起来，倒成了小江户之游的必访之地。

一番街每隔几十米，就有大小各种和洋风格的吃茶店，川越的茶点值得称道。有一家叫“龟屋”的点心铺，店头赫然刻着“创立于天明三年”，天明三年也就是1783年，至今将近两个半世纪了，这在老字号林立，创业历史动辄四五百年甚至不乏上千年的关西不算什么，但关东开发较晚，十七八世纪创立的屋号就算老牌了。日本延续超过百年的家族老字号据说有两万多家，而中国不到五家。这一现象曾一度引发国内商界和媒体的热议。智者见智，各有角度。但爱业敬业的职人气质或许是日本家族企业得以百年不衰的秘辛之一。不管从事哪一行，家家以自己的家业为豪，一代代不折不扣传承、兢兢业业呵护，像爱惜自己的眼睛一样珍惜自家“暖帘”（店号）。龟屋江户时代就是川越藩府乃至将军幕府的“御用达”，也就是指定供应商。这么有来头的点心铺，每盒也就1000日元左右，最豪华的大型礼盒也就2000日元。小街不起眼处时常能遇到物美价廉的茶食，有一种以黑豆沙和红芯甘薯为馅做成的糯米团子远近闻名，形状做得像一颗蟠桃，切开后，上黑下红外面一层薄薄的糯米衣，入口咀嚼，甘薯的酥香与豆沙的甜腻融为一体，再送以狭山绿煎茶，感觉每个味蕾都滋养温润得畅美。出游归来，总得给房东、朋友或工作的同事带点“土产”，这也是在日本生活的一个细节。一盒小点心，分到每人也就一小块，那么与这个城市有关的种种话题就成了话题的一部分，所谓连带感，就这么自然而然楔入日常中。

到川越街道散步，要尝尝叫蒲烧的烤鳗鱼，尤其是夏季，川越的土用蒲烧是一道民俗浓郁的风景线。日本古俗，每个季度的最后十八天叫土用，农历里称为“丑日”，这段时间里人体最为脆弱，要及时补充能量，鳗鱼生命力强健，外号“死不了”，夏季的土用最为暑蒸酷热。江户时代开始盛行丑日吃蒲烧补养身子（因“鳗”与“丑”的头文字相同）。关西关东都喜欢吃鳗鱼，但口味不同，大阪的烤鳗以白烧为主，什么也不加，烤熟后滴几滴柠檬汁或涂上酸梅酱，有一种淡泊爽口的风味；关东则是酱烧，鳗鱼在调味汤汁里煮熟，后放在炭火上烧烤。川越有入间川流过，水质优良，江户时代河里盛产河鳗，以河鳗鱼为食材的料理非常有名，如今蒲烧鳗鱼依旧是川越一大“名物”，不过鳗鱼多是养殖的，或从中国福建进口的。如果是庙会或传统集市的日子，街上有很多带轮子的烤鳗屋台，浓烟弥漫着烤鳗香气，香飘数里，厨师当众表演，从木桶抓取一条鳗鱼，脑袋已经剁了一半，身子还在动，放到案板上钉子扎在眼睛部位，拉直，从后背唰地一刀划到尾部，翻过来，再唰地一刀从顶部划到下部，骨肉分离，鳗鱼变成带鱼，啪啪啪剁成四段，就可以料理。旁边一个锅里滚滚的鳗鱼酱汁煮开捞出，一块块放在蕉叶上，放在炭炉上烤，边烤边涂上酱汁，烤到焦面，再放到米饭上。街区上有创立于1809年的老字号“小川菊”。但我觉得屋台式的烤鳗更有风味。

天台宗的寺庙喜多院是川越之行的必到之处。每年正月，俗称“川越大师”的年始参拜是地域内一大传统祭日活动，在关东地区远近闻名。喜多院全称为“天台宗星野无量寿佛寺喜多院”。平安初期的830年，圆仁和尚受淳和天皇之命，从京都比叡山来此建造无量寿佛寺，分北、中、南三个寺院，此后这里成为关东天台宗本山。圆仁是个和中国渊源很深的日本和尚，838年入唐求法，写有《入唐求法巡礼记》，是研究中晚唐社会风俗文化的重要著作。1599年，备受德川家厚待的天海僧正就任无量寿佛寺第27代住持，这才改名“喜多院”。天海是江户时代初期的天台宗高僧大德，精通中国阴阳风水之学，深受幕府将军信赖和倚重。关原之战大获全胜的家康受封“征夷大将军”，选择江户城作为幕府大本营和天下权力中枢，从选址到规划，都有天海的参与。天海受命在自伊豆到下总的关东武藏国考查，结果选中了东有隅田川、西有箱根低山连绵，南有海湾北有富士高山为倚靠这样一个四神相应的风水宝地。如此，江户才从一个人口百余户的海边滩涂小渔村百年之间迅速发展成与巴黎、伦敦并驾齐驱的人口超百万的巨型城市。兴建江户城时，在上野、本乡、小石川、麻布、白金等七个高台尾部延长线交叉处设置将军居所本丸，有利于聚气得旺。天海在家康祖孙三代的大力支持下，将川越的天台宗寺院推向前所未有的隆盛顶峰。家康退隐后，德川秀忠继任将军，将喜多院定为关东天台宗总本山，赐年贡500石，后来加到750石。1616年，家康弥留之际，遗言将后事全权委托天海料理，“东照宫大权现”就是天海的创意。灵柩运往栃木县日光山东照宫，途中喜多院停留，天海率海内天台宗高僧大德举办四日法会。源此喜多院兴建仙波东照宫，与久能山、日光山并称日本三大东照宫，规格极高。1638年，川越城一场大火，将寺院烧得仅剩山门和藏经阁。后来重建，增其旧制，第三代将军德川家光授命将江户城红叶山御殿的一部分建筑移筑来此，所有大小物件都通过新河岸川舟运而来。受益发达的水上交通，与江户城的物流往来十分频繁，川越很快繁荣起来。院里有罗汉500尊，风吹日晒，头脸黑黝黝，好像从烟囱里钻出来似的。仔细看，各个表情丰富，哭、笑、嗔、怒，说悄悄话，做鬼脸，有的手里拿着日用杂什忙活，有的冥思苦想好像思考什么艰深古奥的难题……这座寺院历史太悠久了，其间又多有高僧驻锡加持，所以神秘兮兮，有不少活灵活现的传闻逸事。比如，相传寺院内有“七不思议”，其中一个最大“不思议”就是五百罗汉雕像。传说如果亲人去世，深夜到寺院里去摸五百罗汉头，其中必有一尊罗汉的脑袋是热的，用手电筒一照，那一尊罗汉长着酷似死去的亲人的脸……不过，不知为何，这个传闻听起来让人心里泛起一丝淡淡的悲酸。

当初有北院、中院、南院三部分，江户时代兴建仙波东照宫，中院重建增其旧制，往南移了200米，成为整个寺院的中心，至今保存完好，也是走访喜多院的必游之地。

在日本各大寺庙中，中院规模并不算大却声名远扬，主要源于院里有两处古今文物。

一是“狭山茶发祥地碑”。公元八九世纪之间，饮茶习俗随海归的遣唐使从中国传来日本，茶树最初只在京都及周边地区栽种。圆仁和尚前来川越开山时，从京都带来茶种播撒在寺院里，成了关东茶叶栽培最早的记录。此后，茶树开始在川越和狭山一带广为种植，现在已经成为关东地区一大茗茶品牌。日本茶叶行业中有“静冈色，宇治香，狭山味”的说法，狭山茶以味道清雅悠长闻名。关东地区的茶事晚于关西，但后来居上，成为日本又一个产茶基地，也带动了茶道和茶点心的繁荣。每年春季新茶上市，川越街道都彩带飞舞，举办各种新茶祭，连同各种传统积淀的精致点心，成了吸引东京都和东北地区游客的一大亮点。

还有一处是近代诗人、小说文学家岛崎藤村捐建的茶室和相关文学遗迹。这座不大的寺院，居然邂逅了岛崎藤村的文学足迹，算是川越半日之行的意外欣喜。进入中院山门，往左侧步行数十米，有一片整洁雅致的墓地，这里是川越藩藩主的重臣太阳寺氏家族的墓地。其中居然有岛崎藤村的岳母加藤乾的墓地，安安静静处于僻静一角。原来，加藤乾有着非同一般的家世。她出生于1863年，父亲是川越藩的“藏前目付”（掌管藩府财政大权的近臣），加藤乾四岁那年，与父母随同藩主到江户参勤交代，不久就赶上了幕府垮台，从此跌入动荡不安的成长时期。晚年回老家川越定居，在加藤家菩提寺中院里开设茶庵，自号“不染”，以传授茶道、花道为业，以读书园艺为乐，安度余生。

1928年，鳏居18年的岛崎藤村与加藤乾的女儿静子结婚。静子是川越出身的女编辑，与藤村同在杂志《处女地》供职。当时岛崎藤村正在构思一部反映明治维新前后激烈变革时期故乡信浓（今长野县）变迁的长篇小说。与加藤母女的因缘，促成了岛崎藤村《黎明前》的诞生，这是藤村唯一一部长篇小说，在其文学生涯中自有不同寻常的意义。

岛崎家世代世袭庄屋（村长）一职并经营木曾街道驿站上的“本阵”（江户时代为过往的大名陪臣提供旅宿的官营旅馆），父亲岛崎正树是家业继承人，又是颇有造诣的国学家，即《黎明前》的主人公青山半藏的原型。藤村只比岳母小10岁，基本属于同龄人，又有着相近的家世和教养，言谈十分契合，岳母见多识广是一部活字典，她娓娓口述的家族历史，给了正在构思《黎明前》的藤村一大素材来源。藤村经常陪同静子回川越，一边与岳母竟日长谈，一边执笔小说。翌年《黎明前》杀青刊出，好评如潮，被誉为日本近代最杰出的长篇小说之一。这部小说也打上了川越地域的烙印，不仅大部分篇章写于加藤静子娘家或中院边上高级旅馆“佐久间”，小说主人公青山半藏成了川越出身的“庄屋家”大少爷，他前半生的生活半径，主要以川越为舞台展开，这些构成了小说第一、二部的所有内容。小说出版后大获成功，岛崎藤村感念岳母的协助，用稿费为岳母另造了一座茶室“不染亭”。1940年加藤乾以73岁无疾而终，安葬在中院家族墓地中。墓碑“不染乃墓”几个字苍润秀雅，出自藤村手笔。

如果到川越，不可错过的是温泉浴场。街面上就有，基本构造与传统钱汤差不多，也是男女分开，不同的是汤池里面是地道的温泉。以前住大宫时，和一个叫本田纯一郎君的大学生过从甚欢，经常在一起玩。那时他刚拿到驾照，技痒难耐，经常偷开他老子的轿车出来练手，我当陪驾，一起莽莽撞撞玩了不少好地方。因为离大宫不远，所以，归途常在这里歇息，泡温泉吃饭再回去。川越的温泉物美价廉，记得当时入浴费每人500日元，可以享受大半天。20年之后我故地重访，温泉馆重新翻修，显得亮丽堂皇，但价格也不过780日元。人生如梦，当年和我同游的帅小伙，如今也是苦乐参半的中年大叔了吧，一念及此，刹那间心头涌上一丝寂寞。

在福岛雪山过年

曾在日本过了好几次新年。日本把每年的新历元旦当作正月新年来过，那情形与中国人农历过新年差不多。近代以前，东亚海域汉字文化圈内诸国如日本、朝鲜、琉球、越南都曾长期奉中国正朔，采用夏历来指导本国的农业生产和社会文化生活，也都以农历正月来迎新。明治维新后，文化上要脱亚入欧，要与西洋接轨，日本废除阴历而采用太阳历，以格里高利历的一月一日为法定正月新年，是为一年中最大节庆，因循至今。

不过在我印象中，日本大都市里的正月年味寡淡，永远是那么空寂和乏味，一夜之间好像所有的人都蒸发掉似的，回乡、出游或闭户居家吃火锅喝酒猫冬，通衢大街上寒风刺骨人迹罕见，从初一到初三，大多数吃喝玩乐的场所都闭门歇业。除了百货、超市、神社和寺庙，哪儿都去不了，好像传说中寂寞的空城。旅居日本时最怕过年，巴不得新年赶快过去，正常的日子早日来临。唯独有一次，在日本福岛雪国山乡度过的一个新年，却给我留下了无比光明澄澈的记忆。

那是到日本的第一个新年。当时课余及假日在东京郊外的埼玉市大宫站前一家百年寿司老字号“东鮨”勤工俭学。正月到来餐馆也放长假，社长竜石堂泉先生知我初来乍到日子紧巴巴的不可能外出游乐，在本地也没有什么可以投奔的亲友，就邀我和另外两个同在店里打工的哈尔滨姐弟俩随他一起回福岛老家过年。

福岛位于日本本州东北部，东南、西部、西北三面群山环抱，只在东部向太平洋敞开，地势较高，是个典型的山国，冬季也比东京寒冷漫长，这里的滑雪场和温泉度假旅宿是严寒季节的最大卖点，对厌倦了单调无聊冬日生活的首都圈内居民来说是个津津乐道的兴奋话题。而对于刚在日本落脚的中国学子来说，打工、读书、生活样样不省心，所谓雪山、温泉、度假之类的奢侈行乐，远在我们的日常想象之外。所以不期然的美梦成真，有如“棚上落下牡丹饼”（日本谚语，大喜过望），其惊喜、雀跃和感念之情，在青春期的记忆中特别鲜明而深刻。

正月初一到来，大宫笼罩在一片银装素裹中，天刚破晓，我们三人迫不及待到位于天沼町的社长家，拜年寒暄等仪式之后，登上竜石堂社长亲驾的轮胎捆着铁链的大型丰田越野车，一路碾冰切玉奔向福岛。他的故乡就在福岛中部雪山连绵的山间低地一个叫二本松的小城镇。

竜石堂先生是个乡情很重的人。有关生长的故乡的历史与风土，还有青少年时代的贫困与奋斗，是他孜孜不倦的话题。

二本松虽是人口两万多的小镇，却是日本有数的历史名城。建城历史始于15世纪的室町幕府时代，一个叫二本松泰满的领主在山区高地构筑居城而得名。战国乱世中，因为地处连接东北和关东的要冲，二本松城成了兵家必争之地。城头变幻大王旗，历史上先后有六姓豪强成为这里的主宰。1867年江户幕府最后一代将军德川庆喜无血开城，将大政奉还明治天皇。但不愿归顺新政府的东北诸藩誓死效忠幕府，翌年爆发了戊辰战争。二本松城精壮武士誓死守卫城池和城下人民，以一千血肉之躯对抗由萨摩、长洲和土佐藩组成的近万名“讨幕军”，在新政府军枪炮等新式武器的猛攻下，二本松城轰塌陷落。战乱平定后，忌惮列岛残余敌对势力据城作乱，明治政府出台废城令，二本松城残余建筑物与城墙，被拆除毁坏。20世纪80年代以来，伴随日本经济腾飞，国内旅游热兴起，同时带动的还有成为一大文化风尚的“江户热”。在这个背景下，二本松城得到修复重建，被列为“日本百名城”文化遗产。

对生长于斯的故土，竜石堂社长感情很深。在战后经济复兴热潮中，福岛因为地处东北山地，发展比较落后。社长出身农家，家里兄弟多，他是老幺。日本传统农村有“太郎继承家业，二郎三郎走他乡”的习俗。当时正赶上日本战后如火如荼的经济大开发，东京、大阪、名古屋等大城市的大小企业蓬勃发展出现“人手不足”（用工荒），很多乡下青年学生乘坐军用卡车或列车涌到大城市里寻找机会，叫“集团就职”。竜石堂社长十六七岁初中毕业离家去东京找工作，路过大宫，由于误过末班车，又遇上瓢泼冷雨，他出站后无处可去，就到站前一家寿司店的屋檐下躲雨，后来被热心的寿司店老板夫妇收留下来当学徒。10年后自立门户成一店之主。竜石堂吃苦耐劳、自律严谨，又赶上日本持续数十年高速发展的景气快车，餐馆日夜无虚席，规模不断扩大，分店一家接一家，40来岁时已经成了关东寿司行业的一大标杆。在战后经济起飞的日本，确实有过只要不辞劳苦和用心都能创业致富，也批量出产奇迹的时代。

事业稳步发展，有了积累，他和另一个在大宫经营洗衣业的同乡合力把村子后面一座山林的朝阳地带买下，50岁那年在山顶上盖了一座大宅院，一来了却终老故土的夙愿，退休后回归耕种自足的田园生活；二来让从小在大都会长大的孩子们不忘故土，时常回乡看看时有个稳定而永久性落脚点。因而在打造这座不无土豪气质的山间度假别墅时可谓不惜重金，整体堆木为墙的北欧式建筑，大圆木是从寒带山国芬兰运来的，浴槽采用日本原产桧木，连地板的大铆钉和取暖壁炉也是专门找钢铁制品质量最佳的瑞典五金商订做的。

二本松是江户时代开始在居城下发展起来的城下町，是一座历史古城，因为发展滞后，因祸得福，不少历史名胜得以原样保留。印象最深的有城外的会津若松神社，那是本地居民一大圣地，每年正月初一家家户户都要前往参拜祈福。但与一般日本人不同，竜石堂一族正月拜神社都选在除夕，据说是祖上留下的遗训：祭神如神在，神明通人性。说是人世浅薄，无事不登三宝殿，平时不闻不问，正月初一几万人起哄似的才想起拜神，他哪里记得住你。除夕大家都在家守岁，正是神明最寂寞难当的时光，这时候去参拜祈愿，他就特别感动，也就牢牢记得住你的心愿云云。在日本看过太多神社，会津若松神社的模样已经想不起来了，牢记的反而是这类先生故土的习俗掌故八卦。

留在记忆深处的还有二本松城遗址。古城建在海拔300多米的山腰上，是一座山城，依山而建很有气势。我去时二本松城只修复了台基部分和门楼等几处建物，古城还没有复原，空旷辽阔的台面空空荡荡，就像建在山中的广场，其间散点几株苍黑的老松，如果不了解背后的来历故事，可以说没什么看头。先生对故土的一草一木非常熟稔，对发生在这里的历史事迹如数家珍，使我们感到趣味横生。据说，会津藩兵民非常忠勇，新政府军大兵压境之际，明知以卵击石，逆势必亡，为了报答幕府的恩义，全城军民誓死抗击。二本松守城的青壮武士全军覆没，为了保护城里老弱妇女幼童，十五六岁的武家子弟组织“少年队”以血肉之躯抵挡新军的枪炮。明治政府对会津藩、二本松藩为首的福岛县民非常仇视，称为“会贼”，出台了种种歧视性限制，使得当地发展大为延迟。

二本松城里有一块“诫石碑”，置于城址的中心部，石碑是天然的山状石头，上镌刻着江户时代二本松藩公务员的训诫铭文：

尔俸尔禄 民脂民膏 下民易虐 上天难欺

石碑旁边立着一块木制“案内札”（文字说明），介绍这块石碑的来历。石碑是二本松城第七代藩主丹羽高宽所立，碑文出自藩内大儒岩井田昨非手笔，时在江户时代中期的1747年。丹羽高宽是个开明城主，深受藩内百姓敬仰，在朱子学家井岩田昨非的协助下，他改革藩政，提倡儒学，兴建藩校，整顿武士纲纪，多次捐钱捐粮拯救遭遇天灾的臣民，在他治下，二本松小藩蒸蒸日上，成为东北富庶名城。石碑立于居城的“本丸”前，即藩主和侍臣登楼勤务必经处，作为训诫，警示藩内官吏要心怀百姓疾苦以民为重。这块碑文为什么会给我留下深刻记忆？当时我刚到日本不久，日本对我而言是一个遥远的异国。两个半世纪前东京城外200多千米一个东北小藩里，竟然用来自中国的文字和思想作为四民之首的武士阶级的座右铭，这种感觉十分新奇，因而记到日文流水账里了。

游览归来，在小镇上，我们随同社长走访故家亲戚、同学，感受了日本东北农村特有的温情与随意，与凡事一板一眼的东京人大不相同，令人感到亲切自然欢畅。在镇上一个经营茶食的小学同学家做客，他从小继承家业，无须随就业大军到东京谋生，家里专营一种名叫草莓大福（糯米团）的点心，门面不大，却是源自江户时代的百年老字号，幕府时代专为藩主制作点心，至今茶食远销东京，供不应求。而后将亲戚为我们准备好的各种吃喝年货及食材运送到白雪皑皑的山顶别墅里开始过年了。

真是神仙般的快活日子啊，那年正月的三天，不用上班，也不用为上学的辛劳发愁，天天享受雪国无垠的雪景、清新凛冽的乡间空气，还有层出不穷的乡间盛宴。作为一店之主，竜石堂先生在上班时非常威严，不苟言笑，尤其对工作一丝不苟，店里连年纪比他大、多从业几十年的现役板前桑（资深厨师）都视他如城主，毕恭毕敬不敢丝毫造次。但在那年正月，在福岛雪山的别墅里，我们三个勤工俭学生却享受了贵宾般的招待，他像一个仁慈的长者，无微不至照顾我们几个懵懵懂懂的异国来客。

通常，每天清晨我们还在酣然睡梦中，社长早早起来了，给门外鸟巢里的小鸟喂食，为我们煮荞麦面（日本正月吃的长寿面），提前备好今晚吃喝的食材。然后驾车带我们出门，或到常磐滑雪场滑雪，或到山里泡温泉，参观会津武士故居，或在古色古香的老街道看“乡土岁时祭”，品尝各种当地小吃，他又是开车，又是当向导不厌其烦地解说，又一路给我们拍照，勤勉尽责好像政府接待办的基层公务员。向晚时分回到别墅里，我们累得东倒西歪横躺沙发，他默默把壁炉里的柴火烧旺，将浴室煤气炉开启，让我们轮流泡澡，他一人到厨房准备饭菜。在店里，我也曾听服务半个世纪的老太太说过社长的故事，说他功夫如何了得，后来居上，连前辈都敬服他。但我从来没看他下过厨，那次在别墅中招待我们，可能是相处几年中绝无仅有的记忆。他动作很麻利，将从大宫名店“高岛屋”订购或亲友事先帮忙准备的半成品“御节料理”，也就是正月团圆大餐进行加工、摆放，我从浴室出来时，客厅原木长条桌上已经摆得满满当当热热闹闹：枣红色的漆盘上盛满了大龙虾、加吉鱼、金枪鱼肚腩等各种顶级刺身拼盘，并按当地的习惯，红、白、黄、黑、青五色的“盛合寿司”装饰着翠绿的松针和孟宗竹叶，鲜活得令人直咽口水，还有福岛牛肉加松茸火锅“咕嘟咕嘟”冒着热腾腾的香气……白日马不停蹄的户外活动和硫黄氤氲的露天温泉使我们食欲都非常旺盛。那几天晚餐，我们享用了来到日本后最豪华的宴饮。每每从日暮时分开动，慢慢吃喝三个钟头才告一段落。吃饱喝足了，到户外玩雪。雪晴的时候，甚至夜晚下山到镇上转悠，买回各种口味的福岛特色点心。山间入夜很冷，大厅壁炉的火烧得旺旺的，烤火炉烘照下大家脸上红彤彤，一派喜气，天花板悬挂着的古铜色风扇慢悠悠地旋转着，把热量均匀地分散到各个房间。

有一个晚上，大雪初霁，天气很冷。因第二天还要出去福岛海边看日出吃螃蟹大餐，我们早早回到楼阁榻榻米的房间睡觉。铺好了的被褥，钻进去热烘松暖。原来刚才我们饭后在大厅喝茶看电视时，先生用热风机把每个人的房间的被窝都烘烤过一遍。仰面躺下，面朝天花板，我们按他的吩咐按了遥控电源，斜面屋顶缓缓现出大块大玻璃，那是自动调节移动的天花板，透过玻璃，看到澄澈的夜空里布满晶莹芒闪的星光，不知过了多久，我们枕着一夜星空酣然睡去，不知东方之既白。

这样奢侈优哉的正月虽然很短暂，但多年后回想起来，心里仍然洋溢着温暖。雪国山乡的风光，山间别墅温暖的炉火和丰饶的美味，更有多年善待过我的竜石堂夫妇的恩情等，种种记忆足以抵消人生天涯羁旅中空寂、乏味的时光。

两游日光山

日光山东照宫是日本关东地区一大名胜，位于栃木县西北方向的深山中，距离东京约150千米。这么一个偏僻的地方，我居然两度造访，一次是初来乍到日本时，还有一次是归国公务差旅，堪称缘分不浅，两次游历，境遇心态都各有差异，因此同样一个地方，在心间留下的投影浓淡不同。

之所以难忘，是因为日光乃是我在日本最早出游的地方。我在大宫勤工俭学，课余在寿司店打工。暑假期间，正好赶上日本一年中最长的盂兰盆节假期，店里的日本人都放假回老家了。老板竜石堂泉先生带我和店里一对中国留学生姐弟一起出游，因为要回故乡，目的地就是日光东照宫。其时我在语言学校上学时，日语教科书上就有一篇《日光东照宫》课文，知道那里是一个有名山古刹、有湖水瀑布、有历史掌故的人间仙境，朗读课文时，偶尔也萌生一种何时前往一探真容的淡淡的向往。没想到纸上的传说这么容易就变成现实，雀跃之情和感动至今思之历历在目。

日光山自古以来就是日本一大圣灵之地。江户时代（1603—1867）以前，日光山是作为佛教和神道的修炼道场和山岳信仰圣地发展起来的。但大放异彩是江户时代初期，这里成为幕府将军德川家康的灵庙所在地，也是幕府国家祭祀中心。德川家康（1542—1616）是日本历史上叱咤风云的一代枭雄，他不仅最终结束了延绵一个世纪的战国乱世，统一日本三岛，还开创了历时两个半世纪之久的江户幕府时代。这一延绵两个半世纪的所谓太平盛世对后世日本影响甚巨，当今日本，无论政治、经济、文化、艺术，还是日常生活习俗都可以在江户时代找到根源。20世纪八九十年代兴起的“江户热”中，日光更成了一大旅游热点。

1600年，关原之战中，德川家康取得了制霸天下的至尊地位，深受其宠信的高僧天海和尚被任命为日光山主，全权主持德川家陵墓规划和筹建工作。1616年，德川家康病逝后葬于日光山，幕府举全国之力大规模建造家康灵庙日光东照宫，日光山自此成为日本幕府和各地诸侯朝拜瞻仰的圣地，为了方便各处游客，在最初开通的日光街道基础上，修筑了通往江户城的专用街道，幕府并专设机构管理。因为距江户城不远，交通便利，近代日本开国后，这里成了各国驻东京使节的必游之地，声名远播海外。

日光山有诸多隐藏在日本地形中的历史文化之谜。

1616年4月17日，德川家康薨逝，依照其遗言，遗骸葬于骏河（今静冈县）的久能山顶，以神的规格祭祀。德川家康退居二线后，在骏府垂拱而治，安度晚年并终焉于斯，久能山成了江户城之外的另一个实际中心。

1617年，幕府举行规模宏大的东照大权现奠基祭典，二代将军秀忠下命在久能山顶建造东照宫，与此同时，日光东照宫也进入动工营建阶段。同年3月家康的灵柩从久能山运往日光，途经江户城，于4月17日举行一周年祭祀大典并迁宫仪式。5月15日，灵柩运往日光东照宫安葬。如今日光东照宫每年5月15日都会举办盛大的千人武者行列，还原家康棺椁从久能山迁往日光山的历史一幕。

看日本的文物，尤其是古代的，需要一些中国文化常识垫底，因为大部分所谓日本文物古迹，只要往深里探究大都与中国文化有关。看千年古都京都、奈良如此，看400年前江户时代的关东文物也概莫能外。所谓真正的日本文化，基本上都是江户时代实行锁国，关起门来两个多世纪才慢慢酿造出有自家特色的东西，而此前大多打上深深的中国文化烙印，这从东照宫的建构可见一斑。

从表参道眼坡道而上，参道两边是高耸入云的杉树，每棵都是两三人才能合抱的巨树，烈日炎炎的大夏天里，走在树林间的小路上，寒气森森有点瘆人。坡道上方有个日式牌坊，像汉字的“开”字，花岗岩石堆砌而成，高达九米，由15块巨石堆砌成，是日本最大的鸟居。据说大岩石块采自九州的福冈深山，初代藩主黑田长政将领地内可也山的优质花岗岩献出，雕琢完工后用海路河运和陆地辗转运输到日光山，耗费巨糜。横梁上书“东照宫大权现”，出自后水尾天皇（1596—1680）的御笔。“权现”是一种神格化谥号，即神灵在现世的显身，以“大权现”最高，是朝廷对德川家康赐封的神号。这一神号来自天海和尚的创意，家康去世后，围绕着神号一度争论不休，开国元老本多正纯和一心崇传都主张用自古相传的神道规格明神来祭祀，天海说丰臣秀吉当时位极人臣，但在被朝廷封为丰国大明神后即遭灭亡不吉利，提议采用“东照大权现”神号，并将遗骸从久能山改葬日光这一建议被二代将军德川秀忠采纳。

鸟居正中往上就是东照宫，正门的阳明门是日本最华丽最绚烂的建筑巨构。中国人说不到长城非好汉，日语中对应的谚语则是“不到东照宫就不知世间何为最美”。东照宫的设计者天海是精通中国阴阳风水之学的高僧，在建造之初就充分考虑到四神相应的堪舆。阳明门是平安京外城十二门中的阳明门，位于东北角，有真灵辟邪之力。阳明门正对鸟居，鸟居上空与阳明门交汇之处是北辰，由鸟居登上阳明门就好像升入北辰。阳明门的特色一言以蔽之，就是极尽人工的精雕细刻和绚烂华丽之能事。我等走马看花，内行看门道，据说单是门上的画栋雕梁之精美丰富，足够看一天。进入正门，正面是唐门，里面是祭祀家康的灵庙，黑洞洞的，鞋子不得入内，一个宽袍广袖的神官拿腔作调解说后，带领大家鞠躬退出。

让我感慨不已的是，阳明门里尽是中国文化元素的光风霁月：举凡周公握发吐哺，孔子的逝者如斯，孟母三迁，八仙过海，郑思远骑虎，张良骑麒麟待圣人出，商山四皓，虎溪三笑，东方朔从西母娘娘手中夺桃，司马光砸缸救友，苏轼、黄庭坚与大肚子佛印居士中秋泛舟赤壁等经典美谈都画在横梁或木墙板壁上……整个就是中国传统文化的荟萃，看不到丝毫日本文化的元素。这一切不仅是对中国文化的敬慕，也蕴含了德川的丰功伟业以及开创的太平盛世永久长存的寓意。

从主殿出来，就是一座简朴的原木建筑，祭祀的是德川家康的坐骑神马的厩舍，所谓一人得道，犬马也跟着升天。马厩建筑最为人称道的就是横梁三面木雕的“不看、不说、不听”的“三不猿猴”了。猴（さる）在古日语与否定格“不”（ざるをえない）谐音，分别对应“非礼勿看，非礼勿言，非礼勿听”。厩舍出来是进入将军陵墓的入口，大门上雕刻着一只猫，在牡丹盛开的花丛中呼呼大睡，俗称眠猫。猫是看守陵墓的精灵，防止老鼠入内侵扰将军英灵。猫居然呼呼大睡说明幕府治下四海升平世道昌明。德川家康的陵墓称为“奥社”，就是内庙。比起中国帝王陵园，家康陵墓显得简素得多。墓旁有巨杉高耸入云，可能是当时建造时种植的，忽然想起一个南美洲作家说的“人不能活得比树和石头长久”这句话。墓旁一根原木的上面写着家康流传最广的语录，“人生有如负重致远，不可急躁。视不自由为常事，则不觉不足，心生欲望时，应回顾贫困之时，心怀宽容，视怒如敌，则能无事长久，只知胜而不知败，必害其身”云云，很多日本人喜欢将这句话当作人生座右铭，悬挂办公室，不过据说这句名言是后人伪造的。

中禅寺湖在男体山下，静谧安详，我们乘坐游船绕湖一周。在日本我曾游历过几个著名的大湖，中禅寺湖可能是最小的，她不像琵琶湖那样浩渺平稳，水波不兴，也不像富士河口湖那样幽深。她水平如镜，依偎着耸然翘然的男体山，如果从高处看，就是白银盘里一青螺的意趣了。湖边停靠着白色的游船游艇，桅杆密如天线。岸上是大大小小的度假酒店，私家别墅掩映在绿树丛中，颇具异国情调。据说明治维新后，幕府作为被打倒的旧政权退出历史舞台，日光东照宫一时沉寂。但后来驻东京的外国使节们受不了夏天东京的湿热，纷纷跑到100多千米以北的日光山避暑，外务省大员只得一同前往，甚至在日光设置临时办公行营，所以曾经流传着日光是“夏天外务省官厅”之说。1879年，晚清初任驻日公使参赞黄遵宪曾应邀前来游览，写有一篇《日光游记》以记其胜。

湖水东面的华严瀑布也是日光山一绝。一脉水流从中禅寺湖溢出，自百米高的山崖上飞流直下，飞花碎玉、气势磅礴。1879年上海媒体大腕王韬应邀游日本，炎夏在著名学者冈千仞、重野安绎等人的陪同下畅游日光，饱览华严瀑布，《游晃日乘》写道：

> 其泉水生于中禅寺，而末流则为绢川，自上奔注于下，喷雪飞溅珠，澎湃之声铿訇震耳，不觉心神为之顿爽！

我在归国后，一度在地方大公司就职，因工作上的需要，经常往返日本。有一次陪同单位高管到日本商务洽谈，在成功签署合作协议后，东道主安排两日见物游山，其中就有日光山之行。陪同游览的日方接待人员是明治大学出身的秀才，对江户幕府时期的掌故了如指掌，重游日光山，令我这个旅居日本多年的人也受益匪浅，感觉不虚重游。但故地重游，唤起的是难以忘怀的初游，一路上满是对过去岁月，对当年人事的感触。我的相册里有一张旧照片，是第一次游日光时照的，在观景台上，背景就是中禅寺华严瀑布，20多岁的我和老板竜石堂泉先生在飞流直下的瀑布前合影。20多年弹指一挥间。那时先生刚过知天命之年，事业人生处于最佳状态，意气风发，挺拔昂扬，照片中的我则对着镜头傻笑摆pose，虽然懵懂却还年轻，好像还不脱对未来的憧憬。我记得曾将这张照片翻拍后寄送给竜石堂夫妇留念。夫人回信道谢，幽幽写道：

“一晃20年，当年，你俩都那样年轻啊！”

而今，距离夫人来信，又过了五六年了！

琵琶湖畔，邂逅最美的老书店

春寒料峭的三月，差旅到日本关西。我受公司驻大阪办事处之托前往滋贺与当地旅行社协调包机业务，这期间，顺路到位于滋贺县琵琶湖北岸的长滨拜访故人，在饱览湖光山色和诸多古城文化遗产之余，意外邂逅了“文泉堂”这样一个古意盎然而具本地特色的百年老字号书店，值得一记。

连接东西日本的水边古城

琵琶湖在滋贺县中心地带，全周长有230多千米，面积670余平方千米，是日本最大的淡水湖，占了全县总面积的1/6。这个内陆湖从地形图上看上粗大下尖细恰似一把倒放的中国琵琶，这就是其名的由来。少年时代一度沉迷苏曼殊的格律诗，中有“忏尽情禅空色相，琵琶湖上枕经眠”之句，才知道琵琶湖是一代情僧了悟色空的浪游之地，从此记住了这个地名；后来游学东京，学校合唱队排演大正时代的校园歌曲《琵琶湖周航之歌》，扣人心弦，更令我对那烟波浩渺的大湖向往不已。大阪距滋贺100多千米，从新大阪搭乘特快列车风驰电掣一个半钟头就到了位于琵琶湖畔的古城长滨。我拜访的中川安之先生是当地一家旅行社社长，已相识多年，他开车带我游走本地几大名胜古迹，这个蕴藉优雅的历史名城终于从纸面和想象中叠立在眼前，至今回想起来依然历历在目。

环滋贺皆山，唯南部地势低缓较平坦，因为近邻千年古都京都，因古称近江国，北边是濒临日本海的福井县，东边与岐阜县交界的伊吹山是东西日本的天然分界线，地处日本列岛中心地带，将西日本与东日本，太平洋与日本海连在一起，而长滨刚好位于琵琶湖东北角上，被称为日本的走廊，自古是兵家必争的军事要冲，涌现了织田信长、山内一丰等战国英豪。织田信长死后，丰臣秀吉在此屯兵修筑长滨城，雄踞一方。1600年，关东军事豪强德川家康一举击溃西部大名的盟军的关原之战，就发生在距琵琶湖不远的山脉盆地上。丰臣势力被德川家康铲除后长滨城被损毁，但城下町在江户时代却因临近佛教信仰圣地大通寺，所以琵琶湖水上运输枢纽繁荣起来，商品经济和手工业制造极其发达，这个区域哺育的近江商人对日本的近代化产生深刻影响，也孕育了底蕴深厚的近江文化。

最美的书店，最美的女店主

出了JR北陆本线长滨站，步行五分钟就是大通寺表参道，这是一条古香古色形成于江户时代的石板古街道，两边是近江传统风格的仓储式商住两用店铺。我去那天是周日，街上一半商铺停业休假，在春寒中显得十分空寂。跟着中川先生参观了祭奠战国枭雄丰臣秀吉的丰国神社，御坊老街道和存放大型神舆的仓库，勾留大半日。午后薄云遮住了本来就微弱的阳光，风行琵琶湖水上，带着寒气阵阵吹来，砭人肌骨。中川先生说，户外太冷，带你到一家“最美的书店”里喝咖啡!

书店名叫“文泉堂”，是一家名副其实的百年老字号书店，位于从参道出来转向大手门方向的一条古商业街区的中心部，一座修旧如旧的两层楼仿古建筑，玻璃格子窗，灰色瓦片，十分洒落典雅。落地玻璃大门口左右各放置一张铺了红毯的长椅供过往行人歇脚，猩红色的毯子在周遭以淡鼠灰为主色调的街区中是唯一的暖色，醒目热闹。周末加上寒冷，宽敞的书店里没几个人显得空旷，但里面温暖如春，卵黄色的仿古吊灯散发着温和明亮的光，书店中心靠榻榻米客厅的地上一盆大花蕙兰开得正旺，粉红色的花簇在绿叶映衬下一派温馨，墙角一台石油电子暖炉开得很足，推门而入一股暖流带着纸质干爽气味迎面扑来。主人似乎察觉到中川先生和我在门口指点谈论，离开柜台来到门口，满面春风将我们引进店里。店主叫吉田桑，是个时尚优雅的中年女性，红唇皓齿，浓密淡茶色长发，带着日本中年女性常见的浓妆，质地考究的米黄色长裙与简捷的皮夹克搭配得恰到好处。中川介绍道："我们这一条街最漂亮的女掌门人！"看得出她和中川先生十分熟稔，谈笑举止大方而洗练，有一种优质生活和书卷气熏陶而成的从容气度。

"文泉堂"最大的特色就是几乎原汁原味保留江户时代书肆的格局。书店新书画册和各种明信片错层叠放在小矮桌或榻榻米席子上，一眼望去花花绿绿，像争奇斗艳的园艺花谱，一室皆春。见惯关东大都会的书店，曾听说底蕴深厚的关西近畿一带有不少百年几百年老牌古书肆，暗生向往。文泉堂这一具有浓郁江户时代书肆气质的老书铺我还是第一次领略，故而印象新奇而强烈。古代日本出版行业采用中国活字印刷线装装订书函和护套，书店也是按照传统书斋格局，分册或分函平放在店堂的展示台桌上，排排分列，读者可以对整个书名和封面乃至装饰风格一目了然，这与全世界通行的书本将书柜挤得满满当当，一架一架书橱迎面耸立的书店风景完全不同。店堂的内侧，有一大片高出地面30厘米的大开间，由20帖榻榻米构成，有六七十平方米，在地价金贵的日本很难得看到空间如此阔绰的店面，这样的书店格局，固然大气阔绰赏心悦目，但若以经济学角度来看是很不合算的奢侈之举，这家老书店雄厚的根基不难想见。

听美女店主介绍，书店创立于明治三十二年（1899），屈指算来已有两个甲子的岁月，如果从它的前身算起则已超过四个世纪。她指着窗外一株老干横斜的梅树说：这棵老梅在这里扎根至少400年，是我家商号的见证人。有很多当时留下的名画家写生作品为证，被当作文化财产保护。

据说，书店的前身是创立于18世纪初期的商号为“钱作”的“两替商”。所谓“两替”，就是近代以前经营兑换、借贷和储蓄的民间金融机构，类似我国清代的票商或钱庄。滋贺自古工商业发达，利用琵琶湖水上航运和连接东西日本的有利地理位置，滋贺行商足迹遍及列岛各处。钱庄的生意非常红火，甚至连大名武士都来借贷。1867年，最后一代幕府将军德川庆喜将大政奉还天皇，日本历史翻开了新的一页。明治维新后日本积极全面引入西方的政治经济军事体制，很多传统领域经受了巨大冲击，随着银行等新兴的现代金融机构的兴起，旧时代的钱庄经营举步维艰难以为继。最后一代钱庄掌门人吉田氏因为金融业务经常前往大阪、京都、东京等大都市，感受到新时代风气的激发，预感到在日本国家实现新旧转型之后，社会各领域将会出现对信息、知识文化技术的强劲需求，毅然将祖传数百年的家业转型，改行文化产业，经营印刷、新闻报纸、杂志、进口洋书、中小学教科书、新式文具用品等，成了长滨远近闻名的综合文化书店。

店主请我们在榻榻米居间靠近落地窗前的茶座上小憩，窗外正对着她家私人庭院，树木葱茏修剪得错落有致，石板小径连着主人家独门独院雅居，在香浓的咖啡气息里，聆听了一个个与书有关的美好故事。

民营地方文化中心

虽然远离东京、大阪等大都会，但是时代澎湃的思潮也像琵琶湖水一样不间断地轻微拍打着这个宁静的湖畔小城，近一个半世纪以来，这个书店某种程度上成了民间文化传播中心。

一个多世纪来，文泉堂经历过沧海桑田和世事变迁却顽强地坚守下来，成了社区居民的某种精神寄托。年过花甲的中川安之先生告诉我，他和邻家街坊的同龄人就是在阅读文泉堂的书籍中长大的。据说，在中川先生青春时代，除了电影和音乐，购读文学书籍是最大的社会时尚，很多年轻人以文学青年为自豪，出于某种默契，文泉堂常常成为青年男女羞涩的初次约会地点。从中川津津乐道的回忆中可以看出，这个老书店已经成了好几代人幸福难忘的记忆了。

榻榻米大居间中间只有一台长条书案，上面铺着绸布，四壁都是可以推拉活动的障子，张挂着名家书画。翰墨熏香迎面扑来，我发现靠近天井的上方挂着的横匾上书“心如金石”，是明治时代著名海军大将胜海舟为店家吉田氏亲笔挥毫，是镇店之宝。书店正中面向店门的横梁上的横匾上书“任重而道远”，不难一窥这家百年老店的志向和操守。据说文泉堂收藏着大量珍贵墨宝，常有人远道慕名来观瞻。历史上，因为近邻琵琶湖，这家开在寺庙神社周边的老字号商家成了很多过往文人墨客的落脚处，主人大度豪爽，尤其善待那些时运不济浪迹四海的画家、歌人和云游僧，招待他们免费吃住，他们则长期在店里挥毫，其中不乏生前无名潦倒死后大放异彩的艺术家或俳坛巨匠，如幕末狩野派画师岸驹、有“昭和芭蕉”之称的行旅诗人种田山头火等。

书店生意长年稳定，最大客源是本地学生、老年居民和上班族，此外还有外来游客。每年春秋两季，幼儿园中小学生开学，这里大量提供各种工具书、课程指导书籍和独家定制的文具以及深受学生喜欢的课内外读物。除了开学季，社区传统祭祀活动也是书店一大旺季。长滨是历史文化名城，与宗教和民俗相关的祭祀活动很多，如每年四月樱花盛开时节的“长滨曳山祭”，是与京都“祇园祭”、岐阜“高山祭”齐名的全国三大传统祭祀活动之一，吸引远近游人前来参与观赏，流连数日。文泉堂成了古城之旅一个必访的人文景观，传统节庆时分，书店全部换上与乡土地理人文有关的图书明信片或瓢箪之类的地方工艺美术品，收益非常可观。

这家最古最美的书店，在长滨古城至今发挥着文化中心的功能，成了这一历史名所的文化地标。文泉堂定期举办各种绘画、俳句创作、书道、插花、茶道和读书会，甚至还协助政府部门承办一些规格较高的文化主题沙龙。

日暮临别，不能空手而归，挑选了一套当地画家的手绘明信片，一本《长滨历史文化之旅》和新潮社的现代作家写真集系列之《谷崎润一郎》，并欣然与美丽的女店主合影，算是对长滨这个温馨古城之行的难忘纪念。

“一滴文库”

很喜欢观瞻作家的故居书斋，尤其是留有他们生活写作印记的居所，我知道，那里隐藏着他们的人生与文学的所有秘密。读过某作家的杰作，再到孕育诞生名作的住所或故事舞台走走看看，会有一种非常接地气的临场感，对其人其文的认知感受也就与一般纸质上的平面接触不可同日而语，其中乐趣真是妙不可言。限于条件，缺乏壮游或遍历名山大川的兴趣与野心，但居日本数年，走过的地方还真不少，其中探访作家作品行迹的所谓“文学之旅”占了大半，各具格局各有亮色令人追思难忘。其中水上勉在故乡福井县投资私财建造的“若州一滴文库”是值得向藏书界朋友介绍的一座别开生面的私家综合图书馆，流连观览，对作家胸襟情怀加深了理解感铭之外，对如何看待藏书也获得另一种认知维度。

功成名就，回报桑梓

水上勉（1919—2004），是当代日本一流作家，在我国喜欢日本文学的读者之间也不陌生。他出生于福井县西南端靠日本海的贫苦农家，半生坎坷，在生活的底层摸爬滚打，一边不离不弃地从事文学创作。1959年以揭露政坛黑幕的推理小说《雾与影》一举成名，两年后又以少年时代寺庙生活为蓝本创作的《雁寺》获得日本第45届直木文学奖，开始职业作家的文学生涯，写出《越前竹偶》《饥饿海峡》《五号街夕雾楼》《良宽》《一休》等一系列留名文学史的杰作，几乎包揽日本所有著名文学奖。其创作活动不仅限于小说，还涉及传记、随笔、戏剧的写作，著作等身，生前中央公论社就为他出版全集，洋洋26大卷。虽是纯文学作家，但他在日本广为人知，很多脍炙人口的作品被拍成影视，文学完成度相当高，长期担任日本文艺家协会副理事长。2004年去世后，日本天皇追授正四位和旭日重光勋章，可以说水上先生收获了一个作家梦寐以求的所有荣誉了。

功成名就的水上勉终生对故土饱含深情，他的文学深深扎根于故乡的风土之中，这里的山水风物和底层人物的悲酸坎坷成为他创作中取之不竭的源泉，他要以特殊的方式来反哺桑梓，回报故土。1984年，正当文学事业高峰的水上勉，将多年积蓄与写稿出版所得，在出生的故居旁边建成文学馆，命名“若州一滴文库”。

若州，又名若狭，是福井县的古称。有关“一滴文库”命名的由来，据参观指南介绍，乃是源于水上勉同乡名僧仪山善来“珍惜一滴之水，聆听草木之音”的教诲。福井县是日本禅门曹洞宗发祥地，镰仓时代留学宋朝宁波归来的道元法师（1200—1253）在县域内创建曹洞宗大本山永平寺，“曹源一滴”的教义在本地深入人心。所谓文库，其实就是综合文学艺术馆，由三座主要建筑和其他附属设施构成。最早的主体建筑竣工于1984年3月，是一座灰瓦白墙的日式风格三层楼建筑，占地面积500多平方米，是图书馆和作家文学活动资料陈列室。文库馆一层是图书室，藏书两万多本，全是水上勉捐赠的半生节衣缩食购读的书籍；一楼还专设儿童阅览室，有少儿读物2200多册，也是水上勉出资购置。

另一座是1987年10月建成的两层楼木构建筑“竹人形馆”，是以水上勉作品中的人物为主题的竹偶馆，展示水上勉戏剧作品中60个人物全身造型和250个脸谱。竹偶馆边上还建有一座竹偶剧场，一个制作竹偶原料的纸浆工坊。建筑群最具特色的是一座质朴粗犷的农家住宅，两层屋顶葺着厚厚的茅草，倾斜度很高，最上面一层高耸如塔尖，这是日本中部高山地区或北陆雪国一带常见的旧时民居风貌。在多雪地带，冬季严寒漫长，厚重积雪会将屋檐压垮，所以民居大多是这种合掌式的茅葺，屋檐倾斜度一般都很高，葺以厚厚的茅草便于飘雪滑落减轻屋宇的承重。这座农家小院一下子将观者和水上勉文学之间的频道接通，进入《桑孩儿》《越前竹偶》等乡土文学的世界中。这座民宅按水上勉故居旧址原样翻建，寄托了他对生养故土的深厚感情。作家生前经常回乡举办文学艺术活动，喜欢在这茅草屋里歇息、读书、追忆往事，也在屋里地炉边用乡土菜招待过包括中国作家在内的远方来客。各个建筑物之间以走廊或小径相勾连，两旁竹木潇潇，幽雅情致迎面拂来。文库建成至今一晃30年，看竣工开业纪念照片，当年植下的小树，如今已经枝干粗壮一片郁郁葱葱，与几座建筑成为一个整体，并完全融入周边的山林田野之中，成为乡土自然的一个有机部分。如果不是附近大饭中学校的电子钟和急速驶过的电车的提醒，还以为是古代高人雅士远离尘嚣的山中幽居呢。这一花费巨资兴建的建筑群，凝聚了作家水上勉半生奋斗历程和对故土桑梓的一片深情。

苦寒之地，孕育名家

水上勉出生的大饭郡，自古就是出名的苦寒之地。20世纪60年代开始经济腾飞，为了给日益发展的西日本提供能源，在海岸建造核动力发电站，在中央政府财政和优惠政策扶持下，才得以脱贫。在过去，长期以来一直是全国最贫苦的县域。冬季来自西伯利亚的寒流长驱直入，带来丰厚的降雪，冬季十分漫长，渔业和农业大受限制，当地百姓生活非常贫穷。对此，水上勉在小说《桑孩儿》中有生动描述：村民都很穷，孩子多了养不活，特别是冬季，食物缺乏，如果是第三第四胎孩儿，母亲就会用湿毛巾将婴孩闷死，或扔到桑田里挖好的洞穴内任其自生自灭。洞穴掘得很深，而且斜度很大，洞壁夯得硬实光滑，洞口很小，像水壶，就是黄鼠狼或蛇掉进去也爬不出来，更何况是刚出生的婴儿。有的婴儿居然能从洞穴爬出，经得过一夜，没有被冻死饿死或被毒蛇野兽咬死吃掉，说明这孩子生命力顽强且命里带运，将来一定是中兴门庭的栋梁，第二天父母就把他抱回家抚养成人。

这个小说不是猎奇式的物语传说，而是水上勉幼年生活场景的再现。常言道：现实比小说更离奇，水上勉的人生可以用“颠沛踬踣”一词来形容。出身贫寒卑微之家，父亲是个棺桶匠，一家居住的冈田村“乞食谷”，在大正时代就是一个埋葬无名氏坟岗的出口，家无立锥之地，借住在大户人家柴火房。为了找活，父亲长年四处漂浪，母亲一人以耕田为生养活兄弟六人和目盲的祖母，生计十分艰难。终于在十岁那年，为了活路，母亲将他送到京都相国寺出家，一边在寺庙当洒扫做饭打杂的小僧，一边上学。17岁时，受不了寺庙的欺凌压迫出逃，一边靠走江湖卖膏药为生，一边坚持学习。翌年考入立命馆大学国文学科，终因贫困无力支撑学业而中途告退。20岁时被征兵到中国满洲，因患肺结核被遣返。为了谋生前后干过40多种营生，努力写作投稿，都没有成功，其间又经历经营破产与数度结婚离婚……转蓬一样漂浪生涯，书籍成了他不离不弃的良师益友，成了他苦寒人生的慰藉、希望和指路明灯，也成了孕育他文学的沃土。水上勉后来写有自传《我的六道暗夜》一书，追忆这段岁月，他不无感慨道：“我立志要像莲花一样，在污泥中盛然开放。”关于在家乡建造文库，他动情说道：“书籍使我成为一个作家，书是宝贝。随着文学上的成功，我的处境得到改善，藏书越来越多，两万多本都是我自己掏钱买的，但我不想成为藏书家，一人占有。我想在老家盖一座图书馆，让那些像我一样爱看书又买不起书的小朋友有书读。如果孩子们从书中有所收获，并获得开拓自己人生的力量和勇气，我就非常满足了。”为了这个愿望，他节衣缩食节省用度，不舍昼夜写稿，走马灯似的奔赴各地演讲，辛辛苦苦历时16年，将收入所得一亿两千万日元捐出建造这座滋养家乡莘莘学子的综合文库，水上勉后来将这座文库捐献给故乡，成立非营利财团法人“滴水之里”负责运营。“滴水之恩，涌泉相报”，文库的命名或许也蕴含了水上勉以绵薄之力回馈桑梓的一往情深。文库馆里写着水上勉寄语故乡学子的肺腑之言：

> 家无电灯，没有书读。颠沛流离之中，是书本让我亲近文学，让我拾回人生和梦想。成为作家也是拜书本所赐。在这里，我将我的所有藏书对你们敞开，读吧！

一滴文库，泽被后世

据馆内资料显示，“一滴文库”竣工后于1985年10月正式对外开放，短短几个月内就有周边村落15000个学生前来借阅观览，30年来，这里经常举办各种文学艺术讲座，水上勉作品的竹偶戏定期公演，吸引远近水上文学粉丝前来观赏，这座滴水文库，像涓涓细流润泽了偏离经济文化中心的日本北陆一隅，功莫大焉。

对水上勉其人其文，我在高山仰止的崇敬之外，也心存亲切之感。这样说来，不仅是因为他和中国有着很深渊源，作为积极从事中日文化交流和友好的日本名作家，他对中国有着一份真诚的热爱和期待；水上勉也是我最早接触的日本作家之一。20世纪80年代初，国门开启，水上勉的优秀作品就不断被翻译到中国来，深受读者的喜爱。家父的藏书中就有一本他在1987年夏天亲笔签赠的中文译本《饥饿海峡》。父亲与水上勉之间素昧平生，后来才知道，那是从事出版社工作的父亲赴京参加活动，在某个场合与水上先生相遇，经在京朋友善意促成获得签赠的。这本书成了我最早阅读的水上勉作品，当时还是少不更事的高中生。多年后我随波逐流到日本，更多涉猎了他的作品也深入探访他文学的舞台。某年月日，我又由于某种力量的驱使，只身一人来到福井县观览他捐建给故乡的“一滴文库”，感怀之余，隐隐也感到一种说道不清的因缘。

“江山洵美是吾乡”

——读志贺重昂《日本风景论》札记

一

风景，是一种自然地理的存在，是以山水景物以及某些自然元素与人文现象所构成的景象，因此成为人们审美与欣赏的客观存在。但，如何看待山水风光，也就是所谓风景观，则是人类独特的认识自然的结果，是人对自然景物进行体察、鉴别和感受的能力。因此，风景也不仅是一种客观存在，还包含人们对它的诠释与运用，由此获得了一种文化上的意义。美国艺术学者W.J.T.米切尔在《风景与权力》（杨丽、万信琼译，译林出版社，2014年12月）一书中，就阐述了这样一个观念：“风景不是一种艺术类型而是一种媒介，风景是以文化为媒介的自然景色。”

一个半世纪前，孤悬东亚汪洋一隅的日本通过明治维新走上了“富国强兵”的近代化国家道路。伴随着国力迅速强势崛起，日本在成了跻身欧美列强行列的新兴帝国后，在文化领域也出现了力图摆脱长期被置于中华文化圈强大磁场圈的冲动和努力，急于和虔诚事师1000多年的中国分道扬镳。看事物的标尺换了，连看风景的眼光视角也随之改变，看山不是山，看水不是水——在日本现代民族国家的形成过程中，风景被纳入构建民族主义文化的一环，成了用来阐释塑造国族认同构建想象共同体的重要媒介。

1894年，东亚海域战云密布，一衣带水的两个邻国，为了争夺在东亚的霸权爆发了一场以双方国运为赌注的甲午战争（日本称为“日清战争”）拉开序幕之际，一个名叫志贺重昂的中学地理教师写了一本《日本风景论》。此书以富于文学色彩的笔墨，运用丰富的地质学知识，描摹日本秀丽壮美的山河景观，使得原本平淡无味的风土解说顿生熠熠光辉，扣人心弦。不过，倘若仅仅拘泥于此，此书的价值也就止于一般性的地理学范畴。此书不同凡响之处在于立意，志贺重昂通过对日本风景的夸大性描述和高度礼赞，唤醒大和民族对列岛大好河山的热爱，激发出受到这一风景滋养的国民优越冠于万邦的民族自豪感和优越意识，这也就是有名的“志贺风景观”。

这本书，彻底颠覆了两千多年来定型在日本人意识中的风景认知。

二

风景是一种客观存在，而风景观的形成则是一个漫长的历史进程。内藤湖南在考察日本美术发展演变史时说道：“风景具有地理特征，而风景观更随着历史变迁，关于风景的观念要发达到某种程度，需要相当的历史。”内藤的意思是说：风景观并非一下子就形成的，也不是一成不变的，而是历史发展到一定阶段的产物。

在人类发明影像设备技术之前，最能直接表现风景观的无疑是绘画艺术中的山水画了。从日本美术史看，能表现日本人风景观的山水画，其产生和发展经历了一个漫长的发展时期，个中，来自中国美术的影响十分深刻。内藤写有一篇学术随笔《日本风景观》，从绘画艺术史的角度，探讨了千年来中国风景画的自然观是如何深刻影响日本人的风景审美取向的：在古代中国，由于受到对自然认识上的局限，人们对造化山水风景充满着宗教般的神秘感，这种神秘感催生了道家文化的自然观。古代日本的山岳信仰也表现出由于认识的局限而对大自然产生的敬畏感，即源自中国道家文化的影响。中国山水画历史源远流长，肇始于魏晋南北朝而完备于隋唐，比欧洲早了1000多年。唐宋两代是日本全面输入中国文化的一大高峰期，除佛典汉籍之外，美术品也大量传入日本，浓缩中国人自然观的绘画必然影响日本人对风景的认知。奈良正仓院藏有古代大和绘卷本，是日本现存最早的风景画，从中可以感受到盛唐古朴飘逸的画风；从其他制作年代稍晚的传统扇画里，也可以体味到古代中国山水画的诗意韵致。日本古代画家对中国绘画的学习，不仅止于单纯的风格、技巧上的简单接受，还能够体察、领悟到中国绘画的深厚内涵和气韵，将这种审美领悟融会贯通，并开始尝试用新颖的手法来表现出他们对日本风景的感受。最具典型意义的是源于唐宋的“潇湘八景”这一传统中国绘画题材，1000多年来如何深刻影响日本人的风景观。

所谓“潇湘八景”，相传为湖南潇、湘流域的八处风景佳胜。据北宋沈括《梦溪笔谈·书画》载，“度支员外郎宋迪工画，尤善为平远山水，其得意者平沙落雁、远浦归帆、山市晴岚、江天暮雪、洞庭秋月、潇湘夜雨、烟寺晚钟、渔村夕照谓之八景，好事者多传之”。八个景观，如诗如画将自然美景与人生理想完美结合，具有浓郁的文学气息，是深受古典诗文熏陶的中国传统士大夫心中乌托邦的外现，具有鲜明的中国文化特征。以此为蓝本，后世画家有所模拟或创新，成了一大传统题材。镰仓时代，八景画作随海归的渡宋僧传入日本，不仅为上流社会所珍视，也深刻影响了日本美术风气，更在其风景审美旨趣上打上烙印。

日本画家开始亦步亦趋创作本土风景画始于室町时代，最初是原封不动摹写《潇湘八景》，熟能生巧，再依这一套路来描摹本土风光。16世纪，朝廷公卿近卫龙山将“潇湘八景”的意境，移植到京都附近滋贺县琵琶湖周边的风景，举凡“石山秋月”“势多夕照”“粟津晴岚”“矢桥归帆”“三井晚钟”“唐崎夜雨”“坚田落雁”“比良暮雪”八处自然风光，命为“近江八景”，中国人的风景观由此在日本落到实处。此后，各地的文人画匠竞相起哄，兴起“八景热”。如“金泽八景”“水户八景”“房总八景”“箱根八景”等，百年间日本牵强附会一气炮制了400多个“八景”名胜。

风景观的内核是文化价值观。历史上，中国文化曾长期高居日本社会的顶端，特别是近世以来，儒学不仅是知识阶层也是为政者的必修学问。对风景的审美观念也渗透着浓浓的中国文化趣味。“八景热”之外，将扶桑地名进行中国化命名也是一大时尚。镰仓时代，神奈川相模湾一带被冠以“湘南”之名沿用至今；东瀛地标性景观富士灵峰，又名“不二山”，美则美矣，文人嫌地名粗俗不够中国味无法入诗，就以“芙蓉峰”名之；1603年德川家康在江户城开幕府，朱子学被奉为至尊，“唐风”席卷列岛，汉诗文是高端文化，为了消除本土地名的“和臭”（日本气息），文人学者纷纷对各种景观进行汉化处理，一时间大量中国气息浓郁的地名突兀出现在日本，到了泛滥成灾的地步：流经江户城的隅田川，依谐音被改为“墨川”“澄江”，沿河两岸筑起的堤岸称为“墨堤”或“葛坡”；隅田川江心绿洲向岛为“梦香洲”；上野不忍池为“小西湖”；木曾川是发源于本州中部长野县西南部大河，流经岐阜、爱知、三重等地，注入伊势湾、太平洋。幕末有儒者自美浓国买舟南下，流经犬山城，见两岸悬崖耸峙，山城峭然位于崖上，不禁高吟“朝辞白帝彩云间，千里江陵一日还”之句，犬山城从此改名“白帝城”；幕府时期中央和地方兴建的各种大型工程，如幕府官学所在地的汤岛圣堂和各地藩校，以及闻名海内的王侯私家园林，如水户藩的“偕乐园”、冈山藩的“后乐园”和加贺藩的“兼六园”等从命名到建筑风格都洋溢着浓郁的“唐风”。

19世纪中期，与中国同样面临西方国家坚船利炮叩关的日本主动开国，通过一系列变革维新走上近代资本主义发展快速通道，一骑绝尘把中国远远甩在后面。一阔脸就变，那些被汉化的地名成了湮在线装书中的陈腐词汇弃之如敝屣，取而代之的是甚嚣一时的欧化地名，这其中，志贺重昂是一大推手。比如中部内陆海拔3000米高的群山，有“日本屋脊”之称，今天外国游客到那里旅游，惊诧日本也有阿尔卑斯山？其实那不过是志贺百多年前的命名；将幕末学者轻舟飞渡万重山的木曾川改为“莱茵河”，长野湖山环拥的仁科冠以“东洋瑞士”之名也都是他鼓噪的结果，凡此种种表面上是崇洋媚外，骨子里却是“江山洵美”比肩欧陆遑论中国的挟洋自重。

三

志贺重昂（1863—1927）是近代日本著名的地理学家和教育家，也是名重一时的政论家。1863年，出生于三河国冈崎藩，父亲志贺重职是藩校的儒学教师，精通汉学。志贺出生时，已经延绵两个半世纪之久的德川幕府统治走到了尽头，1867年，末代幕府将军德川庆喜在江户无血开城，将大政奉还京都朝廷。次年，年轻的明治天皇登基履祚，日本翻开近代史新的篇章。也在这一年，父亲病故，志贺重昂被送到外祖父松下家养育。

明治七年（1874），志贺重昂被送入东京“攻玉塾”学习英语、数学和汉学。1880年，志贺进入北海道的札幌农业学校（今天的北海道大学前身）学习。当时的札幌农校是一所相当特殊的学校，明治维新后，日本政府大力开发北海道，急需大量高素质现代人才，选聘大量优秀欧美学者前来执教，也吸引日本青年才俊前来入学，如志贺重昂的学长、日本近代基督教思想家文学家内村鉴三原本在东大读书，1876年，札幌农校设立时他已经是东大三年生，毅然中途退学在札幌农校入籍。

在自由民主生动活泼的新学风影响下，志贺广交名师益友，博览当时非常难得的欧美社会学原著，视野变得非常开阔，立下了周游世界的志向。志贺毕业后到长野师范学校教授地理学。恃才难免傲物，一次县知事木梨精一郎前来学校视察，志贺以言辞不逊得咎被辞退，到东京丸善书店当店员。因为过硬的英语技能，他被聘为海军兵舰学校的翻译，利用工作之便，他搭乘学校的训练舰“筑波号”，前往海外考察，这段经历对他思想的成形起了至关重要的作用。

1986年，志贺乘军舰出海远航，航程抵达英殖民者占领下的太平洋南部加罗林群岛、澳大利亚、新西兰、斐济和夏威夷群岛，历经10个月后才返航。这次考察给他冲击相当巨大，他目睹在英国殖民主义者统治下的南亚各殖民地的悲惨情景，内心交织着深深的恐惧感与忧虑构成的危机感，埋下日后《日本风景论》思想的萌芽。后来他将旅途日记整理成《南洋时事》一书，对列强南洋群岛做了翔实报道，警醒明治日本，主张“保存本民族的势力和固有禀赋，以维护日本独立”。这本体现志贺国粹主义思想的初试啼声之作，迎合了明治社会的思潮给他带来巨大声誉，获得东京地学协会终身会员的资格。1888年，志贺读东大预备校时代的校长、明治时期国粹主义者杉浦重刚，邀请他和三宅雪岭等人创建了旨在宣扬保存日本国粹，反对极端欧化政策的团体——“政教社”，并创办了机关报《日本人》，借助这一平台，他大力鼓吹“日本传统的精华”，成了名动舆论界和思想界的政论家。

明治二十七年（1894）十月，志贺《日本风景论》脱稿，出版后举国风靡，成了超级畅销书。名为风景论，就是抒发对日本风景的独特感受。在书中劈头就引幕末汉诗人大槻磐溪的诗句“江山洵美是吾乡”为本书定调。他说，日本地处中纬度的温带地区，属于多湿多雨的海洋性气候，既没有酷暑也没有严寒，既没有荒漠也没有黄土高原。他礼赞富士山的雄姿，晚秋的红叶以及花鸟风月等古来日本的传统景观，还描述了激荡多变的海流，众多的火山、熔岩、樱花、松柏等。在书中，作为当时最前沿的地理学家，志贺重昂运用专业知识对日本自然宝藏追根溯源，如数家珍地罗列了一系列日本特有的自然地理风景，从中归纳三类典型：曰“潇洒”“秀丽”“跌宕”。“潇洒的是秋天，是修竹三竿、寒砧万户，灯火三四点；秀丽的是春天，是名古屋绿柳如烟和国分寺少女簪花之属”。这些都是日本风景中代表舒缓恬静哀婉孤寂的一面，此外更有壮怀激烈雄壮威猛的刚性跌宕之美，最具代表性的无疑是台风与火山，尤其是台风，是“豪放中尤其豪放，跌宕中最为跌宕”，是足以代表横扫一切的大和民族雄风云云。

志贺笔下的日本风景已经超越了单纯的地理学地质学意义而具有多重含义。首先，在面对全盘欧化潮流中站在国粹主义立场上捍卫日本文化为己任的志贺看来，日本风景是“涵养日本人过去现在将来审美观的原动力”；其次，通过贬低中国、朝鲜，乃至欲与西方名胜相竞美的气概，来宣示日本风景美的独一无二。在志贺笔下，古来曾令无数日本文人醉心憧憬不已的洞庭湖、西湖，变成藏污纳垢的浊流浅水，无法令人产生诗意；唐宋诗歌礼赞的西湖孤山，因处潮湿低下之地疟疾频发令人扫兴……而相比之下，日本风景才具有独一份存在的优越性：“日本北方山高海深，人则剽悍刚毅，南方海浅无山，人则温和柔软”，兼具刚柔两种特质的日本是“王者之居所”……不难看出，志贺的日本风景想象，是建立在一种国粹主义的自我优越视角之上，他试图通过展示日本特有的地理环境所孕育出的“洵美”风景，来表明日本国土乃至国民“卓绝万邦”的特质。在做足此类铺垫之后，司马昭之心终于图穷匕见：

如今我皇国的版图已经扩大到台湾岛，热带圈的景象也将被纳入日本的风景中，在不久的将来，山东半岛也将被纳入皇国版图中。山东是古往今来中国人心目中的岱宗——泰山所在地，我们由此可以描绘新山河的水影山光来丰富日本风景论的内容。富士山将成为岱宗，台湾的玉山就叫台湾富士，山东泰山称为山东富士。

四

一本介绍日本风光的人文地理书，甫经出版，激起强烈的反响和轰动，一版再版成了超级畅销书，其影响甚至至今不衰——据说《日本风景论》自问世以来总共出过15个版本，印数累计近千万册，被后世公认是与《武士道》《茶之书》并驾齐驱的“日本论”经典名著，成为西方世界了解日本文化的一个纸上媒质，这在我们看来确实有点玄乎。要理解这种现象，只要联系19世纪晚期日本所处的国内国际情势，就不难梳理出其中“玄奥”。

明治维新是日本近代化的开端，一大巨变就是日本自古以来的学习对象由中国转向了西欧，通过在政治、经济及文化各领域全力向西方学习。在这个过程中，日本社会取得日新月异的进步，国家面貌发生天翻地覆的变化；而另一方面，深受传统熏陶的日本在接受作为异质文化的西方文明的同时，难免也要经受种种冲击和碰撞，由于文化的惯性，由此产生不适，难免在日本人尤其是社会文化精英中引发迷茫，甚至造成某种程度上的社会混乱和动荡。作为对全盘西化潮流的反对，明治20年代日本出现了以“保存国粹”为宗旨的国粹主义思潮，鼓噪通过弘扬“大和魂”来提振本民族的自豪感和自信心。因此首先从中华文明的强大磁力场中摆脱出来，重新进行自我身份认同，就成了这一语境下的题中应有之义。就像对待汉方、儒学、汉诗文等中国传统文化领域一样，在作为审美意识一环的风景观上也要与中国分道扬镳，重构自己的风景美学系统，这就是"志贺风景观"产生的一大时代背景。作为国粹派最重要的理论家，志贺的思想并非空穴来风，而是有本有源，其脉络基本可以追溯到十七八世纪以本居宣长为代表的日本国学家极力排除"汉意"张扬"大和魂"的思想潜流，又因时代风云际会，与19世纪欧洲民族主义文化思潮的影响相契合。

有关风景的观念在西方世界也经历了一个复杂的过程。美国加州大学圣塔・芭芭拉分校艺术与建筑历史系助教授安・简森・亚当斯（Ann Jensen Adams）在《欧洲大沼泽中的竞争共同体：身份认同与17世纪荷兰风景画》一文中，考查了风景画在荷兰国家形成史上发挥的巨大作用。1579年，荷兰七省同盟共同宣布脱离西班牙统治而独立，移民浪潮蜂拥而至；在经济上，荷兰人以前所未有的规模开拓了充满活力的经济活动空间；在宗教上，新教代替天主教，成了荷兰公认的宗教。在这一背景下，本土风景画家对典型的荷兰土地形构和地点进行选择、改造和技术处理，加以自然化创造，以迎合17世纪荷兰政治、经济和宗教这三种历史元素的变化需要，赋予本土原本乏味的、单调的土地以新的内涵。在荷兰画家笔下，看山已经不是山，风景不再是一种客观存在，对风景的想象也开始成为风景的一环，在荷兰现代民族国家的形成过程中，风景成为构建"想象共同体"的文化政治的重要媒介。同样的历程也在19世纪中后期实现统一的德国重现，而且更具典型意义。1870年，普鲁士在普法战争中胜出并在铁血宰相俾斯麦的谋划下成功再建"德意志帝国"。没有共同的民族文化认同感作为基础则谋求国家政治上的统一无从谈起，当时德意志帝国最大的困境是，帝国的成立以北方普鲁士人为主导力量，而德法边界的南方各邦国并不积极。对此，在知识精英阶层的运作下，19世纪中期以来被文艺家们所赞颂和描绘的"家乡"概念与"原乡"风景，开始被不断导入政治领域，成了现代德国民族主义思想的一大资源。据说在德语中，"家乡"不仅和"祖国"的概念相交集，在后来又经一系列概念的内涵挖掘与外延拓展作业，将其演绎成“团结协作”“民族凝聚力”的代名词。据载，最早把“家乡”（heimatstad）和“祖国”（vatterland）相提并论的正是现代德语奠基人、大名鼎鼎的《德国儿童与家庭童话集》的编撰者雅各布·格林（Jacob Grimm，1785—1863）。1830年11月，他应聘前往哥廷根大学任教授和图书馆员，在发表题为《关于故乡之爱》的就职主旨演讲中，反复提到“人民”“祖国”和“故乡”几个词汇的深刻内涵并糅合使用。在格林看来，所有讲德语的地方都是德意志民族的“故乡”和精神“原乡”，由此故乡与祖国建立了不可分割的关联。19世纪中期以后，“故乡”“乡愁”的主题常常出现在德国的文学、音乐、美术等文艺领域的创作中，其内涵也从原来的地理空间单一维度扩展到情感和精神的多重意蕴。特别是在1848年德意志革命失败后，大量资产阶级知识分子将兴趣转向经营地方性的民间组织，试图在乡土文化保护活动中实现自己的未竟之业，此为“家乡运动”之滥觞。运动倡导者的一大创意就是将貌似与个人无关的民族国家转化为可亲近可掌握的东西，其方式就是通过对本土历史自然风俗的整理，将其转化为民族共同的情感基础，由此新的民族感情得以重新塑造，南方渐渐融入新生的德意志帝国。

综上，以风景为媒介，是可以通过文化机制塑造国家民族认同的，这一文化原理同样适用于19世纪末期的东亚世界，风景也会成为新兴国家为构建国族文化政治的一环。无独有偶，出身武士之家，成长于明治时代，少年时代立志成为旅行家，青年时代外游目睹处在西方列强横征暴敛下的殖民地属国人民悲惨处境的志贺重昂，出于肩负的“使命感”，运用专业地理学知识来重新构建日本的国族想象共同体，应该说是某种成功的尝试。他将西方国家对风景诠释和运用的成功模式复制到了日本，即通过对日本山河景观的赞美和推崇，唤起日本人对国土、风物的热爱，从而唤起自我认同，激发民族自尊心和自信心。就在本书动笔前，志贺在《日本人》创刊号上撰稿呼吁“眼前最迫切的问题，是选择符合日本人民和这个国家的宗教、道德、教育、美术、政治及生产制度，从此决定日本人民现在和将来的出路”。显然，在将风景作为构建日本民族精神的道具这一理念上，志贺有着清醒的文化自觉。在这点上，写《日本风景论》的志贺重昂与写《茶之书》的冈仓天心、写《武士道》的新渡户稻造可谓殊途同归。

五

本书出版于1894年10月，这也是一个意味深长的历史节分点。

我想说的是，志贺的《日本风景论》就是在这一年8月日本对中国宣战，9月爆发黄海海战，10月日军渡过鸭绿江并成功登陆辽东半岛举国若狂的背景下问世并畅销日本列岛的，本书的适时出版，可以说为虎作伥，某种程度上发挥了为崛起的大和民族在精神上打鸡血的巨大功效。

第三辑

私家日本史

300年前，江户城如何从小渔村变成世界级大都市?

稍微了解世界城市发展史就不难知道，伴随着工业革命如火如荼展开，18世纪后期到19世纪初，欧洲先后出现了很多超级大都市，如英国的伦敦、法国的巴黎、奥地利的维也纳等。但距今300年前的18世纪初，东亚的日本也崛起了一个毫不逊色于这些后来出现的国际超级城市，那就是今天日本首都东京的前身江户。

在17世纪初期，江户只是个渔户几十家、茅草屋不到百间的荒凉小渔村，但随着大规模的城市建设，人口开始暴涨，美国当代史学家威廉·E.迪尔（William E.Deal）所著《中世和近世日本社会生活》一书研究显示：1678年已经达到57万，这一数字在40年后一举突破百万，1721年江户居民就达到130万，而如果将那些因公务在外和没有登记在册的“贱民”统计内，总人口有150万，与同时期处于“康乾盛世”的北京、广州相近，步入当时世界超级城市之列。1801年欧洲首次进行的人口普查结果显示，无论是英国伦敦（864845人）还是法国巴黎（546856人）的人口都没有达到18世纪江户的水平。

人口数据反映的不仅仅是人口的动态，背后很大程度上体现的却是一个地区发展的规模和社会文明水准。仅仅百年之间，江户从一个水灾频发土地荒芜的小渔村一跃成为人口超百万的繁华大都会，在世界城市发展史上近乎奇迹。

江户曾经是一个荒芜的小渔村

1603年，在战国乱世的征伐中胜出的德川家康在接受京都朝廷赐封的“征夷大将军”之后，移师关东，在江户设立幕府作为执掌天下的行政中枢。从此一直到1867年，最后一代幕府将军德川庆喜将大政奉还天皇，这一段幕府统治日本的260年间，史称江户时代。1868年，刚登基的明治天皇巡游江户，从此不再回銮京都的御所。翌年江户改称东京。江户城变成东京都的历史，至今不过150年。

17世纪以前，江户几乎名不见经传。大约在平安时代（794—1192）后期，一个姓江户的豪族武士在此筑城，江户城才第一次出现在镰仓时代的史书《吾妻镜》里。镰仓幕府灭亡后，关东武藏国大名扇谷上杉氏占领此地，江户已成废墟。1456年，上杉武将太田道灌率领3000武士进入武藏国丰岛郡，在原来江户氏的废城上重新修筑，位置相当于现在皇居的中心部分，江户城才开始进入历史，由于这个渊源，太田道灌被后世奉为江户城开城始祖，至今东京都日暮里火车站前立着一尊道灌铜像，跃马扬弓，威风凛凛。

战国时代后期，统治关东地区的是北条氏。1590年，丰臣秀吉麾下的德川家康在小田原征伐中击败北条氏，论功行赏，秀吉将北条氏管辖的关东八州封给他。为此德川家康必须离开苦心经营多年的骏府城，入住江户。据说秀吉这一举措，名为封赏，真实意图在于将势头正旺的德川势力赶出军事战略要地骏府城，让自己的养子柴羽秀胜取而代之。德川家康被赶到近乎不毛之地的江户，只能无所作为自生自灭。

据载，1590年家康进入江户城，放眼望去是长满芦苇向海边延伸的大片湿地，利根川、荒川（今隅田川）、入间川等众多河流都一齐汇入江户湾，一遇到大雨就内涝，城里成了水乡泽国。唯一的一座土墙建筑是断壁残垣的江户城，还有隐现在芦苇丛中的几十栋茅草屋，眼前这一切令德川家康的家臣心里凉到冰点。

但雄才大略的德川家康却别具慧眼，从中看出成就霸业的希望之光。经过数年考察勘探，一个规模超前的营建幕府统治中心的计划成熟在胸了。

史上最大规模的国土整治改造

1604年，经过研究规划，德川幕府出台了大规模的国土整治和改造计划，举全国之力大建江户城。在这个过程中，战国时代发达起来的土木工程技术水平和来自全国各地的资金和劳力支援发挥了巨大作用。

德川幕府采用大规模的“天下普请”制度，扩建和修筑江户城，使之成为能充分发挥作为幕府统治日本的权力中枢所在地。所谓“天下普请”，就是动用全国的力量和资源来建设幕府中心江户城。具体来说，规定年俸在两万石以上的大名（地方诸侯），以食禄千石为单位，按标准出钱出人参与新城市建设。

幕府时代的江户城建设始于日比谷填埋工程。当时江户湾的海水一直浸漫到今天皇居内的汐见坂下面，最容易受到海水的威胁，填海造地的攻坚战首先在这里打响。为了将日比谷的海湾填平，整座神田山削平倒入江户湾，山丘消失了，海湾浮起一大块平地，从现在的日本桥到新桥、银座、京桥、八丁堀等大片首都的中心区域，包括皇居前宽阔平坦的大广场就是这样填出来的。从1604年开始经过近一个甲子的不断修筑，江户城的大规模建造工程才告一段落。

除了填埋江户湾这项大工程，同样载入史册的还有史无前例的大规模治理关东水系工程。关东平原地势低洼，奔流着成百上千条大小河流，一到雨季，海水倒灌，半个江户在水中。解决水害威胁，化害为利是立足江户的关键。早在1594年，德川家康任命四子松平忠吉到江户北部的忍城当城主，指挥利根川东移和新田开垦的水利农业建设工程。经过祖孙五代60年的努力，到1654年，流经江户河道的利根川终于改道成功，流入千叶的铫子注入太平洋，江户解除水害之灾，关东平原得以开垦出万顷良田，成为供养江户城的最大粮仓。

淡水是生命之源，更是城市生产生活一日不可或缺的重要资源。古时江户因地势低洼近海，地下水多被海水入侵，盐碱度高无法饮用和灌溉。1590年入城伊始，为了解决8000武士的用水问题，德川家康就命令大久宝胜五郎为总负责人，建设江户取水工程“神田上水”。从位于今天东京都三鹰井之头的大泉眼引水，修筑地表水道，利用江户城地势低洼的特点顺流而下，中途与其他水源合流后，至江户川的关口大洗堰分流，分别进入江户城郊供引用和灌溉。为了保证水质安全，沿途分段设置“番人”，即专职人员严格把控。1652年，为了解决人口迅速膨胀带来的供水不足问题，幕府出巨资建设新的供水系统，老中松平信纲亲自挂帅，出任“工事总奉行”全权负责多摩川引水工程。为了保持水土，沿途种植樱花，成为江户城最早的赏樱名所之一。“多摩”与“玉”同音，这套名为“玉川上水”的供水系统滋养东京数百年，至今沿用。此后幕府又增筑了“本所上水”“青山上水”“千川上水”等饮水系统，从根本上解决了几百年江户城郊农业和生活的供水问题。

常言道：想要富先修路。江户濒海，又有众多河川流经，水上交通颇为便利发达。但相比千年来一直作为政治经济文化中心的关西，江户开发建设起步很晚，陆上交通极为落后。

为了方便列岛往来交通，幕府在一个多世纪内先后建成了堪称世纪工程的五大交通干道：从京都沿东海岸到江户的东海街道（1624）、从信浓（今长野县、岐阜县）到江户的中山街道（又称木曾道，1628）、从东北陆奥地区到江户的奥州街道（1646）及连接从枥木通往江户的日光街道（1636）、从甲州通往江户的甲州街道（1722），条条辐辏江户城前的日本桥。五大干道使中央和地方连为一体，无论对强化幕府对地方的控制，维护政权的稳固，还是带动地方经济的发展都发挥巨大作用。尤其值得一书的是，五条干道也打通了幕府统治中心和列岛各地的人脉和钱脉，人流物流财源源源不断涌入江户。

“江户八百八町”

经过大规模开发建设，不到半个世纪，一座崭新亮丽气势恢宏的江户城矗立在广阔的关东平原，碧波荡漾的江户湾畔。言及江户城之规模宏大，当时就流传着“江户八百八町”的谚语，也被很多文献资料所证实。

江户的整个结构类似一个层层环拥的同心圆，以居城内将军一族生活办公所在地的“本丸”为圆心，向外依次是亲族亲信居住的二丸、三丸，在其周边又兴起了武家町、市民町和寺庙町层层拱卫向外辐射的庞大街区。“町”是类似街区的行政单位，江户时代，人分四等，士农工商，每个阶层的住宅区域都划分好，每一个町其实就是一个巨大的城市聚落。以武士聚居的武家町为例，在本城西面半藏门之内是将军亲族“御三家”的公馆，东北面大手町是谱代大名的住宅区，南面的樱田门外则是外样大名的住宅区。西北面的半藏门一直到东北的一桥门、吴服桥门、锻冶桥门、数奇屋桥门一直延伸到江户湾、隅田川的广大区域则是庶民百姓居住的区，数量超过武家町数倍。如此超大规模的安居工程，也是幕府将长远规划分阶段实施的结果。

最早兴建的是武家町。作为解决庞大武士阶级住房问题的安居工程，从1596年到1643年半个世纪内建了大片住宅街区，街道300多条，范围是以江户城为中心，从原来的方圆不到500米一下子拓展到八千米；1657年，江户城遭遇史上空前的明历大火灾，江户城被烧去一半。灾后复兴重建，规模进一步扩大，此为第二期城建。以江户城为中心，大大小小街道沿着五大街道呈放射状向四周拓展，与原有的旧城街道一并纳入町奉行（城市行政管理部门）的管辖之下，据当时市政部门留下的记录显示，计有街道674条，规范倍增；第三期是在1713年，幕府在隅田川上修建连接古代武藏国和下总国两大区域的两国桥，将隅田川东西岸新老城区连为一体，东岸的本所、深川、赤坂、麻布、小石川等地域的259条街道并入江户城，街道数933条；延享二年（1745）幕府将原属于寺庙神社区域的街道也并入町奉行管辖中，江户的街道数目总计1678条。

单从街道数量来看，江户的城市规模在同时期的世界各国也是屈指可数的。

“参勤交代”：近乎完美的制度设计

从城市发展的历史进程看，一个城市的迅速崛起，涉及诸多因素，如地理区位、基础设施、人口状况、产业支撑和资金支持等，其中强有力的政策扶持则是纲举目张的核心要素。大规模的江户城市建造只是为城市的发展空间提供相应的基本条件，此外江户几乎不具备其他优势。但幕府出台的一个制度设计，就把所有因素都凑齐而且激活了，这就是深刻影响日本历史的“参勤交代”制度。

所谓“参勤交代”，就是诸侯定期到将军所在地居住并协助政务。战国时代，丰臣秀吉在大阪、京都的居城周围兴建豪邸，命大名的妻室前来居住，当变相人质，大名一年一度前来团聚，以利于控制，是为这一制度的雏形。1600年关原之战后的德川家康确立了至强的地位，也模仿秀吉的做法要求大名定期来江户居住，得到前田利家、伊达宗城等实力大名的积极响应。1635年，幕府文胆林罗山将参勤交代写进《武家诸法度》，成为幕府国家的根本大法，一直执行到幕府灭亡为止。

在这一制度下，幕府管辖下包括将军亲族在内的200多藩国大名必须定期轮流到江户，名义上是协助将军处理国务，其实是接受监督。但这一制度引发了意想不到的结果，在维护幕府统治稳定的同时也造就了江户的极度繁荣。

各地大名定期前往江户城居住，除了巨额的旅途花费，还有家族和一大帮随行人员在江户的庞大开支。衣食住行，应酬往来，聘用人员，都要花钱，一年所费相当惊人。以江户时代俸禄最高的百万石加贺藩（今石川县金泽市）大名前田家为例，在19世纪初某次参勤交代中，4000名随员一同前往江户，路上单程花费5500两黄金，加上在江户的各项支出，占领地岁入的一半。江户时代是武士阶级为主导的社会，全国武士有百万之多，其中近50万在江户。武士俸禄是大米，从地方到江户必须变现成金银，财源就这样源源不断涌入江户。

随着城市的快速发展，江户不但成为日本政治中心，也成为与大阪并驾齐驱的全国最大消费城市。在江户工作生活的武士阶层都是纯粹的消费者，他们既没有生产资料，也没有领地的农民，生活来源全靠俸禄所得，其实就是一个庞大的工薪族阶层。这么一个巨大的消费群体需求带动了各种制造业和服务行业的发展，江户出现用人不足，来自周边区域甚至边远区域的外来求职人员源源涌入江户，比如出身伊势（今三重县）国学家本居宣长和信州（长野）乡下的小林一茶，年轻时都曾是从故乡前往江户学艺求职大军中的一员。

400年前，明朝属国琉球为何沦为日本的附庸？

据载，很久很久以前，古琉球国一个掌管王府祭祀的“闻得大君”曾预言：若干年之后，将有一场巨大变故降临琉球，类似一场威力无比的飓风来袭，将琉球卷入一场旋涡激流中，曾经的“舟楫津梁之国”将樯橹折摧，琉璃色的国度也将从此黯淡无光。至于这场灾难来临的确切时间、方向乃至灾难的性质，垂垂老矣的祭司来不及交代就泯然长逝，给后世留下诸多不解之谜。其后延续百年的繁荣盛世，使人们淡忘了这个危言耸听的寓言。直到很久以后，一个惠风和畅的阳春三月，随着一支由上百艘战船和3000武士组成的精锐突破琉球国境，遥远时代的老祭司语焉不详的预言才渐渐清晰起来。

萨摩入侵与琉球浩劫

灾难来自琉球群岛东北部700千米的幕府日本萨摩藩（今九州南部的鹿儿岛县）。

据琉球史料载：1609年3月4日，萨摩藩著名武将桦山久高率领由3000精兵组成的远征军，分乘100多艘战船从鹿儿岛山川港出发，向琉球群岛直扑而来。远征军虽只有3000名，却是由岛津家三支最精锐部队组成的联军，曾先后参加过侵朝战争和关原之战，装备了当时最先进的火枪，是名副其实的虎狼之师。战事进程毫无悬念，承平日久武艺荒废的琉球军望风披靡：3月8日登陆奄美大岛开始征服琉球列岛的进程。3月22日击溃德岛琉球守军防线后，攻入冲永良部岛，兵锋直指琉球本岛。3月26日登陆本岛北部运天港后控制军事要塞今归仁城，国中主战派郑迥仓促之间建立起来的国门防线土崩瓦解，王都首里城暴露在岛津军的兵锋之下。4月4日，岛津军兵临首里城下，为使城里百姓免遭荼毒，尚宁王稽首求和，战争结束。

首都沦陷，琉球国飓风席卷般的浩劫才刚刚开始。据琉球官修史书《中山世鉴》载：萨摩武士登陆本岛后一路杀人放火，进入首里城后随即进行了大规模的掠夺和洗劫，王府宫殿和财库所积存的金银、丝绸、珍贵物品、典籍包括历代珍藏的无数中国皇帝赏赐珍稀物品被悉数缴获，在长官本田亲政的严格监视下，所有财物清点造册、整理打包后用大船分批押运到萨摩藩。

征服琉球国后，江户德川幕府嘉奖了岛津藩的行动，并认可其对琉球北部奄美群岛的吞并，初步达到目的的萨摩军于5月初撤回鹿儿岛．5月15日，尚宁王、王弟尚宏、王子尚朝等君臣及眷属100多人在摩萨武士刀锋剑刃下从那霸港启航被掳往鹿儿岛。

陪伴尚宁王的有一个名叫喜安入道的堺港（今大阪）人，本是日本茶道祖师千利休的门徒，10年前渡海来琉球弘扬茶道，因精通汉诗文被尚宁王聘为贴身侍从，他留下的《喜安日记》真实再现了琉球国被征服后的种种惨相。据载，在尚宁王一行被虏往鹿儿岛时，首里城数千人前来那霸港送别，场面惨不忍睹：

远行者妻儿弟友皆来相送……众人或哭或泣，观者莫不鼻酸……国王圣驾方起，宫妃挥泪如雨。

萨摩藩主岛津家久将琉球君臣分头软禁在鹿儿岛，同时报告江户幕府，准备择日解押江户交幕府处置。1610年2月，禁闭中的尚宁王在异国迎来了新年。《喜安日记》载："正月三日，尚宁王处无人到访，王东向朝拜而祈。"尚宁王在异邦的农历新年是在诚惶诚恐中度过的。按照历史上国家之间征伐胜负的逻辑，被征服者国破家亡，主君被掳往敌营俯首称臣割地赔款的结局，在尚宁王开门求和那一刻就预见了。

从阶下囚到国宾

但事情的进展峰回路转完全出乎尚宁王的意料，在接下来的几个月里，他经历了一生中最为戏剧性的变化。

转机出现在1610年5月。在鹿儿岛幽禁整整一年后，岛津家久终于等来了幕府的命令，责成他陪同琉球王等前往江户觐见幕府将军。骏府德川家康重臣本多正纯还特地致函岛津家久，叮嘱他严格按照幕府接待外国使节的规格对待琉球君王一行，不得造次。

何谓接待外国使节规格？在江户时代初期，所谓外国基本上指的是周边的中国和朝鲜。中日之间，自16世纪中期以来已处于断交状态，真正和日本有官方交往的只有朝鲜，称朝鲜官方使节为"朝鲜通信使"。据载：江户时代，每当幕府将军即位或婚庆生子，朝鲜就会派通信使前往庆贺。使节团由正副使、通事、随从等400人组成，有时多则上千人。朝鲜通信使来贺，满足了被排除在东亚封贡体系之外的日本，希望构建另一个能和大明分庭抗礼的"华夷序列"的愿望，因而对接待事宜高度重视，所费也堪称巨糜，每次接待耗费就达百万两白银，占了幕府年收入的1/4，乃至成了一大财政负担，后来被政治家新井白石作为一项弊政大幅度改削。

无论如何，这种贵为国宾的待遇与阶下囚之间可谓天差地别！巨大的反差使尚宁王一行亦幻亦真，在岛津家久等萨摩藩要员全程陪同下，一行逶迤而行水路兼程前往关东。8月16日途经富士山脚下的骏府（今静冈县）时，谒见退隐在此的幕府大佬德川家康。接下来发生的一切，就好像事先排练好的剧目一样，次第上演：

8月16日，在岛津方人员的簇拥下，琉球王尚宁一行进入骏府城。据日方史料载，在几十杆鲜艳大旗的环拥下，琉球王乘坐镀金的凤凰辇缓缓入城，身着明皇赐给的冠服头顶皮弁王冠“觐见”退隐幕后的江户幕府“大御所”德川家康。家康以老长辈的威严与和蔼姿态接见了忐忑不安的尚宁王，嘘寒问暖长途旅行之劳，并好言宽慰，令尚宁王如沐春风。

8月28日，在江户城谒见了幕府最高首脑第二代将军德川秀忠。规模宏大的欢迎大典之后大宴琉球君臣和岛津家久一行，席间将军公开表示：“琉球累世中山王之所也，今无由立别姓，宜还本国以继祖考之祀”，同时强调，今后琉球国在进贡中国的同时也必须向萨摩藩上贡。从江户回到鹿儿岛后不久，琉球君王一行安然无恙回到了琉球国。

琉球王统就这样戏剧性地得到存续。

既灭琉球，为何又存其王统？

日本用武力征服了琉球，在完全有能力并吞据有的情形下，又突然撒手让出，令人匪夷所思。好比大蛇，焉有将吞进肚的青蛙再吐来的道理？1609年，发生在日、琉之间戏剧性的一幕，充满诡异，也给后人留下无尽悬想的空间。但如从当时东亚国际形势这一历史大背景看，就不难理解这一系列异变的内在逻辑。

16世纪末，丰臣秀吉结束了延绵百年的日本战国乱世。统一后的日本随即出现了向大陆扩张，谋求同明朝主导的东亚国际政治秩序分庭抗礼或取而代之的动向。1592年和1597年，丰臣秀吉发动两次侵朝战争，挑战大明王朝的东亚霸主地位。丰臣秀吉之后，德川家康取得大权，并于1603年在江户建立幕府另立中央。处理丰臣秀吉留下的烂摊子积极开展“善邻外交”，摆脱在东亚深受孤立的外交局面，尤其是修复因侵朝战争而急剧恶化的日中关系是幕府对外关系的重中之重。

有明一代，或因日本纵容倭寇海盗横行，或因勘合贸易日方使团违规作乱，中日之间龃龉不绝邦交时断，两次侵朝战争则使双边关系降到冰点，此后明朝严格限制对日贸易，实行一系列经济制裁，使日本失去很多对明贸易利益。幕府立国之初，尽管明朝已步入衰颓之境，但依旧是东亚世界的巨大存在，与明朝实现修好，对彼时刚建立的德川幕府政权意义重大，除了获得稳定的外部环境，最主要的是通过邦交恢复与明朝的贸易往来，对于巩固幕府统治无疑具有重大意义。在这个过程中，因为地缘上的关系，与明朝关系非同寻常的琉球成为幕府眼中最理想的中介，而萨摩藩则承担着传达执行幕府旨意和决策的作用。

琉球国处于东亚大陆和日本之间，自古是海上交通要津。洪武五年（1372）琉球加入了以明朝为核心的册封朝贡体制，在明朝的保护和援助下，积极发展以转口贸易为特征的海上商业活动获得了巨大利益，从大航海时代起就被日本各种势力所觊觎和盘算。丰臣秀吉和萨摩藩在侵朝战争期间就多次强迫琉球出粮出兵参战，遭到拒绝。对于在战国中诞生的德川幕府新政权，琉球同样充满警惕和不信，因此德川幕府两次三番令其扮演日、中通交桥梁作用的谋算都没有成功，令幕府将军恼怒不已。

而对萨摩藩而言，征服琉球攫取其丰厚的朝贡利益所得原本就是解决藩府财政危机的一大既定方略。此前的萨摩藩，因经历了两度出兵朝鲜和关原之战，人力物力大量损耗，德川家康在设立江户幕府后，为了削弱地方势力，将修筑江户城、兴修大型水利工程等巨额费用摊派在包括岛津家久等外样大名身上，萨摩藩财政濒于崩溃边缘，所以近在西南海域富庶而又文弱的琉球自然成了萨摩藩志在必得的对象。因此从中央到地方，在对待琉球的问题上不同的利益诉求找到了交叉点，在一系列外事交涉失效后，用极端手段逼迫其臣服以达到战略预期成了日本幕府的不二选择。

但是发动战争只是手段，终极目的是通过挟制支配琉球与明修好，加入明朝的封贡体系分享贸易和经济援助的巨大利益，而不是吞并或消灭琉球。实际上，在释放琉球君臣的同时，日本就开始通过琉球试探恢复日、中贸易的可能性。由岛津家久起草的致福建当局的函件中有“中华与日本不通商舶者三十余年于今矣”之语，怨叹明朝“施德不均”将日本长期排除在封贡贸易体制外，并表达希望借助琉球向明朝转达日本的朝贡要求。这封信函的原件，至今保存在奈良正仓院里。

鉴于明朝在东亚的巨大存在，日本投鼠忌器，吞并琉球还意味着将要冒着与明朝重启战端的风险，这对于彼时刚从战国乱世中诞生的幕府政权来说绝非善策。只要琉球臣服日本，在进贡明朝的同时上贡江户，发挥与明朝疏通邦交的作用，获得幕府所预期的利益所得，那么作为一个独立王统的存在就大有必要。

明朝为何没能援助琉球抵御外侵？

琉球国遭遇“倭乱”不久明朝就获悉了。

1609年5月，尚宁王君臣被掳往日本后，临时主持王府政务的三司官名护亲方良丰先后派遣郑俊、毛凤仪赴闽，通过福建巡抚陈子贞等将“倭乱”之事上奏万历皇帝。对于属国琉球发生巨变，明廷高层异见纷呈，最终主张恪守宗主国对属国“来而不拒，去而不追”古训的一方占了主流，后得知尚宁王安然无恙返国，王祚不绝，又似乎给了明朝一种日本已经息事宁人的错觉，除了“严令海上兵备”防患于未然之外，对日本既没有兴师问罪也不见积极的交涉。

1609年的幕府岛津藩入侵琉球，是深刻影响东亚政治格局的重大历史事件。作为宗主国的明朝没有像援助朝鲜一样对琉球提供必要军事保护，是琉球丧失国家主权沦为日本附庸的直接原因。一方面，在地缘上琉球不像和中国山水相连的朝鲜那样，一旦版图变色就会危及半壁江山；另一方面，晚明积弱内忧外患之下，难以实施大规模的跨海远征，或许也是当时明朝面临的窘境。但从本质上看，则是中国封建王朝长期奉行的大而化之的外交理念使然。

建立在封贡体制上的所谓“华夷序列”本来就是一种松散的外交关系，政治认可文化认同更重于实际的控制和管辖，明朝这种大而统之的宗属体制，与日本幕府在征服琉球之后，通过一系列政治、军事、外交、经济措施全面置琉球于支配、控制和盘剥之下的政策截然不同，也和近代西方海洋国家建立在武力征服的殖民统治迥然有异。比如，在得知琉球被幕府控制后，明朝不但没有采取果断坚决的措施积极应对，反而出于对日的防范和戒备，不愿意让琉球成为中、日复交的筹码而刻意疏远。《明史》载：尚宁王归国后立马遣使赴华修贡，但明朝以“其国残破已甚，礼官乃定十年一贡之例”，此后虽在琉球国强烈要求下改为五年一贡，但与此前一年一贡甚至一年数贡频度相比亲疏显而易见。

与明朝大而化之的对外理念不同，萨摩藩对琉球的控制却是处处落实到要害：军事占领、行政管辖、贡赋收取、贸易控制乃至语言文化的输入，可谓全方位的渗透。从双方往来来看，比起封贡体制下虚应故事的松散关系，琉、日之间的纽带则似乎更为紧凑有力。每当萨摩藩和江户幕府发生主君继位、婚丧嫁娶等事时，琉球国都要向日本派遣使者，江户时代，正式的琉球使团就有18次之多。这种建立在日常交往基础上的交流，也使得琉球国逐渐接受了作为日本附庸的现实。

佩里如何预演征服日本大剧？

——琉球版“黑船来航”事件始末

近代日本开国史，在琉球拉开序幕

嘉永三年（1853）六月三日，美国东印度公司海军提督马修·佩里率领四艘铁甲军舰前来日本叩关。佩里的军舰舰身涂成漆黑色，所以日本习惯上将这段历史称为“黑船来航”事件。这一事件成为改变日本进而改变东亚世界的重要起点。佩里黑船来航，虽然没有诉诸战争，从叩关的结果来看，充其量只是在优势武力下签订《日美和亲条约》十二条，要求日本开放两个小港口而已。但这一事件，震醒了处于两个半世纪锁国梦幻中的日本，成为日本历史进程的重要节点。作为日本近代开国史浓墨重彩的开篇序章，有关这方面的论述文本已经汗牛充栋广为人知。

但是鲜为人知的是，早在佩里铁甲舰队兵临江户湾之前，像经过精心排练的剧目一样，所谓“黑船来航”事件，已经预演过一遍了。剧本的框架、剧情、诉求及所要达到的效果基本不变，导演也是美国水师提督佩里本人，只不过剧目的模拟舞台是在日本江户湾西南方向2000多千米海面上的琉球国那霸港。

从这个意义上看，所谓近代日本开国史或许可以说是在琉球拉开的序幕。

志在征服日本的佩里为何中途觊觎琉球？

嘉永六年（1853）五月二十六日，佩里率领美国东印度海军舰队在中国上海完成编队后，昼夜急行向东直奔日本。但三天之后却奇迹般出现在琉球国的那霸港边上。

佩里的舰队有重量2450吨的旗舰“萨斯奎哈纳号”和1692吨的主力舰“密西西比号”，此外还有两艘小型单桅机动船989吨的“萨拉托加号”和989吨的“普利茅斯号”。前两艘都是当时世界上最先进的双轮蒸汽发动机船，不仅船体庞大，而且采用当时最先进的推进技术，即将煤炭燃烧压缩后产生的蒸汽带动军舰两侧的外轮来航行，航速极快，另外，两艘军舰上装配62门巨型火炮，不说火炮威力，单是数量就是当时日本海岸炮台的九倍，更别说只有两处炮台的琉球了。船体通身涂成黑色，炮口一律朝向海岸，充满诡秘和不祥气息。这支舰队在靠近那霸港时，岸边虽有萨摩藩在番奉行的守护武士示威和警告，但佩里一行几乎没有遇到像样的抵抗就逼近海岸，从那霸边上的泊港登陆上岸。

远在太平洋彼岸的美国，如此大动干戈劳师远来东亚海域，在历史上还是第一次。

经过1776年的独立战争，北美从英国殖民统治下独立出来，成立了美利坚合众国后开始了领土扩张合并，到1848年已经拥有大致相当于今天的辽阔版图。此前，美国兴起如火如荼的工业技术革命，推动了产业的迅速提升，在不到半个世纪的时间里，美国国家实力日新月异，与老牌资本主义国家英国已经不分伯仲。鸦片战争以大清的惨败而告终，英国获得对中国的诸多权益，为了同英国争夺中国市场，美国也积极介入中国事务，但由于地理上与东亚远隔重洋的局限性，在与英国的竞争中处于不利地位，但这种情况在1848年后却得到根本性的扭转。

1848年，美国在与墨西哥的战争中获胜，获得了太平洋沿岸的加利福尼亚。随着大规模的西部大开发，太平洋沿岸迅速繁荣起来。如此一来，满载美国货物的贸易船从加州的旧金山港出发，横渡太平洋前往东亚，这条航路就远比欧洲人进入东亚的标准航线短得多，关键在于，必须在起点和终点之间的航程中找到几个为蒸汽轮船提供煤炭和淡水补给的中继站。这样一来，日本作为太平洋航线上前往中国的必由之地，又是东亚仅次于中国的大国，其重要地理价值和巨大的商贸前景自然成为美国人志在必得的目标。

“项庄舞剑，意在沛公。”此次佩里黑船来航，目的地是日本幕府政权中枢所在地江户，目的是逼迫其签署开国通商协议。中途突然造访琉球，并非一时心血来潮或物质补给需要，而是整个远征日本策略中一个重要组成部分。作为一个经历过战火洗礼的资深海军将领，佩里深知要打开一个紧闭了两个半世纪之久的日本并非易事，在来航前，早已对日本做足了功课，之所以对琉球表现出异乎寻常的兴趣，显然出于如下考量：

琉球位于日本列岛南端，在美国横渡太平洋航线上，如果远征日本不能如愿，有琉球做停靠站，同样可以获得煤炭、淡水、食物的补给，可以保障顺利前往中国；如果叩关不成，被冥顽不化的江户幕府拒之门外，那么可以通过征服琉球，将其变成美国军舰集结地，弹压日本。据佩里《日本远征记》一书记载，他们来琉球时沿途曾分别从非洲南端好望角和上海购来了山羊、猪、奶牛和公牛，准备运到琉球岛上放养，以便美国商船或捕鲸船在遭遇台风海啸之类海难漂流至此时能获得救助。所以佩里在与琉球王府人员交涉的同时，也派人加紧从当地居民那里购买土地，准备建设办公所、码头、煤炭储存和货物补给场所。

但对佩里来说，琉球在远征日本的战略意义中，是志在必得的要地。

佩里软硬兼施制服了琉球

对琉球国而言，早在佩里来航以前，已经有西方船队陆续造访过琉球了。19世纪开始，陆续有英国、法国的舰艇来到琉球，要求开港贸易，或要求接纳前来传颂上帝福音的牧师，但都被琉球国巧妙敷衍应付过去了。因为在当时，作为大清王朝册封朝贡体系中一员的琉球是不具备与外国建交资格的。所谓国际关系，只有基于封贡体制框架下的宗主国与属国的关系，这是基本常识。但这次美国舰队来航，在鸦片战争余波未远的背景下，琉球国称臣纳贡近500年之久的大清王朝一败涂地，这景象在记忆中还没消退，紧接着又来了船坚炮利的美国兵舰，琉球王国上下强烈感受到一种灾祸降临的不祥之兆。王府高层更是如履薄冰胆战心惊，据史料记载，当时琉球国负责与佩里斡旋的是王府总理官摩文仁按司。

因琉球国中尚无通晓英语的通事，承担双方沟通翻译的是随佩里同行的汉学家、常驻澳门的美国传教士卫三畏，还有担任荷兰语翻译的安东·波特曼（Anton Portman）。会谈伊始，佩里递交了美国菲莫尔总统的亲笔信，并表达了期待建立友好通商关系，实现共同繁荣的愿望。摩文仁按司以琉球尚泰王年仅11岁，尚未履祚为由婉拒佩里要求。佩里毫不客气说道："本舰队共计七艘，兵员6000，全部集结琉球不须满月。我等只愿与琉球缔结通好条约，并无攻城略地的野心，美利坚合众国的诚意，请贵国三思而行。我等将于6月6日再访首里城！"在佩里示意下，美军舰艇发射三门空炮示威，三声巨响势如惊雷，据说首里城外的水牛受到惊吓，耳朵流血跳离地面数尺，也击溃了琉球高官的心理防线，最后摩文仁妥协了，答应为远道而来的美国船只提供淡水、柴薪、食品等，当晚将王城周边的圣现寺辟为佩里一行的临时住所。这是琉球国历史上第一次除了中国册封使以外允许外国人在首里城边上住宿。

此后，佩里一行前往太平洋上的小笠原岛勘探考察，寻找另一补给基地。

6月6日这天，佩里率军士如期而至。比起上次初访，这次更显得有备而来，而且来势汹汹。舰队停靠在那霸附近的泊港，上陆后佩里乘坐不加盖的中国式大轿，随行的还有舰长及下属长官三人，全副武装的海军士兵130人，大炮2门，吹鼓手乐队23人，其余人员总计210人，一路吹吹打打，四个从中国雇来的轿夫吭哧吭哧将他抬到首里城下。

摩文仁亲王闻讯慌了手脚，赶紧出城迎接，他试图将美国人在半途上引到王子府邸，避免他们闯入首里城王宫。但佩里不加理会，大踏步疾行直奔王城。不到一个钟头，突入首里城第一道国门“中山门”后，又接着进入第二道国门“守礼门”，来到首里城墙下的最后一道关口“欢会门”下。自从1609年幕府岛津藩不宣而战入侵琉球，攻占首里城以来，两个半世纪之间还未有外国军队进入王城。

王府最高层的三司官座喜味亲方申令“紧闭城门，绝不容夷人入城”。同时派员迎接，并试图将荷枪实弹的美国军士引往附近的摄政王宅。佩里不依不饶，并命令炮手们架起大炮，炮口齐刷刷对准首里城王殿。

美军蛮横行径令琉球王府上下方寸失措，围绕着抵抗还是和谈，王府高层陷入激烈的争执中。最后以小禄亲方和通事板良敷亲云上为核心的主和派提出的审时度势，以和为贵，以礼相待的意见占了上风，并且得到当朝重臣源河三司官的支持，于是大开城门迎接佩里一行入城，并在首里城北殿举行迎见美国特使典仪。

佩里按西方外交礼节拜见了年轻的琉球王，转达了美国总统的信件。其后王府总理官在首里城外的豪华府邸大美御殿设宴款待佩里一行。作为答谢，次日佩里也在“萨斯奎·哈纳”号舰上款待琉球外事官员一行。

三天后，佩里搭乘“萨斯奎哈纳号”和“萨拉托加号”军舰前往小笠原岛，这是为防止琉球国拒绝签署协议时，美国在太平洋航线上能有个落脚点。琉球方面也为妥善处理此次外交危机而自喜，他们以为美国会像历次前来琉球的“夷船”一样，应付敷衍一番就可以轻松打发。

6月23日，佩里返回那霸港稍作休整和准备，7月2日，佩里率四艘黑色铁甲舰直奔江户。7月8日，黑船舰队出现在伊豆海面浦贺湾，把沉静了200多年的日本幕府搅得鸡飞狗跳。由于有了在琉球的预演，佩里在和江户幕府打交道时更显得成竹在胸游刃有余，软硬齐下重施故技，将幕府高层玩弄于股掌之间。在生死存亡的关键时刻，经过一番掂量，务实的幕府高层选择了妥协，同意开放神奈川的两个港口，并答应明年和佩里签约开放国门。

第二年夏天，佩里又一次取道琉球前往日本，最终迫使日本在《神奈川条约》上签字。在返回途中按照既定计划，落实琉球人的签约承若。

琉球背着清朝和美国签订外交条约

嘉永七年（1854）七月十一日，从日本江户湾返航的佩里舰队重临琉球。此前，佩里舰队制服江户幕府的来龙去脉，经过前往江户的琉球公务人员的情报渠道，巨细无遗传回琉球国内。在巨大的压力面前，琉球王府只能选择屈服，被迫和美国缔结《琉美修好盟约》。

《盟约》规定：整个琉球对美国开放，允许自由贸易；为停泊在琉球各个港口的美国船只提供淡水和煤炭；协助抚恤漂流到琉球的遇难船只人员；还规定了美国人在琉球的治外法权，即美国人在琉球有不法行为只能交由美国船长处理。条约文本使用英语和汉语两种文字，一式三份，美方佩里，琉球王府总理大臣尚宏勋，布政大夫马良才等在合约上签字后互相交换。

这是琉球国历史上第一次与西方国家签订的条约，这个先例一开，西方诸强立即一拥而入，法国（1855）、荷兰（1859）也与琉球签署了类似的协定。不知为何，作为大清王朝的宗属国，琉球与欧美诸国签订这些条约，签署后并没有向清廷报告或请示。据琉球国史《中山世谱》载：咸丰四年（1854）十一月，咸丰皇帝举办册立皇后大典，琉球国循例遣使赴华进京庆贺，此时距离琉球与美国签订条约不过数月，但琉球使者对此只字未提。

但从合约文本上看，琉球方是中式竖行汉文而非日语，签署日期写着"纪年一千八百五十四年七月十一日，咸丰四年六月十七日，在那霸公馆立"，说明琉球还是意识到自己是以清朝属国身份与外国签订合约的。耐人寻味的是，条约中对当时实际支配统治琉球的日本和萨摩藩，根本没有涉笔。25年后的1879年，日本吞并琉球。我大清首任驻日公使何如璋、参赞黄遵宪同日本力争琉球，曾援引这个事实力证琉球"属中不属日"的理由。

1853年那个炎热高温的夏天，在东亚海域的一隅，几艘美国黑船的到来，搅得波澜翻涌，周天寒彻。这一年，美国、日本、琉球这三个国家开始真正意义上的碰撞和较量，貌似与远在汪洋一方的大清帝国无关，但其后的历史证明，所有一连串事件的冲击震荡积累起来的能量，最终都指向中国。

但这只是一个开始，一个伏笔，他们之间由此引发的一系列悲喜剧，还将延续到100多年后，直到今天，故事的结局还没人看出分晓。

日本正月新年的前世今生

习惯上，国人把每年的农历元月俗称正月，正月初一是新年之始，所以又叫正月新年或新春，这一习俗的形成在我国有相当久远的历史，也曾深刻影响周边国家和地区。

历史上日本深受中华文明的影响，两国之间的交流也十分频繁。日本最早使用的历法出现于公元七世纪初的推古天皇时代，是由朝鲜半岛的百济人将中国的元嘉历传到了日本，一直到19世纪中后期的明治维新以前，日本人大体上使用着与中国相同的历法。农历正月初一曾经也是日本人辞旧迎新的日子。同样是欢度新年，与中国一水之隔的日本呈现出与中国传统新年貌似相类又迥然其趣的人文景观。

中国人过年，实际上包含了除夕守岁与元旦迎新等一系列内容，尤其以除夕为一大节目。除夕的由来，据《吕氏春秋·季冬记》载："前岁一日，击鼓驱疫疠之鬼，谓之逐除，亦曰傩。"这种习俗从周代到春秋时期就在民间盛行，隋唐时代传到日本，很快在宫廷、寺庙和民间流行。

日本人通常称除夕为“除夜”或“大晦日”，“晦”是三十的意思。江户时代日本人根据中国古代农历制作的“贞亨历”将农历的十二月三十日或闰年的二十九日称为大晦日，就是大年三十的意思。大晦日不能睡觉要守岁（或称“年越”），也就是过年——人们在自家围炉旁吃喝、娱乐到子夜，在108下钟声的余韵中，举家外出到社区境内的寺庙神社参拜祈福，即“初诣”。新年由此开始。

日本的农历新年有何习俗？

从中国传到日本的新年习俗并没有被一成不变地沿袭下来，从节庆元素到饮食习惯，日本农历新年的习俗既保留了受中国传统民俗文化影响的印记，又带有本土特色的人文风貌。

贴春联或立门神是中国民间过年必不可少的元素之一。春联，起源于周代悬挂在大门两旁的长方形桃木板符，桃木相传有驱邪避害的灵力。中国历史上第一副春联诞生于五代时期，《宋史·蜀世家》载，某年春节，学士辛寅逊奉蜀王孟昶之命在红桃木板上题字，叫“桃符”，书曰：新年纳余庆，嘉节号长春。至两宋时，过年贴春联已很普遍，王安石诗云：“千门万户曈曈日，总把新桃换旧符。”“桃符”是雅称，当时春联的书写材料已经由木片改为红纸，即“贴春纸”或“春联”。

晚唐时，日本废除了延续两个世纪的遣唐使，从此关起门来酿造自己的“国风文化”，一直到宋元时期，日本没有再和中国建立官方往来，这或许是诞生于五代时期的“贴春联”习俗没有传入日本的原因之一。但日本将诸多源自中国的习俗进行了本土化改造，使之成为日本节庆的组成元素。门松、年糕饼和注连绳即是一例。

所谓门松，就是装点在门口或家庭主要活动区域的松枝。在日本，每到新年家家户户、店铺、公司还有车站的入口或中心位置都要摆上门松以迎“岁神”，此俗据说也源自唐朝贵族家的节日习俗。平安时代后期开始，松枝成为日本正月新年的装饰物流行于京都的上流社会，到14世纪的室町时代这一习俗已经普及到民间。彼时散文家吉田兼好的《徒然草》载：“每到新年，家家户户街上商铺，都装饰着漂亮的门松。”

新年的吉祥物还有注连绳和糯米做成的镜饼。注连绳，就是用稻草或秸秆编成的绳子，打成一定形状的结。每逢辞旧迎新，日本人就将其挂在家里的神龛上或庭院树上，装饰青翠的松枝、橘子或龙虾头，象征昂扬的生命力与丰穰富饶，祈祷新的一年幸运之神常驻家中。据日本民俗文化学者考证，注连绳的习俗也是源自古代中国江汉流域一带，《荆楚岁时记》有记载显示，南北朝时期的楚地就流行着新年“系苇草以避邪”的习俗，可视之为注连绳的源头。

民以食为天。大和民族新年最鲜明的特色或许在于节庆膳食。中国过年最典型的吃食是饺子，另外由于中国大部分地区处于内陆，水产种类少，多以河鲜为主，尤以鲤鱼为贵，象征着飞跃和升迁。而日本渔业资源丰富，又多山地丘陵，所以来自山野地带的食材也丰富多样，山珍海味平分秋色，于是形成了一整套与大陆食风迥然其趣的饮食风尚，其中最具代表性的就是正月大餐——“御节料理”。

据江户时代博物学家贝原益轩在《日本岁时记》中的考据，“御节料理”源自唐朝宫廷节庆饮食规制，最早在京都的公卿、贵族和僧侣之间风行，镰仓、室町时代进入上层武士之家，成为身份和品位的象征，江户时代才开始在庶民阶层普及。“御节料理”寓意五谷丰登、家族康安、子孙繁荣等美好愿望，具有鲜明的大和文化底蕴，无论是材、味、形、色都美轮美奂，可以说是日本节庆饮食文化的集大成之作。

传统的“御节料理”由以下五个基本品种组成。

伊达寿司卷：用虾、瓢干、鸡蛋、鳗鱼等高级食材卷成的寿司。以外形酷似“达者”即大富豪爱穿的伊达斗篷而得名，象征富足。

甜味黑豆：豆在日语里与“勤勉”（まめ）谐音，是一个人赢得很高评价的美德，象征勤劳致富。

田作海鲜：用小鱼、贝类海产加糖和酱油、清酒烹饪出来的下酒菜。古代沿海农民为改良土壤，将不堪享用的小鱼小虾埋进田里以增加

肥力，可以确保丰收，叫“田作”（たづくり），寓意五谷丰产。

金色板栗：将板栗加红糖精熟而成，板栗呈金黄色，象征滚滚财源。

红睛鲷鱼：栩栩如生的红睛鲷鱼叫“目出鯛”（おめでたい），在发音上与“恭喜，值得庆贺”谐音。就像中国喜庆盛宴上的鲤鱼一样，鲷鱼是日本人婚典、生子、晋升、祝寿等重大庆典膳食中不可或缺的“缘起物”（吉祥食品）。

在口味上，中国土地广袤，不同地区间气候风土差异大，饮食的口味内容也复杂多样，而在日本，尽管各地都有独具代表性的节庆美食，但大体上，口味偏淡，以生食为主。

传统日本人的正月饮食中还有吃杂煮、饮屠苏酒、吃菜粥的习俗，这些都与中国饮食文化的影响密切相关。所谓“杂煮”，就是红豆和烤年糕一起熬煮的甜粥，这是日本人不可或缺的正月美食。明治时代著名青年作家泉镜花从金泽乡下到东京追求文学梦想，到处碰壁，后来被尾崎红叶收为门下弟子，时值正月，天寒地冻，尾崎招待了他一碗热腾腾的年糕小豆粥，泉镜花终生不忘，临终还写俳句感念老师的一饭之恩。屠苏酒由各种中草药泡制，过农历新年饮屠苏酒的习俗也是源自中国，日本正月里前三日吃火锅饮屠苏酒之俗至今犹在。

到正月初七，日本的新年节庆活动基本告一段落，但日本民间传统节气“五节句”之一的“人日节”又开始了。日本人在这一天会煮七草粥来欢送新年的最后一天，所以又叫“七草日”。所谓七草，就是芹菜、荠菜、鼠麴草、母子草、芜菁、白萝卜、田平草、七种蔬菜熬成的菜粥。据说上述七种草是早春最早萌发的蔬菜，历经漫长寒冷的严冬之后最先破土成长具有不可思议的能量，喝了七草粥可益寿延年、消灾除病。这一节日的由来，众说纷纭而语焉不详。江户时代，每到这一天社区的妇女们聚集在水井边，边洗七草菜边唱“唐土飞鸟，衔来七草”的古谣，或可推断此俗来源于中国。

日本为何舍弃了农历新年？

日本自公元七世纪开始使用中国农历，前后1000多年。农历（夏历）是以黄河流域的气候来安排农业生产生活的历法，这对地处温带海洋性气候的日本并不完全适用。1685年，日本天文学家结合国情编撰出第一部国产历书“贞亨历”，而后在此基础上又形成了幕末日本全国通行的“天保历”，这两种历法都是以阴历来制定一年的节气节庆，又称为“旧历”，一直沿用到明治初年。

19世纪中后期，日本率先通过明治维新实现了一系列社会变革走上了近代资本主义国家道路。作为“脱亚入欧”的一环，很多自古相传的民俗传统也发生了一系列变化，在历法上除旧布新也是其中一大变革。

明治时代，随着日本大量引进西方的制度、技术、文化，社会各领域与欧美接轨成为一大潮流和趋势，为了适应这一时代需要，明治五年（1872）日本太政官紧急发布339号“改历令”，宣布从次年1月1日开始采用西历也就是俗称的阳历，同时废除使用了1000多年的旧历。伴随改历，日本旧历中种种节庆习俗一律按照新历的相应日期施行，新历的1月1日从此被规定为日本新年，并立法给予确定，一直到今天。

明治初年日本的各种革新像走马灯一样频繁，国民早已司空见惯。福泽谕吉等舆论巨擘也鼓噪和倡导改历，改历就是与国际文明社会接轨，在习俗文化上“破旧立新”与落后守旧的中国分道扬镳，在这一情形之下，改历渐渐为社会大众所接受。人们也普遍认为，明治维新是改历发生的时代背景。但近年来，日本历法研究权威冈田芳郎通过解读明治初年的大量奏章，认为当年明治政府突然改历的一个深层原因是要解决国家财务危机。

明治时代之前，江户幕府给公务员也就是幕藩体制下各级大名武士发放的工资是“年俸”，即以实物大米为年薪，如江户时代年俸最高的加贺藩藩主前田家享俸百万石（1石约150斤），而如今高居一万日元纸钞肖像的福泽谕吉，其父作为基层武士年薪不过30石。明治维新后实行中央集权，对公务员的报酬采用现金发放的“月给制”，每年按月发薪。采用旧历发月薪每隔几年就会有一个闰月，就要按13个月发放。而成立之初的明治政府公务员队伍十分庞大，又要扩充军队又要搞近代化建设，财政十分紧张。最终明治天皇采纳政府高层的建议，决定颁行西历，借此消减政府沉重的财政压力。

虽然明治政府以立法的形式改变了传统的节庆习俗，但传统的力量仍然强大。日本民间，特别是偏远山区，依然以旧历正月过新年，这种现象一直延续到“二战”结束后。而历史上深受中华文化影响的区域，如九州南部的奄美群岛和冲绳地区，至今还保留着新历元旦过日本新年，旧历正月初一过中国年的习俗。

“二战”后，差点“被退位”的裕仁天皇如何从神坛走向“人间”？

日本近代天皇制形成于明治维新时期。在日本迈向近代化国家的过程中，天皇的权威和地位得到不断的强化和巩固，1889年2月颁布的《大日本帝国宪法》中宣称天皇为“万世一系”；天皇被置于国家权力核心而赋予至高无上的权力。接下来在以皇国史观为中心的皇民化教育中，通过不断的造神运动，天皇不仅被视为国家象征，还被当作超越宗教的信仰对象。从19世纪中后期一直到“二战”期间，这几乎成了日本国民内心坚如磐石的信仰。

但是，“二战”中日本的惨败改变了这一切。

1945年8月30日，骄阳似火的午后，一架超大型的C-54远程运输机呼啸着在东京湾附近的厚木机场降落。盟军总司令道格拉斯·麦克阿瑟衔着小铁锤一般的烟斗气定神闲走下飞机，脚步稳稳地落在日本国土上。这是一个意味深长的时刻，日本有史以来第一次被外来者征服并占领。在盟军45万雄师占领下，清算军国主义日本也提上了日程。作为这场战争的发动者和最高统帅，裕仁天皇在随之而来的一系列巨大的压力面前犹如惊弓之鸟。而随着形势的迅猛发展，裕仁本人的进退生死连同他赖以存在的天皇制的存废，一时处于风声鹤唳的风口浪尖的关头。

战后裕仁“被退位”风波始末

1945年8月15日，裕仁发表“玉音放送”，宣布无条件投降，举国如丧考妣。与战败的悲哀和恐惧交织在一起的还有“神圣偶像”坍塌带来的精神溃败。多年后，已经成为著名小说家的大江健三郎对孩童时代目击的一幕记忆犹新：“最令国民困惑和失望的是，天皇居然用人的声音说话……那个令人畏惧无所不在的可怕力量突然变成了一个普通人，怎能令人相信呢？！”而伴随天皇“神性”在国民印象中开始动摇，有关天皇即将面临退位的风声开始在各种场合不胫而走。

1945年8月29日，即麦帅以胜利者的身份君临东京前一天，预感灾难临近的裕仁在对宫内省肱股木户幸一谈话中，就言及“引退”的话题及意愿，大意是说，此举或许可以使那些在战争中追随过他的大臣及陆海军将领免于被追究战争责任。这个想法虽没有被接受，但有关“退位”的传闻却在宫内开始传开了。9月中旬，在天皇知情的情况下，终战后组阁的皇族东久迩稔彦首相就与内阁秘密讨论退位事宜。尽管内阁中力争天皇对战争并不负有宪法责任的占不小比重，但也出现了坚持天皇对国家、战死者和战争遗属负有战败的道义上的责任的声音，这在以往是根本不可想象的。据说事后东久迩稔彦觐见裕仁劝其退位，并表示愿意与“陛下”同进退，甚至不惜放弃皇族身份。几周后，裕仁曾意味深长地对他的侍从次长表示，如果退位希望寻找一位杰出的学者协助其对海洋生物学研究，等等，这类话题通过各种途径传到宫外，被媒体捕捉到并开始进一步发酵，在各界引起轩然大波。

1945年10月下旬，新成立的币原喜重郎内阁政府中，近卫文麿公然讨论天皇退位的可能性。他表示，在没能回避与美国的战争以及没有尽早终结战争两方面，天皇都负有不可推卸的重大责任。后来近卫文麿本人迫于内阁压力对这番言论发表了修正声明，但影响已经造成，引发骚动，一时成为各大新闻的头条。乃至由谁来继承皇位也引发媒体间不无八卦的想象，包括裕仁退位后，因皇太子尚未成年，最大可能将由裕仁胞弟高松宫宣仁亲王摄政，直至皇太子成人云云。

除了政坛，民间思想领域和文化界的名流也积极参与到这场有关裕仁退位的大合唱中，像东京帝国大学校长、社会宗教家、法学家、著名作家和战后重新复活的日共领导人，都纷纷发表言论，公开赞成或倡议天皇退位。一时间，有关“天皇陛下”退位，天皇制存废的争论甚嚣尘上。国际上的反应更是烈火烹油般激烈。日本投降后，世界上强烈要求废除天皇制，将裕仁列为日本军国主义头号战犯，依法追究其战争责任的不但有中、苏、英、美等战胜国和几乎所有遭受日本军国主义侵略战争之害的国家，据说，在战争结束前，美国盖洛普民意调查显示，有超过70%的民意要求绞死或严惩裕仁。类似的声音也出现在占领期间驻扎日本的美国政府精英中。比如美国国务院驻东京代表乔治·艾切森在1946年年初写给杜鲁门总统的报告中就直言“天皇是个战争罪犯”，建言“如果日本想要实现真正的民主，就必须废除天皇制”。

在国内外一片铺天盖地的喊打喊杀声浪中，裕仁天皇乃至整个皇室，形同惊弓之鸟。但关键时刻，君临日本的另一个“太上皇”，即麦克阿瑟所代表的美国出于某种叵测居心，改变激流方向，使得裕仁有惊无险地躲过了自他践祚以来最为险恶的一劫。

转机从盟军占领日本之初就出现了。

1945年9月27日，裕仁和随从避过耳目，悄悄前往美国大使馆微服私访麦克阿瑟将军。正是这次历史性拜访，不但使作为战争头号罪犯的天皇躲过了成为战争罪犯惩罚的一劫，而且，所谓退位风波也随着天皇制的继续保留而化险为夷。此次会见是在极其秘密的状态下进行的，裕仁的贴身随从被挡在一边，当事人只有天皇、麦帅和翻译三人。这期间双方做了哪些交易不为世人所知。后来麦克阿瑟在回忆录中道出缘由，据说是天皇在会谈中表示，他本人对于在战争期间，在政治和军事两方面所做的一切决定和行动负完全责任。所以愿意听任盟军各国对自己进行裁决。麦帅“感怀肺腑”之余，觉得天皇作为一个人，“是日本最高尚的绅士”而决定放他一马。只凭初见的好印象而放弃追究滔天罪责，说起来简单，其实背后隐藏着美国在当时变幻莫测的亚太形势下对如何处置日本的深层考量。

根据美国学者约翰·道尔所著《拥抱战败》一书揭示，1946年年初，麦克阿瑟在回应华盛顿要求调查天皇战争责任的密电中，不遗余力为天皇辩护，在他主导下，联合国盟军竭力避免把天皇引入到战争责任的审判中，说“未发现过去10年间裕仁与日本的政治决策相关联的证据”。还将天皇描述为“日本国民团结的象征”，并且警告说，“如果天皇被起诉，日本将遭受永无止休的动乱、分裂和仇杀”，政府机构将会崩溃，引进现代民主的所有希望将会破灭。而有朝一日美军撤离日本，日本将有赤化的危险。

在美国战略家眼中，比起惩罚天皇，安全、顺利占领日本，甚至将日本作为对付未来共产主义阵营的一个工具，才是最重要的。而鉴于日本源远流长的历史、政治和文化传统，天皇无疑是美国实施这一战略的最理想的间接统治者。在这个背景下，随着天皇逃脱起诉，天皇制被保留下来，退位风波很快销声匿迹。

赶下神坛，走向“人间”

盟军占领日本不久，由多国专家组成的作为占领日本的政策顾问性质的“远东委员会”成立。麦克阿瑟占领当局为了贯彻美利坚华府冷战理念，保住天皇，煞费苦心对裕仁进行形象包装。其中最具影响意义的是出台将天皇赶下神坛的《人间宣言》与让裕仁走向“人间”这两大举措。

在麦克阿瑟的授意下，1945年12月，盟军总司令部草拟让天皇否定神格的声明，命时任总理大臣的币原喜重郎内阁在此基础上起草《关于建设新日本之诏书》，又名《人间宣言》，在日语中，所谓人间就是“人”的意思。1946年元旦，在盟军敦促下，裕仁天皇以人的名义布告天下。

在《宣言》中，裕仁强调天皇与国民间的纽带既非产生于神话和传统，也非来源于天皇是“现世神”、日本民族优越于其他民族等虚构观念，从而否定了天皇的神格，天皇的地位从“国家元首”变成“国家象征”。这一诏书被称为天皇的“人格宣言”或“神格否定宣言”，就是让天皇亲口说出“我是人不是神”。从这一天开始，在百姓心目中，天皇不再是高高在上的存在了，媒体、学校、工厂、田畴开始可以自由谈论天皇本人及其家族，舆论界也可以自由谈论天皇的道德及人格，这在战前几乎是破天荒之举。

为了刻意营造裕仁天皇“人间化”的形象，展示与国民利益与共休戚相关的崭新风貌，同时向国民谢罪博取战后日本国民的同情信赖，经盟军高层授意，裕仁天皇马不停蹄地开始旷日持久的“巡幸”（巡视）全国活动，而这一切都是在美军的“保护”和监督下进行的。

巡视从这年2月19日开始，以视察东京都近边的神奈川横滨为开端，一直到1954年巡视日本列岛最北端的北海道才告结束。巡视前后历时九年，实际活动天数156天，行程33000千米，涉足的都道府县有46个，几乎遍及版图各个角落，包括战争中深受灾害的长崎、广岛原子弹重灾区，东京横滨空袭重灾区。天皇此次巡视，不仅广泛而且深入，三井三池煤矿井这样深入地下1000多米的矿井，到安置战败从中国东北撤回的“满洲开拓团”的“浅间山麓开拓地”嘘寒问暖。堪称有史以来日本皇室最大规模的“行幸”。

裕仁在此期间广泛接触民众，广大日本老百姓有生以来目睹了天皇“龙颜”，百感交集，他们发现，长期以来一直当作神供奉膜拜的陛下，原来是个小矮个，脚步都迈不好，举止有点生硬甚至笨拙，为了掩饰深入人群的紧张而动不动就脱帽挥舞等，不但与心目中的神明相去甚远，就是与战争期间媒体塑造的那个一身戎装、沉着威武的皇国统帅相比也是云泥之差啊。

但走下神坛的天皇出现在人间，所到之处都受到民众的欢迎和喜爱，因为他“真实”，不再是可望而不可即或望而生畏的“神”，而是活生生的“人间”。这次巡视日本各地，举起灰帽向国民致意时，与各阶层人士或老百姓寒暄问候时，人们看到的天皇谦卑、亲切、和蔼，完全是一个旧时代家长或族长一般的仁者形象，几乎无论是谁都不会把他和昔日那个呼风唤雨的战争魔王联系在一起。

此后，随着日本经济的腾飞，国家实力的提高，国际地位不断提升，天皇在对外宣传中代表“国家象征”的形象不断得到凸显。无论是出席东京奥林匹克运动会、大阪万博会和国际科技博览会的开幕式，还是国际交往的典仪礼节中都发挥了不可替代的独特作用。

巡视日本列岛的死角：战后裕仁为何不敢去冲绳？

在这次空前的遍及列岛各地的大规模巡视中，却存有一个死角，那就是列岛南端的冲绳群岛。

有媒体记者问：陛下此次巡视，遍及全国，为何唯独没去冲绳？冲绳人民一定盼望陛下前往吧？

据报道，天皇闻此面无表情答道：“日本的岛屿，伊豆诸岛、对马岛、五岛列岛、萨南诸岛我都去了。冲绳人希望我去，这样的话我没有听到过。从现在冲绳所处的立场来看，也是一个有困难的问题，现在还不能说去或不去。”

所谓的“冲绳所处的立场”，应该是指当时冲绳处于美军占领管辖下的事实。以此作为不便前往冲绳的理由，倒也能自圆其说。但随着时间的流逝和时势的变迁，这种解释就显得牵强了。1972年5月，美国将冲绳“返还”给日本，但此后直到去世前近20年的时间内，裕仁始终不曾涉足冲绳。

在战后日本，天皇除了是国家最高元首的象征性身份之外，还有一个一般人所不知道的海洋生物学家身份——骨灰级海洋生物迷，据说在该领域曾取得不凡的研究成果。1975年国际海洋博览会在冲绳召开，以往这种国际学术活动，名誉主席都由裕仁担任。但这次如此高规格的国际会议，又在回归“主权”的冲绳岛上举行，意义更是非同凡响，但他纹丝不动，由皇太子明仁代行。

昭和天皇这种行为颇令世人匪夷所思，而他本人对此终其一生亦讳莫如深。但其后，随着一份秘密文档的发现，真相才水落石出。

1979年，筑波大学政治学教授进藤荣一在美国国立公文书馆发现一份材料，在该文书中，盟军占领日本时期担任裕仁和盟军司令麦帅英文翻译的宫内省职员寺崎英成，于1947年9月18日拜访盟军总部外交局长之际，转达了天皇对战后冲绳归宿的意向：“天皇希望美国在今后25—50年左右，在日本保有主权的形式下，对冲绳诸岛实行军事占领。这既有利于美国，也保护了日本。”

1979年4月，进藤将这份资料连同相关研究论文《被分割的领土——另类战后史》全文刊登在《世界》杂志上，引起轩然大波。日本共产党议员炮轰：

“实际上，天皇等于放弃了冲绳！”

头山满

——日本右翼江湖帝国的缔造者

一身和服，壮硕的身材，花白短发，一部雪白的络腮长须和和蔼可亲的容颜，看起来像学富五车的儒者，像功成名就的艺术家，又像悲天悯人的宗教人士。但隐现在玳瑁框架镜片后那高深莫测亮着精光的眼睛，却透露几分此人的不同寻常。

他是幕末“维新三杰”西乡隆盛的追随者，是高居明治政府最顶层政要的座上宾，是日本近现代狂热的对外侵略扩张政策的帮凶，又是孙中山的铁杆挚友和坚定不移的支持者……这么多种复杂的身份集于一身，他是何许人？

他就是日本近现代史上黑色江湖帝国的元祖，也是日本最早民间右翼团体的缔造者头山满。

“天下浪人”

头山满出生于1855年，原姓筒井，父亲筒井亀策是福冈河田藩主近侍。他在家里排行老三，幼名乙次郎。江户时代实行家督制度，即长子继承家业制，老二老三要么成为别人家的养子，要么远走他乡另谋出路。19岁时他过继给外祖父头山家当养子，改姓头山，因家邻接福冈天满宫，取名“满”。为生活所迫他从少年时代起就和平民子弟一样沿街卖烤地瓜帮助家计。虽然出身寒微，但据说头山满勤学好问，天资过人、记忆超群，描述事物往往能一下子抓住本质。让他的师友留下深刻印象的是他志向不凡，特别喜欢历史，11岁时听到古代勤皇武将楠木正成的事迹深受感动，发誓要成为像楠木那样的尊皇护国英雄。为了励志，他曾在自家院子里种了一棵楠木树苗。至今这株头山满手植的楠木已经长成参天古木，耸立在福冈市西新町头的旧居里。

头山满青少年时代正是幕末、明治维新之交风云激荡的岁月。16岁时，他入了高场乱开办的人参田塾。高场乱是参加过幕末勤皇运动的女豪杰，推崇披肝沥胆的侠义精神，专收那些好勇斗狠的愣头青。她在私塾讲授《十八史略》《左传》等典籍，讲述幕末“尊王攘夷”英雄事迹，在头山满幼小心灵刻下深深印记，在此他还结识了近藤喜平太、箱田六辅等志同道合的铁杆知己。

明治九年（1876）十月，福冈萩月藩爆发反对新政府的暴乱，头山满因参与策划嫌疑被捕入狱。出狱后他以“天下浪人”自诩，过一种苦行僧似的自我磨砺的生活。为了寻找出路，1878年5月，他前往幕末维新志士云集的高知县旅行，在那里加入著名自由民权运动的政治家板垣退助创建的爱国社。这成了他生涯的一大转折点。

后来爱国社派生出许多社团，其中就有向阳社，这就是日本近现代史上赫赫有名的黑色江湖玄洋社的前身。

“玄海怒涛，势可捣天”：头山满和帝国鹰犬玄洋社

1878年12月，头山满回到福冈，他纠集家乡流氓阿飞少年和好勇斗狠之徒组建向阳社，同时邀请人参田塾时代的学友近藤西太平、箱田六辅等前来主持社团工作。“向阳社”以对内尊皇爱民，对外侵略扩张为宗旨，作为早期的社团在九州很有市场。1881年，头山满、箱田六辅

与福冈矿业大亨平冈浩太郎一起将向阳社改组，创办了“玄洋社”。这是日本战前第一个民间右翼团体，也是带有黑社会性质的暴力组织。此时头山满年方25岁。

以“玄海滔天，势可捣天”自命的“玄洋社”，是个地域色彩十分浓郁的右翼组织，它是以位于日本九州岛与朝鲜半岛之间那道叫作“玄海滩”的狭长水域命名，但它所肩负的使命却不同凡响，据崛幸雄《右翼辞典》研究：之所以命名“玄洋”，就是要动员民间的力量，将日本与外洋连成一片，越过朝鲜海峡君临大陆，实现明治天皇“开拓万里海疆，布国威于四海”的使命。

“玄洋社”成立之初就把协助国家对外侵略扩张，为日本争得最大权益作为组织的奋斗目标。比如，“玄洋社”下的“黑龙会”“浪人会”等各种名目的社团，实际上就是充当帝国对外侵略扩张的鹰犬和先遣队。与一般打打杀杀的黑社会老大不同，头山满有着敏锐的政治头脑，他深知这种体制外的组织要获得生存和发展，只有与帝国的需要紧密结合才是硬道理，以“敬戴皇室”“爱国”和“固守人民主权”为社团宗旨，在当时极具诱惑力和煽动性，除了原来向阳社的班底，很多失业的武士浪人、在时代变革中无所适从的愤青、破产的商人、失去土地的农民等社会各阶层人员大杂烩般纷纷前来归附，迅速发展成民间最大社团，也成了后世日本诸多右翼组织的源头或孵化器。得到政商两界的大力资助，“玄洋社”迅速膨胀。

与九州隔着海峡相望的朝鲜一向被日本认为是雄飞大陆的津梁。头山满插手海外事务即是从扶持朝鲜亲日派着手。当时朝鲜掌控在亲中派闵妃集团手中，开化党领袖金玉均幻想依靠日本的力量发动政变，走日本式的维新道路。头山派“玄洋社”社员组织义勇军支援金玉均，因金玉均后来被暗杀头山满计划落空。鉴于清朝在朝鲜的巨大存在，他认识到如果不将清朝在朝鲜的势力排挤出去，夺取朝鲜无从谈起，随即调整了策略。

1894年，朝鲜东学党起义，朝鲜王朝请求清政府派兵镇压。头山满终于等来了机会，作为先遣军，他派遣社团骨干赴朝活动，打入东学党内部刺探情报，为日军打前站。在清政府出兵朝鲜镇压东学党起义的同时，一万多名日军以保护侨民和使馆为借口，陆续从仁川港登陆。1894年7月23日，日军突袭汉城王宫，挟持高宗和闵妃，扶植了以兴宣大院君为首的亲日傀儡政府；7月25日，日本未经宣战就突然袭击丰岛海面的清军运兵船，挑起了甲午中日战争。9月底，清军败退，回到鸭绿江，日本完全控制了朝鲜。

与此同时，为了配合日本对外军事活动，头山满开始在中国经营间谍情报。他派出“玄洋社”得力干将荒尾精在汉口以开设“乐善堂”药房为幌子，作为搜集中国内地情报的中心。后来指定荒尾精在上海建立“日清贸易研究所”，并为这个研究所提供经费。日清贸易研究所实际上是为日本军部培养特务情报人员的机构。甲午战争时，这个所的教职员、学生都成为日军的翻译、向导或刺探中国军事情报的特务，为帝国对外战争立下汗马功劳。

黑色江湖帝国何以成为孙文先生的后援会？

在我帮助孙中山先生进行各项革命工作的日子里……我得到少有的特权，能够看到某些日本的政治家和他们的夫人，其中最重要的是头山满先生和夫人。头山满的别墅很大，四周有围墙，里面有一座非常美丽的花园，记得那座别墅在东京赤坂区，灵南坂26号，孙先生逃脱袁世凯魔爪东渡日本后就住在这座别墅里，大约有一年时间。许多从中国各省来的同志们在这里与孙先生同商革命大计，准备在国内再举行一次起义……

宋庆龄在《我家和孙中山先生的关系》一文中，以饱含感情的笔触写了包括头山满在内的诸多神通广大又仗义勇为的日本人士。上述这段回忆的背景是：1913年春，孙中山在倒袁失败后流亡日本，头山满给予了大力支持和协助。当时的山本权兵卫政府怕得罪袁世凯，曾严禁孙文入境，头山满通过前首相犬养毅斡旋，给孙文开了绿灯。为了防备袁世凯派来的刺客，头山满对孙先生夫妇的安全做了严密安排，并将位于东京灵南坂住处相邻的一幢别墅供孙中山使用。头山满的别墅成了孙中山政治流亡生涯的避难所，而早在十几年前，孙文就是头山满的座上宾了。

作为革命家的孙中山一生与日本有着很深的渊源，无论是推翻清朝的斗争还是反袁护法运动，孙中山都是以日本为革命基地，筹建革命组织，创办机关报刊，募集经费等。革命失败时几乎都亡走日本，其生涯有1/3是在岛国度过的，而且与日本朝野各界人士建立了深厚的关系。由于历史的原因，孙中山的日本交友谱系非常微妙而复杂，可谓三教九流各色人物，头山满即为一大典型。在长达几十年和孙中山的交谊中，他对孙先生及其从事的伟大事业的大力支持和援助，是近代中日史上意味深长的一笔。个中既有出于对帝国利益和自身组织发展的长远盘算，也有出于对孙先生崇高人格和卓绝精神的由衷钦佩和折服，甘为驱驰的当武士豪侠之气使然。历史是复杂的，在复杂历史背景中的历史人物，同样是复杂的。即便在日本近代史上，头山满也是一个备受争议的人物。

中日甲午战争以清朝的完败而收场，对清朝彻底绝望的孙中山走上武装推翻其腐朽统治的道路。1895年，孙中山在广州发动起义失败后亡命日本，结识了许多侠肝义胆的浪人志士。经宫崎滔天介绍，孙中山与头山满会面。据说，孙中山的风采与百折不挠的革命意志深深吸引着这位黑色江湖大佬。但最重要的是，孙先生致力倾覆腐败清朝专制政府，主张改变亚洲在近代不平等的国际关系，以中、日合作为基础，并联合亚洲其他民族，建立平等自由互助互利的亚洲这一理念与头山满的“大亚细亚主义”有诸多不谋而合之处，引起强烈共鸣并大力支持孙中山的事业。头山满不仅为孙中山、黄兴等提供在东京从事革命活动的大笔经费，还通过政界元老犬养毅帮助孙中山在东京早稻田鹤卷町安排了一座面积6000平方米的大别墅，供孙中山及其同志起居活动之用；1905年7月30日，在玄洋社的协力下，日本各派中国革命组织在东京成立了中国同盟会；1911年武昌起义爆发，孙中山紧急回国领导辛亥革命，头山满同犬养毅则随后前往中国亲赴武昌、上海等地视察形势，利用早已潜伏在那里的间谍组织为孙中山提供情报，并与河野广平等政要组织“善邻同志会”支持孙中山，成了辛亥革命的后援会；二次革命失败后孙中山流亡日本，头山满派得力干将保护，还每月支付10000日元（相当于今天的5000万日元）巨款作为经费。

鉴于头山满对国民党的可贵支持，孙中山在晚年回忆录中将“革命志士”一词慷慨相赠。

横跨三朝的日本政坛“影武者”

头山满一生无官无职一介布衣形象，明治时期，他在社会各界拥有举足轻重的影响力，乃至在日本政坛有“最有权势的平民”之称。头山满给人的印象是，几乎足不出户，在家中庭院里种植他喜欢的花木，天天雷打不动在院子里晒水即便雨天也不欠缺；不饮酒不近女色，粗衣粝食，下棋练字，偶尔和随从切磋武士刀法，一副闲云野鹤不问世事的隐者形象。但实际上，他对别墅高墙外的世事风云动向了如指掌，而且凭借巨大能量，对国家内政方针施加影响，很多重大事件背后都有他的影子，是横跨明治、大正、昭和三朝的日本政坛“影武者”。

要知道头山满的背景有多深，能量有多巨大，只要看他身边过往的人物就可窥一豹了：明治时代左翼重镇的中江兆民、吉野作造与无政府主义者大杉荣、伊藤野枝和他有很深交往；日本政坛实力派人物伊藤博文、犬养毅等都是他的密友；曾策划侵华战争的参谋本部首脑土肥原贤二，战后唯一以文官身份被盟军法庭处以绞刑的广田弘毅，男装丽人川岛芳子等都是他的弟子；国外重量级的政治家，除了孙中山、蒋介石、汪精卫之外，朝鲜流亡政府首脑金玉均，印度、菲律宾、越南等国独立运动的领袖都曾是他鼎力援助保护的重要对象。

玄洋社最盛时期，党徒过万。虽然它标榜为民间社团，但广泛渗透到政、军、商、学、工等各阶层各领域，可谓草木皆兵，除了一帮誓死效忠的帮凶，头山满还拥有诸多庞大产业为组织源源不断提供财源，还有独立机关报《福陵新报》（《九州日报》前身）等舆论阵地，连手握重权的朝臣都对他敬畏有加。1889年，因不满在修约过程中对各条约国家持妥协态度的外相大隈重信，在几经忠告无效后，玄洋社派杀手前去行刺，将大隈一条腿炸断，这一恐怖活动直接导致政府改变了向各条约国妥协的立场；以铁血首相著称的伊藤博文也领教过头山满的厉害。签署《马关条约》前，李鸿章谋略三国干涉还辽，迫日本归还辽东半岛，谈判一度相持不下，头山满指使党徒小山六郎潜伏在春帆楼狙击李鸿章，使得谈判彻底转向对日本有利的局面。

头山满能量之大，甚至还左右皇室内部事务。

1920年年初，太子裕仁选择久迩彦亲王的女儿久迩良子作为未婚妻时，遭到军界元老山县有朋的反对，理由是良子患有色盲。然而真正的原因是他害怕久迩家的势力因与未来的天皇联姻而扩大，政界元老西园寺公爵等也起而应之。久迩宫稔亲王最后秘密会见了头山满，奉上巨额费用请他出面摆平。1924年元旦，裕仁与良子的婚典如期而至，在应邀前来的700名贵宾中，头山满矍铄的身姿赫然其中。

鉴于头山满与国民党的历史渊源，在中日交战时期曾一度扮演日本与重庆穿针引线的独特角色。1941年，为早日从如陷泥潭的侵华战争中抽身，近卫政府曾探讨与重庆蒋介石政府和谈的可能性，头山满应邀出山。据《生而为人——头山满和玄洋社》一书披露，彼时东久迩宫稔亲王造访头山满，嘱以个人身份去重庆见蒋介石，由朝日新闻社副社长绪方竹虎先行接洽。据说，蒋委员长接到联络后说："头山满来的话，可以一见。"但计划赶不上变化，不久近卫内阁辞职，好战的东条英机上台组阁，日本联合舰队珍珠港偷袭，日本被深度卷入太平洋战争，头山满这枚一度被拈起的棋子最终没有落下。

晚年的头山满厌倦了江湖变幻无常的杀伐与折冲，隐居在静冈县御殿场一处可以眺望富士山的别墅里，不问世事，日日以种花、写字、下棋为课业。晚年常常挂在嘴上的口头禅就是："我这一生啊，像大风吹过，什么都没留下。"日本战败前一年的1944年10月某日，埋首棋盘的头山满突然一头栽倒在棋盘上，再也没起来，享年90岁。

世事人生翻云覆雨，那才是一局头山满永远无法参透的棋。

近代日本“支那通”与谋华“排头兵”

明治四年（1871），推翻德川幕府统治后建立起来的明治维新政府和清朝政府签订《中日修好条约》，中日两国恢复了自明朝中期以来长期处于中断交往的状态，再次实现了邦交。在这个背景下，曾经被禁锢在狭长列岛近两个半世纪之久的日本人前往中国开始成为可能。随着赴华日本人逐渐增多，人员构成和动机林林总总，他们有政府外交官，有游览观光的旅客，有从事商贸的商人，有教习和留学生，除了公开的身份之外，也有很多居心叵测的肩负特殊使命的谍报人员。这批人员中精通中国语言和国情的“支那通”占了很大比重，他们利用自身知识技能优势，以各种身份为掩护，或明或暗，调查中国社会政治、经济、军事、地理、风土人情，窃取中国情报然后源源不断地提供给日本军部，成为近代日本对华战争的排头尖兵。

所谓“支那通”，按照大正时代的日本汉学家橘朴的说法是“对中国拥有丰富的知识者”，具体来说，也就是精通中国语言和国情的日本人。特定含义是指1874年明治政府成立参谋本部时设立的针对中国的情报部门支那课出身的人员，以及担任驻华大使馆或各地领事馆的驻外武官，也包括在中国各地特务机关从事间谍活动的各种身份的日本人。如果从这一群体在日本对华谍报中所发挥的特殊作用来看，其体系非常庞杂，几乎涵盖了政治、军事、经济、文化等各个领域的“中国通”。

他们中一大部分人，利用自身对中国的知识优势和特长，在近代以来日本帝国谋略中国的过程中发挥了“排头兵”“马前卒”的独特作用，给中国造成了巨大危害，历史经验和教训，不可不鉴。

靠谍报发迹的海军“支那通”

最早受命前往中国从事谍报工作的是日本军部人员。

明治四年（1871）七月，兵部省设立了陆军参谋局。次年兵部省拆分为海军省和陆军省，陆军参谋局改名“陆军省参谋局”。此期间，正是刚成立不久的明治领导层围绕“征韩论”和“征台论”甚嚣尘上的时候，1874年陆军省成立了直属的参谋局，并在该局中设置专门调查东亚各个地区军事形势的第二课。1878年12月改称“参谋本部”并从陆军省中独立出来，统帅权独立并制度化。此时本部中设立了两个同时具备作战和情报功能的“管东局”和“管西局”，前者负责桦太（今库页岛）和“满洲”，后者负责朝鲜和清朝。

在日本近代史上，第一个以军人身份前往中国从事间谍活动的“支那通”是出身海军省的曾根俊虎（1847—1910）。曾根俊虎出身幕末东北雄藩米泽藩（今山形县置赐地区）武士之家，父亲曾根经一郎是儒者，精通汉学。少年时代曾根俊虎在米泽藩校“兴让馆”学习，被誉为俊才，他扎实的汉语功底和广博的汉学知识为他今后在中国从事谍报活动奠定了良好的基础。1871年曾根俊虎入了海军，一年后升为海军少尉。此时日本政府正在致力和清朝邦交，俊虎出色的汉语能力很快引起外务省高管的注意，1873年3月，日本驻华公使副岛种臣到北京与清朝总理衙门互换《日清修好条规》批准书，曾根俊虎被任命为大使随员一同前往。由于表现出色，回国后被重点培养，同年年底升为中尉。1874年，日本发动武力侵台前夕，曾根俊虎受命前往上海，任务是为即将侵台的日本海军提供准确的军事情报，同时负责“征台”海军的策应，包括为其行动提供军需品的运输和补给。得益于曾根俊虎的情报，日军在武力侵台的过程中进展十分顺利，并且对清朝驰援台湾的动态，包括主管外交高层的态度了如指掌。“征台战役”结束后，曾根俊虎继续留在上海，利用合法身份和一口流利的中国话，奔走在中国各地，积极从事各种机密活动。从1875年7月到翌年初夏，在短短一年时间里，足迹遍布上海、浙江、江苏、山东、天津等地，写下了《北中国纪行》（前后篇）、《别录浙江江苏两省纪行》和《清国漫游志》三部纪行集。名为“纪行”但这些都不是一般的游记，他每到一处，对所经过的村落、地形、路途、物产、风俗、气候，尤其是城池军队等武备情况都做了详尽记录，具有很高的军事情报价值，比如在辽东所见的清朝骑兵：

> 满洲骑兵之行军有带剑者，有持矛者，也有荷枪者，还有持洋枪者，枪都有锈斑。矛长六尺许，不超身长五六寸。身有记号，军服褴褛，有抽烟者，有带伞者，有假寐者，有吃糖果者，或者掉队或者落伍。军官者戴翎尾帽，得意扬扬殿于后队，也有在队伍中间的。大抵五六十人一队，中有四五面红黄记号旗，旗杆不过七八尺。马毛皆剪去，尘土不洗，故与野马无异。四脚钉有铁鞋，马鞍等都为清国自制。兵卒都在各自的马鞍上系着脏衣服等。（《北中国纪行：清国漫游志》）

在这段特写后面还有一大段写到清军的炮兵，除了详尽记述他们的装备、构成、人数之外，曾根俊虎笔下的陆战中最重要的一大兵种——炮兵，无论官兵都是一副武器缺乏保养、服装凌乱的样子。

晚清中国军队的装备军纪和风貌在他的记录中纤毫毕现，尽管当时清朝号称世界最大陆军国，但作为职业军人，曾根俊虎一眼就看出由这样一个纪律松散，精神萎靡的人群和粗劣武器构成的军队毫无战斗力可言，他在日记中轻蔑地写道：

与我国的骑、炮兵相比，真有如衰牛之比于壮虎。

在中国几年，曾根俊虎对中国社会各方面的了解已经烂熟于胸，无人能及，后在搜集各地情报的基础上写成《清国诸炮台》《清国近世乱志》两部书，而立之年就被誉为日本首屈一指的“清国通”。由于表现出色，回国后被晋升为大尉，获得明治天皇的接见。曾根俊虎成了日本近代史上第一个靠从事间谍活动发迹的海军“支那通”。

暗潮汹涌：甲午战争前破获的日本间谍案

间谍毕竟是一个高危行业，不是每个从事这一行的日本“支那通”都有曾根俊虎一样的运气，一旦失手人赃俱获，等待的就是抛尸异国的可悲命运。

1893年9月20日，天津的树叶还没有泛黄，空气里却有一种森森的寒意，郊外水门的一片空地上，荒草杂生，潇潇秋雨中，几个荷枪实弹的清兵在一声号令中举起了手里的长枪瞄准。随着一声令下，排枪齐响，十米处一个双手反绑戴着黑头套的身影应声倒在泥地上。与此同时，在天津市区，一个被五花大绑的中年男子也在一片刀光中人头落地。这两个同时行刑的对象其实是同一案中的两个主犯，之所以采取不同的处刑方式，是因为涉及处刑的对象有外国人，前者是日本青年石川伍一（1866—1894）；后者是中国人，当朝重臣李中堂李鸿章的外甥刘树芬。

这就是轰动一时的“晚清第一间谍案”。1893年，石川伍一奉参谋本部命前来天津潜伏，搜集军事情报。他的公开身份是日本人经营的兑换钱庄的职员，以此作为掩护从事秘密间谍活动。但由于各种限制，一直没有打开局面。直到次年2月，一个意外的线索使得他的谍报工作获得突飞猛进。

1894年2月，一个清兵前来兑换英镑，引起石川的注意。此人叫汪开甲，是驻守天津虎威营的一个头目。此后经常来兑换各种来历不明的外币，一来二去，石川摸透了他的脾气，带他到租界开洋荤，吃日本料理，泡艺妓，亲如手足。从汪开甲口中石川源源不断得到了驻守天津营房的情况。后来，在汪开甲引荐下，石川伍一与当朝一品大员李鸿章的外甥刘树芬拉上了关系。

刘树芬当时是天津机械局总办张士珩的机要秘书，经过一番试探，石川伍一得知此人也是贪财好色的主，尤其是个骨灰级古董迷，石川投其所好，隔三岔五不是送古董就是召妓饮酒，很快熟络起来，直到最后彻底成了石川的“俘虏”，这样天津各军营的机密情报，人数、枪炮数量、分布、弹药数量及储藏库、机械局每天子弹生产数量等资料巨细无遗落入石川之手，石川据此编写成《军用地图》《兵要地志》等手册，秘密送回日本大本营。堡垒最先从内部攻破，这起内外勾结的间谍案在接下来的甲午海战中对清朝水师造成致命的打击。

丰岛海战前几天，石川从刘树芬那里得到了北洋水师即将跨海援朝的重要情报，大本营获悉后，紧急调整军事部署，7月23日，联合舰队司令伊东祐亨率舰队从佐世保出发，集结在朝鲜海岸，进入临战状态。25日清军的运兵船刚到丰岛海面，就遇到联合舰队“吉野号”“秋津号”“浪速”三艘军舰的疯狂撕咬，1000多名官兵全部丧生，同时护卫舰“广乙号”被摧毁，“操江号”被日方虏获。

在从事一系列谍报活动中，石川伍一与汪开甲配合得滴水不漏，如果不是后来汪开甲因其他不法行为被审讯时供出这段内情，国人还被蒙在鼓里。两人双双被捕获，因为事关重大，案件呈送光绪皇帝，龙颜震怒，命将两个间谍处以极刑。同时光绪紧急电令全国：但凡有日本人足迹所到之地须提高警惕，严防日谍作案。在这种高压态势下，各地尤其是当时中日甲午海战区域进行“排谍”总动员，挖出了几起间谍大案，如1894年10月25日，辽东驻守皮子窝的清军，在通往金州必经之地的比河流渡口捕获了三名日本间谍，并在审讯后处死。

但亡羊补牢为时已晚，就在三名间谍被捕的当日，日本舰艇已经顺利在事先侦探好的地点登陆。势如破竹，几天后攻陷金州城，在日本海陆优势军力的攻击下，近代史上中日间的第一场较量以清朝的惨败而告终。

黑社会、商人和知识界中的“支那通”全面介入间谍活动

不只是训练有素的政府外交部门或军队情报人员，从明治时代起，到第一次世界大战结束，日本从黑社会团体、商人、媒体人、教习、留学生等各个阶层和领域的“支那通”纷纷前来中国，形成了全国性的对华情报渗透。

九州浪人头山满创建于1881年的“玄洋社”是日本历史上第一个“右翼”组织，在某种意义上也是日本各种黑社会组织的源头，是最早协助军部介入中国间谍活动的民间机构。“玄洋社”标榜“尊皇”“爱国”“爱民”的宗旨，在当时社会转型期颇具煽动性，集结了一批失业的武士、愤青、街头混混、破产手工业者和渴望到国外开拓事业的商人、矿主。每个入社成员都要宣誓为国家的利益搜集情报，积极到中国、朝鲜旅行了解当地的情况，为此“玄洋社”得到政府军部和财阀的大笔赞助款。

仅仅在成立的第二年，“玄洋社”就派遣百人到中国从事搜集情报等间谍活动，并取得了丰硕的成果，引起日本政府的高度重视，头山满被奉为资深的中国问题专家，连军部都请他去参与谋划对中事务。“玄洋社”不仅为政府提供第一手情报，也能为日本海陆军间谍人员在中国执行任务做出安排，甚至直接与军部配合共同完成艰巨的特殊任务。比如上述前往中国辽东刺探情报被捕处死的三人中的山崎羔三郎就是“玄洋社”成员，在中国两年间谍生涯中，扮作药商或郎

中、占卜师，徒步万里成果显耀，多次受到头山满的嘉奖。

日本对中国的间谍活动，不仅仅局限于军事领域，以控制中国经济命脉为主要诉求的各种民间机构也充当谍报先锋。其中最有名的是由日本间谍岸田吟香和荒尾精共同经营的药铺“乐善堂”和学术研究机构“日清贸易研究所”。

“乐善堂”是日本在中国开设的第一家药店，位于上海英租界河南路。店主是大名鼎鼎的文化人岸田吟香（1833—1905），此人媒体出身，原是《东京日日新闻》的主笔，17岁开始学汉语，精通汉学和英语，身上有很浓厚的学者气质，因帮助美国学者完成了《英日词典》，作为回报，后者以祖传眼药水秘方相赠，以此为主打药品，1877年岸田在银座开了药房“乐善堂”，生意兴隆，遂辞去报社工作专注经商。1880年到上海开分店，经营日本药品和日制商品。儒商的身份让他在上海长袖善舞，他与上层社会的交往如鱼得水，积累了深厚的人脉资源，对当地的各种情势了如指掌。

为了配合他的工作，1886年，日本参谋本部派遣精通汉语的陆军中尉荒尾精前来上海与岸田接头。经过深入研究，岸田感到上海遍布西方列强势力，日本人很难插足。相反，广袤的中国内陆列强势力尚未渗透，那才是日本今后大有作为之地。比如华中的汉口，九省通衢，作为通商口岸，可以延伸到四川、云南、贵州，军事意义也十分重大。在岸田的帮助下，荒尾精在汉口开设“乐善堂”分店，以出售日本药为掩护，其实不折不扣就是潜伏在中国的第一个日谍机构。由于业务扩张的需要，两人后来又在上海创办“日清贸易研究所”，也是打着学术研究幌子的谍报组织。

“乐善堂”和“日清贸易研究所”有严格的组织和分工：店员按职能分为内员外员两部分，内员即专注内部营业或研究；外员由专业间谍构成，接受各种任务，前往各地尤其是内陆地区，从事各种情报探查，举凡山川地理、人口土地、物产交通、粮草兵营以及地区贫富，连民间秘密团体如哥老会、白莲教、九龙会马贼都在调查研究范围之内。

为了便于侦查搜集情报，日谍人员都要接受严格的专业训练。不仅在语言上精益求精，以求口音跟中国人南方人（闽粤）惟妙惟肖，从衣装、发型、生活习惯也都本地化，以各种职业为掩护，足迹遍及中国内地，甚至新疆、西藏乃至荒无人烟的苗族山区刺探各种情报，然后通过各种途径，源源不断发回汉口“乐善堂”，再由荒尾精组织人员汇总编写成册，送回日本参谋本部。后来，汉口“乐善堂”与“日清贸易研究所”将各自搜集的中国内陆情报汇总分门类整理，编撰成三巨册洋洋2300多页的《清国通商综览》，涉及中国政治、经济、地理、军事、交通、金融、产业、民俗等诸多方面，成为近代日本第一部中国百科全书，中国社会的种种巨细无遗呈现在日本人面前。

1894年，围绕朝鲜问题，中日之间爆发一场以双方国运为赌注的甲午战争，战争以清朝的惨败和日本的完胜而告终。其实早在战争打响双方正式交锋之前，由来自社会各阶层组成的“支那通”作为对华战争的先遣部队，早已捷足先登，像潮水一样浸漫中国沿海内陆了。

“万年笔”文化史

著名作家张炜到山东大学讲文学，谈到网络时代写作工具和环境的变化的困惑和复杂心情。在他看来，人类的书写，从刻刀到毛笔、钢笔、圆珠笔、签字笔，再到键盘、触屏，一路走来，写作速度固然获得很大提高且越来越便捷，作品也越写越长，但总觉得少了一点什么。他呼吁有志于写作者尝试回归钢笔写作，回到个人思想的空间云云。

钢笔曾经是几代人熟悉的书写工具，如今已经渐渐淡出大多数人的书写了。所以张炜的感慨也颇能引起我几分共鸣。我也是一个钢笔爱好者，虽然一手破字，但书房抽屉里各种牌子、款式的钢笔，也有一二十支。

想起不久前，我去日本差旅，在横滨的神奈川近代文学馆参观一个与钢笔文化有关的“作家与万年笔展”，内容丰富而有趣，让我不觉联想到日本近现代文学与钢笔的种种。

日语里将钢笔称为“万年笔”，相当于我们所说的自来水笔或吸水式钢笔，因为可以循环往复使用，有点取之不尽用之不竭的意思。日本自古以来深受中国文化影响，不仅引入汉字、汉籍，阅读和书写方式也仿效中国，就连写字工具如砚台、墨盒、宣纸和毛笔之类的文房四宝也全盘引入，在硬笔书写出现以前，软笔毛笔作为唯一的书写道具已经在日本扎根1000多年。人类书写方式的变迁，表面看是书写道具的革新，是科技文明的进步，背后折射的却是东西文化发展过程中的某种意味深长的侧面。

钢笔，也就是我们常说的金属制蘸水笔，是西方人发明的硬笔书写道具，从诞生到最终成为全世界普遍采用的文具，经历了漫长的历程。据说西式蘸水钢笔的源头可追溯到公元一世纪。古埃及人利用长在尼罗河畔丰茂的芦苇，将其细茎削尖，尖端部分再切开，做成沾水笔，用河岸一种名叫“papyrus”的水草捣浆造纸，这就是今天英语纸张“paper”一词的语源。书写用的墨水用烟煤和木炭细细研磨而成，用芦苇笔沾水书写出来的象形文字，是世界上最古老的文字之一，而芦苇笔成了世界最古老的蘸水笔。只是芦苇质地柔软，在粗糙的纸上写写画画，笔尖很容易磨损，不是理想的书写工具。书写工具的发达与一个国家或地区文化繁荣密不可分，最早的金属蘸水笔诞生于古罗马。20世纪初期，考古学家在古罗马庞贝古城废墟里挖掘出用青铜或白银研磨成笔尖的蘸水笔，是现存最早的金属笔。据说，因为这种金属书写工具笔尖锐利，经常成为打架斗殴的凶器，以致在公元85年被罗马教皇颁布禁止民间使用金属蘸水笔令，逼得制笔工匠去另辟蹊径开发新的书写工具。作为替代品，先后研发出兽骨和硬木制作的蘸水笔，但都不理想，直到公元七世纪，在欧洲诞生了鹅毛管蘸水笔。我们看到达·芬奇、莎士比亚、狄更斯、马克思、恩格斯的画像或照片，这些文化巨匠奋笔疾书写的道具就是这一种鹅毛笔，在欧陆曾长期流行，一用上千年，直到现代钢笔诞生。

现代钢笔是欧洲工业革命的产物。19世纪初，英国伦敦的金属工匠萨米尔·哈里孙（Samuel Harison）制造出一种新型笔尖，将钢板卷成筒状，在会合缝处磨成尖。钢片做成的笔尖容易划破纸张，而且易于磨损，后来化学家史密森·腾南特（Smithon Tennant）从矿金属里发现耐磨损的铱金，1829年英国人詹姆士·倍利根据这一发现成功地研制出钢笔尖，经过特殊加工后制成的笔尖，圆滑而有弹性，书写起来流畅无碍，向现代钢笔迈出重要一步。此外，如何在书写时省去蘸水之劳，长久流利书写并利于携带，也就是出水装置技术的革新是现代钢笔的另一个关键，好比车的两轮。钢笔问世后，有人尝试过在笔筒内放置贮放墨水的容器，钢笔顶端设置一个小活塞，书写时压一下活塞，将墨水像注射针筒打针似的挤出笔尖，再写字，笔尖墨水干了，再压一下活塞。这样不但麻烦，而且需要很高技巧，稍不小心就会墨水洇漏，令书写者抓狂望而却步。这或许是我们看到照片上的革命导师马克思晚年奋笔疾书时依然使用的还是鹅毛笔的原因。1884年，就在马克思辞世那年，远在大西洋彼岸一个叫刘易斯·爱迪生·奥特曼（Lewes Edison Waterman）的美国人从人体脉细血管的原理得到启发，发明了一种用毛细管供给墨水的方法解决了钢笔出水问题。这种笔的笔端可以卸下来，墨水用一个小的橡皮滴管注入，这个“水人”（Waterman）是保险公司职员，在与客户签订保险合同时，签字钢笔不给力，不是断水就是墨水洇脏了合同纸，气急败坏之余倒有所发明，启发了能工巧匠。发现而开发抽水马桶的英国的机械师约瑟夫·布拉玛（Joseph Bramah），将虹吸系统原理应用在钢笔筒里设置储存墨水装置的研究，大大改善了钢笔水自动出水，这种笔被叫作fountain pens，即“像泉一样奔涌而出的笔”。

日本人工巧，被誉为“工匠气质”的民族。在文具制作领域很早就有人致力于研制开发便于书写和外出携带的文具。1828年，近江国彦根藩（今滋贺县长滨市）的幕府御用枪械师国友一贯斋（1778—1840）发明一种可以放衣在袋里的“怀中笔”，在青铜笔管里储存墨水，前段安上可以拆卸的毛笔穗，带有笔帽，出门无须带砚台墨水，方便携带，不过毕竟不不脱软笔的范畴。这种钢笔式毛笔到现在还在使用。

1871年，第一支英国品牌钢笔传到日本，与法国制造的墨水在丸善书店出售，尽管价格昂贵，但作一种新时代的文化标志性道具，供不应求。1884年，横滨巴恩斯坦商会成功将美国出产的DE CAW'S STYLOGRAPHIC钢笔打入日本，在丸善商社经营的书店出售，轰动一时。如何让习惯了毛笔的日本人理解、接受西式钢笔这种新式书写工具呢？丸善集思广益，打出的商业广告中将fountain pens（蘸水钢笔）译成“万年笔”，形象而生动好记，沿用至今。明治四十年（1907）、丸善成为英国文具商迪弗尔在日本的总代理，英国制造的顶级名笔ONOTO牌钢笔在书店出售，一支6日元起出售，顶级的也有上百日元的。这种品牌的钢笔书写流畅、出水无碍加上外观精美优雅，明治时代以来一直深受富裕的文人喜爱。夏目漱石、菊池宽都有一支两支这样的而名牌钢笔。他还有一篇《我与钢笔》的随笔，当时夏目漱石的门生内田鲁庵在丸善上班，赠送恩师一支优质的ONOTO牌钢笔。夏目漱石很喜欢这支名牌钢笔，一直用到去世。如今到夏目文学纪念馆还能看到。明治初期，钢笔是摩登时尚的文化奢侈品。当时一个小学教师月薪5—10日元，基层片警月薪5日元就可以养活一家，但一支英国进口钢笔，最低价的6日元，相当于小学教师月薪，可见名贵。1912年，丸善书店推出由夏目漱石、北原白秋、幸田露伴等明治文坛大家以钢笔为主题的随笔集《钢笔印象及图解目录》一书，销售可观，在知识界兴起一股“万年笔热”。

钢笔在日本的出现，不仅改变人们的书写方式，还引起稿酬制度的革命。

与中国或欧美用字数计稿酬不同，日本以稿纸（每张400字）数量结算，故称“原稿料”。这一做法，就是随着钢笔和400字格式稿纸的结合使用而出现的稿酬制度变化。

400格稿纸最早出现于江户时代的京都寺院。1682年，京都宇治黄檗宗万福寺禅师铁眼道光印行《铁眼一切藏经》时，从中国线装书获得启发，设计每页400字的红格纸张印刷佛经，醒目漂亮，易于诵读，但只限于寺院写经使用。江户时代文人学者写文章，用毛笔写在白纸上，交给出版商，按册或篇论价拿润笔费，这种计酬方式一直延续到明治中期。比如江户时代后期小说家山东京传（1761—1816），1791年他受大出版商茑屋重三郎之托写通俗小说，三篇小说稿费银二两三分，每篇小说相当于今天的30万日元。明治作家尾崎红叶的出道之作《两比丘尼情色忏悔》，书商以30日元结算稿酬，相当于今天的80万日元。明治中期开始，随着钢笔的渐渐流行，400字格的书写纸便于汉字、假名和标点符号混搭的日文书写方式，在新时代知识精英中颇受欢迎。明治后期，报刊就采用以400字原稿纸稿的张数和撰稿人结算稿酬。

随着日本近代化的迅猛发展，出现了现代企业和商社集中的大城市，如东京、横滨、大阪、名古屋等，工薪族、职业女性、知识阶层成为城市生活一大主角，在文化上，反应这个阶层品味和情趣的出版物雨后春笋般出现，各种杂志应运而生，出版传媒进入大众消费文化的时代就是作为文字载体的出版传媒业空前繁荣，在大规模制造孕育读者受众的同时，也使得“文笔业者”，也就是靠写作撰稿为生的群体数量迅速扩大。这个时期，钢笔成为普遍的书写道具，出现了国产钢笔。

日本历史上最早的钢笔生产商是阪田久五郎。1911年，在广岛县吴市创立于阪田制作所，专门研发生产适合日语书写特点的钢笔。吴市是日本近现代一个大军港，因此阪田制作所研制的钢笔命名为“水兵牌”（Sailor），图案是一个坐船锚上操作罗盘水兵背影，带有浓郁的地方特色。不过，因为技术上的局限，阪田制作所只能生产笔芯管，尖端技术的笔尖还得依靠进口，然后进行组装。经过长年不懈的试验改进，直到1929年，才成功制成金属钢笔笔尖。

1932年，阪田制作所更名为水兵万年笔制作所。1948年，树脂笔管在阪田制作所试制成功，钢笔量产化成为可能。不过为确保质量万无一失，也出于制造稀缺性的销售策略，第一批树脂钢笔推向市场时严格管控制数量。整个东京都的高级百货店只限量500支，每支售价300日元。在当时，这是在东京银座一等繁华地段可以买入十个平方米的价钱，超级昂贵，却瞬间被抢购一空，可见当时日本人对国产钢笔的青睐。受到这个市场潜力的激发，阪田制作所才下决心开足马力大规模生产，自此日本国产钢笔才开始量产化。

为了表彰阪田久五郎对文化产业的贡献，1955年，日本昭和天皇授予他蓝绶褒章。1961年，一代“万年笔大王”阪田久五郎去世，水兵牌钢笔已经步入世界三大名笔之列，和欧美各大名牌钢笔相媲美了。

钢笔，是文具，更是一种文化。

斑斓五色的闽台风情画册

——嘉庆初年琉球使臣眼中的台海两岸

嘉庆七年（1802）阴历十月，琉球国派遣以耳目官向诠、正议大夫梁焕为正副使的进贡使团，分乘两艘载满硫黄、红铜、白刚锡等紧俏战略物资的大船赴华进贡。十月六日，使船从那霸启航后乘风破浪向西驶往福州闽江口。不料在途经台湾西北部海域时，遭遇强烈风暴袭击，两艘进贡船偏离航向，一艘下落不明，另一艘漂流到台湾海面时已经残破不堪，经救援安全登陆并得到清政府的妥善安置。受难琉球使团人员后来在大清台湾衙门的护送下经金门、厦门前往省城福州，最终完成了进京朝贡的使命并顺利归国。对这段经历，不论琉球国还是清朝官方都有相关记载，但都因所记失之谫陋或人事兴废而淹没在史料之中。不过，后来随着与此有关的一本文献《琉馆笔谈》被发现，这一事件的经纬巨细，以及琉球使节逢凶化吉的奇特经历才为人所知。连同事件一起跃然纸上的，还有200年前闽台两岸的世态风情，书页之间鲜活如画，至今读来依然令人心驰神往。

二百年前闽台社会的风情画册

《琉馆笔谈》是一本和纸装订而成的手抄页册，成书于18世纪初，内容是琉球外交官杨文凤（琉球名为“嘉味田亲云上”）与萨摩藩（日本九州鹿儿岛）武士石冢崔高之间的笔谈记录。此书作者杨文凤正是经历过嘉庆七年赴华进贡途中遭遇海难的琉球使节成员之一。杨文凤后来回国后于嘉庆八年（1803）因公出访日本，在鹿儿岛的馆驿“琉球馆”居停期间，当地藩士石塚崔高多次前来拜访并交流。石冢崔高是“唐通事”，即负责与清国商船贸易交涉的汉语翻译。杨文凤虽是受过儒学教育的琉球国士族精兼工汉诗，且多次赴华，但“不识官话，言语不通”，无法用汉语与石冢直接交流，好在学养背景相当，“书字通言”，双方用当时东亚的通用语言汉文进行笔谈。后来石冢崔高将笔谈记录整理誊抄，附上日文译件作为涉外情报上交萨摩藩参考。幕府政权垮台后，很多地方文献散失，此本《琉馆笔谈》曾辗转流落海外，后被夏威夷大学“郝黎文库”（Hawley Collection）收藏，后经冲绳学者仲原善忠发现才公之于世。鉴于此书独特的史料价值，近年来颇为东亚海洋交流史研究领域的学人所重。

此外，对这本《琉馆笔谈》背后所牵涉的历史关联，还需略作介绍。

1609年，日本幕府萨摩岛津藩入侵琉球国，在攻陷国都首里城大肆洗劫之后，掳走琉球国王尚宁到江户做人质。德川幕府忌惮与大明重启战端，不敢轻易灭掉明朝的属国琉球，在逼迫琉球维持与大明的册封朝贡关系的同时也向江户幕府称臣纳贡的政治前提下，让琉球王统得以存续，这就是史家通称的“一国两属”。琉球从此被卷入日本幕藩体制中，向江户派遣使节成了惯例，从1634年到1850年，计有18次使团到江户觐见幕府将军。九州南端的鹿儿岛则是琉球人进出日本的必由口岸，某种程度上，琉球也是当时与中国没有通交的日本德川幕府了解东亚大陆的一大资讯情报窗口。

江户时代的日本实行锁国政策，除了与东亚的中国和西欧的荷兰商船前来长崎开展贸易之外，几乎不与他国家建立外交往来。与此相反，在东亚海域，中国与周边的朝鲜、琉球、安南、暹罗等属国的来往十分热络而频繁，其中以琉球为最。所以琉球使节的到来，对彼时处于“闭锁”状态的日本来说不啻是新鲜而又刺激的大事，尤其吸引渴望了解“中华事情”的幕藩知识阶层的眼球，纷纷前来访谈交流，除了以通事为媒介进行的交流以外，还利用汉文进行笔谈，这些交流文字在当时为数不少，成了彼时日本了解中国的一大信息来源。《琉馆笔谈》是其中一大特色文本。笔谈文字全是汉文，以工整的楷书誊抄，装订后只有薄薄的19页，但包含的内容却颇为丰富，主要围绕杨文凤前一年（即嘉庆七）赴华朝贡沿途的所见所闻所历等话题展开，诸如遭遇海难，漂流台湾并获救的经过、见闻和感受，包括海峡对岸的厦门、金门以及省会福州的世态人情、文化风貌介绍等，话题颇为广泛。时间上，因为事情刚发生不久，记忆犹新、印象鲜明，笔谈中的一景一物都栩栩如生、宛然如画。而且作为当事人，感同身受之余，笔谈的字里行间时见真情流露，使笔谈文字散发屡屡温情而颇富文学熏香，又像是一幅幅五色斑斓的风情画卷。

笔谈所涉，因系亲身所历，且行程中有的地方居停不短，所以，记录内容不像蜻蜓点水或走马看花。由于身在异国，目光充满新鲜与好奇，观察视角也非常独特，有些是本地人忽略或熟视无睹的细节等，都被萨摩藩武士认真记了下来。同时，因为笔谈对象是第三方的萨摩人，交流之际也少了拘束与顾忌，较为客观。话题中偶尔触及的社会百态也罢，时事八卦或地域花边新闻也罢，都显得活灵活现，读起来赏心悦目，迥异于中规中矩又空泛无边的官方外事备忘录文献。

宝岛台湾：冬天里的春天

由于恶劣的气候原因，杨文凤搭乘的进贡使船在赴华航路中遭遇海难事故，船只在汪洋中随风浪飘转，最后在台湾中南部海域获救上岸，此后在台湾居停达4个多月。其间耳濡目染，对台湾的自然、地理、社会状况，乃至对当时的重大事件都有体验和见闻，与捕风捉影道听途说的“风说”不同，在彼时中日官方不通往来的大背景下，来自琉球使节的第一手台湾见闻无疑具有非同一般的情报价值，也引起了日本武士的浓厚兴趣，巨细都不厌其烦一一打听并上报藩府。不难推测，彼时韬光养晦的德川幕府已在关注研究台湾问题了。

台湾在康熙二十二年（1683）被纳入中国版图后，清政府就进行了诸如垦荒、移民、大兴文教、加强与祖国的经贸往来等卓有成效的经营建设。琉球使节上岛时，台湾回归已过120年，治台成效已在社会各方面显现出来，呈现在琉球人眼中的台湾是个风光秀丽，人情醇厚的宝岛，也是崇尚诗文的礼乐之乡。

在杨文凤的记忆中，与大陆“仅隔两日水程，中途要经澎湖三十六岛”的台湾“气候极暖，冬景如春，草木长青，土地平坦多田”，是个名副其实的宝岛。岛中来自闽粤等大陆沿海汉族移民占主要比重；此外还有原乡住民，“当地有生番，喜好生食，不喜熟食”，即是高山族等土著居民，尚处于未开化状态；还有一种“熟番”，是接受来自大陆先进文明影响下逐渐汉化的本岛人。在九死一生的琉球人眼中，四季常青的台湾真是一块热情温厚的土地！他们居台期间，从政府层面到民间，纷纷向他们伸出热情友好的双手排忧解难，送温送暖，中华礼仪之邦善待远人的情怀，首先在台湾得到充分体现。

对不幸遭遇海难的琉球使团，台湾地方政府给予高度重视，无微不至地关怀。他们被救护上岛，经过笔谈确认身份后，当地政府迅速妥善安置使船上80多人的食宿，使他们“得免饥渴”，令琉球使臣感动不已，连连“赋诗谢恩”。在台湾居停期间，从官府大员到知识阶层人士，经常来驿馆探望他们，送吃送喝，敬礼甚笃。奉政大人吉寿虽贵为来自京师的皇亲国戚，不但亲自登门探视慰劳，还遣儿孙辈每日送酒送茶慰问有加；镇守台湾城的官员庆保大人，不但多次来见，赠送他们衣物、诗集，还挥毫为他写对联。外出游览所到之处，地方主管争相来迎，每天登门送酒肴犒劳，乃至顾及他们客中无聊，居然遣人“携管弦来慰”！

台湾民众崇尚诗书的风气也很浓厚，给琉球使节留下了难忘的印象。杨文凤是琉球人，不解华语，但作为首里城士族子弟，从小在明伦堂学习朱子学，兼通汉诗，有汉诗集《四知堂诗稿》传世。清朝册封使李鼎元出使琉球时，就多次和他有过诗酒酬唱。得知使臣擅长诗书，当地学子每天结队登门拜访，或赋诗酬唱，或索求翰墨乐此不疲。其中有两个少年才俊竟然成了他的粉丝，一连十几天日夜出入他的旅居处，“起居安慰，情谊甚欢”。后来琉球使节被送往府城，他俩竟然一同前往，照顾他们的起居和应酬。明清以前，台湾曾被当作化外之地蛮荒之岛，重回祖国版图后台湾隶属福建，随即清政府进行了卓有成效的经营、建设，把台湾的文教学务纳入整个福建省的教育规划中，以儒学文化为中心的中华诗书礼教得以在台湾传播，也成为一种主流文化扎根台湾的沃土之中。琉球使节回忆的细节虽不无支零琐碎之处，但扎实有力地凸显了台湾社会的文明水准和精神风貌——仅仅经过100年的努力，台湾区域民众的精神文明素质就有这么可爱的表现，读来至今令人叹为观止!

滞台期间，琉球使节也观察到某些社会事件对台湾的影响。有一次游览台南，见“废弃城池，颓墙毁瓦，堆积成邱”，感到惊诧。经了解原来是林爽文事件留下的遗迹。林爽文是来自漳州坂仔的移民，加入“天地会”后成为彰化分会首领。1786年，清政府取缔台湾天地会，林爽文为抗击暴行率众起事，势力一时达于全岛，是清朝治台期间规模最大的一次起义。起义历经一年多的激战，在清军优势兵力打击下最终归于失败，林爽文亦被掳到京师处决。虽然已过十几年，但事件在台湾社会留下的创伤久久没有抹消。也许是出于对宗主国的尊重，在触及这类台湾社会事件时，杨文凤显得很谨慎，不管萨摩人如何探问，他始终“述而不作”，点到为止，仅用“闻之叹息”做结。

商港厦门：“厦庇五洲客，门纳万顷涛”

尤其让我欣喜的是，《琉馆笔谈》还留下了使团在海峡对岸的厦门、金门一带的行走记录和观感。由于短暂的居停，观览有限，因而涉笔不是很多，但寥寥数语，却将厦门作为清代中期通洋贸易港的繁荣景象和海防军港的严密坚固，以及当地官民对待过往使节迎来送往的周到安排和热诚接待都写得栩栩如生，使笔谈对话字里行间洋溢着温情脉脉的抒情气息，成了该书的一抹亮色，200年前一个富庶而又温馨的厦门风貌清晰可见、宛然在目。

嘉庆八年（1803）农历二月，驻台知府遵照朝廷指示，派船护送使节一行前往省城福州，再由福州地方政府一路护送北上进京朝贡。由于地缘上的关系，从台湾海路前往福州，中间经停金门、厦门。对于厦门的记忆，琉球使节的描述历历如画：

> 遥望厦门，则岛上山峦叠嶂，山麓街市整饬，梵宇广厦望之俨然，舟行水上，真如在画中游……
>
> 其地蛮舶辐辏，旌旗摇曳，画红彩绿，其船大如山，泊于港内……

明丽的春日朗照下，底尖体阔的福建大帆船（福船）与色彩斑斓的外国商船密密麻麻、挨挨挤挤停泊在厦门港湾内外，体型庞大的船上，满挂红红绿绿的彩旗在海风中猎猎飘扬，埠头上人流物流络绎不绝，牛车马车轱辘声响与各种语言的吆喝混在一起……透过《琉馆笔谈》文字，仿佛穿越时光隧道，回到两个世纪前大清治下的福建东南国际商港。汉诗人杨文凤笔下的厦门被表述得相当生动，色彩亮丽，动静分明，强烈的画面感迎面扑来，颇有水彩册页的韵味，这段文字也颠覆了我原先的印象。曾以为，厦门作为对外开放国际贸易港，是鸦片战争后被迫开埠才形成的，而此前则是封闭停滞的“渔人码头”而已。这种偏见或许与曾经根深蒂固的“鸦片战争一声炮响，把厦门带进世界史”的主流史观的影响有关。但历史是鲜活的，诸多史料显示，早在作为五口通商口岸之前，厦门以远洋贸易为中心的商贸业就已展露峥嵘，以嘉庆年间为例，在行政区域上厦门隶属同安县的辖地，但在经济实力上却是整个福建省的重镇，这种行政单位小经济总量大的格局，迥异于中国其他省份呈现出一种独特的社会经济人文景观。原来，这一“传统”在清代中期就已现雏形了。

厦门港，在中国对外贸易交流史上占有重要的地位，在我国海洋开拓发展史上，虽然称不上古港大港，但却以自己独特的优势和条件扮演过重要角色，发挥过独特的作用。据厦门大学明清史学者杨国桢教授《闽在海中》一书介绍：与泉州、福州和漳州这些世界级的海外贸易大港相比，厦门港起步较晚，在明清之际崛起之前，曾长期作为古代东方贸易大港泉州、漳州月港的外围港湾和辅助港口而存在，但独特的地理优势和历史因缘际会，很快发展起来。十五六世纪开始的大航海时代，世界资本主义兴起，东西洋海上贸易的交汇和碰撞中，厦门港脱颖而出。随着明末郑成功海上势力的发展，厦门港一跃成为中国对东西洋贸易的主要商港。而在清代前期，清朝收复台湾后，厦门既是通洋口岸，又是对台物流的转运港和集散地，与东南亚、台湾的贸易也达到鼎盛。经过康熙、乾隆两代一个多世纪的发展，到嘉庆初年，已经成为一个琉球人眼中富庶繁荣流光溢彩的福建东南海域国际贸易大港了。

有关厦门港在清代中期的繁荣景象，与杨文凤生活年代同期问世的《鹭江志》中《嘉禾里序》的相关记载可以互文对照：

> 田园日开辟也，市肆日闹也，货物赌财物日增而日益也，宾客商旅日集日繁也，四夷八蛮道里所通，舟车所济，则又日往而日来也。

同样，收录在《鹭江志》里的《鹭岛水仙宫碑记》也写道：

> 鹭门田少海多，居民以海为田，恭逢通洋驰禁，夷夏梯航，云屯雾集。鱼盐蜃蛤之利，上供国课，下裕民生……

如此铺陈描写几乎就是对杨文凤记录文字的翻版加扩写，琉球使节的所见，可以佐证《鹭江志》里所记属实而非夸大其词的粉饰。

自古厦、金一水相连。与厦门一水之隔的金门也在琉球使节的记忆中打上了深刻烙印。他们从台湾岛启程，在进入厦门港以前，曾在金门港停泊，大概也少不了欢迎招待。从笔谈中回忆“（港内）有石堤，至于海心，名金门关，有一品武官率兵卒为把守”来看，推断使团一行可能在小金门上岸。清代金门、厦门均隶属同安县管辖，金门衙门即是位于小金门岛中心部的“清金门总兵署”旧址，是今天到金门旅游的必游之地。总署衙门原是万历年间的本地士绅书斋“丛青轩”，康熙二十二年（1682）清兵攻下金门后，总兵陈龙将其改建为军事指挥兼处理军务的办公设施，遗址至今犹在，是金门观光的一个必游之处。

金门岛及附属岛屿分布于厦门港、月港这两大国际商港外围。历史上金门所辖范围包括今属厦门翔安区的大嶝、小嶝及周边小岛。历史上金门和琉球也有颇深渊源：明清时期，泉、漳等闽南海商通琉球，商船大多从金门放洋启航；清代金门海上渔业、贸易与海洋运输业均很发达，大嶝岛的造船技术达到很高水平，清道光十八年（1836）和同治五年（1866）清朝最后两次册封琉球，一改在福州敕造册封舟的旧贯，选用的册封舟都是产自金门大嶝岛大型“邱大顺”海船，并在金门岛举办官方祭祀妈祖、苏王爷高规格典仪之后开洋启航，浩浩荡荡前往琉球册封。如今小嶝岛上的苏王爷庙和一株“独木成林”的巨型铁树，就是19世纪中期中琉往来的历史印记；而金门苏王爷作为海上救助神灵的信仰与中琉往来历史也有关联。岛上英灵殿里悬挂着一块“仁周海噬”的匾额，乃同治御笔，是为表彰苏王爷在册封琉球的海上保驾护航之功而下赐的；殿内列有“两次随封琉球，四次护运京米”的执事牌，拜亭石柱有“苏神威扬封琉球震龙府，王道昭彰护京米晋爵爷”楹联都显示着厦、金两地与琉球曾有过的莫逆渊源。

作为明清东南一大海防前线，统辖厦、金的中国水师也担负为属国使船海上航路保驾护航的职责。有明一代，倭寇盛行，闽海商船多受其扰，甚至往来福建与琉球之间的官方进贡船、册封舟也未能幸免，经常遭到海盗、倭寇的袭击和抢掠，在中、琉携手合作共建海上抗倭防线中，厦门海域水师曾发挥过“威震海疆”的保障作用。厦门由于地处东南近海与远洋的要冲，历史上经常发挥着救护遭遇海难的异国船只和人员的作用，其中琉球船的数量占了不小比重。如乾隆十六年（1736）三月二十九日，琉球八重山海船19人，宫古岛前那霸缴纳贡赋，途中遇风飘流到厦门铜山，被当地救援；乾隆20年（1555）十二月十四日，又有商船及船员36人从那霸前往八重山途中遭遇故障，被海流漂流到厦门同安的沃头吊礁一带，这类史料记载多达30几次。而每当难船到厦、漳、泉等闽南沿海，各地政府均会根据中央有关抚恤海难的规定，“虑饥给养，念寒援衣”给予救助。据史料记载，清政府在抚恤在中国沿海遭遇海难的琉球籍人相关标准非常周全细致，如“每人每日给米一升，盐、菜银六厘，起程回国时，又另给一个月口粮作为旅途食料，发给机蓝布四匹，棉花四斤，茶叶、面粉、烟各一斤，必要时还派熟识海路的船户二人助其驾船回国”。厦、漳、泉等闽南一地对琉球难民的悉心照顾得到琉球国的深切感激，琉球国王还经常派谢恩船来华，专门表示感谢。

福建省城福州是琉球人赴华指定入境口岸，通常琉球使臣赴华，从闽江口溯流而上，在福州台江入境，修整一段时间后，再由省政府选派文武官员护送进京。这些护送琉球使节的武官中也有厦门的海军将官。乾隆五十八年（1793）九月，琉球国遣使来华朝贡。进京使团由紫金官毛国栋、副使正议大夫毛廷柱，通事郑文英等20多人构成。清廷命厦门海防同知黄奠邦一路护送上京。自闽入京水陆单程2500千米，路途遥远又兼启程晚，日夜催程也得百余日，十分辛苦。琉球国通事郑文英劳途患病，虽经中方随员一路悉心照料最终病故，行程因此大受耽误。但黄奠邦在漫长的进京途中与琉球使团休戚与共，克服种种艰难，最终不负使命，赶在腊月初五准时入京，让琉球朝贡使与其他外国使节如期参加紫禁城的除夕和元旦庆宴活动。

虽然只是短暂停留，但厦门这座美丽丰饶的海港城市给他们留下了温情脉脉的印象，《琉馆笔谈》中，杨文凤特别对萨摩藩武士提到：当琉球使臣赴京朝贡，完成使命后回到福建，举帆归国之际，为防海匪贼寇侵袭，厦、金出动数量可观的大小兵舰北上闽江口迎接船队，一路护送：“（厦、金水师）竖帅字旗，带领海船四十余只，护送之出海口二十里外”，令琉球使臣感动莫名，不禁赞叹道：

琉球人笔下“番舶云集”“海不扬波”的厦门，令人油然想起清代本土诗人所做的楹联：

中国待远人极其周全矣！厦庇五洲客，门纳万顷涛。

榕城福州：文物繁昌，五光十色

嘉庆八年（1803）阴历二月初八，在台、厦两地官府的护送下，琉球国使节一行抵达省城福州，被迎往专门接待琉球人的旅宿“柔远驿”安置。有意历史渊源的因素，琉球使臣对福州感情颇深，谈论中流露出一种异国中的故乡的稔熟与亲切，笔墨也极为细腻周到。

明清两朝，福州是琉球国往来中国的指定出入境口岸。洪武五年（1372），琉球成为明朝册封朝贡体制成员开始和中国频繁交往。由于地缘上的原因，福建被指定为琉球贡使来华入境口岸。唐代以来，泉州设市舶司管理来华贸易的外国商船，中琉建交后，明朝在泉港南部的聚宝街建造“来远驿”接待琉球人。明成化年间，市舶司移往福州，琉球人来华遂改由福州台江入境。“柔远驿”即是明政府在水部门外建造的接待设施，风格是坊巷式传统福州三进宅院建构，可容住客300人以上，占地约6000平方米，有草坪、大榕树、假山、水池、花园及妈祖宫，相当于大型园林国宾馆。馆驿紧邻内河，与闽江相勾连，便于人员与货物进出，边上有大型货仓“进贡厂”用以储存贡物，遗址至今犹在福州台江国货西路南公园琯后街二十一号。

馆驿名称取自《尚书·舜典》中的“柔远能迩”，寓天朝怀柔远人的外交理念。因为专供琉球人使用，又称为“琉球馆”。这座馆驿，从建造竣工起一直沿用到19世纪末期琉球亡国，时间横亘五个世纪。明清两代，不但是专门接待琉球使臣的旅宿，也是在闽从事其他术业的琉球人聚居据点，以“柔远驿”为“异国之家”，很多琉球人都曾在福州生活、读书、经商，一部500年中琉往来史，几乎都是围绕“琉球馆”这一关键词展开。据冲绳学者高良仓吉考证：明清两朝中琉关系密切，往来频繁明清两代曾在“柔远驿”居停的琉球人有20万之多。对于面积只有两个厦门大小、人口30万的琉球来说，这个数字相当惊人。

琉球是明清王朝的“海上恭藩”，颇受信任和厚待，不同于一般来华外国人被严格管制和监视，日常管理相对宽松，可以自由出入馆驿周遭市井，因而对福州城里的观察极为真切、细腻、生动：

琉球馆与州城相去约一里半，其间都是人家。有万寿桥，福州人家稠密，无有尺寸缝隙地所谓车毂击人眉摩，甚是热闹。

弘治十一年（1498），福州官府在琼河口开凿直渎新港直通闽江，由闽江又可以直接汇入东海，进而与浩瀚的东亚海域连为一体，由此福州城内水上交通变得异常便捷，“百货随潮船入市”，琉球馆周边的商业也迅速发展起来，尤其每当琉球进贡船来航，河口及新港交易繁忙火热，盛况一时，冠于全城。

因为居停不短，馆驿里的琉球人必然与周遭市井产生连带感，加深了本地亲和力的同时也对社区进行深入的观察和体验。在大部分时间里，他们与近邻相处甚洽，从琉球人留下的诗文可知，琉球人旅居福州的生活有滋有味，有一种身在第二故乡的温馨与自在。只是时不时也有来自社区顽童的困扰：“每过万寿桥，儿童群集而戏之，甚至以马粪投掷。”除了尾随、围观骚扰，更有将小动物尸体扔到琉球馆内的恶作剧……这类“苦情”（怨诉）这绝对是官方文献中难得一见，读之先是惊讶意外，继而忍俊不禁。华夏号称文明礼仪之邦，善待远人的传统美德源远流长，这类表述大致不错。不过具体在民间，实际情况就不是可以如此简单大而化之。作为福州城里唯一的一群异国人，琉球人在装束、发型、语言、相貌和举止都与本地人迥然有别，遭遇好奇围观乃至嬉笑恶戏并非罕见也无须讳言，只不过这类文字很难见诸官方记录。喷饭之余，不禁遥想小时目击的类似场景。国门刚启的20世纪七80年代，笔者在厦门南普陀寺内读小学，寺庙中偶尔会有老外前来观览。封闭年代，大家对老外的印象仅限于外国影片或新闻纪录片里领袖接见国际友人。老外到来像外星人降临一般稀罕，尤以好奇心重的学童为甚，蜂拥围观嬉戏喧哗不止，大概没少让友邦惊诧困惑吧？我记得学校专门为此开会训诫，“文明礼貌，尊重国际友人，不许围观、作弄外宾”云云。《琉馆笔谈》中无意间抖落出的这类旅居八卦，还可以与地方史料的记载互为印证。福州博物馆里展示着一块石碑，原来在琉球馆外，是同治十一年（1872）福州地方政府颁布的关于禁止周边居民骚扰琉球馆的告示，碑文有云："设立柔远驿，原为优待远人，以示朝廷怀柔之意。凡有琉球人到省安插馆驿，不准闲杂人等擅进骚扰……"所谓"史不远人"，于此可见一斑。

作为省会城市，闽省首善之区，福州的魅力不仅在于商业繁华，更让使臣艳羡不已的还有教育的普及，这也是笔谈中篇幅最多的话题。

在琉球使节眼中，福州尊师重教风气非常浓厚，"国中奉圣人教，上自天子下至庶人无一不学"，福州人子弟"读四书五经，用宋朝程朱注解，又旁及诸子百家之书，又学做文章，天下皆同也。但闻今中国考试文章取士，故读书者专为举业做官计算耳。当其考试考其文章定其高下取其中选者，或为秀才，或为进士举人等科目。中国为学此其与我邦少不同"。可谓全社会重视学习，就连社区边上恶作剧的顽童，对知书者也是心存敬畏。他们骚扰作弄琉球人的行径，受到塾师的训斥，得知杨文凤等是"中山国能诗善文之士"后，一群顽童肃然起敬，齐来门前道歉，琉球馆从此消停下来。这类记录也从一侧面反映福州崇尚文教的社会价值取向。

福州传统教育水准，在清代已经达到很高水准，盛名在外，素有"闽中洙泗，滨海邹鲁"之美誉，在嘉庆初年琉球过客眼中，留下了颇为生动的参照记录。

旅居榕城期间，琉球使节也注意到福州社会的某些奇风异俗，比如公众场合难得见到妇女，迥异于琉球社会风尚。在琉球，女主外，独当一面，女性旁若无人出入公共场所理所当然，甚至在市场售货和购物均由女性担当。这种现象，连大清册封使徐葆光、李鼎元都感到惊奇而写进《琉球竹枝词》里。但在福州，女性的音容笑貌似乎被精心隐藏在深宅大院鲜为人知的一角，只在某些极其特定的场合才偶尔露峥嵘：

“凡妇女出门必坐轿子，故不可面见也。但寺庙烧香时必于庙门外下轿步走，方露其面。”有清一代，福州是朱子学重镇，文教水准蒸蒸日上，一些诸如“男尊女卑”“男女授受不亲”之类道学糟粕必然会渗透到社会伦理价值观念和习俗。这一现象甚至延续到半世纪后。19世纪初来榕布道的美国传教士卢公明（Justus Doolittle）就观察到，福州人家里来客，男女分桌就餐；居家妇女深居堂奥；公众场合妇女也不能和男性相处，熟人亦概莫能外。这种情形直到晚清才有所改变，随着福州成为通商口岸，洋务运动兴起，在进步思想家严复、林琴南等人“倡女权，兴女学”的倡导下，福州女性放足走出阴暗的角落，进入学堂、医院、教会、媒体，甚至出国留学、参与改朝换代的社会变革，并在20世纪初华丽转身，涌现出王效瑛、谢冰心、卢隐、林徽因这类令福州女性引以为豪的现代知识女性群体。

琉球使臣不仅看到城市生活中光鲜的一面，而且，对诸多的社会问题亦有不同程度的揭示。对省会福州的印象，除城市商业繁华，教育水准高之外，也注意到某些社会暗影，诸如盗窃成风，“剪径最多，走路少不留心，则为人偷物件。其技可谓绝巧，士人不甚以为怪也”。剪径小偷盛行而且到了连知识阶层都见怪不怪的地步，说明社会治安问题不容忽视。

《琉馆笔谈》中无意间披露的“城市阴暗面”，还有私娼盛行屡禁不止之类的社会风气问题。杨文凤了解到，“清朝禁止娼妓”，福州城内“并没有花街柳巷”。不过，作为一种寄生在封建社会肌体上的病毒，娼妓现象可能被一时禁止，却是无法根绝。琉球人观察到，在城市边缘地带，犹存涉黄死角：“然于河下舟船辐辏等去处，有私窠子。”“私窠子”即私营妓院，语出福州长乐学者谢肇淛的《五杂俎》：“家居而卖奸者，俗谓之私窠子。”福州城外闽江边，水汊纵横的地理特点，成了私家妓馆的藏身之所，在商船渔户停泊的闽江河岸，有很多“疍船”，有些疍户白天捕鱼夜间接客卖淫。这一现象不唯福州，同时期的浙江钱塘江流域的“九姓渔户”“江山船”与珠江流域的“疍船”，清末民初盛行一时。晚清社会学家徐珂所著《清稗类钞》一书，在《娼妓类》条目下《福州之妓》，就记载了福州台江河岸“疍船”私娼的盛行。

明清王朝在册封朝贡体制的框架下，“善待远人”，积极与周边开展睦邻友好邦交，维护海洋和平安宁。同时为了管理和约束外国人的在华行动，防患于未然，对外国人实行严格管理，诸如入境口岸、进京线路及活动范围都有具体严格规定。尤其像台、厦、金这样的海防要冲和对外商贸港口，更是绝对禁止外国人涉足。不过，嘉庆七年（1802）的琉球赴华使团，由于海难这一突发事故，“因祸得福”，得以走访台海两岸区域，饱览山川形胜之余，深入观察体验当地的社会风情。

同时，这些来自属国的琉球使臣，也因为身份及观念习俗的差异，他们身在异国闽台他乡，心里在意的，眼里关注的和笔下记录的，很多是本地人熟视无睹的细节，《琉馆笔谈》中所呈现的那么丰富的见闻趣事，那么新鲜生猛的细节，不仅有趣而且具有历史认知价值，让我们看到了曾经失落的乡土历史，为了解200多年前闽台区域社会风貌，提供了有趣的视角和独特的参照系。

浪漫时代的作家富豪排行榜

距今一个世纪的大正时代（1912—1926）夹在漫长的明治（1968—1912）与昭和（1926—1989）之间，只有短短15年，颇类我国清朝的雍正时代，但对现代日本的影响之巨却不可低估。大正时代，常常被讴歌为“大正浪漫”。但何为浪漫，涉及颇广，众说纷纭，无从定论。从文化生活上看，日本人的生活模式和观念大都定形于江户时代，而现代文化则基本发端于大正年间。再具体到文学领域，就是作为文字载体的出版传媒业空前繁荣，在大规模制造孕育读者受众的同时，也使得“文笔业者”数量迅速扩大，甚至批量出产富豪作家，文化领域呈现出斑斓五色的光谱，这或许也是构成大正浪漫的一大元素吧？

中产阶级的出现和发育，城市文化得以茁壮成长，促进了文艺的繁荣，也改变了作家的生存方式。经过明治维新，近代资本主义迅猛发展，大正时期，日本由农业社会向工业社会转型，各种企业、公司在大城市里汇集，农村人口涌向城市，使之规模不断扩大。东京、大阪等大城市形成“中流社会”，工薪族、职业女性、知识阶层成为城市生活一大主角，西装制服、通勤电车、地铁、美术馆、动物园、水族馆、百货大楼、咖啡馆、夜总会成了新时代生活景观。新中间层的扩大，教育的普及，才能孕育中流意识。在文化上，反映这个阶层品位和情趣的出版物如雨后春笋般出现，各种杂志应运而生，出版传媒进入大众消费文化的时代。

那么，当时以文笔为业的作家，生活状况如何呢？

大正时期从事“文笔业”的收入状况，可参照刊载在大正十四年（1925）七月的《月刊东京》里的《文士所得税调查》一文，这或可算是日本最早的作家富豪榜，可以一窥大正文坛作家的生态。

榜上位居第一的是德富苏峰，23250日元；第二，菊池宽，7500日元；第三，水上泷太郎，7200日元；第四，岩谷小波，6500日元；第五，久米正雄，6000日元；第六，长田干彦，6000日元；第七，永井荷风，6000日元；第八，坪内逍遥，4500日元；第九，冈本绮堂，4000日元；第十，小山内薰，4000日元。

作家富豪榜上，收入最高的是德富芦花的兄长德富苏峰，将第二位的菊池宽远远甩了一大截。德富苏峰是名噪一时的政论家和政客，但收入并非全来自稿酬印税，他是媒体《大国民》新闻社掌门人，又有来自担任贵族院议员的高薪，收入固非一般文笔业者可比。居第二位的菊池宽是横跨大正、昭和文坛的大咖，小说《真珠夫人》在一流杂志《妇人》连载，还“触电”进军大银幕，同时他创办的《文艺春秋》杂志发行量破百万。其后他受托在巨无霸杂志《国王》上连载小说，约定稿酬每张稿纸100日元，据说是日本出版史上最高稿费。菊池宽富得流油，也慷慨仁义，包括川端康成这样后来成大器的作家出道前都得到过他的资助。但致富之余，夜夜笙歌，在银座豪华酒吧招摇的“土豪”做派，招致永井荷风冷嘲热讽，而当时正在证券公司当实习生的池波正太郎，一个月只有十多日元的薪酬，看到一个其貌不扬的黑胖子，经常旁若无人出入豪华娱乐场所挥金如土，陪伴左右尽是当红的一流女优，艳羡不已，萌发当作家的念头。

收入排名十名之后的作家分别还有仓田百三，3450日元；芥川龙之介、泉镜花、内田鲁庵、吉井勇、三上於菟吉等，都是年收入3000日元。2500日元一档的有加藤武雄、加能作次郎、生方敏郎、室生犀星。

同时期在文坛一流作家行列的还有岛崎藤村、谷崎润一郎、广津和郎、宇野浩二、正宗白鸟、佐藤春夫、山本有三等人，但因为都没有纳税记录，所以没能进入统计，但据国税部门的估算，他们的年收入大约也在2500日元这一档。

数字是片面的，购买力才是硬道理。那么，大正浪漫时代的物价指数与作家生态状况之比如何？

据相关经济研究数据显示，从大正末期到昭和初期，日本物价相对稳定。以当时的物价换算成当今的货币固然有诸多不可比拟之处，但与可比较的物品，诸如米价，一杯咖啡的价格，或刚走出校门入企业就职的大学生收入等相比较，算出基本准确的相当价值还是可行的。且以《文士所得税调查》发表翌年（即1926年，也就是大正十五年、昭和元）的基本相关物价指数为基准：当年10千克大米3日元20钱；咖啡每杯10钱，大学毕业当上公务员月薪75日元，折算起来可得出，当时的1日元相当于今天的2500—3000日元。这样一算，大正末年，所谓“浪漫到尽头”的荣登作家收入富豪榜的文士收入也是可圈可点的。就以中国读者相对熟悉的唯美主义文学家永井荷风的收入来说，他当年的年收入约莫今天的6000万日元。据《断肠亭日乘》载，就在几年前，他卖掉位于今天繁华闹市的新宿区余丁町的3000多坪（约9000平方米）祖宅，连同古董、家具和汉珍善本典籍，套现15000日元，可见1日元在当时的分量。

永井荷风是现代日本文坛的富豪级作家，但在这篇作家财务状态报告中，才名列第七位，与畅销书作家的地位颇不相符。但实际情况是，在排行当年，荷风进入创作怠倦期，从大正十年（1922）写了《雨潇潇》之后，不大有新作问世，这份年收入的数据里，除了来自稿费和版税，还有他手中持有的无数可观的有价证券的被动收入。因此从收入来看，排名还是比坪内逍遥、冈本绮堂、小山内薰、德田秋声等文学前辈靠前。荷风是日本作家中的理财家，年轻时游历法兰西，知道财富自由对于一个追求人格与艺术独立的作家的重要性，十分重视理财。不仅有收入可观的畅销书、常销书版税收入，有祖上余荫，还有定期存款和长期买入的一流成长企业股票，是作家中的富豪，但生活十分低调，不像那些文坛暴发户。他把每个钱都用在身心愉悦的事物上。有恒产者有恒心，有了优渥财产做保障，他才能把赌注压在文学上：不媚俗，不阿世，不随波逐流，终身拥抱孤独和艺术。

芥川龙之介那年的写作收入是3000日元，不在前十名之内。芥川的创作生涯也就十年左右，总共写了300篇小说。20世纪20年代，他进入创作旺盛期，不断在《改造》《中公》等大杂志上发表作品，但因所作多短篇，数字篇幅和出单行本受限，收入自然受影响。不过，当时大学毕业通过高等文官考试进入大藏省的公务员年薪有600日元，3000日元相当于今天的750万日元，是日本人平均年收入的两倍，算是富足了。芥川一家五口人十支筷子全靠他一支钢笔，又兼资助姐姐一家的生活，尽管如此，他的日子仍颇为宽裕没见过他忧贫。两年后芥川饮药自尽，完全是精神出了危机，与生计苦劳丝毫无涉。

与芥川同位的仓田百三，严格说来不算文学家，因此前出版《出家及其弟子》《爱与认识的出发》成为超级畅销书，一版再版，即便以后不大有名著问世，但靠吃两本书的老本，日子也过得很滋润。

大正时代是现代日本大众文化勃兴时期，大量印刷，大量消费成为这一时期的文化消费主要特征。1926年出版社改造推出作家全集“一元本”，也就是预收定金，每部文集一日元的销售方式，掀起历时数年的“元本热”，宣告一个大众消费文化时代的到来。作家也跟着沾光，脱贫，甚而致富，社会地位得到很大改观。谷崎润一郎全家通宵达旦兴高采烈“噼里啪啦”往一本本全集税票上盖私章，翌日一板车一板车拉到书店结算，惹得邻居起疑，以为干什么非法买卖。但有了高额版税，他不断搬家买地盖房，过起了连他都认为“与自己的实力不相称的日子”，与此前贫乏拮据的生态不可同日而语。

在明治时代，日本近代文学和媒体发轫之初，文笔业者几乎与贫困画等号，想靠写作为生近乎天方夜谭，乃至有个狂热的文学青年告知父亲自己想当小说家时，乃父挥动老拳喝道：“当小说家？见你的鬼去吧！”这个文青过后写了一部《浮云》，笔名就是“见你的鬼去吧”的日语谐音：“二叶亭四迷”。但世易时移，拜社会经济发展和文化繁荣所赐，大正时代乃至到昭和初期，很多从事文学创作的作家生态明显好转，出版业的革新在打开新天地的同时也惠及作家，很多作家囊中鼓起来，买屋造房、买奢侈品，甚至海外旅游，从此告别“贫乏物语”。

另一方面，借助文学书籍的畅销，出版社趁机对版税定价机制进行调整，即统一以书价的10%乘以出售册数付给作家著作权使用费，也就是现代版税制，这个稿酬制度传统至今被日本出版业坚守。

日本“金银岛”传奇

——一座银山何以撬动东亚历史？

几年前，我曾到日本岛根县参加本州西部的旅游推介会。会议期间，主办方安排我们前往县内的一些著名景点考察，让我喜出望外的是，此行如愿以偿地参观了慕名已久的石见银山遗址。

遗址位于岛根县中部的大田市山区，海拔600多米，面朝苍黑的日本海。作为国家级“指定史迹”，当时石见银山遗址刚对游客开放不久，还不大为人所知。这是一座荒废了近百年的银矿遗迹，连同部分发掘出来的古代矿山生活遗迹，如温泉、商业大街和矿工子弟接受教育的私塾“寺小屋”等，基本保留了16至19世纪矿山运营时期的样貌。此处遗址因其历史文化价值，大约在50年前被列为日本国家级文物保护单位，10年前又通过了联合国教科文组织的评审荣登世界文化遗产名录。

16世纪初，石见银山的发现和随后进行的大规模生产，是东亚史上一个极具意义的事件。以贸易为媒介，日本的白银开始介入到中日贸易，以及以明朝为核心展开的全球贸易体系中，这在大航海时代以来的东西方交流史上留下深深的印记。

15世纪初，即明朝永乐初年，日本向中国称臣纳贡，加入以大明王朝为主导的东亚册封朝贡体制，与中国开展勘合贸易。明朝中期，随着社会经济的发展和国内外贸易的日益频繁，白银成为流通主币。与强劲的需求相比，明朝高度缺银，经常从海外进口白银。以前，日本产银不多，为了从中日贸易中获取高额利润，就从朝鲜和东南亚进口白银，再转手出口到中国。但这一情况随着石见银山的开采而发生了改变——日本从白银进口国一跃成了白银出口国。15至16世纪，东亚海域的贸易十分频繁，日本需要明朝的铜钱、生丝和药材，明朝则需要白银，投入生产后的石见银山成了明朝白银进口的一个主要来源。1540年开始，白银成了日本对华输出的一项大宗物品。据载，整个16世纪日本石见银山生产的绝大部分白银流到了中国。

白银也是促使全球贸易体系诞生的一个重要因素。16世纪以后，来自日本的白银与其后的美洲白银一起，不仅对中国的社会变革和国家转型产生影响，也给16世纪中期的亚欧国际贸易形态带来巨大变化。就像美国学者李露晔（Louise Levathes）所阐述的：“伴随着白银的货币化，市场不断扩大，而日本和美洲白银的大开发，与明朝经济社会形成互相促进的作用。国内不断增加的白银巨大需求，拉动了白银的大量流入，最终把中国和整个世界联系起来，中国经济为一个整体的世界的形成做出了重要的贡献。”

日本版“金银岛”传奇

我们常说，日本是个缺乏资源的国家，其实并不尽然，日本的金银等稀有金属资源甚至可以说是极为丰富的，马可·波罗的《东方见闻录》以及后来到日本传教的西方传教士对此都有记载。在16世纪大规模开采美洲银矿之前，日本一度是全球最大的白银生产国和出口国，除了规模最大的石见银山，还有生野、院内等大型银矿山，大多分布在本州中西部山区。据日本贸易史学者小叶田淳的研究，从16世纪初后约90年间，日本平均每年向中国出口白银38吨（约百万两），占全球产量的1/3，其中绝大多数来自石见银山。

石见银山的发现和开采始于14世纪初。据日本矿业史料《石见银山旧记》载，1309年周防国（今山口县东南）的掌权者大内弘幸梦见妙见菩萨对他说，其领地内的银峰山下埋藏着大量的银子。随后，大内氏派人按梦中菩萨所授前往探查，果然在领地内的山中挖出了银矿石。然而，银矿的开采和精炼是一项高难度作业，限于当时的技术条件无法大规模展开，又受到战乱的影响，石见银山的开采时断时续，长期默默无闻，直到百年后才大放异彩。

1520年，九州博多商人神谷寿帧前往出云国（今岛根县东）收购生铜。当他搭乘的商船行驶在日本海上时，他看到石见山上银光闪闪。由于神谷长期与金属矿打交道，他据经验判断山里必有储量丰富的金属矿藏。神谷是从事海外贸易的九州豪商，长期在地方领主的扶持下与明朝开展勘合贸易，所以他知道白银对中国来说有多重要。于是，在大内氏和铜业大亨三岛清卫门的支持下，神谷自1526年开始倾注全力从事银矿的开采和生产。1533年8月，神谷从博多招来宗丹和桂寿两个精于冶炼技术的朝鲜工匠，他们传入的灰吹法给银山开采和生产带来飞跃性的变化。

灰吹法是一种贵金属的精炼技术。这一技术在2000多年前就在西亚广泛应用了，后汉时期传入中国，后又辗转传入朝鲜。日本在掌握灰吹法之前，往往要依赖朝鲜的技术。通常的做法是，全国各地的金银矿石集中到九州博多港口，出口矿石到朝鲜，精炼提纯之后，再进口到日本。由于长途运输的环节多、周期长、成本高，所以数量有限。灰吹法精炼技术在石见银山成功实践和推广后，日本的白银产量大幅增加，在西班牙人开发南美洲银矿之前，日本是全球对中国出口白银最多的国家。

改变日本历史的石见银山

一部石见银山的开发史，浓缩了400年的日本中世、近世史。

整个16世纪，日本处于战国乱世。在石见银山所属的石见国有山口的大内氏、出云国的尼子氏、广岛的毛利氏等割据势力。1551年执掌石见国的大内氏灭亡，毛利氏与尼子氏等割据势力为争夺银山陷入了旷日持久的战争。1562年，在争夺战中胜出的毛利元就平定了石见国，将银山收入囊中。毛利氏一族从银山的开发生产中获得了巨大财源，富甲天下，迅速成了战国时代的一方诸侯。

战国后期，农民出身的武将丰臣秀吉在征战中崛起，在其统一日本的过程中，掌握如此丰厚财源的毛利氏自然成了丰臣秀吉志在必得的征讨对象。1584年，在强大的军事压力和政治攻势下，毛利元就的孙子毛利辉元臣服于丰臣秀吉。按照停战协议，毛利氏继续拥有原来的领地，石见银山则由毛利氏与丰臣家共同开发。有了这一巨大的财源保障，丰臣秀吉如虎添翼，短短几年内就消灭了四国、九州、关东的割据势力，于1590年基本统一了日本。

接触过日本战国史的读者，大都会有这样一个疑问：为何刚刚结束百年战乱的日本，在实现初步统一后，就敢于挑战东亚国际秩序，接连发动两场大规模的侵朝战争，矛头直指东亚霸主明朝？学界的研究认为，除了在长年战争中练就的超强战斗力和盲目自信之外，极度充裕的经济实力也是丰臣秀吉敢于发动对外战争的最大底气，特别是他掌握了石见银山、佐渡、生野等金银矿山之后。石见银山资料馆所藏“石州文禄御公用银”的银币，就是丰臣氏为筹措侵朝战争的兵饷铸造的，银山附近的仙山顶上也保留着几十处的铸造遗迹。丰臣秀吉发动的两场侵朝战争虽然在中朝两国的合力打击下归于失败，他本人也在忧愤交加中死去，但他留下的巨量白银，对后世日本经济产生了深远的影响。

丰臣秀吉死后，麾下五大佬之一的德川家康在竞争中胜出，一家独大。1600年家康在关原之战中打败丰臣旧部毛利辉元，石见银山成了德川一族创建江户幕府政权的重要物质基础。定尊江户城的德川政权为了稳定统治要在日本建立统一市场，因此需要充足的白银用于统一货币。于是，幕府加强了对全国金银矿山的管控，将其纳为幕府直辖地，定期派专职人员前往统辖。石见银山的生产在江户时代初期又迎来了另一高峰。据《石见银山旧记》载，17世纪初期，单是年贡，当地每年向幕府缴交白银达3600贯，约13500公斤。伴随着大规模开发生产，石见银山成了一个繁荣的工业城镇："从庆长到宽永年间，浩浩荡荡前来就职的矿工有20万人，每日单单耗费的大米有1500石（1石约150斤），来往马车不分昼夜，住宅连着住宅，商铺连着商铺……"

由于掌握了大量银矿，德川幕府顺利地实现了银本位的国家财政转型，同时牢牢确立了对全国的统治。

曲折的申遗之路

20世纪90年代日本开始筹备为石见银山申遗，但申遗之路一波三折。联合国教科文组织在核定何为"世遗"的问题上有极为苛刻的条件，颁布的《条约》中对所谓"世遗"做了如下定义："从历史、美学、人种学或人类学角度看，具有突出、普遍价值的人造工程或人与自然的共同杰作以及考古遗址地带。"可以想见，石见银山作为一座古代工业废墟，与这一理念的标准之间存在着多大差距，石见银山的申遗长期没有提上日程也在情理之中。

2007年日本政府又将石见银山遗址作为申报世遗的项目递交联合国教科文组织。5月，申遗委员会以"没有充分的证据证明其具有普遍价值"，将其列为四等（共五个等级），并建议"延迟申请"。这一结果其实与落选差不多，但日本申遗代表团没有放弃最后的希望，他们开始积极研究对策——从强调石见银山在东西方文化交流上的历史文化价值，转而突出银山开发历史上注重环境保护，讲求人与自然协调共生的智慧。

历史上，石见银山矿区一直使用日本自有的器械来开采、冶炼白银，既不用火药爆破，也不伐林作为燃料，不污染土壤、空气、河流。而且，从16世纪发现银山以来的400年间，人们还在采矿区植树，保护森林，在植被保护方面颇有成绩。另外，针对申遗委员会提出的“银矿的开采和冶炼损害人体健康”的质疑，日本代表团解读史料，并对遗址发掘的大量遗物进行科学研究，回应了委员会的质疑，最终通过了审核，使得这一遗址登上了世界文化遗产名录。

白银生产是个高污染的行业，无论是地下开采还是精炼过程中，从业者都要接触银、汞和铅等有毒物质，其健康自然会受到损害。据载，石见银山早期开发时，矿工因长期的污染和辐射，大多短命，乃至但凡活过30岁就算长寿，亲友就会为他开宴庆祝。但到了江户时代，因工作而健康受损的情况却绝少发生，其中秘密何在？江户初期的农政学家宫崎安贞在《农业全书》里披露了这样一个事实：

幕府初期，来自各地金银矿中毒事件的报告惊动了幕府高层。然而，石见银山矿区作为日本最大的白银生产基地却罕有此类报告，幕府委派笠冈藩侍医宫太柱前往调查。宫太柱在调研中发现，这里的矿区工人都戴一种叫“面福”的口罩，口罩的夹层中铺着一层用紫苏叶和腌渍的梅子捣成的酱。原来，矿工从中医汉方得到启发，利用有杀菌功效的紫苏和梅子制作了相当于防毒面具的口罩。此外，矿工一日三餐的饮食中也不离紫苏和梅子。宫太柱将这一发现报告幕府，后来此举被推广到日本各地的金银矿区，有效地降低了矿山中毒事件的发生。

杨贵妃东渡扶桑

——历史传说与信仰的虚实

中日是东亚隔海相望的两个近邻，历史文化渊源十分深远。在日本，自古以来有关中国人的传说十分丰富，其中杨贵妃东渡扶桑是足以和徐福相媲美的传说，已经流传上千年，几乎家喻户晓。至今很多日本人仍然相信，就像徐福及其随行的500个童男童女东渡一样，杨贵妃也曾来过日本。至今，日本列岛上各处与杨贵妃东渡传说相关联的遗迹仍有不少，绘声绘色充满神秘浪漫气息。

杨贵妃与唐玄宗的爱情故事，在中国广为人知，这方面的史料文献也非常丰富。据载，杨贵妃（719—756），名玉环，字太真，本是李隆基第十八子寿王李瑁的妃子，后被唐玄宗宠幸，封为贵妃。唐玄宗天宝十四年（755），安禄山在范阳起兵后所向披靡，兵锋直指长安，在最后屏障潼关失守后，唐玄宗携杨贵妃仓皇西逃。行至陕西马嵬驿，六军不发，兵谏“清君侧”，杨国忠兄妹首当其冲，贵妃被绞杀于佛堂，年方三十八，云云。这是正史的记述。与此同时，有关杨贵妃殁后种种，民间也开始流传各种野史或传说，比如，杨贵妃没有死，马嵬驿中被绞杀的杨贵妃被抢救活了，或者死者只是替身，而真身则从此隐名埋姓，或被遣唐使带回日本终老。这些传说给文学家无限想象空间，后来白居易与陈鸿分别创作的《长恨歌》与《长恨歌传》（806）最为知名，尤其是前者，对马嵬坡后杨贵妃去向之谜写得最为生动，亦幻亦真，浪漫兼写实，成为千古绝唱，也构成了日本杨贵妃东渡扶桑的想象源头。

日本很早就开始流传着有关杨贵妃的各种“行方”（去向），但无论何种说法人们都相信：九死一生的杨贵妃东渡扶桑，并住了下来。不过具体到杨贵妃到日本后的生活细节，如在哪里登岸，在何处落脚，结局如何等，则是各说纷纭，莫衷一是。

这些传说的影响根深蒂固，至今日本遍布着诸多相关“行迹”。

扶桑处处埋艳骨

《长恨歌》是美丽浪漫的王朝爱情故事，尤其是马嵬坡之后，玄宗派遣道士前往海上仙山寻找杨贵妃的篇章，不断刺激日本人的想象，也催生出各种有趣的文本。特别是有关杨贵妃东渡扶桑的细节，颇见“创意”：杨贵妃在马嵬坡逃过生死一劫，玄宗秘托随皇室逃难的日本遣唐使阿倍仲麻吕将她带回日本。不料在归国途中，使船遭遇台风袭击，杨贵妃乘坐救生船在海上漂流，后来漂到山口县久津被当地渔民所救，但途中染疾，不久病逝，村民将她安葬在久津海岸边。

山口县位于本周最西端，隔着关门海峡与九州相望。北部的长门市，是安倍晋三的老家，也是日本有名的首相故里，明治维新后至今已经走出十多名宰相。在长门海岸附近有一座著名寺庙，叫二尊院，据传是因寺庙里供奉着两尊大唐玄宗皇帝所赠送的佛像而得名。从寺内“案内板”上的文字介绍看，这座寺庙连同两组佛像都与杨贵妃有着很深的渊源，最初以口头的方式代代相传。江户时代中期，二尊院里有个叫惠学的方丈，很博学，他用汉文写了一篇《二尊院由来书》，将这段不同寻常的传说记录成文，使得这所地方小庙在列岛名闻遐迩。今天到二尊院游览，可以看到根据惠学所撰汉文的现代日语译文：

> 安史之乱次年（756）七月，唐玄宗爱妃杨贵妃乘坐空舻船东渡日本，被风浪漂流至山口县长门市久津渡口。不久贵妃病逝，村民将她安葬在寺院里。贵妃死后，灵魂回归故国，日夜绕于玄宗之枕畔，玄宗悟到贵妃已死，便派遣陈安带着弥陀和如来两尊佛像及十三级宝塔一座前往日本慰灵。但最终陈安没有准确找到贵妃生前登陆地点，他将佛像寄存京都清凉寺后返程。后来唐朝得知久津渡口才是贵妃终焉之地，命清凉寺将佛像退给久津。但清凉寺不舍得这两尊佛，聘请名匠复制，真假各一与久津一同持有。

文中还这样写道：惠学所记述的，其实是他自小耳熟能详的在山口县已经流传悠久的杨贵妃传说云云，似乎在强调这个传说故事的由来已久。

杨贵妃在山口县上陆，并最后病逝于斯，被说得有鼻子有眼，煞有介事。这个段子，在日本流播最广，可以说是日本人对贵妃的一大经典想象文本来源。传说固然美丽，不过只是戏说，因为该寺庙是镰仓时代（1185—1333）中后期才建造的，寺庙竣工之日，杨贵妃、唐玄宗都已长眠500年。但人们都愿意相信它是真的，甚至二尊院里还有一座贵妃墓和塔。20世纪80年代超级影星山口百惠，在接受采访时曾很自豪地对媒体说：我就是杨贵妃的后裔！足见这一传说早已深入人心。

日本国四面临海，自古就有来自中国的船只漂流到列岛各处渡口或海岸。就像徐福东渡引发人们种种猜测和想象，在日本有很多“上陆遗迹”一样，与杨贵妃有关的遗迹在日本同样多得不胜枚举：在山口县，除了久津港，同县荻町的长寿寺里也有一座杨贵妃的墓地及玉雕立像。

日本西南部的九州，历史上就是与中国往来的窗口，这里也有不少杨贵妃漂浪日本的“终焉之地”。比如今天的熊本县天草郡有一座龙洞山，山里有洞。传说杨贵妃在九州上岸后，一度在山洞居住，她曾经用神奇的药汤治好遭遇瘟疫侵袭的村民，善举多多。后乘龙飞去，留下随身香囊在洞里。此外，九州的长崎、福冈都有杨贵妃的遗迹。

至于与杨贵妃沾缘带故的就更多了，如京都涌泉寺有一尊据说按杨贵妃真人雕刻的玉观音，和歌山县有贵妃使用过的木制澡盆，神奈川县称名寺里收藏有贵妃使用过的玉珠帘，长崎有贵妃曾使用的枕头等。真是：

欲问贵妃何处去，扶桑处处埋艳骨！

日本文学形象中的杨贵妃

白居易《长恨歌》的写作年代，正是日本全面学习中国文化最热火朝天的时期。日本文化史上辉映百代的遣唐使最澄、空海、橘逸势等此时还在中国留学。据日本唐诗学者高松寿夫的研究：白居易是最受日本人推崇的唐朝诗人，其代表作《长恨歌》最受日本人喜爱。838年，他还在世时，诗集《元白诗笔》连同杨贵妃的传说就随海归留学僧传到日本，在大和王朝的皇室、贵族和寺庙间流行，平安时代（794—1182）已经尽人皆知（《白居易与日本古代文学》，隽雪艳主编，北京大学出版社，2012年7月）。据说，宇多天皇对李、杨之间的旷世生死恋深感共鸣，曾命宫廷画师绘制成画册并由当时最著名的诗人纪贯之配上和歌传世。

平安时代以后，《长恨歌》里歌咏的悲情故事开始进入日本文学作品，有的直接成为文学题材，有的启发了古代日本宫廷作家的创作。日本王朝时代物语文学的巅峰之作、世界第一部长篇小说《源氏物语》中，开篇便引用《长恨歌》诗句，而小说中描写的宫廷里皇子王孙的恋情传奇，隐隐约约都有《长恨歌》的影子；平安末期最伟大的故事集《今昔物语》里就写了唐玄宗与杨玉环的恋情故事，情节亦步亦趋明显脱胎于白诗。此外，日本文学史上随笔杰作《枕草子》和日记文学《更级日记》都深受《长恨歌》帝王爱情故事的影响。据研究，在平安时代，杨贵妃的故事在日本已经广为流传，并直接影响到大和王朝文学的审美旨趣。

到了中世及近世，杨贵妃东渡扶桑的故事也以各种形态被传播、流布。

15世纪中期，杨贵妃的文学形象由文本随着当时新的艺术形式——能剧的成熟而搬上舞台，得到进一步的传播。著名能剧大师世阿弥的女婿金春禅竹创作《杨贵妃》，以李隆基派道士赴日寻找杨贵妃为主要情节展开悲情的故事。是日本能剧的经典曲目，至今仍在上演，情节如下：

> 唐玄宗皇帝忘不了因安禄山之乱而死别的爱妾杨贵妃，命精通神仙之术的方士四处寻找她的魂魄。方士上碧落下黄泉寻寻觅觅，最后来到汪洋大海中的蓬莱仙宫。从询问当地人中得知：蓬莱宫有太真殿，有仙女名太真居之。方士顺着指引，找到宫殿，正欲打问间，但闻有叹息声自宫内深处传来。于是道士报以大唐天子使者之名，贵妃闻声挂帐启帘，现出真容。方士说明来意、贵妃怀想玄宗的恩情、忧思难禁。方士回去后，将遇到贵妃的情形巨细无遗报告给玄宗皇帝，玄宗问以证据，方士出示贵妃给的玉钗，那是他们的定情物：在天愿为比翼鸟，在地愿为连理枝。而杨落脚的蓬莱仙宫据说就在日本列岛中的某一海上仙山里。

江户时代，杨贵妃的传说进一步流传，并随当时日益发达的传媒印刷业广泛传播。在日本古代，教育被贵族、僧侣和上层武士垄断，文学的流布尚未在民间普及。17世纪初，随着活字印刷术的发达，识字率大大提高，文学迅速成为一种消费商品、阅读进入寻常巷陌，也使得一些文学经典，从殿堂走向寻常巷陌，广为人知。

17世纪后期，僧侣出身的通俗作家浅井了意创作的爱情小说《杨贵妃物语》，成了畅销书。浅井了意的《物语》其实并无多少创意，严格说来只是编译，最大的特色也许是将外国文学本土通俗化。他用当时文化程度不高的庶民都能看懂的平假名文字，将白居易的《长恨歌》诗句逐句解说，翻译成日语，敷衍成篇。这个《长恨歌》普及版深受江户时代各阶层的欢迎，杨贵妃走出象牙塔为民间所熟悉。

即使到了当代，杨贵妃的故事依然遗响不绝。20世纪中后期，随着日本实现经济高增长，文化上出现一股寻根热。中日邦交正常化后，大量日本学者、作家前来中国怀古寻根，寻来寻去绕不开的是唐朝，因为说到日本文化的根，源头大多在长安。杨贵妃与李隆基的爱情故事，与大唐王朝的兴衰密切相关，而彼时又是古代日本全方位学习大唐文化的高峰期，李、杨浪漫恋情中隐隐约约晃动着“日出之国”遣唐使的影子……种种传奇与浪漫的意象，不断激发作家们的想象与创作灵感，成了历史小说一大素材，以此为题材的创作数目之多之丰饶令人惊叹，其中以井上靖、陈舜臣的同名长篇最为著名，甚至还被拍成电影。

从历史传说到神明信仰

杨贵妃，在中国人的印象中，除了“四大美人之一”的赞誉令人们津津乐道之外，还常被当作倾国倾城的“红颜祸水”而与历史上的妲己、褒姒相提并论。但在日本却截然两样，评价完全正面，不但广被赞颂，还被当作神明顶礼膜拜，至今香火不断。

杨贵妃在日本华丽转身，始于14世纪前期，由文学形象化身一跃成为保家卫国的护国神祇备受官方和民间的尊崇敬仰。位于名古屋中心地带热田神宫，可以说是与杨贵妃传说有关的另一个重要古迹，也是她在日本地位的最高顶点。

热田神宫是日本三大神社之一，供奉的神明是日本武尊。热田神宫相传是在公元三世纪时由日本武尊倭建命的妃子宫箦媛所建，用以供奉倭建命使用的“草雉剑”，即象征万世一系的日本皇室正统地位的三大神器之一的天丛云剑。热田神宫主祭神为热田大神。相传，该殿祭祀天照大神、素盏明尊、日本武尊等，被当作日本护国神明。一个护国神社本来与流亡日本的大唐绝代佳人两者之间毫无关系，但是镰仓时代（1185—1333）因两次外族入侵事件，两者被奇妙地结合在一起，杨贵妃也从文学形象升格为神明信仰。

江户时代，有个叫光宗的和尚学问很大，他著有一部《溪岚拾叶集》，被后世誉为“天台宗的百科全书”，书中第一次将杨贵妃与热田神宫联系在一起，里面写道：唐朝在雄心勃勃的玄宗皇帝励精图治下国势达到极盛，准备横扫日本。日本列岛800万诸神慌了手脚，聚集在一起商量，最后商定派热田明神来完成拯救日本的使命，让他化身绝世美女杨贵妃，到唐朝诱惑唐玄宗，使他沉迷无边色欲情海中无意自拔，无心国事，挫败其进攻日本图谋。化身杨贵妃的热田神明果真把唐朝闹得山河失色，国势急转直下。后来杨贵妃死于马嵬坡，热田明神算是完成了使命，飞回热田神宫。热田神宫就是蓬莱宫，宫后有一座五轮塔，即是杨贵妃墓地。最后，玄宗派方士到扶桑寻找杨贵妃踪迹，打听到爱妃原是日本护国神主所幻，大惊失色而死（吴伟明著，《德川日本的中国想象》，清华大学出版社，2015年4月）！

稍微具备点历史常识的人都知道这个传说荒谬透顶，且不说唐玄宗治世，日本对大唐毕恭毕敬，执礼甚殷，遣使甚勤，中日关系非常“和谐”，玄宗何曾有“横扫日本”之心？而且，原来把一个好端端的锦绣盛唐推向兵荒马乱和衰颓分水岭的居然是扶桑列岛800万诸神捣的鬼！此说虽荒谬不经，但却在日本影响深远，深入人心，是杨贵妃传说中最具“日本元素”的版本。荒诞之中之所以自成逻辑，是因为涉及一段令大和民族惊心动魄的恐怖记忆：这个版本在14世纪初期开始出现，背景是13世纪后期元朝两次大举入侵日本，并由此形成民族集体记忆。

13世纪后期，横扫欧亚大陆的忽必烈蒙古大军，在入主中原之后，为了迫使日本臣服元朝，曾于1274年和1281年两次对日本实施大规模海上用兵，渡海侵袭日本。虽然两次入侵战争都因“神风”（其实是台风海啸）所阻，以惨败告终。所谓“元寇来袭”是远处汪洋一隅的日本有史以来第一次遭遇外来入侵，对大和民族的心理冲击无疑十分巨大，担心外来威胁的危机感从此噩梦般如影相随，成了深渗大和民族的集体记忆，伴随民族意识的苏醒，护国思想开始形成。在这一过程中，又与在日本影响深远的“本地垂迹”观念相结合，因此出现了将杨贵妃化身为观音或日本神明来保护日本的观念。所谓“本地垂迹”是日本佛教兴盛时期产生的一种神佛习合思想，是一种将外来神明进行日本本土化的思想。从这一观念出发，日本列岛本土神道的800万神是印度、中国各种佛、菩萨和圣贤在日本国土上的现身，称为“权现”，与神佛同尊。比如天照大神是大日如来的现身，八幡神是阿弥陀如来现身，后来又化身日吉天照大神，也是大日如来，中国的伏羲是日本大物主神，而三皇五帝则是日本天神的化身等不一而足。

按照这个逻辑，杨贵妃被奉为神明受到顶礼膜拜，最主要的是她作为日本神明的化身，是护佑日本国土之神。这与她是中国绝世美人，或者是浪漫的文学形象，或出于对中国文化的敬仰等都没多大关系。杨贵妃在日本，1000多年来，经历了由文学形象到神祇信仰崇拜的嬗变，是中国文化被“日本化”的一个标本，将日本古代佛教中“本地垂迹”观念与护国思想相糅合，把从中国传入的事物进行改造、变形并使之逻辑化，最终本土化。从这个角度看，考察杨贵妃在日本的嬗变历程，不失为了解中国文化在日本如何被改造、吸收和再创造的绝好范例。

至今，日本各地有杨贵妃“遗迹”之处，人气和香火都很旺，但世易时移，杨贵妃信仰也与时俱进。将她当作护国神明的信仰或早成历史，如今，杨贵妃在日本又被当作女性保护神——保佑青春和美丽常在，保佑妊娠生育平安的“圣母”，继续受到民间的崇仰和膜拜。据说，连来自杨贵妃故国的女游客，观览之余也不忘采集些微墓地边的沙尘或炉灰带回家!

第四辑 草木皆文章

日本江户时代的园艺热

菲利普·西博尔德（Philipp Franz von Siebold，1796—1866），德国人，是19世纪初期欧洲著名的医学家和博物学家，也是西方日本学鼻祖。1822年，26岁的西博尔德来到日本，在荷兰驻长崎商务馆里当医师。驻日6年，留下很多见闻记录，成了后来欧洲认识日本的第一手文献材料。出于职业和兴趣，西博尔德特别关注日本的花卉植物，写有《日本植物志》，图文并茂详尽介绍了150多种原产日本的观赏性花草。他在书中极力展示日本街市园林之美，给人留下深刻印象。他说："欧洲园艺虽然很发达，但终究只是上流社会的雅赏，与普通百姓的日常生活无缘。而只有日本，才真正做到了花草进入寻常百姓家。"

在日本居住久了，走的地方多了，会发现其国土的绿化程度和空气湿度都很高，列岛山山水水总像是笼罩在一层薄薄的润湿水汽中，显出一尘不染的葱郁。节序流转，春花秋月杜鹃夏，冬雪皑皑梅花香，一年之中，四时花木此消彼长延绵不绝。日本花木之美，除了受惠于得天独厚的气候风土，还得益于日本人喜欢栽花种草的天性。这种天性似乎也是一种由来已久的审美沉淀，经过不断孕育，在江户时代灿然绽放，蔚为大观。

爱美之心，人皆有之，似乎不分种族与国界。不过，据文化学者说，爱惜花卉是稻作文化圈农耕民族的普遍习性，这与逐水草而居的游牧民族不同。因为花草本身就是农耕民族早期生活中不可或缺的一个存在。美，产生于生产劳动实践，美的观念源于实用。据研究，早在远古时期，日本列岛曾经和东亚大陆连为一体，或者部分地区存在着类似陆桥般的连通地带，这使得岛上的动植物与大陆具有很多相同或相近之处。只因长期孤悬汪洋大海也导致原有的动植物种类资源十分有限。弥生时代，日本从中国传来水稻耕种技术，也带来很多与农耕文化有关的植物。如今天世界上无人不知的樱花，说是日本国色天香的象征，不过，据专家研究，樱花并非日本国产，而是原产于中国西南部的喜马拉雅山南麓。秦汉之际的大动乱时期，大量躲避战祸的中国人经朝鲜半岛进入日本，传去稻作文化的同时，也带去了与农耕有关的事物，樱树也是。樱花并非为了观赏，实际用途樱花是作为“预报农时”的参照物，人们根据花期安来排春季农事。将樱花视为日本国花，可能是先入为主之见，或许菊花才是日本国花，因为日本天皇家的家徽上十六瓣菊花，才是日本的象征，因此美国文化学者本尼·迪厄克特将菊花与武士刀隐喻日本民族性格中的两重性，其实也是一种偏见，但偏见被接受了，人云亦云，似乎也就成了“正见”。

日本开始有意识记录花花草草，也就是最早将花卉草木植物作为审美对象来描写讴歌的文献是成书于公元八世纪的《万叶集》，距今约有1400多年。这部被当作日本诗歌源头的集子里出现了160多种植物，可见对花草植物的偏爱。

奈良时代（710—794），日本从中国大量输入文化，从政治制度设计到首都的规划建设，还有审美时尚，包括园艺趣味，也深受大唐文明影响。大量来自唐朝的花草植物传入日本。其中有实用的草药和果木、蔬菜，也有上流社会喜好的园艺植物。在当时，审美趣味，不仅是文化时尚，也有政治内涵。首都奈良平城京的北极殿御苑，左边是梅海，右边是橘林，称“左近之梅，右近之橘”。梅花是中国传来的，是唐朝文化的象征；平安时代（794—1192）以后，园林培植和盆栽是上流社会的一大时尚，但只限于皇家、公卿、寺庙之间流行。日本园艺学家柳宗民称之为“小规模的园艺热”。

大规模的园艺热则要到江户时代才出现。在锁国的体制下，海内长期太平，经济稳步发展，文化繁荣昌盛，原来属于上方贵族公卿家摆弄的花草盆栽，在江户时代进入平常百姓家，“园艺热”从此长盛不衰。日本人喜欢花花草草的习性，基本就是那时候形成的。西博尔德驻日期间，已是江户幕府时代后期，园艺已经成为都市居民一种普遍的日常嗜好了。

西博尔德作为随行医生，有机会陪同荷兰“甲比丹”（江户时代日本对欧洲在日本设立的商馆负责人的称呼，源自葡萄牙语“船长”Capitão一词）到江户觐见幕府将军，得以考察江户城园林盛况。他触目所及到处是蓊郁的树木与雅致的庭园，给他留下极深的印象。1603年，德川家康从骏府移师关东武藏国，在江户建立幕府政权，由此奠定了260余年的太平盛世。一张白纸好画画，为了把江户打造成充分发挥作为幕府统治日本的权利中枢所在地，在反复研究规划基础上，翌年德川幕府出台大规模的国土整治和改造计划，拉开了举全国之力营建东都大江户的序幕。

所谓举全国之力，就是让天下诸侯按照级别大小的比例出钱出人支援江户大建设，是为“天下普请”。具体来说就是规定年俸在两万石以上的地方大名，以食禄千石为单位，出钱出人参与新城市建设。填海造地的工程告一段落，就让全国各地诸侯到江户定期居住。为了能在火灾频发的江户城安居，幕府要求每个在江户居住的地方大名（诸侯）必须建筑三处住宅。为此兴建各种规格的“武家屋敷”，也就是大名驻江户公馆。各地大名在按照地方风格建造府邸的同时也将当地奇花异草搬运到幕府的首善之区，江户很快从一个荒芜破败的小渔村变成花木繁茂的新兴城市。

说来有趣，日本古代武士是一种二律背反的文化性格结合体。一方面穷兵黩武，生命不息杀伐不止；另一方面骨子里都有崇尚优雅斯文的因子，或者说对风雅品味的追求与争霸逞强等量齐观。比如，贵为天下“武尊”的镰仓幕府、室町幕府将军中，都不乏创造艺术的奇才；战国武将在飞镝流石酣战的间隙，还有赏玩茶道名器的余兴。到了江户时代，这一传统也被德川家承续。从德川家康、德川秀忠一直到德川家光，祖孙三代在文治武功上都有一套，他们重用有学问的朱子学者，广收天下珍籍善本，也都是江户园艺热的积极倡导者。

德川家康在幕府格局初定之后就把将军职位让给秀忠退到幕后垂拱而治，晚年一大乐趣就是沉迷于园艺道乐。他在将军居城的“二之丸”开辟两万多坪（1坪约3.3平方米）的空地建造园林“御花畑”，将在骏府（今静冈县）精心培植养护的奇花异卉尽数迁移到院内，聘用精于养花之道的和尚芥川小野寺到江户城为他打理园林。创作于江户时代初期的屏风画作《江户图屏风》描绘了1657年明历大火之前江户城将军居所天守阁内外的景色，图中对将军府上的“御花畑”做了精细描绘。从图画来看，不同于一般传统意义上的枯山水式日本庭园，德川家康的御花畑纯粹以种植观赏的花木为主，更接近现代意义的植物园林，成了现在皇居园林“吹上御苑”的前身；二代将军德川秀忠热衷于山茶花的培植，据说政务之余的唯一的爱好，就是在花园里侍弄从各地收集来的山茶花名品。1615年出版的《武家探秘录》里记载了秀忠将军费尽周折从四国得到带斑点的山茶珍品“广岛春”的逸话；第三代将军德川家光继承了父祖的爱好，对山茶与盆栽非常喜好，他在“御花畑”之另外设置一大片观赏花架，专门陈列他精心培育的山茶花和盆景，四周遍植各种珍贵林木。现在那里也是皇居中一大宫内花园，每年开春，日本天皇夫妇都会在这里大宴文武或国外宾客。在江户园艺史上打上深深印记的当属第八代将军德川吉宗。不仅自己雅好花木欣赏栽培，而且努力将这一爱好推广到各个阶层中。他下令在江户城内大规模进行绿化美化建设，将经过品种改良的吉野樱花苗木数千株分种在城内各处，再大量移栽到隅田川堤岸、御殿山和飞鸟山等地，使这些地方成为江户赏樱名胜，300年来造福东京市民。

上有好者，下必效焉，将军的闲情雅好，家臣、大名群起效之。在幕藩体制下，全国由有大小200多个藩，按照“武家诸法度”的规定，每个大名和直系家属都必须在江户定期居住，每家又同时拥有几处住宅，宅邸再加上附属配套的园林庭院，整个占据了江户城的大片土地，这个面积之大，据说超过城内的一半。换句话说，整个江户城至少有一半都是绿树成荫的庭园。今天到日本东京旅游的中国游客，赞叹东京弹丸之地居然绿化密度如此之高，就是200多年江户幕府园林文化成果的遗存。比如现在的隅田川公园和小石川后乐园就是幕府时代德川御三家的水户藩宅院旧址的一部分；东京大学校园内古木参天，水池庭院独具匠心宛如风景名胜，那是幕府时代百万石的加贺藩府邸的一部分；明治神宫与代代木公园是彦根藩藩主井伊家的院落一部分，等等。上层大名武士的府邸的后花园都可以改造成现代园林公园，其规模之大可想而知。大名在江户参勤辅国，在地方还有自己的家，因此自然也会将幕府首善之区的园艺时尚带回故土，如此推动了园艺在全国的普及。

江户是一个武士社会，在总人口超百万的城市中，占了总人口一半，而属于武士集中居住的“武家町”，则占了江户城的七成，剩下的三成再由寺庙、神社的“寺町”与庶民、商人、手工业者居住的“城下町”构成。武家阶层中，除了高高在上的顶层，还有堆积在下方的中下层武士。从资料文献来看，中下级武士的居住条件还不错。即便是年俸三五十石的下级武士，家里有个上百坪的院子也很普遍。江户社会格局中，武士是四民之首，属于领导阶级，也是受其他三个阶层供养的阶层。在天下太平，刀剑武艺失去用武之地后，要成为社会表率，就要在个人学问、情操、本领和教养情趣上成为令人敬服的人，所以养花种草的品位，与茶道、汉诗、剑道一样，也是培养武士人格魅力的手段。到了江户时代中后期，随着商品货币经济继续发展，物价不断攀升，收入固化的下级武士大受冲击，有的生活渐渐坠入困境，其中就有以经营花卉盆景为副业补贴家用者。

在日本园艺热潮驱动下，大量中国花草树木等物种连同栽培技术的“种树之书”被源源不断传入日本，不但丰富了江户园艺的内容，而且相关技术经验得以快速提升。江户时代日本实行锁国，对外贸易往来的对象只限于中国和西欧的荷兰，长崎是制定的唯一对外港口。当时日本指定长崎为对外贸易港，专门和中国与荷兰开展贸易。江户时代初期起，大量草药农书和花卉培植技术的专业书籍，如《本草纲目》《农政全书》《花镜》等书籍经由商船传到日本，对日本的农艺、园艺的发展起了很大促进作用。尤其是陈淏子的《秘传花镜》六卷。这本书不但论述了花木种植方法，草木形状和鉴赏方法，还涉及了禽兽虫鱼的饲养技术。因为涉及面很广，简单而的要领易于操作，传到日本后迅速得以流传，成了“植木屋”（专业花木经营者）和园艺爱好者人手一册的宝典，在18世纪初期就出现了日刻本。

江户时代初期的园艺时尚，以适合庭院培植的花木为主，主要以多年常绿的木本花卉，如山茶、牡丹、樱、杜鹃等品种为主。这是因为这类木本植物生命力强，寿命长，一旦扎根，就可以永葆枝繁叶茂。位于今天东京都丰岛区染井村，江户时代是民间一大花圃培植基地，聚集着许多富有经验的园艺职人，他们结合中国传入的园艺技术，改良各种新品种。其中对后世园艺影响最大的是经过改良的樱花。

樱花是蔷薇科落叶乔木，树身高可十来米，树冠呈卵形，叶子互生，前端边沿有细齿状。日本古代的樱花多是单瓣粉红的，其中以奈良吉野山的吉野山樱最为出名。平安时代后期，樱花作为有日本特色的花木受到上层社会的推崇，皇居御所紫宸殿前的御苑，“右近之橘”不变，“左近之梅”被樱花取代，樱花开始进入贵族、公卿和武家的庭院里。18世纪前半起，伴随着江户城兴起的园艺热，樱花被当作日本固有的花种受到越来越多人的喜爱。当时江户城里种植的樱树，大多是从关西奈良移植过来的吉野樱。吉野樱是一种野生山樱花，花色和花瓣比较单一，而且在人工培植过程中容易基因突变，花瓣花色颜色变化和果实的多寡都由于基因变化而带来不确定。染井村的花艺工匠尝试将吉野樱与野生樱嫁接，经过不断实验改良最终成功获得新的品种，这种命名为“染井吉野樱”，花色粉白单纯均一，大片种植，无论河堤柳岸还是山涧谷底，如云似锦，从此有了豪壮物哀的国色美，风靡整个江户城。染井樱花簇繁多而且基因稳定，成为日本樱花翘楚，至今遍种日本列岛。此后花木职人在此基础之上又开发大量品种。据说，江户时代中期的幕府老中松平定信是个爱樱成癖的政治家，他曾延聘花匠在位于今天筑地的灵岩石岛府邸里大量培植樱花，品种达到124种，请文人画家谷文晁绘成图谱，原稿至今保存在日本国会图书馆里。

18世纪中期起，日本人的花卉审美趣味发生微妙变化，从大型木本植物渐渐转向以小型草本植物为主。这是因为园艺已经在城市庶民阶层普及的缘故。在拥有私人宅院的武士和商人之外，还有许多租赁长屋（类似廉租房）的庶民阶层。因为住居条件的限制，不可能拥有花园庭院从事园艺，所以小型、经济、成活率高的草本花卉受到青睐。这时期都市流行的花卉品种中，最具草根性的是牵牛花，与江户普通市民生活关系最为密切，值得一书。

牵牛花，日本人叫“朝颜”，顾名思义就是早上盛开的花朵，清新娇嫩如女婴绽开的笑脸。朝颜清晨绽放，过午即萎，中国又叫“子午花”；生长季节也很短，春天萌芽，初夏开放，秋风吹起时节便花、枝、叶一同凋萎，令人油然而生韶华苦短盛事不常的浮世感。江户时代有一首俳句咏叹了这种微妙的情怀：

清晨上井户，朝颜花缠吊水桶，邻家乞水去。

俳句有一定的格式规矩，17个字要遵循五七五的节律，要使用能表现季节的“季语”。朝颜是表现夏天的季语。这首俳句描写朝颜花开的初夏，江户下町庶民生活的一景：女孩清早到井边打水，发现吊桶被牵牛花缠绕了，她担心不下心扯坏牵牛花，转而到邻家讨水了。三句话表现江户下町市井女孩惜花怜草的情怀，颇有几分日本式“物哀”的意趣。由此可见牵牛花与下町平民生活的密切关联。

牵牛花是奈良时代归国的遣唐使带回的花种，最早是作为中药植物，因花籽磨粉可以配药，仅限于皇家宫苑草药园或寺庙主持的庭院中培植。平安时代宫廷女作家紫式部的小说《源氏物语》里写了许多美丽优雅的女子，大都以花木取名，其中就有“朝颜”“夕颜”。但据研究，紫式部笔下的“朝颜”不是牵牛花，而是木槿；“夕颜”之为花名，听起来甚为清雅脱俗，但却是过去闽南农村的厕边篱笆随处可见的葫芦花!

牵牛花在江户时代初期就开始飞入寻常百姓家。明历五年（1657）江户城遭遇一场大火灾，风助火势，加上鳞次栉比的木造房屋结构，整个城市被烧去三成，很多珍贵园林盆栽被毁，灾后有花农迁居到上野忍冈低地的下谷一带，从成本风险最低，生命力最贱、培植最容易的牵牛花起步重振家业，200年间开发出的牵牛花新品种上百种，至今还在流行的有七福神、团十郎、四季之友、青旋涡、柳叶、江户紫、抚子采、大牡丹等，据说最大型的花朵比脸盆还大，小的像菟丝花。各种与鉴赏趣味相关的朝颜花市一年举办一次，尤其是夏日的七夕庙会，朝颜花展更是万人空巷的一大盛事，而今天东京都台东区的寺庙和茅场町智泉院药师庙会则一年数次举办各种主题的“朝颜祭”。以花木种植和经营、销售展览为中心，这一代后来渐渐发展成江户专业园艺街区，这一带很多地名都散发着园艺气息，如“植田”“植木”“花畑”等，一直延续着江户时代的称呼。1923年，关东发生百年不遇的大震灾，这条花木街区被夷为平地，政府在临近东京的埼玉县大宫北区另辟一块地命名“盆栽村”，将东京的园艺业者迁往入住，这里后来成了举世闻名的盆景展区。

江户时代，很多外来花卉品种流入日本，在丰富日本园艺品类的同时，经过改良又称为具有日本特色的花卉品种，如来自福建东南沿海的秋海棠、凤仙花、兰花和水仙花等。

秋海棠和三角梅一样都原产美洲，大航海时代经福建海商传入漳州，江户时代初期辗转传入日本。最早记录秋海棠的是出身九州的儒学者贝原益轩，他在《大和本草》中记载：“宽永年间（1624—1645）自中华初来长崎，此前本邦无之。花之色似海棠故名之。”作为一种归化植物，充满异国情调和美丽传说的秋海棠广受日本上层士族喜爱。不过，秋海棠性喜高温多多湿，寒温带的日本本州不太适合其生长，尤其冬天不容易成活，刚开始相当金贵，被上流社会当作奇花异卉精心供养于庭院暖房中。江户中期园艺技术大进，一些花匠从上百个品种中杂交嫁接，开发出不怕冷的秋海棠新品种，又开发出符合日本人审美趣味的淡粉色、浅紫色品种，技术瓶颈攻克之后，秋海棠迅速在民间普及，19世纪初期，一般市井商铺或长屋的门前，随处可见秋海棠与其他花花草草争奇斗艳。

西博尔德写道：“日本列岛都是花，自然界的花与人工栽培的花交相辉映，整个日本像浮现在太平洋上的花园。”他写的日本园艺见闻游记在欧洲风靡一时，日本因此成了英国人最热门的远东旅游商务目的地。1859年，在长崎任英国商务代表的荷吉逊（C.P. Hodgson）在《长崎信札》中写道：

> 这里每家店铺都有一几个美丽的小庭院，种着几株修剪整齐的枞树、杜鹃花和百合花等，而且在小小的水塘中也栽种着水生植物。池中建有一股喷泉喷涌上来，有很多锦鲤在游泳。这些都是我感到欣悦，因为由此我知晓了他们具有一种精致的趣味，不是我原先想象的那种野蛮人。

荷吉逊所言颇具代表性。19世纪中期开始，西方人夹坚船利炮的优势不断闯入东亚。已经习惯用自我标准去衡量世界的英国人，发现日本国民在落后弱小外表下潜藏着一种"精致的趣味"，不禁大为惊艳。1858年，阿礼国（John Rutherford Alcock）由英国驻上海领事转任驻日公使，曾周游列岛，是第一个登上富士山的外国人。他在后来写的旅行记中，把日本的园艺农业，精心修剪过的城镇绿植风貌与英国上层社会引以为豪的园林进行对比，对日本庭园水平之高赞不绝口。第二次鸦片战争期间曾潜入中国武夷山茶叶产区偷盗茶种的英国植物学家罗伯特・福琼（Robert Fortune）也在阿礼国之后两度赴日考察动植物，留下这样的印象："家家户户树篱都修剪得整整齐齐，院拾掇得很整洁""随处可见的茅舍或农家，都拾整理得干净利落"。最后福琼还总结说："山涧与树木茂密的丘陵，静谧马路两旁都有亭亭耸立的树木，加上常绿乔木的树篱，那种美，大概是全世界任何都市都比不过的吧。"实际上，福琼所记并非虚夸，在江户时代，日本园艺的整体水平已居于当时世界前列，并且对后来在欧美大行其道的"田园都市规划"（Garden Cities）产生深远影响。Garden Cities这一概念，滥觞于西方现代都市规划学的奠基人埃比尼泽・霍华德（Ebenezer Howard，1850—1928）出版的《明天的田园城市》（*Garden Cities of To-Morrow*）一书，至今是从事城市规划设计业者的必读之书。追溯霍华德都市园林思想的原点，就在于幕末时期造访日本各地城市的西方人留下的各种图文印象记录。

西方人在日本旅行，所到之处，看到整齐的街道，鳞次栉比的房屋整饬有序，房屋下，面向花园的庭院设有廊檐，狭长的甬道两边，种满了牵牛花和盆景。在人口超百万的江户城，处处体现出日本人爱自然爱绿化的天性，西方人将日本人在城市生活中栽种花草绿植，日常生活与园艺融为一体的景象，用“Garden City”一词来形容。霍华德从中得到灵感，将日本这种独特的生活方式传到欧美，从此园艺的爱好风靡西方世界。

秋海棠是断肠花

一场台风过后，南国厦门岛几乎在一夜之间从炎夏转入清秋。秋阴之日养花天，我到老市区中山公园边上的溪岸路花鸟市场挑了一盆秋海棠，换盆松土，不过数日，肥厚晶亮绿叶间花苞绽放，一室如春。

我小时候就爱栽花种草，或许来自读福建农大的母亲的影响，大大小小的花盆总是把阳台占得寸步难行，那花花绿绿的草木中就有名为秋海棠的花卉。读小学的20世纪80年代，我就开始逛花市，那时厦门还没有专门的花市。记得水仙路二十二号郁达夫在20世纪30年代曾经入住过的水仙旅社旁有一溜露天菜市，每逢周日，漳州龙海农民渡海前来卖蔬菜，顺便带一些花木搭配着卖，秋天时，常见的就有秋海棠，几毛钱可以买到开得如火如荼的一大盆。秋海棠生命力极旺，闽南话称“臭贱”，有土有水就能活得好好。后来到了日本，日式房子前的院子里，路边或公园，到处有这种孩提稔熟的花木，便心生亲切。

秋海棠并不是海棠家族成员。海棠又名“棠棣之花”，原产中国，是蔷薇科木本植物，春日开花，如苏轼《海棠诗》云：“东风袅袅泛崇光，香雾空蒙月转廊。只恐夜深花睡去，故烧高烛照红妆”。秋海棠却是来自南美洲的舶来品花卉品种，植物学名为“begonia”，明代以前的花谱中不见经传。16世纪，世界进入大航海时代，以白银为媒介的海外贸易十分繁盛。随着1530年在南美洲的巴西发现巨大银矿，连接南美洲—吕宋（马尼拉）—福建漳州月港的海上白银之路形成，装载白银的大帆船源源流入月港，也带了诸多原产美洲的物种：辣椒、烟草、土豆、甘薯等经济作物之外，还有赏心悦目的花草，如三角梅、大丽花、秋海棠等，经由闽商的船舶，这些植物又跨海传到琉球、日本等东亚海域国家。

对日本人来说，秋海棠是来自异国的花卉。秋海棠传到日本颇受喜爱，日语读若“修开荳”（しゅうかいどう），花名就带着浪漫的中国文化气息。江户时代，以朱子学为中心的儒学被奉为至尊，汉文汉诗是高级文化的象征，也成了整个江户时代日本上流知识精英的基本教养，爱屋及乌，很多中华经典中喜闻乐见的虫鱼草木也成为社会审美时尚，像秋海棠、墨兰、水仙等来自福建的观赏性花卉植物在江户时代就被奉为花中名品。

最早记录秋海棠的是江户时代初期的博物学家贝原益轩（1630—1714），他仿造李时珍《本草纲目》的体例，于1709年编撰出版了草药书《大和本草》，是日本药学史上的巨著，书中第一次记录了秋海棠条目，写道：“宽永年间（1624—1645）自中华初来长崎，此前本邦无之。花之色似海棠故名之。”江户幕府时代，日本实行锁国政策，允许和日本贸易往来的仅限于东亚的中国和西欧的荷兰，九州的长崎是唯一的对外港口。地理上的近便，很多福建海商往来长崎甚至移民定居，成为最早的华侨，很多福建的生活习俗，包括植物花卉也被传入长崎，这从当时流传甚广的图谱《清俗纪闻》可以知晓。

19世纪初中期起，越来越多的欧洲人开始到日本游历，他们发现，日本人骨子里有一种爱美的天性，喜欢花花草草，凡事又精益求精，在园艺、盆栽和插花上都能搞出不少名堂，甚而成为一种民族文化性格，以致有人说，花草在日本人那里是超越植物的存在。此话有些玄乎，不过基本上符合真实。我倒是注意到，比起高大壮美的乔木花树，日本人似乎更钟情于草本的小花小草或野花野草，比如，在日本，秋海棠似乎比艳若桃李的海棠木更受欢迎。这其中，既有时代风尚使然，也有暗合某种民族审美意趣的内在因素。

秋海棠，浪漫、美丽、忧伤，是一种弥漫着淡淡“物哀”美学的花卉。有关秋海棠起源的传说在日本也广为人知，这与清朝园艺家陈淏子写的《秘传花镜》一书在日本的广泛流传有关。

陈淏子是生活于明末清初之间的园艺学家，好读书，明朝灭亡后，不愿致仕清廷，隐居于西子湖畔一隅，以种植栽培花卉果木驯养龟鱼家禽为业，自给自足怡然自得，著有《花镜》一书，凝聚着毕生栽培花木的智慧结晶，曾是鲁迅儿童时代念念不忘的博物学著作，是我国园艺史上的名著。陈淏子擅长诗文，具有很深的文人雅士情怀，使得这部园艺学著作同时具备文学审美价值。比如，书中“秋海棠”条目中，先介绍其产地、习性和栽培要点，再以工笔细绘般描摹花姿花色，一边赞叹“此花为秋色中第一，为花娇冶柔媚，真同美人倦妆”。最后荡开一笔，转而考证其花名的由来：“昔有女子，怀人而不至，涕泪洒地，遂生此花，故色娇，如女之面，为名断肠花”云云，短短数行，却是一篇将知识、技术、情趣、情怀融为一体的美文。1773年，著名学者、小说家平贺源内将《花镜》翻译成日语，题名《重刻秘传花镜》出版，不仅为园艺爱好者所推崇，很多文人墨客也视为培养雅怀深致的“庭园道乐”之书。

夏去秋来，袅袅秋风吹起，万物渐次进入萧条，百花沉寂时节，秋海棠始着花，所以又名“八月春”，姗姗来迟的美，略带几分怠倦与哀愁。这一意象也给诗人不少灵感，使得秋海棠成为一种颇具文学情怀的花卉。清代诗人袁枚写道：

小朵娇红窈窕姿，

独含秋气发花迟。
暗中自有清香在，
不是幽人不得知。

江户汉诗人大窪诗佛也是吟咏花草的高手，他也写秋海棠："人生悲欢何足怪，忘忧草对断肠花。"秋海棠的物哀之美，可能更对江户文人的脾性，颇受喜爱，"断肠花"作为秋海棠的别名，在江户时代的汉诗集界已经广为人知了。

秋海棠在流行文化大行其道的元禄时期开始进入文学题材中，最早作为秋天的季语出现在俳谐中。一代俳圣芭蕉以天地为逆旅，将宇宙万物入诗，平凡的小花小草在他笔下也自成风情与趣味。他第一个将秋海棠写入俳句："海棠花开红丹丹，比得上红西瓜。"有一种类似民间版画般的俗艳泼辣，是写秋海棠的经典名句。有俳句鉴赏家指出，这首俳句看似庸常，但在芭蕉上万首俳句中却显得另类，因而难得。因为秋海棠和原产非洲的西瓜，都是"日本无之"的舶来物种，在当时并非寻常之物，所以这两种红彤彤艳俗的东西并排入诗，就显出几许锁国时代非常稀罕的"异国情调。"秋海棠进入俳句，并且作为表现秋天的"季语"，自芭蕉而始，后世歌咏秋海棠的作品就多了起来。

日本现代文学史上有一部以秋海棠命名的《断肠亭日乘》，是唯美主义文学家永井荷风跨越40多年的私人日记，也是一部在史料价值、文学趣味和人生指导意义上都可观的"奇书"，至今在非文学研究领域出身的读者中受到青睐。岩波书店新出的《永井荷风全集》煌煌三十卷，日记部分就占了七大卷，很多作家孤心苦役写了一辈子，留下的文字还没有他的日记多。

"断肠亭"是荷风在东京余丁町故居的书斋名。自幼深受汉诗汉文熏陶的荷风非常喜欢秋海棠，种满了书房前的庭院，一到秋天，开得满园淡紫嫣红，袅娜可爱，引发他无限诗情。他不但用来命名书房，也作为著作的书名。除了日记《断肠亭日乘》，不少作品都冠名“断肠亭”，如《断肠亭杂稿》（随笔），《断肠亭吟草》（诗集）等。

永井荷风以“断肠人”自诩，40来岁时就对世事人生“大彻大悟”，决心“不麻烦别人，也不被别人拖累”，与诗书花酒为伴，独立自尊地度过“作为文学家的一生”。在父亲永井久一郎去世后，他毅然卖掉作为长子继承的9000多平方米的祖宅，搬到麻布上流社会社区的独门独院洋楼“偏奇馆”独居，读书，写作，养花种草，记日记，不娶妻生子，不与主流社会相往来，独来独往，我行我素，数十年如一日，精心浇灌内心的文学之花。

永井荷风赌注下得很大。不过，好在最终修成正果，连同与他沾亲带故的花花草草都跟着进入文学史。

芭蕉布

从冲绳南部的石垣岛归来，一段时间里耳边经常出现幻听。在一片由海浪、树叶和织布机飞梭交织而成的混响中，不时浮响着八重山民谣《芭蕉布》那熟悉的旋律：

天湛湛，　　海蓝蓝，
南风吹拂处，蕉叶正青苍，
芭蕉树有情，招手在呼唤，
常绿之国兮，我的岛国乌崎娜！

这首《芭蕉布》收于CD版《八重山民谣精选》里，是我离开石垣岛前在机场购物店买的。店里反复播放的风光纪录片里回响着这首插曲，讲述了八重山群岛上一个遥远、美丽而又悲伤的往事，立刻将我打动。长山洋子的歌声，苍凉、悠扬、辽远，令人联想到琉璃色的海水，湛蓝的天空，还有在海天之间孤零零的离岛，跟着朗朗上口的旋律哼唱，会有一种荡气回肠的深情和忧伤直冲肺腑。歌谣中和芭蕉布一起频繁出现的“乌崎娜”就是冲绳，是自古以来冲绳岛民对自己故土的爱称，而“琉球”则是中国王朝为其命名的，是他们对外交往使用的国名。我国明清册封使也注意到这个有趣现象，如乾隆二十一年（1756）出使琉球的周煌在《琉球国志略》里就根据当地方言写成“屋其惹”。

这首歌咏叹的是冲绳八重山自古以来与岛民生活非常密切的芭蕉布。芭蕉布是琉球群岛的纺织名品，其中以冲绳本岛北部的大宜味村喜如嘉最为出名，规模也最大。但顶级的芭蕉布却产在南部的八重山列岛上，除了气候、风土的因素，冥冥中似乎也包含了某种神秘的因缘和宿命。

我到石垣岛，是为了观瞻1852年因“波恩号”海囚死难事件而埋葬在岛上的厦门华工“唐人墓”。石垣岛在八重山群岛的中心部分，位于冲绳西南方向，从地理位置看更靠近我国台湾岛东北部，离冲绳本岛400多千米，从那霸搭乘连接本岛和离岛的琉球航空小型飞机也要一个小时的航程。八重山群岛周边毫无规则地散点着大小不等的小岛和珊瑚礁，从舷窗俯瞰，恰似散落在湛蓝天鹅绒上的翡翠玉石。而最大的那块翡翠就是石垣岛。上岛后才知道，那块在艳阳朗照下油绿生光的玉石，色泽最深的部分原来就是遍布岛上的芭蕉林!

5月下旬，日本本土还是乍阴还雨的梅雨季节，而孤悬南部汪洋的石垣岛则是一派盛夏景象，芭蕉嫩叶舒展，新叶转深绿，放眼那茫茫一大片的绿海，好像要被融入那片蓬勃生机之中，令人心生一派清凉。叶间花茎上，芭蕉花残红消退，花蒂部分冒出串串芭蕉果，婴孩手指般攥在一起，翠嫩可爱。芭蕉是八重山特产，分为花芭蕉、果芭蕉与丝芭蕉三种。花芭蕉可作为观赏植物，种植园林或装点庭院，果芭蕉主要是食用，不过个儿小，淡而无味，本岛人一般用来泡烧酒喝。遍布八重山群岛的绝大部分是人工培植的丝芭蕉树，专门用以纺织芭蕉布。

勤劳智慧的八重山岛民，将无用的植物，制成精美绝伦的顶级织物，成为岛民一大生活资料。

清康熙五十八年（1719），奉旨前往琉球国册封的大清钦差使节徐葆光在《中山传信录》中提到：在琉球国，以芭蕉树为原料织成布匹以为冬夏衣物的现象非常普遍，家家户户种植数十株芭蕉，“屡丝织为蕉布，男女冬夏皆衣之利”。徐葆光曾因等待季风归国而滞留琉球十个月、足迹遍布岛内外，他观察到芭蕉布与琉球民生的重要关联性——“家家有机，无女不能织者”，芭蕉布纺织已然成为琉球一大民生。

芭蕉布的纤维来自芭蕉树的茎干部。在蓓蕾之前，一株株砍下，削去根部和叶部，只留中间约2米长的一段茎。再像剥洋葱一样，从外向内，层层剥掉外皮，一层一层，剥得只剩芭蕉的芯部。芭蕉的茎干部分放任生长可长到两米多高，但在高过一米时就必须开始人工修剪，定期剪去蕉叶，为的是让来自根部的养料集中到茎干芯部，使芯部纤维充分发育、发达，作为织布材料的芭蕉丝线才能坚韧、耐久而且色泽光鲜。

芯部还必须经过浸泡晾晒，才能抽丝。抽丝环节，需要很高技巧：顺着芭蕉生长的方向将芭蕉芯干斜立地上，从根茎部分撕出一根根丝线，训练有素的女性，撕起芭蕉线，动作麻利优雅，行云流水般流畅自然，一根根丝线从手中剥离划着优美的弧线落下，一会儿工夫竹筐里堆起蓬蓬松松的芭蕉纤维线。不过，抽出来的丝线并不能马上用来织布，还必须有个为它注入生命与灵性的程序。

大凡事物都有生命，关键是如何去唤醒它。芭蕉布是一种有灵性的布料，冲绳列岛那独特的地理气候和水土为芭蕉的茁壮成长源源不断注入能量，每根丝线都是岛上土地、阳光和织们女勤劳智慧的结晶。值得一提的是芭蕉布工艺中的“丝线泥染工法”，颇为独特神秘。日本江户时代的随笔《中陵漫录》就生动记述了这种特殊的染纱工法：“其织蕉叶纱，砍伐蕉叶茎部，入水漕置于污泥，数日朽唯留丝线，此谓蕉丝。此丝中有大白，中白下白，上白为上品，以为白布，贵人皆着此上白。”通过这道工序，芭蕉布就像被注入生命一样，成为“能呼吸的布匹”。

海湾中的污泥，充满了几千年上万年海里生物的遗骸，化为肉眼看不见的微生物质溶解在污泥和沙土里，通过浸泡和渗透，微生物附上芭蕉布纤维中。做成衣服后，穿的人就成了纤维微生物的滋养环境。以人体的温度、身上挥发的汗水及皮肤表层的油脂为生。这种布料做成的服装，穿了几代人，从曾祖母传到祖母妈妈再传到女儿，越穿越有光彩。因为衣料纤维中几亿几十亿上百亿个微生物吸足了养分后肥满晶莹闪闪发光，服装就呈现一种美妙的光泽，暗夜行路，光彩夺目，妖艳美丽，很受大和人喜欢。但如果久置箱柜长年不穿，芭蕉布和服中的微生物失去营养来源，就会枯槁瘦弱，萎靡不振，久而久之，衣装就会黯然失色。江户时代芭蕉布作为一种顶级异国布料，已经为日本人所熟知，被誉为江户时代日本百科全书的《和汉三才图会》就收有该词条："芭蕉布出琉球，表面光滑手感绝佳，染色后颜色鲜艳夺目。"这种来自南岛琉球的布匹，质地轻盈细腻，手感微妙，色泽亮丽，尤其适于做成豪华的和服，因此深受江户日本上流社会喜爱。

芭蕉布的传说，神秘、美丽而浪漫，但其历史的底色却是浸透了悲酸苦楚的印迹。《芭蕉布》里还这样唱道：

首里的古城，　珊瑚石板路，
思念往昔时光，在无人城角，
芭蕉结出果实，在酣然完熟，
绿叶掩映兮，　我的岛国乌崎娜！

琉球是孤悬东海碧波中的小国，人少地狭，生产落后。洪武五年（1372）开始正式成为大明王朝册封朝贡体制中的一员。受惠于特殊的地理位置，借助于与中国王朝的封贡贸易及一系列优惠政策及援助，偏居汪洋一隅的琉球国迅速发展起来，以舟楫为津梁，通好万国，积极与日本、朝鲜、东南亚等周边国家和地区开展海上贸易，开创了琉球国历史上光辉璀璨的繁荣时代。芭蕉布与蔗糖、烧酒一样，是琉球国的重要贸易物质，深受贸易伙伴国喜爱。但这繁荣仅仅维系了不到半个世纪，很快随着17世纪初日本岛津藩的入侵而告终结。万历三十七年（1609），日本九州南部的岛津萨摩藩不宣而战入侵琉球，打垮琉球军，掳获王子王孙前往江户做人质，逼迫琉球向幕府岛津藩进贡，最终将琉球国置于江户幕府支配之下，直到1879年被最终吞并，盘剥压榨琉球达270年之久。

据琉球王国的官修史籍《中山世谱》记录：庆长七年（1610），萨摩岛津藩派遣吏官阿多氏前往琉球丈量农田划分地界，并制定琉球每年向萨摩藩缴纳贡赋的数量为米6000石（1石约150斤），芭蕉布3000段（一段即一袭成年人成衣所需布量）。被萨摩压制盘剥得疲于奔命的王府遂将压力转嫁到王国辖内的离岛上。宽永十四年（1637），按人头来征税的人头税制度推广到各处离岛。所谓人头税，即成年人15到50岁，除奴役人残疾外，全民纳税。男子纳奉谷物粮食，女人缴纳织物。成年女子每人要缴纳一段芭蕉布。织成一匹芭蕉布，单单用以织布的丝线就需要200株芭蕉的茎干，加上20几道工序，一个熟练的纺织能手一年能织成布匹顶多也就两段，因此为了交付纳贡，岛上女人起早贪黑，经年累月，关在光线晦暗的平房里，日夜不停地织啊织。世世代代积累传承，芭蕉布成了八重山女性的绝活。为了排遣内心的悲伤恐惧，为了让自己战胜毫无希望的日子，她们一边织布，一边轻声哼唱历代相传的歌谣，寄托渺茫的希望：

如今的世道，首里王朝的盛世不再，
芭蕉丝线啊，在机杼上不停地织啊，
织好芭蕉布，上纳给王府。
深蓝淡蓝兮，我的岛国乌崎娜！

残酷的人头税的苛政一直延续到明治三十六年（1903）才告废止。浸透了八重山岛民血汗血泪的传统工艺——芭蕉布纺织，就这样顽强地流传下来。太平洋战争后期，为了获得攻入日本本土的跳板，盟军策划了占领冲绳岛的“破门之战”，1945年6月开始，美军对冲绳实施名为“钢铁风暴”的大轰炸中，两百多万发炮弹落在弹丸之地的冲绳岛上，草木建筑化为齑粉，兵民死亡超过1/4，许多能工巧匠和作坊工场都葬身战火，不仅战后芭蕉布产量锐减，技术传承也面临断层。美军占领冲绳期间，与美军军事补给的企业很快复兴，民间手工艺品的需求量很低，靠纺织芭蕉布已经无法维持生计，大量精于纺织的冲绳女性漂洋过海到日本本土打工。1972年，冲绳被“返还”日本，冲绳成了本土日本人能够自由出入的旅游胜地，芭蕉布被日本政府评为非物质文化遗产，重新为世人所关注，并带动了许多冲绳传统文化的复兴，如琉球玻璃、制陶工艺等。如今石垣岛成了日本最南端的乐园，来自本土和海外游客不断涌入八重山列岛。芭蕉布这一项历史悠久的手工艺，受到越来越多的追捧，供不应求，很多八重山的女性，重新学起祖母太祖母曾经稔熟的活计，购置木造织布机，在自家院子浓浓的树荫下摆上机杼，上午在田地或自家商铺里劳作，午后母女或姐妹则聚在一起，织起了世代相传的芭蕉布。

“卡塔，卡塔，哐当；卡塔，卡塔，哐当……”

午后，日长，人静，在湛蓝的碧空下，在庭院芭蕉绿荫中，织布机富有节奏的声响，此起彼伏，与不远处海岸的波浪的呼吸一道，构成石垣岛上令人难以忘怀的音响。

回到那霸之后，一个潮风习习的夜晚，我穿着琉球华侨总会林国源会长馈赠的芭蕉布花衬衫，前往那霸国际大道与从东京赶来的小室俊夫氏聚会。小室先生带我到后街边上一家民谣居酒屋晚酌，店名竟然就叫“芭蕉布”，是一家石垣岛人开的家庭民谣演唱酒吧。喝着清冽芳醇的“琉球泡盛”（冲绳烧酒），耳听三线琴伴奏下如泣如诉的民谣，我的思绪又飞往那一望无际的芭蕉林海。

夜阑时分，曲终人散之夕，压轴民谣演唱响起，那是我已经耳熟能详的《芭蕉布》……

冲绳花事

香港歌坛巨星周华健的《花心》，是改编自冲绳音乐家嘉纳昌吉创作的民谣《花》。无论原创或翻唱，都已广为传颂20多年了。我更喜欢原创民谣，从少年听到壮年，那舒缓优美的曲调、哀婉而坚韧的情感，常常令我想起冲绳列岛上在艳阳下怒放的鲜花。

冲绳县位于日本九州西南部和我国台湾东北部之间，由冲绳诸岛、宫古列岛、八重山列岛、大东诸岛等60多个岛组成，是日本唯一地处亚热带的区域。典型的亚热带气候和独特的历史孕育了与本土日本迥然其趣的植物景观。

冲绳，真是一个鲜花永不凋落的国度。

行走在冲绳岛上，在灼热的艳阳下，在碧波万顷的海洋环绕中，令我双眼应接不暇的是岛上随处盛开着各种各样的鲜花：刺桐花、扶桑、蒲葵、凤凰树、凤仙、姬百合、山丹、三角梅、苏铁、槐花、芭蕉花、秋海棠……还有用外来语标注的不知名属的花卉植物，开在人家院落花坛里、街边巷口和田垄、海边，像烈焰、像喷薄的霞彩，像梦中画笔淋漓的泼彩；甚至在人迹罕至的峭崖深谷，行走之间经常会被不期然突现眼前的如火如荼的花丛锦簇惊艳得屏住呼吸！从徐徐下降的飞机舷窗往下看，在晴空下，冲绳岛被成片的花木装点得像一件在蓝海中摇曳的彩裙。难怪，冲绳自古便有“歌之国，花之岛”的美誉。清康熙五十八年（1719）大清翰林院编修徐葆光受命前往琉球国册封尚敬王，居停琉球近一年，足迹所至遍及岛内各地，他兴致勃勃记录了琉球一年中的花事岁时记，有名可稽的花草树木就有数百种。

花在冲绳有着非同寻常的意义。岛上一年常夏，鲜花不败，鲜花自古以来与人民的生活水乳交融，不仅是装点景观，入诗入画，人们还用花入馔食用，入药疗伤治病，做染料渍染布匹，也是女性的装饰品和化妆品。鲜花还升华而成岛人宗教信仰和心灵寄托。以花为主题的民谣在冲绳音乐中占了很大一个比重，也是一大特色。据神户甲南大学高阪熏教授的研究，在现存的五六千首冲绳民谣中，以花为主题的民谣就占了一半!

由于历史和地缘上的原因，冲绳的许多代表性植物中有很多品种是在大航海时代从福建东南沿海传过去的，某种程度上，它们是中琉友好交流往来史的见证人。

从福建传到冲绳的植物花卉中最有代表性的是刺桐花，冲绳方言称之为“梯梧”或“梯姑”，为冲绳三大名花（刺桐、凤凰、扶桑）之首，也是冲绳的县花。徐葆光《中山传信录》载：“梯姑，树高七、八丈，大者合数围；叶大如柿，每叶抽作品字形，对节生。四月初花，朱红色，长尺二、三寸；每干直抽，攒花数十朵，花叶如紫木笔吐焰。高丽种，出太平山。”太平山即今天离闽台区域最近的八重山群岛。刺桐树是豆科刺桐属的落叶性乔木，大概是因为树干和枝丫有刺，叶形酷似梧桐叶因而得名。刺桐原产北美洲西印度群岛和大洋洲一些岛屿的珊瑚礁海岸，何时传入中土已不可考，自唐代而始，泉州、广州与海外贸易往来频繁，或许在唐朝或更早，刺桐树种随贸易船自域外传入华南沿海地区也说不定。唐代王毂《刺桐花》诗有“南国清和烟雨辰，刺桐夹道花开新”之句，说明彼时刺桐树已经作为夹道树木广为种植了。到南宋时期，海上贸易繁荣昌盛的泉州一跃为世界第一大港，泉州城里城外遍植刺桐树，乃至有“刺桐港”之别称，百年后到中国游历的旅行家马可·波罗在《东方见闻录》书里称泉州为“zaitung”，可能就是刺桐的闽南语古音。

冲绳的刺桐树花开五月，花形呈放射状炸裂开放，如攒在花托上的红艳艳的朝天椒，又如即将燃放的鞭炮。刺桐似乎颇有灵性，花期即临，绿叶尽脱，似乎特意为花期腾出所有营养和空间，任火红鲜艳的花序肆意绽放，熊熊燃起一树烈焰，傲视群芳。夏季冲绳岛四处，尤其是近海岸地带，随处可见一树树火炬一样朝天燃放的刺桐花，是冲绳的一张名片。

历史上，冲绳县的前生——琉球国与中国福建有着很深的渊源。

琉球国在洪武五年（1372）加入大明册封朝贡体系，成为中国王朝的属国，一直到1879年被并入日本版图成为冲绳县为止，在连绵了500多年的往来过程中，泉州和福州先后成为琉球人进入中国的指定入境口岸，是中琉往来交流的舞台和窗口。15世纪初，朱元璋派遣福建籍贯的技术集团“闽人三十六姓”前往琉球国援助，并令其就地归化世代定居琉球。因此，很多源自福建的传统文化、习俗和诸多动植物品种随之传到琉球。冲绳闽人后裔宗族机构“梁氏吴江会”事务局长上江州和男先生是我多年的老朋友了，记得他在向我追溯永乐年间最早来琉球定居的先祖梁嵩的事迹时，曾指着先人故居门口枝干龙钟的刺桐老树不无感慨地说道：“远离故国乡土的先祖，随身携带故乡常见植物的枝条引种到即将定居的异国他乡，是希望以此来纪念感怀乡土的一种情怀吧。”万历七年（1579），福州人谢杰以副使身份随正使萧崇业出使琉球国，册封尚永王。册封大典后，新登基的琉球王在首里城王府设国宴款待册封使一行，飨宴归来回到下榻的“天使馆”，谢杰意犹未尽，挥毫赋诗：“宴罢高堂归去晚，月华初照刺桐梢”。据说，这是冲绳历史上有关刺桐花见诸文字的最早记录。

刺桐树适于在高温高湿度土壤贫瘠的海岸沙土环境中生存，刺桐移植琉球，找到最合适的风土，迅速在列岛扎根，繁衍。刺桐树，扎根深，生命力强悍，因在台风海啸频发的初夏开花，故被当作“报警花”，还能起到防风林作用，能抗击常年肆虐列岛的台风和海啸的侵袭，树形美观，花姿喜气，被冲绳人认为能辟邪去厄的灵佑之木而深受喜爱。1967年，冲绳县举行县民投票选县花，刺桐树高票获选。刺桐花也是冲绳传统民谣歌咏不尽的题材，像流传甚广的《岛歌》开首一句“刺桐花开，唤来了飓风和暴雨”，就有夺人心魄的气韵，如今世界流行音乐界也广为人知。

从中国南方传入冲绳的还有扶桑花。扶桑花是木槿科常绿植物，高可达数米，叶子呈心形，叶面有光泽，叶缘呈齿状，有如桑叶。花朵大，直径有十来厘米，有单瓣和重瓣，是冲绳诸岛最常见也是家族体系最庞大的木本花卉，据说远近亲属的品种就有7000多种！扶桑原产我国，尤以地处东南的福建沿海地区居多。明朝李时珍《本草纲目・扶桑》载：“扶桑产南方，乃木槿别种。其枝柯柔弱，叶深绿，微涩如桑。其花有红黄白三色，红者尤贵，呼为朱槿。”古人将扶桑的花、叶、根入药，有止咳消炎之功效，能治痈疽、腮腺炎。也许是气候土壤的原因，比起扶桑花的故乡福建，传到冲绳的扶桑花绿叶肥厚，花型大，花色鲜艳，除了常见的红、粉、黄三中基本颜色，冲绳人还培育出淡白、琥珀、金黄、深紫、淡蓝等稀有品种花色，一串串挂在枝头，好像节日里五颜六色的灯笼，十分喜气耀眼。

令人荡气回肠的冲绳民谣《花》，咏叹的就是自古深受冲绳岛民喜爱的扶桑花。来自闽南沿海的扶桑在琉球岛上扎根，四处繁衍生命力极为强盛，终年一派姹紫嫣红。自古冲绳人崇拜扶桑花旺盛的生命力，深信它具有辟邪守护的灵力，能沟通前世往生，称之为“佛桑之华”，常常种植在陵墓周边或供奉祖先灵位。徐葆光惊艳于冲绳扶桑花的艳丽与热烈，写诗赞道：

只凭碧海托孤根，借得朝华作焰喷。

十日攒花结华蕊，也随朱瑾怕黄昏。

徐葆光吟咏扶桑花，缘物兴怀，意在赞美将扶桑花等中华风物传到孤岛琉球的古代福建技术移民团体，即所谓“闽人三十六姓”的不凡际遇。他们本是福建东南沿海地区精于某一技术领域的普通平民，但历史因缘际会把他们推向中琉交往的大舞台，成为在琉球国独放异彩的特殊群体，不仅受到琉球国的厚待，也在中琉交流史上谱写出华丽的篇章。

扶桑花也是冲绳人心中驱除邪恶祈愿和平安宁的圣灵之花。

二战期间，很多冲绳的高中生、大学生被日本军部强征上战场，面对残酷无情的炮火和不可预知的命运，很多少男少女学生兵将扶桑花夹在日记本或书里，他们把生命力旺盛的扶桑花做护生符，祈祷自己能躲过死神。冲绳登陆战中美军发射了200多万发炮弹，冲绳本岛被掘地数尺，古城、民居、草木和人民几成灰烬，一片史前洪荒惨象。战争结束后据说战地上最先长出来的植物就是扶桑花。琉球岛上灼热阳光和丰沛的降雨使扶桑花生长得茂盛高大并且红花锦簇，赤艳如火；冲绳人血泪浸染和战火洗礼，又使它别具一种其他地域的同种花所没有的鲜艳和凄美。

在冲绳，还有一种广受尊崇和信仰的花木——黄金花。所谓黄金花，指的是冲绳著名的代表性植物青柠檬果的花，冲绳方言叫“SIKUWASA”，这种果实形状和气味近似柠檬，只是个头较小，但气味更为芳香浓烈，是深受冲绳人喜爱的果类，冲绳人用来做成饮料、菜肴、美容化妆品，还用来做本地手工艺织品芭蕉布的柔软剂，是一种经济价值很高的果木，被冲绳人称为招财的“黄金之木”；这种果木喜阳，朝阳的山地、海岸茂长着成片的青柠檬树，一到花期，花香浓烈引蜂蝶，硕果累累压枝低，成了冲绳一道亮丽植物景观。冲绳自古崇拜太阳神，把太阳叫作“黄金”，而盛开在艳阳下的柠檬花也被认为是吸收了太阳的能量与魂魄所以常年生机勃勃，给岛民带来取之不竭不竭的财富，因而被称为“黄金之花”。

人们用黄金花和果实供奉祖先和神灵，是冲绳人心中的圣果，黄金花果之于冲绳人，其重要性正如橄榄之于地中海沿岸地区的人们一样，一日不可或缺。

人们喜爱这种植物，还将它升华为体现冲绳人生命价值观的高度加以崇尚和赞美。有一首改编自八重山石垣岛的民谣《黄金之花》这样唱道：

在你生长的国土里，开着什么花？
耀眼的黄金，神明赐你的宝物不是它。
不要让金子弄脏你的眼，
不要让金子迷失你的心，
强健的身体和朴素正直的心才是至宝，
金灿灿的黄金之花只向美丽的心开放，
真正的幸福之花只对纯洁的心灵开放！

在遥远的过去，冲绳因地狭人稀，生存条件恶劣，很多人被迫飘零到日本本岛或海外谋生。背井离乡前夕，族中长辈都会在其行囊里放入黄金之花或果实，然后唱起这首《黄金之花》，嘱咐即将远行的儿孙勿忘冲绳人代代相传的无价之宝——健康的身体和朴素的心灵。《黄金之花》与《花》《安里屋的酷雅玛》被誉为冲绳民谣三支奇葩。

能歌善舞的冲绳人，在日常生活中把民谣的作用发挥到极致，他们用民谣祭祀神明和祖先，用歌声传达爱情或诉说内心的哀怨和不甘，用歌声寄托微渺的希望，民谣也成了他们教育后人的手段。冲绳民谣里称这类歌曲为“教训歌”，家中长辈对成长中的儿孙，特别是要离家远行外出谋生的人，演唱“教训歌”，叮嘱他们为人处世的基本原则和道理。聆听歌谣，就像临行前面对长辈苦口婆心的叮咛嘱咐和深深的祝福；也令人想起深夜孤灯下展纸提笔给远在他乡谋生的儿女写信的老父亲慈爱面影。歌中还唱到：

在你生长的国土，开着什么花？

神明给你的宝物不是金钱。

什么是冲绳人最宝贵的东西呢？歌谣告诉我们了：是冲绳人历经苦难都不会丢弃和改变的珍宝—是强健的身体和朴素正直的心灵。这首《黄金之花》是一首感情真挚曲调优美的好歌，背后的民俗学意义，折射出冲绳人民的朴素的人生观和价值观，是冲绳人民的内心精华。

冲绳的花卉，数不胜数，远游来客人，只要你有心，在这海天之间的离岛上，一定能采撷到最美最心仪的鲜花。

甘蔗田之歌

在冲绳，芭蕉林与甘蔗田是我最喜欢的人工景观。

曾无数次一人站在海岸或丘陵的高处，在混合着海潮腥味和甘蔗叶清香的海风吹拂中，凝望着茫无际涯的甘蔗林出神，久久不忍离去。甘蔗是我自小稔熟的植物，曾几何时又从生活的周边消失，因此，行走在冲绳不时映入眼帘的甘蔗林常常令我满心欢喜。

在冲绳，有人烟处就有甘蔗田。不必说本岛，就是远离本岛的八重山群岛中的石垣岛、竹富岛一直到靠近我国台湾东北部的与那国岛，脚下所到，目中所及都会与一望无垠的甘蔗林海不期而遇。“莎啦啦，莎啦啦”，海风过处，甘蔗林的波涛从彼端翻涌而来又一直闪着绿光奔腾向远方海岸的一端，从高处远眺，甘蔗林涛与海浪遥相呼应此起彼伏连成一片，非常壮观。

冲绳是日本最大的农业县，也是最穷的行政地域，在县民中，从事农业的人口就占7%。在冲绳种植业中，占农作物最大的比重就是甘蔗，产值占农业总收入的30%多，其才次是花卉和蔬菜。相比甘蔗种植而言，稻米的面积和产量微不足道，以致有学者认为，冲绳与其说属于稻作文化圈，不如说蔗糖文化圈更准确。乍听觉得有趣，细想也不无道理，甘蔗确实与冲绳人的经济、文化和社会生活息息相关。

甘蔗在冲绳的种植和生产有着颇为久远的历史。

据季羡林先生《糖史》一书的研究，甘蔗原产印度，英语的“sugar”一词的语源即来自印度语砂糖的“sarkara”。古代亚历山大大帝东征从印度带到中东移植，唐代经丝绸之路从西域传到中原并逐渐传入南方。宋元之际，福建已经成为一大蔗糖生产基地。《马可·波罗游记》中就写道：“福州的蔗糖，其数量之多，几令人不可信”。明清时代，甘蔗就已经在闽台、两广、云贵等亚热带地区普遍种植并发展出高度成熟的制糖技术。万历年间，闽南籍学者陈懋仁所著《泉南杂志》中显示，当时闽南地区已经掌握相当高超的蔗糖精炼技术了。

甘蔗是外来物种，何时传入冲绳并无确切的史料记载。最早用文字记录古代冲绳种植甘蔗情况的，是成书于1429年的朝鲜史料《李朝实录》。据根据文献的记载，李朝时代朝鲜通信使出访琉球国时曾见识过甘蔗。当地人将甘蔗砍成段，生食吮吸甜汁，或者当作药引与其他草药熬煮，而至于甘蔗从何而来则语焉不详。其实，有关甘蔗的来源曾长期争论不休。战前一度流行着冲绳甘蔗由早期琉球海商从中南半岛传入的观点。早在大航海时代，琉球人“以舟楫为津梁”，足迹遍及印度洋和南太平洋，甘蔗等农业作物随商舶传入并非不可能。惜乎这一论点，没有文字记载的支撑。在冲绳学界比较占主流的观点，则多倾向于中琉交往史上来自福建的“闽人三十六姓”的传播。

琉球国在14世纪中后期开始和大明王朝建立官方友好往来关系。洪武、永乐年间，作为政府派遣的特殊职能团队，大量来自福、泉、漳等福建沿海或河口的精于造船、航海、天文、贸易和翻译的闽人技术群体陆陆续续“奉旨赴琉”，并就地归化那霸久米村，他们带去诸多福建的动植物种和食用习俗，甘蔗栽培以及以此为原料的制糖技术也先后传到琉球。琉球群岛位于亚热带地区，高温多雨，酸性土壤含水性差，钙质盐类和腐殖类物质含量少，这样的土壤条件非常不利于水稻等粮食作物的丰作，却极为有利于甘蔗、甘薯的生长，因而繁衍迅速，到17世纪末期，甘蔗传到八重山群岛，如今远离冲绳本岛的南端离岛石垣岛也是冲绳本岛外一个著名生产地区。

从那霸市中心向南驱车半个多钟头，在那霸港的南岸有个仪间村，村外有一大片绿涛茫茫的甘蔗林海，那里据说就是琉球甘蔗制糖业的发祥地。据琉球国官修史书《历代宝案》记载，明天启三年（1623），琉球国派遣村官仪间真常作为技术门类“勤学生”到福州学习制糖技术，数年学成归国。仪间学去的就是万历时期福建沿海地区通行的“二转一锅”制糖法，也就是用两个圆柱状石磨齿轮相合，由人力或牲畜拉动带动齿轮，将甘蔗根茎压榨取汁，再用铁锅熬煮成红糖的制作工艺。冲绳中部有个琉球村，就原样展示这种传自福建的制糖石磨器械。据说直到20世纪六七十年代以前，冲绳一直沿用这种古法制糖。甘蔗以及制糖技术的传入，丰富了琉球饮食内容，蔗糖是烹调、点心制作和酿造酒醋不可或缺的重要原料。在大航海时代，蔗糖和烧酒都是琉球国海外商贸的大宗商品，成为琉球国一大经济支柱。在古代，糖是一种贵重食品，尤其对于不适合甘蔗栽培的日本本土来说，蔗糖是一种奇货可居的重要物质，因此在大明王朝封贡体制框架下以海外中转贸易立国迅速崛起的南海琉球成了日本九州强藩萨摩岛津藩的觊觎对象。

明万历三十七年（1609），萨摩藩派遣精兵3000战舰百艘不宣而战入侵琉球，在攻陷王都首里城之后，虏获尚宁王到江户做人质，从此将琉球国置于全盘支配和控制之下，只不过忌惮其宗主国明朝在东亚的巨大存在，在维持琉球王统的同时也逼其暗中向江户幕府称臣纳贡，也就是史家通称的“一国两属”对外体制。

琉球国遭遇来自江户幕府和萨摩岛津藩的双重盘剥和压榨，很快变得贫困不堪，为了解决国内财政危机，开拓财源，王府将蔗糖的制造和技术研发列入经济发展战略的一环加以扶持和保护。在这个背景下，出身冲绳仪间村田地奉行（管理土地的村官）又有前往过福建经历的仪间真常受琉球王府派遣到福州学习制糖技术。20世纪70年代，冲绳“返还”日本后，当地政府农林部门在村里为仪间真常立了一座雕像，称他为“琉球蔗糖元祖”，仪间村也被当作琉球甘蔗发祥地。仪间学到的是红糖制作技术，为了满足海外贸易需求，1663年，琉球国又派遣技术研修生陆德先到福州鼓山学习白糖和冰糖制作技术，使得琉球制糖技术得以迅速提升，成为对外贸易一项大宗商品，此事明确记载于另一部琉球官修史书《球阳·卷五》（冲绳球阳研究会编，东京，角川书店，1982年）中。

在漫长历史进程中，甘蔗的普遍种植与制糖业的发达，蔗糖作为一种食品深深切入岛民的日常生活，在冲绳群岛衍生出各种食俗，形成了具有强烈地域特色的“黑糖文化”。黑糖即为我们通常所说的红糖。人们用黑糖入馔，丰富菜肴色香味；正宗的琉球传统宫廷点心和祭祀祖先神明的供品，几乎都是黑糖为原料；黑糖水是琉球人待客之道的最佳饮料，也是女性生育、坐月子期间的滋补营养品；用甘蔗做成的“琉球黑糖醋”不仅是制作顶级菜肴的调味料，据说也是健康饮料中的妙品，常饮能有效清除肠壁中的油污和细菌，软化血管，防止“三高”，至今畅销日本本岛。

从食文化看，琉球属于东亚“稻作文化圈”，但由于琉球国狭人稀，土壤贫瘠，水稻的耕种和收获极其有限，鉴于自古以来甘蔗的种植一直占农作物绝大比重(至今冲绳的甘蔗种植面积仍占整个农地的57%)的事实，或许用“蔗糖文化圈”来描述更恰当。实际上，也有日本文化学者通过比较糖文化与稻作文化所担负的不同社会功能，来分析琉球民族的性格特点，颇具新意：在古代东亚，稻米是最重要的主食，稻米生产最主要用于自给自足，受“稻作文化圈”影响的人种或民族，扎根土地的意识强烈，容易形成自给自足群聚而居的稳定社会，家族、聚落都是连带感很强的命运共同体，讲究严格分明的等级秩序。而蔗糖，从生产到消费并非为了自给自足而是为了交换和贸易。因此“糖文化圈”内的人们很早开始对伴随贸易而来的往来移动和变化习以为常，血缘和乡土观念相对淡薄，相对“稻作文化圈”，也容易接受异质文化，对外来事物比较开放和包容。据说，至今冲绳县成为日本本土人都向往的疗愈身心意义上的世外桃源，就因为冲绳从风土氛围到人际往来较之刻板拘束的本岛，更为宽舒和缓，更令人感到悠游自在的缘故。

冲绳的甘蔗，又脆又甜，沁人心脾，那是一种咬过一口就不会在味蕾和记忆中淡忘的甘甜，如果不是因为国际航班严厉禁止植物水果托运的相关规定，我甚至还想带几节甘蔗回去与家人友人分享呢。但是，在冲绳，与甘蔗相关的历史却浸透了苦涩和酸楚的记忆。

冲绳的甘蔗田主要集中在冲绳本岛，占34.8%，其余宫古群岛和八重山群岛也有零星分布。本岛的那霸南部的西原村从二战前就是冲绳本岛最大的甘蔗生产基地。太平洋战争后期，日本军部为防止美军攻入日本本土，将冲绳作为与盟军决战的前线。1945年6月，冲绳战役中，日本守卫部队将指挥部设在那霸首里城地下工事里，遭到美军“钢铁风暴”的猛烈袭击，波及远近村郊。

紧邻首里城的西原村因为到处都是一望无际的甘蔗林，成了周遭老百姓藏身之处。后来，连被炮火打散的日军也混入其中，他们的动向被美军高倍望远镜侦知后，炮弹铺天盖地转向密密麻麻的甘蔗林，甘蔗林顿成弹片横飞的死海，伤亡最为惨重，西原村里接近一半的人被炸死，尸体被掘地三尺翻卷的泥土就地掩埋，天气炎热潮湿，尸体很快腐烂在泥土里。战后重建生活秩序，那片土地又种上了甘蔗。岛民血沃的甘蔗田，这里的甘蔗田长势特别旺盛，根茎粗壮，叶子绿得黝黑，汁液具有一种前所未有的甜美。接待我们的蔗农说，每当太阳沉海，天空残照如血，海风一阵比一阵强劲吹来，几千亩甘蔗田绿浪翻滚，“莎啦啦，莎啦啦”的声响此起彼伏，像是战争中不幸横死的岛民永不安息的冤魂在吟唱。

战后美国接管冲绳。1964年，日本本岛乐坛风头正健的寺岛尚彦和时尚歌手市井好子联袂前来冲绳演出。其间，在冲绳南部丝满海岸一带，寺岛在采风过程中听到了曾经发生在这里的令人悲催落泪的往事。有一天他登上摩文仁山丘，极目四望，山丘下海风过“莎啦啦，莎啦啦”绿浪翻滚的甘蔗田，心有所触，写下《甘蔗田之歌》：

莎啦啦　莎啦啦
茫茫无垠的甘蔗田啊
莎啦啦　莎啦啦
海风吹过甘蔗田
今天，依然是一片
茫茫无际翠绿波涛延绵
起伏在夏天艳阳下
听说在往昔
也是这样一天
战祸突然渡海袭来
阿爸倒在钢铁暴雨下
在我出生前
……

寺岛为自己的情感热血沸腾，又将这首诗配乐，经由20世纪60年代一流歌手森山良子演唱，成就了百万超级畅销的流行歌曲《甘蔗田之歌》。基于歌中描述的悲惨故事被称为祈祷和平的反战之歌，后来，人们在冲绳中部的读谷村一片甘蔗林的空地上建造《甘蔗田之歌诗碑》，一块巨大平整的墨绿色大理石上面，用阴文白字镌刻寺岛尚彦的这首长诗，如今已然成为冲绳一道文学风景线。2003年，日本TBS电视台成立五十周年庆之际，以《甘蔗田之歌》为创作蓝本，将这个故事搬上银幕。贯穿影片始终的森山良子原唱版《甘蔗田之歌》，如泣如诉，给人以强烈的心灵震颤，升华了反战与和平的主题。

冲绳的甘蔗林，也常常引发我无尽的共鸣和感慨。作为一个来自福建——这一历史上曾与琉球有着牵扯不断渊源之地的匆匆过客，我对这个坎坷多难的岛国除了怀有切肤之痛的悲悯情怀之外，岛上随处可见的甘蔗田也常常唤起我业已淡漠的家园之思。

甘蔗田里有我早已遗失的家园之梦。从小在潮热的南国海岛长大的人，对甘蔗是很熟悉的。在缺零嘴的孩童时代，甘蔗是最为唾手可得的廉价零食，在过去闽南的山乡渔村里，几乎家家栽种。在我老家虎邱竹园乡，家家都种甘蔗，只是规模很小，大都在自留地里的空隙里种上十来株几十株，为的是给家中的小孩解馋，还有节庆之用。每逢腊月过年前，族中的妇女们从蔗田里扛来一株株粗壮挺拔的黑皮甘蔗，削去根叶，倒立放于每家的门后，名曰“立年”，寓意渐入佳境越来越甜美，过了元宵节，家中的好吃的都吃完了，人们将“立年”甘蔗一节一节砍下，大人小孩美滋滋对着啃，像在咂摸着春节最后的甜味，这样的记忆一直充塞我的整个童年。

在我的记忆中，直到20世纪90年代以前，厦门岛外的集美、杏林、灌口到处是绿油油的甘蔗林。少年时代离家远行倦游归来之际，乘坐鹰厦铁路煤烟滚滚的绿皮火车进入连接厦门岛的海堤之前总要穿过一片一望无际的甘蔗田。每次见到甘蔗田，心里就踏实了，不觉念道：“哦，到家了”，油然而生一种松弛后的疲惫与欣悦之情。

甘蔗是亚热带特有的植物景观，从风土迥然其趣的北方人看来，那生机勃勃的南国亚热带气息大概也是首先从那片甘蔗林开始感受和触发的吧。厦门郊外那一片茫茫无边的甘蔗林就曾作为南方特有的意象出现在北方诗人郭小川笔下：

南方的甘蔗林哪，
南方的甘蔗林，
你为什么这样香甜？
又为什么那样严峻？
北方的青纱帐啊，
北方的青纱帐，
你为什么那样遥远？
又为什么这样亲近？
我们的青纱帐哟，
跟甘蔗林一样地布满浓阴，
那随风摆动的长叶啊，
也一样地鸣奏嘹亮的琴音。
我们的青纱帐哟，
跟甘蔗林一样地脉脉情深，
那载着阳光的露珠啊，
也一样地照亮大地的清晨。

甘蔗的外形是优美的，亲切的，她有翠竹一样挺拔的身躯，柳叶芦苇一样修长的叶片，椰树一样的婆娑多姿，滋味更是琼汁甘露一般甜美。但，在来自北方的诗人笔下，甘蔗为何摇身一变，成了这样一副手执钢枪般的严峻形象呢？

据载，20世纪60年代郭诗人来访之际，厦门依然是铜墙铁壁的海防前哨，彼时，郭小川等在京文艺界人士前来祖国东南海疆慰问前线解放军官兵写下这首诗。在他笔下，甘蔗林被赋予海防哨兵的时代色彩，与革命战争年代北方平原的青纱帐特有的政治意象相呼应。这首诗，内容上乘，情怀激越，据说一度在厦门中山公园影剧院，郭小川登台朗诵，爆得雷鸣般的欢呼，一时传为佳话，不胫而走。这个传说是如此深深激荡我年幼的心胸，久久不忘。那是20世纪80年代中期，我还是中学生，周末常常混进厦大映雪楼讲堂或建南大礼堂，旁听大学文学社团举办的青春诗会，有一次就曾听到这首激情澎湃的朗诵，当时的我，激动得泪眼涟涟，彻夜难眠。

往事如烟，曾日月之几何，世易时移，那种氛围和情感而今思之已经恍如隔世了。

似水流年，那是一种不可抵御的力量，不足为悲。可悲的是，绿水青山的家园也已难寻觅！今夕何夕，早年代代厦门人记忆中稔熟的那片甘蔗林，如今早成了一大片由呆板、雷同而又虚张声势的钢筋水泥丛林所取代了。

为一片甘蔗林的荣枯而唏嘘感叹忘情歌哭的诗人，今后还会有吗？

参考文献

[1]井家上隆幸.量書狂読：1988～1991膨大な読書の記録.东京：三一書房，1992年.

[2]丸田洁，张雅梅.蟋蟀比蚂蚁更有钱？北京：中国轻工业出版社，2008年.

[3]本田直之，叶冰婷.杠杆阅读术.天津：天津教育出版社，2009年.

[4]北京编译社，张龙妹.今昔物语集. 北京：北京编译社，2017年.

[5] 古桥信孝，徐凤，付秀梅.日本文学史.南京：南京大学出版社，2015年.

[6] 林少华.文艺的，过于文艺的：芥川龙之介读书随笔.北京：金城出版社，2012年.

[7] 文洁若.罗生门：芥川龙之介小说集. 北京：华夏出版社，2003年.

[8] 张小钢.青木正儿家藏中国近代名人尺牍.河南：大象出版社出版，2011年.

[9] 周作人,钟叔河.周作人散文全集.广西：广西师范大学出版社，

2009年.

[10] 谷崎潤一郎.美食倶楽部——谷崎潤一郎大正作品集.东京：筑摩書房，1989年.

[11] 谷崎润一郎，徐静波.秦淮之夜.浙江：浙江文艺出版社，2018年.

[12] 谷崎松子.倚松庵の夢.东京：中央公论社，1979年.

[13] 岚山光三郎.文人恶食.东京：东京マガジンハウス，1997年.

[14] 谷崎润一郎，竺家荣.疯癫老人日记.北京：中国文联出版社，2000年.

[15] 西原大辅，赵怡.谷崎润一郎与东方主义：大正日本的中国幻想.北京：中华书局，2005年.

[16] 柳田国男，吴菲.远野物语・日本昔话.上海：上海三联书店，2012年.

[17] 柳田国男，印祖玲.日本怪谈录.重庆：重庆大学出版社，2017年.

[18] 阿城.闲话闲说——中国世俗与中国小说. 北京：作家出版社，1998年.

[19] 永井荷風.断腸亭日乗摘录版.东京：岩波書店 1986年

[20]松本哉.永井荷風という生き方 .东京：集英社2006年

[21] 内田道夫.北京风俗图谱.东京：平凡社，1964年.

[22] 青木正儿，范建明.中华名物考（外一种）. 北京：中华书局，2005年.

[23] 三浦展，陆求实.下流社会：一个新阶层的出现.上海：文汇出版社，2007年.

[24] 西村贤太，武岳.苦役列车.北京：北京联合出版公司，2013年.

[25] 田中慎弥，邹波.相食.上海：译文出版社，2016年.

[26] 松本清张，邱振瑞.半生记：松本清张自传.广西：广西师大出版社，2013年.

[27] 遠藤周作.生き上手 死に上手.东京：株式会社海竜社，1996年.

[28]自伝Ⅷ：水上勉 ·远藤周作·古山高丽雄·吉村昭·寿岳文章.东京：读卖新闻社.1980年.

[29] 远藤周作，林水福.沉默.海南：南海出版公司，2009年.

[30] 远藤周作，林水福.深河.海南：南海出版公司，2009年.

[31] 路邈.远藤周作：日本基督宗教文学的先驱.北京：宗教文化出版社，2007年.

[32] 木村绫子.太宰治との文学散歩.东京：角川书店，2012年.

[33] 山本茂実.あゝ野麦峠.东京：角川书店，1977年.

[34] 木村毅.丸善外史.东京：丸善株式会社.1969年.

[35] 幸田露伴.陈德文.幸田露伴散文选.天津：百花文艺出版社，2004年.

[36] 永井荷风，陈德文.晴日木屐.广州：花城出版社，2012年.

[37] 实藤惠秀，谭汝谦，林启彦.中国人留学日本史.北京：北京大

学出版社，2012年.

[38] 王韬，陈尚凡.漫游随录 扶桑游记.长沙：湖南人民出版社，1982 年.

[39] 内藤湖南，刘克申.日本历史与日本文化.北京：商务印书馆，2012年.

[40] 石川英辅，涪子.大江户八百八町.长春：吉林出版集团有限责任公司，2011年.

[41] 平川宗申.カラー沖縄の歴史.那霸：月刊沖縄社，1971年.

[42] 外間守善.沖縄の歴史と文化.东京：中央公論新社，1986年.

[43] 喜安入道.喜安日记.那霸：榕林书屋，1999年.

[44] 程永明.裕仁天皇传.天津：天津社会科学院出版社，2011年.

[45] 陈杰.战后日本：废墟中的崛起.陕西：陕西人民出版，2015年.

[46] 進藤栄一.分割された領土——もうひとつの戦後史.东京：岩波書店，2002年.

[47] 胡平.情报日本.江西：二十一世纪出版社，2011年.

[48] 木下半治.日本右翼の研究.东京：现代评论社出版，1977年.

[49] 竹村民郎，欧阳晓.大正文化：帝国日本的乌托邦时代.上海：三联书店，2015年.

[50] 村上隆.金銀銅の日本史.东京：岩波書店，2007年.

[51] 豊田有恒.世界史の中の石見銀山.东京：祥伝社，2010年.

[52] 李露晔，邱仲麟.当中国称霸海上.广西：广西师范大学出版社，2004年.

[53] 管野浩.雑学おもしろ事典　頭に栄養と休養を.东京：日東書院，1991年.

[54] 赵书彬.中外园林史.北京：机械工业出版社，2008年.

[55] 杉浦日向子.一日江户人.陕西：陕西师范大学出版社，2007年.

[56] 川胜平太，刘军.文明的海洋史观.上海：上海文艺出版社，2014年.

[57] 冈本太郎.冲縄文化.东京：中央公論新社，1996年.

[58] 高良倉吉.琉球王国使の課題.那霸：沖縄ひるぎ 社，1989年.

[59] 平川宗申.カラー沖縄の歴史.那霸： 月刊沖縄社，1971年.

[60] 上野千鹤子.冲绳的人生.东京：筑摩书房，1992 年.

[61] 永六輔.沖縄からは日本が見える. 东京：光文社，2002 年.